Das Buch

Weder ist Jack Swyteck mit Kuba besonders vertraut, noch hat er auf dem Gebiet des Wehrrechts anwaltliche Erfahrung. Die Verteidigung der ebenso charmanten wie mysteriösen Lindsey Hart, die beschuldigt wird, in Guantánamo Bay ihren Mann, den prominenten Militäroffizier Oscar Pintado, erschossen zu haben, wäre demnach kein geeigneter Auftrag für den routinierten Strafverteidiger. Doch als Lindsey ihm gesteht, dass er, Jack Swyteck, der leibliche Vater ihres Adoptivsohnes Brian ist, nimmt Jack den heiklen Fall widerstrebend an – ein Fehler, wie sich schon bald herausstellen soll …

Der Autor

James Grippando war Anwalt in einer der führenden Kanzleien Floridas und Professor für Prozessrecht, bevor er zum Bestsellerautor avancierte. Er lebt in Coral Gables, Florida.

Von James Grippando sind in unserem Hause bisher erschienen:

Die Abfindung
Die Entführung
Das Fehlurteil
Im Namen des Gesetzes
Im Schutz der Dunkelheit
Der Informant
Wer zuletzt stirbt

James Grippando

Preis der Lüge

Roman

Aus dem Englischen von
Norbert Möllemann

Ullstein

Besuchen Sie uns im Internet:
www.ullstein-taschenbuch.de

Umwelthinweis:
Dieses Buch wurde auf chlor- und säurefreiem Papier gedruckt.

Deutsche Erstausgabe im Ullstein Taschenbuch
1. Auflage Februar 2006

Published by arrangement with HarperCollins Publishers, Inc.
Titel der amerikanischen Originalausgabe:
Hear No Evil (HarperCollins Publishers, Inc., New York)
Umschlaggestaltung: Büro Hamburg
Umschlagabbildung: © David Moore / photonica
Gesetzt aus der Baskerville
Satz: Pinkuin Satz und Datentechnik, Berlin
Druck und Bindearbeiten: Ebner & Spiegel, Ulm
Printed in Germany
ISBN-13: 978-3-548-26273-4
ISBN-10: 3-548-26273-2

Für Tiffany – zum zehnten Jahrestag!

1

»Mein Mann wurde ermordet.«

Lindsey Hart sprach mit der teilnahmslosen Stimme einer trauernden jungen Witwe. Es war, als könnte sie noch gar nicht glauben, dass die Worte aus ihrem Mund kamen, dass etwas so Schreckliches tatsächlich geschehen war. »Mit einer Kugel in den Kopf.«

»Das tut mir sehr Leid.« Jack hätte am liebsten noch mehr gesagt, aber er war schon einmal in einer solchen Situation gewesen und wusste, dass es einfach nicht mehr zu sagen gab. Gott hat es so gewollt? Die Zeit heilt alle Wunden? Nichts dergleichen würde ihr etwas nützen, schon gar nicht aus seinem Mund. Zwar kam es vor, dass Menschen sich an einen Fremden wandten, um Trost zu finden, aber wohl kaum, wenn der Fremde ein Strafverteidiger war, der nach Stunden abrechnete.

Jack Swyteck gehörte zu den besten Strafverteidigern, die die Anwaltschaft von Miami zu bieten hatte; er hatte nach dem Studium vier Jahre lang Berufungsprozesse für zum Tode verurteilte Gefängnisinsassen geführt und danach die Seiten gewechselt, um für die Bundesbehörden als Ankläger zu arbeiten. Mittlerweile betrieb er im dritten Jahr seine eigene Kanzlei und hatte sich bereits einen Namen gemacht. Dabei hatte er es bisher noch nicht zu einem wirklich hochkarätigen Prozess vor einem Geschworenengericht gebracht, womit zahlreiche weniger talentierte Anwälte zu Ruhm gekommen waren. Aber für einen Mann, der eine Mordanklage, die Scheidung von einer Exzentrikerin und den ungeklärten Tod seiner Exfreundin überstanden hatte, die nackt in seiner Badewanne aufgefunden worden war, hielt er sich ganz gut.

»Kennt die Polizei den Täter?«, fragte Jack.

»Sie glaubt ihn zu kennen.«

»Und wer ist es demnach?«

»Ich.«

Die logische nächste Frage blieb Jack im Halse stecken, und bevor er dazu kam, das Thema anzusprechen, sagte Lindsey: »Ich war's nicht.«

»Gibt es Zeugen, die behaupten, Sie wären es gewesen?«

»Nicht, dass ich wüsste. Ich würde auch nichts anderes erwarten, da ich ja unschuldig bin.«

»Wurde die Tatwaffe sichergestellt?«

»Ja. Sie lag auf dem Schlafzimmerboden. Oscar wurde mit seiner eigenen Pistole erschossen.«

»Wo ist es passiert?«

»In unserem Schlafzimmer. Während er schlief.«

»Waren Sie zu Hause?«

»Nein.«

»Woher wissen Sie dann, dass er geschlafen hat?«

Sie zögerte, als hätte sie diese Frage nicht erwartet. »Die Ermittler haben mir gesagt, dass er in seinem Bett lag und es keinerlei Hinweise auf einen Kampf gab, woraus ich geschlossen habe, dass er entweder überrascht wurde oder schlief.«

Jack ließ eine Weile verstreichen, weniger um seine Gedanken zu ordnen, als um einen Eindruck von Lindsey Hart zu gewinnen. Ein paar Jahre jünger als er selbst, wie er vermutete, redegewandt und gefasst. Ihr anthrazitgraues Kostüm stellte eine vorsichtige Abweichung vom traditionellen Trauerschwarz dar, auch wenn sie sich bei der seidenen Bluse und dem seidenen Halstuch etwas Farbe erlaubt hatte. Sie war hübsch – wahrscheinlich erheblich attraktiver, als sie sich gegenwärtig präsentierte, denn Jack vermutete, dass sie in ihrem Kummer ein bisschen zu viel Gewicht verloren hatte und weniger als gewöhnlich auf ihr Äußeres achtete.

Er sagte: »Ich weiß, dass die Vorstellung schmerzhaft für Sie wäre. Aber hat irgendjemand in Erwägung gezogen, dass Ihr Mann sich die tödliche Verletzung selbst beigebracht haben könnte?«

»Oscar hat sich nicht selbst umgebracht. Er hing viel zu sehr am Leben.«

»Das tun die meisten Menschen, die sich das Leben nehmen. Sie verlieren einfach die Perspektive.«

»Seine Waffe war gesichert, als man sie fand. Ziemlich unwahrscheinlich, dass er sich zuerst in den Kopf geschossen und anschließend noch die Pistole gesichert haben soll.«

»Das ist allerdings ein Argument. Obwohl es mir merkwürdig vorkommt, dass jemand Ihren Mann erschießt und sich dann noch die Zeit nimmt, die Waffe wieder zu sichern.«

»Im Zusammenhang mit dem Tod meines Mannes gibt es eine Menge Merkwürdigkeiten. Deswegen brauche ich Sie.«

»Also gut. Lassen Sie uns damit anfangen, was Sie am Tag seines Todes gemacht haben. Wann haben Sie das Haus verlassen?«

»Um halb sechs. Wie jeden Tag. Ich arbeite im Krankenhaus. Meine Schicht beginnt um sechs.«

»Da ist es wahrscheinlich schwer, überzeugend nachzuweisen, dass er noch gelebt hat, als Sie das Haus verlassen haben.«

»Der Gerichtsmediziner hat den Todeszeitpunkt auf irgendwann vor fünf Uhr angesetzt.«

»Haben Sie den Autopsiebericht gelesen?«

»Ja, vor kurzem.«

»Wie lange ist es her, dass Ihr Mann getötet wurde?«

»Gestern waren es zehn Wochen.«

»Haben Sie mit der Polizei gesprochen?«

»Selbstverständlich. Ich wollte mein Möglichstes dazu beitragen, dass der Mörder gefasst wird. Bis mir dämmerte, dass ich zu den Verdächtigen zähle. Da habe ich beschlossen, mir einen Anwalt zu nehmen.«

Jack kratzte sich am Kopf. »Von all dem ist noch nichts zu mir durchgedrungen, und normalerweise bin ich ziemlich gut informiert, was Mordfälle betrifft. Mit wem haben Sie denn gesprochen, mit der Miami City Police oder der Mordkommission von Miami-Dade?«

»Weder noch. Es waren NCIS-Agenten. Naval Criminal Investigative Services. Ermittler der Marine. Das Ganze ist auf der Navy-Basis geschehen.«

»Welcher?«

»Guantánamo.«

»Guantánamo, Kuba?«

»Ja. Mein Mann war Berufsoffizier. Wir haben dort fast sechs Jahre gelebt. Bis zu seinem Tod.«

»Ich wusste nicht einmal, dass dort überhaupt Familienangehörige wohnen. Ich dachte immer, da gibt es nur Soldaten, die ein wachsames Auge auf Castro werfen.«

»O nein. Dort leben und arbeiten mehrere tausend Menschen. Wir haben eigene Schulen und eine eigene Zeitung. Es gibt sogar eine McDonald's-Filiale.«

Jack dachte über ihre Worte nach. »Ich sage es Ihnen ganz offen: Ich habe absolut keine Erfahrung mit Militärangelegenheiten.«

»Das ist keine reine Militärangelegenheit. Ich bin eine Zivilperson, also muss ich als Zivilistin angeklagt werden, auch wenn mein Mann Offizier war.«

»Verstehe. Aber der Tatort befindet sich auf einer Militärbasis und Sie haben bereits mit den ermittelnden NCIS-Agenten gesprochen. Wer auch immer Sie vertritt, sollte wissen, wie man sich durch das Militärdickicht arbeitet.«

»Das werden Sie schon herausfinden.« Sie nahm einen Ordner aus ihrer Handtasche und legte ihn auf Jacks Schreibtisch. »Das ist der NCIS-Bericht. Ich habe ihn erst vor zwei Tagen erhalten. Werfen Sie einen Blick hinein. Ich nehme an, Sie werden mit mir einer Meinung sein, dass die Sache zum Himmel stinkt.«

Jack ließ den Ordner unberührt vor sich liegen. »Ich will mir nicht die Arbeit vom Hals halten, aber ich kenne in der Stadt mehrere Strafverteidiger, die früher beim Militär waren.«

»Ich will keinen anderen. Ich will den Anwalt haben, der sich mehr als jeder andere dafür einsetzen wird, meine Unschuld zu beweisen. Und dieser Anwalt sind Sie.«

»Danke. Freut mich zu hören, dass mir mein Ruf bis nach Kuba vorauseilt.«

»Es hat nichts mit Ihrem Ruf zu tun, sondern schlichtweg damit, wer Sie sind.«

»Klingt wie ein Kompliment, aber ich fürchte, dass ich die Bedeutung dessen, was Sie mir sagen wollen, nicht wirklich verstehe.«

»Mr Swyteck, jede Minute, die die Ermittler damit verbringen, sich auf mich als mutmaßliche Täterin zu konzentrieren, ist verlorene Zeit. Wenn sie nicht bald jemand auf eine andere Spur bringt, wird der Mörder meines Mannes ungestraft davonkommen. Das wäre eine schreckliche Tragödie.«

»Da kann ich Ihnen gar nicht genug zustimmen.«

»Doch, das können Sie. Glauben Sie mir. Hier geht es nicht einfach darum, dass die Polizei mal wieder den

Falschen verdächtigt. Wenn derjenige, der meinen Mann getötet hat, nicht gefasst würde, wäre das eine Tragödie – *für Sie.*«

»Kenne ich Ihren Mann?«

»Nein. Aber deswegen ist es nicht weniger persönlich. Mein Mann …« Sie holte tief Luft, aber ihre Stimme klang auch beim zweiten Anlauf noch belegt. »Mein Mann war der Vater Ihres Kindes.«

Jack war wie gelähmt vor Verwirrung. »Sagen Sie das noch mal.«

»Ich glaube, Sie haben mich verstanden.«

Jack ließ sich alle Möglichkeiten durch den Kopf gehen, und ihm wurde schnell klar, dass es nur eine Erklärung gab. »Haben Sie Ihren Sohn adoptiert?«

Sie nickte ernst.

»Und Sie behaupten, dass ich der leibliche Vater Ihres Kindes bin?«

»Die Mutter war eine Frau namens Jessie Merrill.«

Jessie, die Frau, mit der er zusammen war, als er sich Hals über Kopf in die Frau verliebt hatte, die er schließlich geheiratet hatte – und von der er später geschieden wurde. Erst nach fünf Jahren Ehe mit Cindy Paige hatte Jack erfahren, dass Jessie, als er sich von ihr getrennt hatte, schwanger gewesen war und das Kind zur Adoption freigegeben hatte.

»Ich weiß nicht, was ich sagen soll. Ich leugne nicht, dass Jessie ein Kind hatte und behauptet hat, ich wäre der Vater. Ich habe mich nicht weiter darum gekümmert. Ich hatte nicht das Gefühl, dass ich das Recht hatte, in die Adoptionsfamilie einzudringen.«

»Das war sehr rücksichtsvoll«, erwiderte Lindsey immer noch mit belegter Stimme. »Aber meinem Mann und mir war klar, dass unser Sohn vielleicht irgendwann Kontakt zu seinen leiblichen Eltern suchen würde. Vor einigen

Jahren haben wir die notwendigen Nachforschungen angestellt.«

»Und Sie sind sich Ihrer Sache völlig sicher.«

»Ich könnte Ihnen den ganzen Papierwust zeigen, aber ich denke nicht, dass das notwendig ist.« Sie griff erneut in ihre Handtasche und zog ein Foto heraus.

»Das ist Brian«, sagte sie.

Ein Augenblick verstrich, während das Foto vor ihm zu schweben schien. Schließlich langte er über den Schreibtisch und fasste es an einer Ecke an, als könnte er sich an der Vergangenheit verbrennen, wenn er zu viel davon berührte. Er ließ seinen Blick auf dem lächelnden Gesicht eines zehnjährigen Jungen ruhen. Er hatte ihn nie zuvor gesehen, aber diese dunklen Augen und die Adlernase kamen ihm bekannt vor.

»Ich bin sein Vater«, sagte er mit einer Stimme wie aus der Ferne, als kämen ihm die Worte unfreiwillig über die Lippen.

»Nein«, erwiderte sie sanft, aber bestimmt. »Sein Vater ist tot. Und wenn Sie mir nicht helfen, seinen Mörder zu finden, besteht die Gefahr, dass seine Mutter für den Rest ihres Lebens ins Gefängnis wandert.«

Sie sah ihm in die Augen, und Jack suchte nach Worten, die einer Situation entsprachen, auf die sich kein Strafverteidiger der Welt innerlich vorbereiten konnte. »Ich glaube, Sie haben Recht«, sagte er ruhig. »Das ist sehr persönlich.«

2

Jack hielt sich nicht gerade für einen Trinker, aber nach dem aufwühlenden Treffen mit der Adoptivmutter seines Sprösslings – »Sohn« kam ihm zumindest im Moment noch wie eine zu vertrauliche Bezeichnung vor – brauchte er dringend einen Drink. Sein Freund Theo Knight betrieb eine Kneipe namens Sparky's in der Nähe der Florida Keys, eigentlich zu weit abgelegen für ein Gläschen Trost, aber allein wegen Theo lohnte sich die Fahrt.

»Bourbon«, bestellte Jack beim Barkeeper. Keinen erstklassigen Markenwhiskey zu bestellen war gewagt, aber schon das Betreten einer Kneipe wie das Sparky's war gefährlich, was bedeutete da ein Risiko mehr?

Das Sparky's war eine umgebaute Tankstelle, wobei »umgebaut« leicht übertrieben war. Wenn man sich umsah, hätte man schwören können, dass die Jungs von der Tankstelle nur Pause machten und in ihren schmierigen Overalls an der Theke hockten und sich fragten, wo diese fürchterliche Band und die besoffenen Motorradfahrer plötzlich hergekommen waren. Die Kneipe war eine Goldgrube und häufig brechend voll, vor allem, wenn Theo höchstpersönlich bis zum frühen Morgen in sein Saxophon blies. Natürlich hätte sich Theo ein paar Schönheitsreparaturen leisten können, aber offenbar gefiel ihm der Laden so, wie er war. Jack war klar, dass das mit Theos Egotrip zu tun hatte, dass sein alter Kumpel sich jedes Mal ins Fäustchen lachte, wenn sich mal wieder so ein Yuppie mit seiner in Gucci-Klamotten gehüllten Freundin in seinen Schuppen verirrte, in den er normalerweise keinen Fuß setzen würde, nur um sich anzuhören, wie Theo und seine Band in feinster Harlem-Manier drauflosimprovisierten.

Es war noch früh am Abend und die Band hatte ihre Instrumente noch nicht aufgebaut. Theo war allein auf der Bühne. Es kam nicht oft vor, dass er sang oder Klavier spielte, außer wenn seine engsten Freunde da waren. Vom Tresen aus, wo er an einem Bourbon nippte, der ihm die Kehle verbrannte, hörte Jack zu, wie Theo sich die Seele aus dem Leib sang und bekannten Stücken seine eigenen satirischen Texte verpasste. Diesmal hatte er sich »I Can't Make You Love Me« vorgenommen, Bonnie Raitts Rhythm&Blues-Megahit aus dem Jahre 1991, einen ziemlich deprimierenden Song über eine Frau, die mit ihrem kaltherzigen Liebsten ein letztes Mal ins Bett geht, bevor er sie sitzen lässt. Theo hatte daraus ein Selbstmordlied mit dem schlichten Titel »The Suicide Song« gemacht.

Hab mir die Handgelenke aufgeschlitzt.
Spring aus dem Fenster.
Schieß mir eine Kugel
ins Hirn.
Denn du kannst mich nicht zwingen zu leben,
wenn ich es nicht will …

Das Publikum tobte. Theo enttäuschte die Leute nie. Zumindest nicht, wenn sie betrunken waren.

»Hey, Jacko!« Theo hatte ihn entdeckt und teilte seine Anwesenheit allen Gästen mit, ob es Jack gefiel oder nicht. Theo verließ die kleine Bühne und gesellte sich zu seinem Freund an den Tresen.

»Eine lustige Vorstellung.«

»Findest du Selbstmord lustig?«

»Das habe ich nicht gesagt.«

»Falsche Antwort. Alles ist lustig. Solange du das nicht begriffen hast, muss ich dir leider für dieses Gesöff das Doppelte abknöpfen.«

Theo gab dem Barkeeper ein Zeichen, der sofort zwei Drinks brachte. Einen weiteren Bourbon für Jack und ein Mineralwasser für Theo. »Ich muss heute Abend noch spielen«, erklärte Theo, wie um sich für das Wasser zu entschuldigen.

»Das ist der einzige Grund, warum ich hier bin.«

»Du Heuchler. Glaubst du etwa, ich würde dich nach zehn Jahren immer noch nicht kennen? Jack Swyteck trinkt keinen Rachenputzer, es sei denn, man hat ihn sitzen gelassen oder angeklagt, oder beides zusammen.«

Jack grinste, obwohl es ihn irritierte, dass er so leicht zu durchschauen war.

Theo schaute plötzlich an ihm vorbei und Jack folgte seinem Blick auf die Bühne, wo der Bassist seine Anlage für den Auftritt aufbaute.

Die Leute begannen, näher an die Bühne heranzurücken und sich die besten Plätze zu sichern, und Jack wusste, dass er nicht mehr lange mit der Aufmerksamkeit seines Freundes würde rechnen können. Es war immer dasselbe.

»Und, was ist diesmal passiert?«, fragte Theo.

»Ich sage nur zwei Worte: Jessie Merrill.«

»Wow. Merkwürdig, diesen Namen zu hören, nachdem ich gerade den ›Suicide Song‹ gesungen habe.«

»Sie ist wieder da.«

»Von den Toten auferstanden?«

»Ich meine das nicht wörtlich, du Pfeife.«

Jack klärte ihn in knappen Zügen über Lindsey Hart auf. Theo war zwar kein Jurist, aber wenn Jack sich dazu entschied, Lindseys Fall zu übernehmen, würde Theo garantiert eine Ermittlerrolle übernehmen; er verstieß also nicht gegen die anwaltliche Schweigepflicht, wenn er ihn einweihte. Außerdem musste Jack sich mit irgendjemandem aussprechen, und Theo war einer der wenigen Leute, die

die ganze Geschichte mit Jessie Merrill kannten. Zudem war er Jacks einziger Mandant gewesen, der wegen eines Mordes, den er nicht begangen hatte, in der Todeszelle gesessen hatte.

Als Jack geendet hatte, schüttelte Theo grinsend den Kopf. »Für einen Typen, der nur bei jeder zweiten Sonnenfinsternis eine Frau im Bett hat, hast du ein ausgesprochenes Händchen dafür, aus jeder Beziehung das Maximum an Chaos rauszuholen.«

»Vielen Dank auch. Und zur Erinnerung, es passiert nur bei jeder zweiten *partiellen* Sonnenfinsternis.«

»Du alter Lüstling.« Theo griff sich eine Hand voll Erdnüsse, die er sich einverleibte, während er weiterredete. »Sitzt diese Lindsey tief in der Tinte?«

»Weiß ich noch nicht. Bevor ich herkam, hab ich versucht, den Ermittlungsbericht zu lesen, aber ich hatte den Kopf zu voll.«

»Diese Geschichte mit Jack junior hat dich wohl ziemlich umgehauen, was?«

»Ziemlich? Ich weiß ja schon seit ein paar Jahren von der Adoption. Seit Jessies Tod. Aber ich glaube, ich hab's erst richtig begriffen, als Lindsey mir das Foto gezeigt hat. Ich habe tatsächlich irgendwo da draußen einen Sohn.«

»Nein, es ist ihr Sohn. Du hattest bloß Sex mit deiner Freundin.«

»So einfach ist das nicht, Theo. Er sieht genauso aus wie ich.«

»Wirklich? Oder siehst du das nur so, weil seine Mutter es sagt und weil du dir aus irgendeinem bescheuerten darwinistischen Grund wünschst, dass es wahr ist?«

»Glaub mir. Die Ähnlichkeit ist frappierend.«

»Hätte ja auch schlimmer kommen können. Wenn er zum Beispiel einem deiner Freunde ähnlich sähe.«

»Kannst du zur Abwechslung mal ernst bleiben?«

»Nein, aber ich kann so tun, als ob.« Theo nippte an seinem Wasser. »Und wie sieht's aus, wirst du sie verteidigen?«

»Ich weiß noch nicht.«

»Was sagt dir dein Gefühl? Ist sie unschuldig?«

»Welche Rolle würde das spielen? Ich habe eine Menge Mandanten vertreten, die schuldig waren. Selbst dich habe ich für schuldig gehalten, als ich deinen Fall in die Berufung gebracht habe.«

»Aber ich war nicht schuldig.«

»Und selbst wenn du's gewesen wärst, hätte ich mich genauso für dich ins Zeug gelegt.«

»Vielleicht. Aber ich habe das Gefühl, dass dieser Fall sich etwas anders darstellt.«

»Du siehst das Dilemma also auch?«

»Ja, außer dass man es da, wo ich herkomme, nicht Dilemma nennt. Bei uns sagt man, du hast dir den Schwanz im Reißverschluss eingeklemmt.«

»Autsch. Aber irgendwie zutreffend.«

»Natürlich trifft es zu. Also gut, deine Mandantin wird beschuldigt, ihren Mann getötet zu haben, und du erklärst dich bereit, sie zu verteidigen. Angenommen, sie ist schuldig, aber es gelingt dir, deinen ganzen Charme spielen zu lassen und die Jury davon zu überzeugen, dass sie es nicht ist. Dann wird sie freigesprochen. Und was hast du davon?«

»Das spielt keine Rolle. Was hat ihr Sohn davon?«

»Dass er mit einer Mörderin leben muss, das hat er davon.«

Jack starrte in sein Whiskeyglas und sagte: »Also nichts, was ein Strafverteidiger mit einem Rest von Ehrgefühl im Leib seinem eigenen Fleisch und Blut antun sollte.«

»Andererseits, wenn du diesen Fall ablehnst … Angenommen, sie ist unschuldig, aber irgendein unfähiger

Anwalt vermasselt es – so wie mein Pflichtverteidiger damals –, und sie wird verurteilt. Dann würde der Kleine außer seinem Vater auch noch seine Mutter verlieren, oder zumindest die einzige Mutter und den einzigen Vater, die er jemals hatte. Könntest du damit leben?«

»Ich würde sagen, du hast beide Seiten des Dilemmas voll erfasst.«

»Scheiß auf dein Dilemma. Das sind tausend winzige Metallzähne, die sich in deinen –«

»Ich hab's kapiert, Theo. Was meinst du also, was ich tun sollte?«

»Ganz einfach. Übernimm den Fall. Und falls du irgendwann feststellst, dass sie schuldig ist, legst du dein Mandat nieder.«

»Das ist riskant. Wenn ein Mordprozess erst in Gang gekommen ist, kann man sein Mandat nicht mehr einfach so niederlegen. Dass man den Angeklagten plötzlich für schuldig hält, wird der Richter nicht als ausreichende Begründung akzeptieren. Wenn das zulässig wäre, würden jeden Tag Anwälte mitten in einem Prozess abspringen.«

»Dann bleibt dir nichts anderes übrig, als dich davon zu überzeugen, dass deine Klientin unschuldig ist, *bevor* du den Fall übernimmst. Du kannst sie ja fragen, ob sie bereit ist, sich einem Lügendetektortest zu unterziehen.«

»An diese Tests glaube ich nicht, schon gar nicht bei jemandem, der emotional so fertig ist. Da könnte ich genauso gut eine Münze werfen.«

»Was willst du mir jetzt eigentlich sagen?«

»So wie ich die Sache sehe, könnte die Staatsanwaltschaft schon morgen Anklage erheben. Ich brauche eine schnelle Antwort und wie üblich gibt es mal wieder keine.«

Theo nahm seinem Freund das Glas aus der Hand, stellte es auf den Tresen und schob es weg. »Dann setz deinen Arsch in Bewegung, fahr nach Hause und lies diesen Ermittlungsbericht. Lies ihn so, wie du ihn lesen würdest, wenn dieser Junge irgendein ganz normaler Junge wäre.«

Theos Ton war ernst und er lächelte nicht, aber Jack wusste, dass die Worte von einem Freund kamen. Er stand auf und legte einen Fünfer für die beiden Drinks auf den Tresen.

»Hey«, sagte Theo. »Das war kein Witz.«

»Ich weiß.«

»Ich rede von der Rechnung, du Genie. Bis du diese Art Humor begreifst, zahlst du hier das Doppelte, erinnerst du dich?«

Jack griff ins Portemonnaie und warf einen zweiten Schein auf den Tresen. »Danke für die Lektion«, sagte er grinsend. Aber als er sich seinen Weg durch die lärmende Menge bahnte und dem Ausgang zustrebte, vorbei an belanglosen Gesprächen, fragte er sich, wozu all das gezwungene Gelächter dienen sollte, und sein Lächeln verschwand.

Er wünschte, Theo hätte Recht. Er wünschte, er könnte wirklich alles lustig finden.

3

Am folgenden Nachmittag wurde Jack im fünften Stock des Büros der US-Bundesanwaltschaft im Zentrum von Miami vorstellig. Er hatte fast die ganze Nacht damit zugebracht, die Kopie des NCIS-Ermittlungsberichts durchzuarbeiten, die Lindsey Hart ihm gegeben hatte. Jack hatte noch nie zuvor militärische Ermittlungsakten in der Hand gehabt, aber sie glichen weitgehend den Berichten im zivilen Bereich, wie sie ihm aus seiner jahrelangen Arbeit vertraut waren, allerdings mit einer wesentlichen Ausnahme: Fast auf jeder Seite waren Zeilen – teils ganze Absätze, teils komplette Zeugenaussagen – geschwärzt worden, Stellen, die die militärische Führung offenbar als vertraulich einstufte und als ungeeignet für die Augen von Zivilpersonen.

Jacks erster Gedanke war, dass die NCIS Lindsey Informationen vorenthielt, weil sie des Mordes verdächtigt wurde. Als er jedoch einen Freund bei der Militäranwaltschaft JAG anrief, erfuhr er, dass Angehörige eines getöteten Militärs häufig stark zensierte Ermittlungsberichte erhielten. Selbst wenn der Soldat nicht im Zusammenhang mit Kampfhandlungen ums Leben gekommen war, sondern durch Mord, Selbstmord oder einen Unfall, bekamen die Hinterbliebenen längst nicht immer Gelegenheit zu erfahren, was der Betroffene gerade getan hatte, als der Tod ihn ereilte, mit wem er zuletzt gesprochen oder was er ein paar Stunden, bevor ihm eine 9-mm-Kugel den Hinterkopf zertrümmerte, in sein Tagebuch geschrieben hatte. Sicherlich hatte das Militär in vielen Fällen ein berechtigtes Interesse an der Geheimhaltung, besonders an einem Ort wie Guantánamo, der letzten US-Basis auf kommunistischem Boden. Aber Jack war Anwalt und all das machte ihn zutiefst skeptisch.

»Jack, ich wollte am Telefon nicht unhöflich sein. Aber ich habe wirklich absolut nichts mit dem Fall Hart zu tun.«

Gerry Chavetz saß mit hinter dem Kopf verschränkten Händen an seinem Schreibtisch, genauso wie früher, als er noch Jacks Vorgesetzter gewesen war. Damals hatten sie häufig bis spät in die Nacht zusammengesessen und über Gott und die Welt diskutiert, darüber, ob die Miami Dolphins mehr Footballspiele in ihren blauen oder den weißen Trikots gewonnen hatten, oder auch darüber, ob ihr Kronzeuge eher trotz oder wegen des Zeugenschutzprogramms ein toter Mann war. Manchmal vermisste Jack die alten Zeiten, aber auch wenn er geblieben wäre, hätten sich die Dinge geändert. Gerry hatte sich zum stellvertretenden Bundesstaatsanwalt hochgearbeitet, und die Streitgespräche mit ihm wären weitaus weniger lustig, da er mittlerweile über alles informiert war.

»Der Fall wird hier in Miami verhandelt. Habe ich Recht?«, fragte Jack.

Gerry schwieg eisern. Jack bohrte weiter. »Also, es ist kein Geheimnis, dass Lindsey Hart als Zivilperson nicht vor ein Militärgericht gestellt werden kann. Sie stammt aus Miami. Du gefährdest sicher nicht die Sicherheit der Nation, wenn du mir bestätigst, dass der Prozess hier im Southern District of Florida stattfinden wird, falls man sie des Mordes an ihrem Mann anklagt.«

Immer noch keine Reaktion von Gerry.

Ein Lächeln spielte um Jacks Mund. »Nun komm schon, Gerry. Nicht mal damit willst du herausrücken?«

»Lass es mich so ausdrücken: Theoretisch könntest du Recht haben.«

»Gut. Also dann möchte ich dich theoretisch darum bitten, dem zuständigen Staatsanwalt eine Nachricht von mir zukommen zu lassen. Ich habe den NCIS-Bericht gelesen. Zumindest das, was davon übrig geblieben ist. Die Hälfte ist geschwärzt.«

»Ms Hart kann von Glück reden, überhaupt einen Bericht erhalten zu haben.«

»Wie soll ich das verstehen?«

»Normalerweise dauert es mindestens ein halbes Jahr, bis die Behörde einen Abschlussbericht verfasst. Dieser hier kam sehr schnell. Deine Mandantin sollte froh darüber sein.«

Jack lächelte in sich hinein. Genau wie er gedacht hatte: Der stellvertretende Bundesstaatsanwalt wusste tatsächlich alles. Jack erwiderte: »Offiziell ist sie nicht meine Mandantin. Noch nicht. Wie ich am Telefon gesagt habe, ich ringe noch mit mir, ob ich ihre Verteidigung übernehmen soll.«

»Woher weißt du dann, dass es überhaupt zu einem Verfahren kommen wird?«

»Die NCIS stuft den Tod ihres Ehemanns als Mordfall ein.«

»Ich meinte ein Verfahren gegen *sie*.«

Jack warf ihm einen fragenden Blick zu. »Willst du mir sagen –«

»Ich sage dir gar nichts. Ich dachte, das hätte ich von vornherein klargestellt.«

»Okay. Es mag wahr oder unwahr sein, aber Ms Hart scheint anzunehmen, dass sie die Hauptverdächtige ist.«

Gerry verzog keine Miene und schwieg.

»Für eine Frau, die von ihrer Unschuld überzeugt ist, bedeutet das eine extreme nervliche Belastung.«

»Alle sind von ihrer Unschuld überzeugt. Deshalb sitze ich auch immer noch auf dieser Seite des Schreibtischs. Ich respektiere dich, Jack, aber ich schlafe besser, wenn ich weiß, dass ich keinen Schuldigen verteidige.«

Jack rutschte auf die Stuhlkante und sah seinem ehemaligen Chef in die Augen. »Deshalb bin ich hier. Bei diesem Fall sitze ich in der Klemme. Lindsey Hart ist –« Er unterbrach sich, weil er nicht zu viel preisgeben wollte. Gerry war zwar ein alter Kumpel, aber immer noch auf der anderen Seite. »Sagen wir, sie ist die Freundin eines Freundes. Eines sehr engen Freundes. Ich möchte ihr helfen, wenn ich kann. Aber ich möchte mich nicht in diese Sache hineinknien, wenn …«

»Wenn was?«, erwiderte Gerry sarkastisch. »Wenn sie schuldig ist?«

Jack lächelte nicht zurück. Sein Gesichtsausdruck war todernst.

»Komm schon, Jack. Du hast doch nicht allen Ernstes erwartet, dass ich dir in die Augen sehe und sage: ›Du hast Recht, Kumpel. Übernimm den Fall. Die Ermittler haben den falschen Verdächtigen auf dem Kieker.‹ Oder?«

»Vorerst will ich rausfinden, wie ehrlich meine Mandantin mir gegenüber ist. Ich muss eine bestimmte Sache überprüfen. Es hat etwas mit dem Todeszeitpunkt zu tun.«

»Selbst wenn mir die Einzelheiten dieses Falles bekannt wären, was sie nicht sind, könnte ich zu den Ermittlungen nichts sagen.«

»Natürlich könntest du das. Die Frage ist doch nur, ob du willst oder nicht.«

»Dann nenn mir einen plausiblen Grund, warum ich es tun sollte.«

»Weil ich dich im Namen unserer alten Freundschaft inständig darum bitte.«

Gerry wandte sich ab, als hätte ihn Jacks Bitte unangenehm berührt. »Du machst ja eine fürchterlich persönliche Sache daraus.«

»Was mich betrifft, kann ich mir nichts Persönlicheres vorstellen.«

Gerry saß eine Weile schweigend da und dachte nach. Schließlich blickte er auf. »Was brauchst du?«

»In dem NCIS-Bericht fehlen jede Menge Informationen, aber eine Lücke gibt mir besondere Rätsel auf. Lindsey Hart behauptet, ihr Mann sei noch am Leben gewesen, als sie das Haus um halb sechs morgens verließ. Der Gerichtsmediziner setzt den Todeszeitpunkt zwischen drei und fünf Uhr an.«

»Das ist nicht gerade das erste Mal, dass der gerichtsmedizinische Befund im Widerspruch zu der Version eines Verdächtigen steht.«

»Ich bin noch nicht fertig. Das Opfer wurde durch einen Kopfschuss aus seiner eigenen Waffe getötet. Der Bericht erwähnt keinen Schalldämpfer. Er wurde also mit seiner eigenen Pistole erschossen, die im Schlafzimmer auf dem Boden lag, nicht weit von der Leiche entfernt. Weit und breit kein Schalldämpfer, kein zerfetztes Kissen, keine durchlöcherte Decke, womit man den Lärm hätte dämpfen können.«

»Und?«

»Das Ehepaar hat einen zehnjährigen Sohn. Wenn Lindsey Hart ihren Mann zwischen drei und fünf Uhr früh erschossen hat, müsste doch ihr Sohn den Schuss gehört haben, oder?«

»Kommt drauf an, wie groß das Haus ist.«

»Das ist eine Militärbasis. Selbst die Unterkünfte der Offiziere verfügen lediglich über zwei Schlafzimmer, die direkt nebeneinander liegen, die Größe der Wohnungen beträgt gerade mal hundert Quadratmeter.«

»Was steht dazu in dem Bericht?«

»Ich habe nichts gefunden. Vielleicht stand was auf den Seiten, die geschwärzt wurden.«

»Möglich.«

»Wie auch immer, ich würde gerne wissen, inwiefern die Ermittler das Schussgeräusch berücksichtigt haben. Wie ist es möglich, dass eine Frau eine 9-mm-Beretta abfeuert und ihr zehnjähriger Sohn im Nebenzimmer seelenruhig weiterschläft?«

»Vielleicht hat der Junge einen gesunden Schlaf.«

»Bestimmt. Das könnte auch die offizielle Erklärung sein.«

»Und wenn es so ist?«

Jack ließ einen Augenblick verstreichen, als wollte er

damit seinen nächsten Worten mehr Gewicht verleihen. »Wenn das die beste Erklärung ist, die sie zu bieten haben, dann hat Lindsey Hart wohl gerade einen Anwalt gefunden.«

Ein bedrückendes Schweigen lag im Raum. Schließlich sagte Gerry: »Ich werde sehen, was ich tun kann. Jack Swyteck von dem Fall fern zu halten könnte für den Chefankläger ausreichend Anreiz sein, ein paar Informationen auszuspucken.«

»Wow. Das ist wahrscheinlich das Positivste, was du je über mich gesagt hast.«

»Oder vielleicht kann ich es auch nicht ausstehen, wenn Frauen erst ihre Männer umbringen und sich anschließend einen Spitzenanwalt nehmen.«

Jack nickte bedächtig, als hätte er die Antwort verdient. »Je eher, desto besser, okay?«

»Wie gesagt, ich werde sehen, was ich tun kann.«

»Klar.« Er stand auf, bedankte sich und reichte Gerry zum Abschied die Hand. Den Weg hinaus kannte er.

4

Die Antwort kam früher als erwartet. Aber sie war nicht die, mit der Jack gerechnet hatte.

Er hatte sich ein ruhiges Wochenende gegönnt, eine Bootsfahrt mit Theo in der Bucht, ein bisschen Gartenarbeit. Aber nichts hatte ihn davon abgehalten, sich den Kopf darüber zu zerbrechen, wie anders sein Leben hätte verlaufen können. Anfangs hatte ihn Jessie Merrill körperlich unglaublich angezogen. Sie war eine auffällige Schönheit gewesen, nicht im Geringsten prüde, auch wenn ihr Bad-Girl-Image größtenteils gespielt war. Auch was ihre Intelligenz betraf, konnte sie es spielend mit den Frauen aufnehmen, die er während des Studiums kennen gelernt hatte, und was hätte er dagegen haben sollen, dass sie nicht nur gebildet, sondern auch gut im Bett war? Leider war ihm erst aufgegangen, dass sie womöglich die Richtige gewesen wäre, nachdem sie sich mit den klischeehaften Worten: »Ich habe dich nicht verdient, aber ich hoffe, wir können Freunde bleiben«, verabschiedet hatte. Jack hätte alles gegeben, um sie zurückzubekommen. Fünf Monate später, als sie *tatsächlich* zu ihm zurückkam, war er bereits in Cindy Paige verliebt gewesen, die Frau seiner Träume, seine zukünftige Ehefrau, von der er später geschieden wurde und mit der er seither nie wieder ein Wort wechselte. Jessie hatte bescheiden einen Rückzieher gemacht und ihm alles Gute gewünscht, ohne auch nur mit einem Wort zu erwähnen, dass sie von ihm schwanger war.

Was wäre wohl gewesen, wenn er Cindy nie kennen gelernt hätte? Ob er Jessie geheiratet hätte? Vielleicht hätte Jessie die Weichen für ihr Leben anders gestellt, so dass sie nicht in jungen Jahren hätte sterben müssen. Jack hätte vielleicht einen Sohn gehabt, den er zu Baseballspielen und zum Angeln mitnehmen und mit Zähnen und Klauen gegen Onkel Theos schädliche Einflüsse verteidigen konnte. Bis zum Sonntagabend hatte er sich eine kleine heile Welt erschaffen, in der sie alle drei glücklich miteinander lebten, und in seinem Kopf hatte er eine klare Vorstellung von seinem Sohn, so real wie sie nur sein konnte – den Klang seiner Stimme, den Duft seiner Haare, die dünnen Arme des Zehnjährigen, die sich um ihn schlangen, wenn sie auf dem Boden miteinander rangelten.

Dann, am Montagmorgen, kam der Anruf aus dem

Büro des Bundesanwalts, der ihn wieder daran erinnerte, dass nichts im Leben jemals perfekt war.

»Lindsey Harts Sohn ist taub«, sagte Gerry Chavetz.

Jack war so verdattert, dass er nur stottern konnte: »Deshalb hat er den Schuss nicht gehört.«

»Deshalb kann er überhaupt nichts hören«, erwiderte der Staatsanwalt.

Während Gerry weiterredete, umklammerte Jack den Telefonhörer, als fürchtete er, er könnte ihm aus der Hand fallen. Jack hätte nach mehr Informationen gebohrt und sicherlich versucht, Gerry den ganzen Vormittag am Reden zu halten, wenn es um einen x-beliebigen Jungen gegangen wäre. Aber unter den gegebenen Umständen gelang es ihm einfach nicht, so zu tun, als wenn ihn die Sache nicht berührte, und seine Verbindung zu Lindsey Harts Sohn ging weder Gerry noch sonst jemanden etwas an. Er konnte sich keinen Ausrutscher leisten.

»Gerry, ganz herzlichen Dank für den Gefallen.«

»Heißt das, du wirst sie nicht verteidigen?«

»Ich muss noch darüber nachdenken.«

»Aber du hast doch gesagt, dass –«

»Ich weiß. Tut mir Leid, aber ich habe es sehr eilig.«

Der Hörer landete heftiger als normalerweise auf der Gabel. Jack ging in die Küche und starrte hinaus auf die Biscayne Bay. Er beobachtete, wie eine warme Brise aus Südost beständig Wellen landeinwärts trieb, die sanft gegen die Uferbefestigung plätscherten. Es waren keine eindrucksvollen Naturgewalten, kein Anblick, der die Seele erschütterte. Es war eher ein unablässiges Nichtsdestoweniger, so unerbittlich wie die Gewalt der Gefühle, die durch Jacks Adern pulsierten.

Ein Bild kam ihm in den Sinn, wie er in der Säuglingsstation eines Krankenhauses stand und ein Baby im Arm hielt, der stolze junge Vater, der über das ganze Gesicht strahlt, während ein Arzt sich ihm langsam mit ernster Miene nähert, die sein Lächeln gefrieren lässt. Offensichtlich bringt der Arzt keine guten Nachrichten, und irgendwie ahnt Jack, dass der Arzt ihm jetzt gleich eröffnen wird, dass sein Sohn taub ist. Plötzlich verändert sich das Bild. Jack ist nicht länger ein Vater, sondern selbst ein kleines Baby in den Armen eines anderen Mannes. Der Mann ist Jacks Vater, ein junger Harry Swyteck, und wundersamerweise kann dieses schläfrige kleine Neugeborene namens Jack sowohl hören als auch *verstehen*, wie der Arzt Harry Swyteck die Hand auf die Schulter legt und mit sanfter Stimme sagt: »Es tut mir sehr Leid, Mr Swyteck. Wir haben alles versucht, was in unserer Macht lag, aber wir konnten das Leben Ihrer Frau nicht retten.« Jack fühlt, wie er fällt, als sein Vater in einem Sessel zusammenbricht, fühlt, wie sein Vater am ganzen Körper zittert, als ihm die grausame Wahrheit bewusst wird, fühlt, wie der junge Witwer ihn fester an sich drückt, so als wollte er sein Kind nie wieder loslassen. Harry sagt irgendetwas, ringt sich mit erstickter Stimme Worte ab, während er sein Gesicht in die Baumwolldecke presst, in die sein Sohn gewickelt ist. Die Worte sind eine verwirrende Mischung aus Liebe und Wut, eine Wut, die sowohl verbittert als auch dauerhaft ist. Vor seinem geistigen Auge ist Jack immer noch in jene Decke gewickelt, während die Jahre vorüberfliegen. Sein Vater redet immer weiter, anscheinend ohne zu bemerken, dass der Junge größer wird, überzeugt, dass ihn sein Sohn sowieso nicht hören kann. Jack ist nicht ganz klar, wann genau es passiert, aber irgendwann kommt der Arzt zurück. Er weigert sich, Jack oder seinem Vater in die Augen zu sehen, als wüsste er nicht, wem von beiden er die schreckliche Nachricht überbringen soll.

»Der Junge ist taub«, sagt der Arzt, und es ist Harry, der

schluchzt, obwohl es Jack wehtut, zu wissen, dass er fast dreißig Jahre benötigen wird, um sein Gehör zurückzuerlangen und zu verstehen, was sein Vater ihm sagen will.

Jack trat vom Fenster weg und schüttelte die verzerrten Erinnerungen ab, obwohl sie ja eigentlich keine Erinnerungen waren, sondern eher schmerzende Bilder einer Vergangenheit, die ihn offenbar noch immer verfolgte, einer Vergangenheit, die er nie völlig zu erforschen gewagt hatte. Die Entdeckung seines eigenen Sohnes machte die Sache auch nicht gerade leichter.

Oder vielleicht doch?

Als er nach dem Telefonhörer griff, war er plötzlich wieder ganz Anwalt. Er rief im Hotel InterContinental an und sagte mit geschäftsmäßiger Stimme: »Ich möchte bitte mit Lindsey Hart sprechen. Sie ist Gast bei Ihnen. Es ist dringend.«

5

Jack empfing Lindsey in seiner Kanzlei unter vier Augen. Er musste sich von ihrer Glaubwürdigkeit überzeugen und dazu würde ein Telefongespräch nicht ausreichen.

»Warum haben Sie mir nicht gesagt, dass er taub ist?«

Lindsey erstarrte angesichts seines vorwurfsvollen Tonfalls, aber sie antwortete ruhig. »Er ist taub auf die Welt gekommen. Ich dachte, Sie wüssten es.«

»Bitte lügen Sie mich nicht an.«

»Es ist die reine Wahrheit.«

Jack dachte über ihre Worte nach, konzentrierte sich jedoch mehr auf ihre Körpersprache. Ihr Mund wurde noch schmaler. »Das kaufe ich Ihnen nicht ab«, sagte er.

»Warum sollte ich Sie ausgerechnet bei so etwas täuschen wollen?«

»Nach Durchsicht des NCIS-Berichts habe ich Sie angerufen und Ihnen erklärt, dass mich die Feststellung des Todeszeitpunkts durch den Gerichtsmediziner beunruhigte. Es ergab für mich keinen Sinn, dass Sie angeblich vor fünf Uhr eine Waffe in Ihrer Wohnung abgefeuert haben sollten und der Bericht keine Zeugenaussage von Ihrem Sohn enthielt; dass Ihr Sohn nicht einmal erwähnt wurde. Ich konnte mir nicht vorstellen, dass er trotz des lauten Knalls im Nebenzimmer weitergeschlafen haben sollte.«

»Und ich war mit Ihnen einer Meinung.«

»Aber die wichtigste Tatsache haben Sie mir vorenthalten.«

»Er kann nicht *hören*, Jack. Das macht aber aus ihm noch lange kein Möbelstück. Er kann Dinge spüren.«

»Also, als ich Sie anrief und Ihnen sagte, dass es eine riesige Lücke in dem Ermittlungsbericht gibt, dachten Sie, ich redete *davon* – dass Ihr Sohn einen Schuss im Nebenzimmer *gespürt* haben müsste?«

»Eine Tür, die zugeschlagen wird, die panischen Schritte des Schützen, der durch den Raum läuft. All diese Bewegungen erzeugen spürbare Schwingungen.«

»Bitte beantworten Sie meine Frage. Haben Sie tatsächlich geglaubt, das hätte ich gemeint?«

Es widerstrebte Jack, so hart mit ihr umzuspringen. Aber wenn es etwas gab, womit er nicht umgehen konnte, dann war es eine Mandantin, die ihren Anwalt belog.

»Nein«, sagte sie schließlich. »Ich wusste genau, was Sie dachten. Dass er den Schuss gehört haben musste.«

»Aha. Und dennoch lassen Sie mich ins Büro des Bundesanwalts rennen und dort vorbringen, dass Lindsey Hart ihren Mann nicht erschossen haben kann, ohne dass der Junge es gehört hat.«

»Ich wusste nicht, dass Sie mit dem Ankläger reden würden. Sie haben gesagt, Sie bräuchten noch etwas Bedenkzeit und würden mir Bescheid geben, ob Sie den Fall übernehmen.«

»Demnach war es in Ordnung, mich in die Irre zu führen, solange es nur zwischen uns beiden blieb?«

Mit gesenktem Blick erwiderte sie: »Ich hatte das Gefühl, Ihnen schon eine Menge aufgebürdet zu haben, auch ohne Ihnen zu sagen, dass der Junge taub ist.«

Ihre Worte klangen aufrichtig, aber wieder war ihr Mund verräterisch schmal. »Ich bin mir nicht sicher, dass das alles erklärt«, sagte Jack.

Sie antwortete mit leiser, ruhiger Stimme, vermied aber immer noch den Blickkontakt. »Sie müssen das verstehen. Als Sie mich anriefen, nachdem Sie den Bericht gelesen hatten, klangen Sie so überzeugt von der Idee, dass der Todeszeitpunkt meine Unschuld beweisen würde. Ich … Ich wollte einfach nicht meinen besten Trumpf verlieren. Nicht gleich zu Anfang.«

»Haben Sie geglaubt, Sie könnten mich austricksen, damit ich Ihre Verteidigung übernehme?«

Plötzlich begann sie zu zittern. Instinktiv öffnete Jack die Schachtel mit Papiertaschentüchern auf seinem Schreibtisch und reichte ihr eins.

»Ich bin unschuldig«, sagte sie mit zittriger Stimme. »Können Sie sich vorstellen, wie das ist, wenn man zu Unrecht beschuldigt wird, den Vater des eigenen Kindes getötet zu haben?«

»Ich kann es nur ahnen.«

»Dann müssen Sie das doch verstehen. Zu dem Zeitpunkt war es mir völlig egal, *warum* Sie geglaubt haben, dass ich unschuldig bin. Entscheidend für mich war, dass Sie es geglaubt haben.«

»Mich in die Irre zu führen kann mich nur schwerlich in diesem Glauben bestärken.«

»Wenn ich Ihnen meine Unschuld beweisen könnte, bräuchte ich Sie nicht.«

Sie tupfte eine Träne ab, und Jack ließ ihr einen Augenblick Zeit, ihre Fassung wiederzugewinnen. »Da haben Sie Recht. Aber wenn Sie mich anlügen, können Sie nicht mit mir rechnen.«

»Es tut mir Leid. Es wird nicht wieder vorkommen. Seit diese Geschichte passiert ist, habe ich das Gefühl, dass niemand auf meiner Seite steht. Die Polizei nicht und sonst auch niemand. Alle scheinen sich ihre Meinung bereits gebildet zu haben.«

»Wie kommen Sie darauf?«

»Wegen einer Sache, die ich der *Gazette* gesagt habe.«

»Was ist die *Gazette*?«

»So heißt das Blättchen auf der Militärbasis. Sie haben mich gefragt, was meiner Meinung nach meinem Ehemann zugestoßen ist, und ich habe es ihnen gesagt, und sie haben es gedruckt. Von diesem Tag an konnte man glauben, ich hätte einen Stempel auf meiner Stirn mit der Aufschrift ›Staatsfeindin‹.«

»Was haben Sie denen denn gesagt?«

Sie zögerte, als wüsste sie nicht recht, ob sie Jack ihre Theorie anvertrauen konnte. »Mein Mann wurde nicht unbedingt ermordet. Er wurde … liquidiert.«

»Liquidiert?«

»Zum Schweigen gebracht.«

»Von wem?«

Es schien ihr nicht bewusst zu sein, aber sie hatte die Hand, die das Taschentuch hielt, wütend zur Faust geballt.

»Dieser NCIS-Bericht ist völlig keimfrei gemacht worden. Fragen Sie sich nicht, was da unterschlagen wurde?«

»Soweit ich gehört habe, ist diese Art der Zensur nichts Ungewöhnliches.«

»Ich bin davon überzeugt, dass das dauernd vorkommt. Immer wenn die Navy etwas zu verbergen hat.«

Allmählich kam sie Jack leicht paranoid vor, aber er wägte seine Worte sorgfältig ab. »Nach allem, was Sie durchgemacht haben, ist Ihr Argwohn nicht verwunderlich.«

»Das mag Ihnen vielleicht nicht bekannt sein, aber die Ermittlungsakten des Militärs über Tötungsdelikte in den eigenen Reihen sind in der Regel alles andere als vollständig.«

»Das ist allerdings ein krasser Vorwurf.«

»Ich behaupte ja nicht, dass die Militärs inkompetent sind. Ich behaupte aber, dass gewisse Leute dort nicht vor Vertuschung zurückschrecken.«

»Und das wissen Sie, weil Sie …«

»Weil ich zwölf Jahre lang mit einem Berufsoffizier verheiratet war. Und ich habe meine Hausaufgaben gemacht. Wussten Sie, dass die NCIS einmal versucht hat, einer Mutter und einem Vater einzureden, ihr Sohn hätte sich selbst erschossen, obwohl er beim Abdrücken auf dem Kopf gestanden haben müsste, damit die Kugel den festgestellten Einschusskanal verursacht haben könnte?«

»Unglaublich.«

»Es kommt noch besser. In einem anderen Todesfall stellte die NCIS am neunten Juli fest, dass ein Angehöriger der Marines sich die tödlichen Verletzungen selbst beigebracht hatte. Und jetzt raten Sie mal, wann die Untersuchungsergebnisse über die Flugbahn der Kugel, der Schmauchspuren und der Blut- und Gewebetests vorlagen? Am sechsten August.«

»Sie haben offenbar Einblick in diese Dinge gehabt. Aber in diesem Fall geht es nicht darum, dass ein Mord als Selbstmord vertuscht werden soll.«

»Es geht darum, dass die in der Lage sind, alles so hinzudrehen, wie sie es brauchen. Sie wollten meinen Mann aus dem Weg räumen, aber niemand hätte ihnen abgekauft, dass er Selbstmord begangen hätte. Er war viel zu lebenslustig. Also haben sie ihn beseitigt, aber anstatt es wie einen Suizid aussehen zu lassen, bezichtigt man mich des Mordes an meinem Mann. Und dann erstellen sie diesen so genannten Untersuchungsbericht, der voller Lücken ist. Alle wesentlichen Informationen werden entfernt, angeblich zum Schutz militärischer Geheimnisse und der nationalen Sicherheit.«

Jack musterte sie eingehend. »Also gut, nehmen wir mal an, wir haben es mit Vertuschung zu tun. Sie sagen, das Militär wollte den Tod Ihres Mannes nicht als Suizid ausgeben, weil ihnen niemand abgenommen hätte, dass er sich selbst töten würde.«

»Richtig.«

»Aber anscheinend geht man davon aus, dass kein Mensch ein Problem damit haben würde, Sie für die Mörderin Ihres Mannes zu halten.«

Sie antwortete nicht sofort, offenbar war sie unangenehm berührt von der Art, wie Jack die Situation analysierte. »Solche Annahmen sind immer die Voraussetzung, wenn man jemandem etwas anhängen will.«

»Aber jemandem einen Mord anzuhängen ist eine Ungeheuerlichkeit. Zumal Sie mir noch kein Motiv dafür genannt haben.«

»Wenn Sie meinen Mann gekannt hätten, würden Sie meinen Verdacht verstehen. Wir haben fast ein Drittel unserer Ehe auf diesem kleinen eingezäunten Stückchen Kuba verbracht. Immer wieder habe ich ihn angefleht, seine Versetzung zu beantragen. Die Leute dort sind zwar ganz nett und es gibt auch eine Art Gemeinschaftssinn. Aber ich konnte die Isolation nicht ertragen. Oscar dagegen war durch und durch Mr Guantánamo. Er hatte sich in den Kopf gesetzt, auf der Insel Karriere zu machen, er hatte kein Bedürfnis, woanders hinzugehen. Und dann, von heute auf morgen, war er wie verwandelt. Zwei Wochen vor seinem Tod erklärte er mir aus heiterem Himmel, er denke, es sei an der Zeit, die Insel zu verlassen.«

»Vielleicht ein Sinneswandel?«

»Nein. Ich konnte die Veränderung an vielen kleinen Dingen ablesen – daran, dass er nachts dauernd wachlag, dass er irgendwann anfing, immer eine geladene Waffe in der Nachttischschublade zu haben. Wahrscheinlich dachte er, ich würde das alles nicht bemerken, aber ich habe es bemerkt. Irgendetwas hat ihn zutiefst beunruhigt. Er benahm sich plötzlich wie jemand auf der Flucht. Wie ein Mann, der etwas wusste, das er nicht wissen sollte.«

»Zum Beispiel?«

»Beim Militär wimmelt es von Geheimnissen. Und eine Menge Leute sind bei dem Versuch, sie für sich zu behalten, gestorben.«

»Ich brauche schon noch ein bisschen mehr.«

»Dann helfen Sie mir, es herauszufinden, verdammt noch mal.«

Sie war zweifellos frustriert, was Jack gut verstehen konnte. Er stand auf und setzte sich vor sie auf die Schreibtischkante, damit keine Barriere mehr zwischen ihnen stand. »Vermutlich glauben Sie, dass Anwälte immerzu schuldige Mandanten verteidigen, und fragen sich, warum reitet der Typ hier dermaßen auf Schuld oder Unschuld herum. Aber dieser Fall ist –«

»Anders«, beendete sie den Satz für ihn. »Ich weiß.«

»Verstehen Sie auch, warum?«

»Selbstverständlich. Sie wollen das Beste für Ihren«, sie unterbrach sich und fuhr fort: »für meinen Sohn. So wie ich auch. Aus diesem Grund hätte ich auch nie – selbst wenn ich Oscar den Tod gewünscht hätte –, hätte ich ihn *niemals* in unserem Haus erschossen, während unser Sohn im Nebenzimmer schlief. Können Sie das irgendwie nachvollziehen, Mr Swyteck?«

Jack hielt ihrem Blick stand und plötzlich war das Schweigen zwischen ihnen nicht mehr peinlich. Es war, als wäre ihm endlich das sprichwörtliche Licht aufgegangen. »Ja, das kann ich, Lindsey. Und ich finde, es wird Zeit, dass Sie mich Jack nennen.«

6

Alejandro Pintado war auf der Suche nach guten Nachrichten. Buchstäblich.

Wie üblich hatte ihn seine Suche zur Florida Straits geführt, einer ungefähr hundertfünfzig Kilometer breiten Meerenge, die den Golf von Mexiko mit dem Atlantischen Ozean verband und Key West von Kuba, somit Freiheit von Tyrannei trennte. Seit mehr als vier Jahrzehnten flüchteten Kubaner aus Fidel Castros repressivem kommunistischem Regime auf selbst gezimmerten Flößen, leckgeschlagenen Booten oder zusammengeklebten Reifenschläuchen. Sie riskierten ihr Leben auf hoher See, und viele schafften es in die Vereinigten Staaten, aber ebenso viele kamen in der von tropischen Stürmen aufgewühlten See um, verdursteten unter der unbarmherzigen Sonne oder gingen mit ihren alten Kähnen unter und endeten als Haifutter. Es war eine Tragödie, deren Entwicklung Alejandro mit eigenen Augen erlebte, seit er seinen ersten Einsatz im Jahre 1992 gehabt hatte. Zweimal war er über ein kleines Boot geflogen. Beim ersten Mal hatte er neun Leichen gezählt, die in einer Weise über das Deck verstreut lagen, als wären sie einfach zusammengebrochen. Beim zweiten Überflug bewegte sich eine Frau am Bug, die kaum noch in der Lage war, ihren Arm zu heben. Danach rührte sie sich nicht mehr. Die Küstenwache war zu dem Schluss gelangt, dass ein Sturm bereits in der ersten Nacht ihrer Überfahrt Wasser und Lebensmittelvorräte über Bord gespült hatte. In ihrer Verzweiflung hatten die Leute Meerwasser getrunken. Niemand überlebte. Kein Wunder, dass die kubanische Exilgemeinde in Miami die Straits of Florida als kubanischen Privatfriedhof bezeichnete.

Aber trotz der Gefahren kamen immer wieder Flüchtlinge. Und solange das nicht aufhörte, würde Alejandro Pintado nach ihnen Ausschau halten.

»Key West, hier Brother One«, sagte er in sein Funkgerät. »Ich habe etwas im Visier.«

»Verstanden«, lautete die Antwort.

Alejandro drückte den Steuerknüppel nach vorn und ging hinunter auf eine Höhe von hundertfünfzig Metern. Die alte einmotorige Cessna heulte auf, als er die Geschwindigkeit erhöhte. Obwohl ihm die Szenerie auf dem offenen Meer da unten vertraut war, verursachte sie ihm immer noch Herzrasen. Mehr als zwei Meter hohe Wellen, die sich mit weißen Schaumkronen im riesigen blauen Ozean brachen, ein fantastisches Naturschauspiel, wenn es nur nicht so gefährlich wäre. Ein kleines Boot, das sich in der Dünung hob und wieder in den Wellentälern verschwand, das weiße Segel von einem Sturm gepeitscht, der viel heftiger war als für die meisten Flüchtlinge vorstellbar. Wie üblich war das Boot überladen, voll gepackt mit drei Kindern, fünf Frauen, von denen eine einen Säugling im Arm hielt, und sechs Männern. Einige standen auf, als sie das Flugzeug erblickten, und fuchtelten wie wild mit den Rudern in der Luft herum, um die Aufmerksamkeit des Piloten zu erwecken.

Ihr seid schon fast zu Hause, dachte Alejandro und musste lächeln.

Er ging noch tiefer hinunter. Hundert Meter. Sechzig. Die Flüchtlinge hüpften herum und schrien vor Freude, als Alejandro an ihnen vorbeiflog. Er winkte aus dem Cockpit, dann begann er über dem Boot zu kreisen.

»Key West, hier Brother One«, sagte er. »Sieht nach einem fröhlichen Grüppchen aus. Alle sind in vergleichsweise guter Verfassung.«

Alejandro hatte schon erheblich Schlimmeres gesehen. Anfang der neunziger Jahre hatte er als Pilot bei *Brothers to the Rescue* angefangen, einer Gruppe von Exilkubanern, die sich zu Such- und Rettungstrupps zusammengetan hatten, nachdem ein neunjähriger Junge bei der Überfahrt von Kuba an Dehydrierung gestorben war. Nicht alle waren mit dem kompromisslosen Anti-Castro-Kurs der Organisation einverstanden, aber sie hatten für ihre erstaunlich hohe Rettungsbilanz internationale Anerkennung verbuchen können. Im Durchschnitt rettete die Gruppe ein Menschenleben pro zwei Stunden Flugzeit, und es gelang ihr, Tausende zu bergen, die ansonsten bei ihrer Flucht in die Freiheit auf hoher See umgekommen wären. Seit kubanische MiGs im Jahre 1996 zwei ihrer Flugzeuge abgeschossen hatten, verwandte die Organisation jedoch zunehmend mehr Energie darauf, Anti-Castro-Flugblätter zu drucken und zu verteilen. Damals verließ Alejandro die Organisation und gründete eine eigene Gruppe, die

Brothers for Freedom. Die bekannteren *Brothers to the Rescue* stellten ihre Flüge schließlich völlig ein. Aber Alejandro hatte sich gelobt, niemals aufzugeben. Da Rettungseinsätze kostspielig waren und private Spender nur schwer zu gewinnen, finanzierte er die Organisation aus eigener Tasche. Die *Brothers for Freedom* – und damit die Hoffnung auf ein freies Kuba – bestanden weiter.

»Brother One, hier Key West. Hast du schon die genaue Position?«

»Verstanden. Ich muss noch einen Überflug machen und –« Er starrte zum Fenster hinaus in Richtung Horizont und wurde augenblicklich wütend, als er sah, wie das Schiff Kurs auf die Flüchtlinge nahm. »Vergiss es«, sagte Alejandro in sein Funkgerät. »Die Küstenwache ist schon unterwegs.«

Alejandro nahm die Enttäuschung in seiner eigenen Stimme wahr und zugleich die Absurdität der Situation. In den ersten Jahren war der Anblick der Küstenwache noch ein Segen gewesen. Er hatte sie sogar verständigt, wenn er ein Boot entdeckt hatte. All das hatte sich 1996 mit der Neuorientierung der US-amerikanischen Einwanderungspolitik geändert. Auf See aufgegriffene Flüchtlinge wurden nicht länger in die USA gebracht, sondern entweder in ein anderes Land umgeleitet oder nach Kuba zurückverfrachtet. Und eine Rückkehr nach Kuba konnte gut und gerne fünf Jahre in Castros Gefängnissen bedeuten.

»Die Scheißkerle schnappen sich wieder ein Boot«, sagte Alejandro.

»Tut mir Leid, Alejandro. Bist du schon auf dem Rückweg?«

»Ja.«

»Gut. Ich habe vor zwanzig Minuten einen Anruf erhalten. Ein Anwalt aus Miami, der dich gerne treffen würde, ist auf dem Weg hierher. Sein Name ist Jack Swyteck.«

Alejandro nestelte an seinen Kopfhörern, um sich zu vergewissern, dass er richtig verstanden hatte. »Swyteck? Hat der was mit Harry Swyteck, dem ehemaligen Gouverneur, zu tun?«

»Ich glaube, er ist sein Sohn.«

»Was will er?«

»Er hat gesagt, es handelt sich um eine juristische Angelegenheit. Es geht um deinen Sohn.«

Alejandro hatte plötzlich einen Kloß im Hals. Es war schon einige Wochen her, dass er die Art von Nachricht erhalten hatte, die Eltern eigentlich erspart bleiben sollte, aber es kam ihm so vor, als sei es erst gestern gewesen. »Was hat er damit zu tun?«

»Er hat im Auftrag von Lindsey angerufen.«

Lindsey. Lindsey Hart. Die Gringo-Schwiegertochter, die sich während ihrer ganzen zwölfjährigen Ehe geweigert hatte, den hispanischen Familiennamen ihres Mannes anzunehmen. »Erzähl mir nicht, die Frau hat aus eigenen Stücken den Sohn des früheren Gouverneurs angeheuert«, sagte Alejandro.

»Ich bin mir nicht sicher. Soweit ich verstanden habe, möchte er zuerst mit dir reden, bevor er den Fall übernimmt. Ich habe ihm gesagt, er soll um zwei Uhr herkommen.«

Alejandro antwortete nicht.

Das Funkgerät rauschte. »Soll ich ihn zurückrufen und absagen?«

»Nein«, erwiderte Alejandro. »Ich werde mich mit ihm treffen. Ich denke, er sollte sich anhören, was ich zu sagen habe.«

»Verstanden. Pass auf dich auf, Alejandro.«

»Verstanden. Wir sehen uns in ungefähr vierzig Minuten.«

Alejandro warf noch einen letzten Blick auf die Flüchtlinge in dem Boot, und ihm wurde ganz schwer ums Herz, als er sah, dass sie dem Rettungsflugzeug über ihnen immer noch verzweifelt zuwinkten. Sie wähnten sich schon auf der Schwelle zur Freiheit und glaubten, in wenigen Stunden sicher auf dem Boden der Vereinigten Staaten von Amerika anzukommen. Aber die US-Küstenwache hatte andere Pläne, und wenn die Grenzpatrouille die Flüchtlinge erst erspäht hatte, gab es nichts mehr, was Alejandro oder sonst jemand noch für sie tun konnte. Es machte ihn ganz krank, den Kurs zu ändern, weil er genau wusste, dass sich der kurze Hoffnungsschimmer seiner Landsleute in Luft auflösen würde, sobald die Cessna aus ihrem Blickfeld verschwand.

Alejandros Hand zitterte, als er unter seinen Hemdkragen fasste. Um seinen Hals hing ein goldenes Medaillon der Virgen de El Cobre, der heiligen Schutzpatronin von Kuba, ein Glücksbringer, wie er häufig von Kubanern in Miami an ihre Verwandten in Kuba geschickt wurde, damit sie ihre Flucht in die Freiheit sicher überstanden. Er hatte das Medaillon vor dreißig Jahren bei seiner eigenen Überfahrt in einem Ruderboot getragen.

Traurig küsste er das Medaillon und flog zurück nach Key West.

7

»Ich liebe diesen Wagen«, sagte Theo.

Jack warf ihm vom Beifahrersitz einen finsteren Blick zu. »Er gehört mir und er steht nicht zum Verkauf.«

Theo legte den Gang ein, worauf der Wagen einen Satz machte.

Von Miami nach Key West waren es gut vier Stunden Fahrt, drei, wenn Theo am Steuer saß, und er hatte darauf bestanden. Einen dreißig Jahre alten Mustang Cabrio zu besitzen hatte seine Nachteile, aber eine Fahrt durch die Keys war etwas, was jeder Autonarr in vollen Zügen genoss. Meile um Meile war die U.S. 1 ein malerisches Asphaltband, das die Inseln miteinander verband, das türkisfarbene Meer teilte und durch Orte führte, die aus den Mangroven zu sprießen schienen. Jede Menge warme Sonne auf der Haut, ein fantastischer blauer Himmel, eine Meeresbrise wie Samt. Sie hatten sich darauf geeinigt, dass Theo hin und Jack zurück fahren würde. Ein fairer Kompromiss, fand Jack, allein wegen des Unterhaltungswerts, den Theos Gesellschaft bedeutete.

»Was hast du gesagt?«, fragte Jack. Theos Lippen bewegten sich, aber der Motorlärm und die Windgeräusche verschluckten seine Worte.

»Wenn du die Kiste schon nicht verkaufst«, schrie Theo, »kannst du sie mir wenigstens überlassen.«

»Was meinst du mit überlassen?«

»In deinem Testament, Alter.«

»Ich habe gar kein Testament.«

»Ein Anwalt ohne Testament? Das ist wie 'ne Nutte ohne Kondome.«

»Wozu brauche ich ein Testament? Ich bin ein kinderloser Single.«

Sie tauschten einen Blick aus, als hätte das Wort »kinderlos« plötzlich noch eine Fußnote verdient.

»Scheiß auf das Testament«, sagte Theo. »Nimm ihn lieber mit ins Grab. Gott würde diesen Wagen auch lieben.«

Jack widmete sich wieder seiner Lektüre. Bevor sie von

Miami aufgebrochen waren, hatte er im Internet recherchiert und sich ein paar Informationen über die US-Militärbasis in der Bucht von Guantánamo ausgedruckt, gerade so viel, wie er brauchte, um sich mit Lindseys Schwiegervater unterhalten zu können. Theo ließ ihn in Ruhe, bis sie die Stockton Bridge erreichten, ungefähr eineinhalb Kilometer entfernt vom Key West International Airport.

»Du musst also zum Camp Geronimo?«

»Guantánamo, nicht Geronimo. Das ist eine Militärbasis und keine indianische Begräbnisstätte.«

»Wieso haben wir überhaupt eine Militärbasis auf Kuba?«

Jack blätterte in seinen Ausdrucken. »Hier steht, dass wir sie gepachtet haben.«

»Castro ist also unser Grundherr?«

»Im Prinzip ja.«

»Mist. Was macht ein Typ wie Castro, wenn die Pacht zu spät bezahlt wird? Bringt er deine ganze Familie um die Ecke?«

»Tatsächlich hat er unsere Pachtzahlungen nie angerührt. Der Pachtvertrag wurde unterzeichnet, lange bevor er an die Macht kam, und er weigert sich, ihn anzuerkennen.«

»Aber offenbar hat er auch nicht vor, uns rauszuschmeißen.«

»Es sei denn, er hätte gern einen Tritt mit einem Stiefel made in America in seinen Kommunistenarsch.«

»Wir sind also für lau da draußen. Aber wie lange noch?«

»In dem Vertrag steht, wir können so lange bleiben, wie wir wollen.«

»Nicht zu glauben. Wer auch immer dieses Dokument verfasst hat, gehört in die Hall of Fame der Rechtsanwälte.«

Sie fuhren von der Roosevelt Road auf das Flughafengelände und hielten sich in Richtung der Hangars für Privatflugzeuge, wobei sie den Anweisungen folgten, die Jack per Telefon erhalten hatte. Ein Sicherheitsmann geleitete sie zu einem eingezäunten Parkplatz. Das Büro der *Brothers for Freedom* bestand aus einem kleinen Verschlag an einem der hinteren Hangars, der kaum genug Platz für einen Schreibtisch und zwei Stühle bot. Ein Mann kam aus dem Verschlag, um sie in Empfang zu nehmen, und sie folgten ihm zur Rollbahn, eine Schar hungriger Möwen im Schlepptau. Der Flughafen, der nur einen Meter über dem Meeresspiegel lag, war berüchtigt für seine zahllosen Vögel, von denen viele bei den ständigen Starts und Landungen von Propellermaschinen buchstäblich zerfetzt wurden. Die Männer gingen vorbei an mehreren Reihen privater Flugzeuge, unter denen alle Typen vom Wasserflugzeug bis zum Learjet vertreten waren. Schließlich entdeckten sie Alejandro Pintado, der an seiner zuverlässigen alten Cessna werkelte. Jack hätte das Flugzeug wahrscheinlich auch ohne jede Hilfe finden können, denn die Kiste schien nur von Aufklebern zusammengehalten zu werden, mit aussagekräftigen Slogans wie BEFREIT KUBA, CASTRO NO, KEIN PROBLEM oder ICH GLAUBE DER *MIAMI TRIBUNE* NICHT – letzterer ein Seitenhieb gegen die »liberalen Medien«, die manchmal die Strategie der Exilkubaner im Kampf gegen Castro kritisierten.

»Mr Pintado?«, sagte Jack.

Ein korpulenter Mann mit grauen Haaren ließ seinen Putzlappen in einen Eimer fallen und kam unter einer Tragfläche hervor. »Sie müssen Jack Swyteck sein.«

»Stimmt.«

»Wer ist Ihr Freund? Michael Jordan mit Steroiden aufgepumpt?«

»Das ist –«

»Michael Barischnikow«, sagte Theo und reichte Pintado die Hand.

»Mein Ermittler Theo Knight.«

Alejandro versuchte sich in die Brust zu werfen, aber der Bauch ragte einfach zu weit vor. »Sie wollen also meine Schwiegertochter verteidigen.«

»Ich ziehe es in Betracht«, erwiderte Jack. »Können wir uns hier irgendwo in Ruhe unterhalten?«

»Ich glaube nicht, dass das nötig ist. Wir werden nicht lange brauchen.«

Jack wippte auf den Fersen. Der Mann war feindseliger, als er befürchtet hatte. »Als Erstes möchte ich Ihnen sagen, dass mir das mit Ihrem Sohn Leid tut.«

»Und warum vertreten Sie dann die Frau, die ihn getötet hat?«

»In erster Linie, weil ich nicht zu dem Schluss gekommen bin, dass sie es getan hat.«

»Da sind Sie ja wohl der Einzige.«

»Gibt es etwas, das Sie mir erzählen können? Womit Sie mich aufklären könnten?«

Pintado warf Theo einen argwöhnischen Blick zu, dann wandte er sich wieder Jack zu. »Ich werde euch beiden Witzbolden überhaupt nichts erzählen. Sie sind nicht hergekommen, um mir zu helfen. Sie sind doch bloß darauf aus, sie aus der Geschichte rauszuhauen.«

»Mr Pintado, ich möchte Ihnen nichts vormachen. Ich habe durchaus schon Mandanten vertreten, die schuldig waren. Aber dies hier ist ein außergewöhnlicher Fall für mich. Ich sage Ihnen ganz ehrlich, dass ich kein Interesse daran habe, Lindsey Hart zu verteidigen, wenn sie schuldig ist.«

»Gut. Dann packen Sie am besten Ihren Kram und fahren gleich wieder nach Hause.«

»Das kann ich nicht.«

»Warum nicht?«

»Weil ich mit Lindsey gesprochen habe. Sie hat einige ernsthafte Fragen aufgeworfen. Lindsey behauptet, man hätte sie hereingelegt. Sie hält den NCIS-Bericht für eine Vertuschungsaktion.«

»Das sagt sie schon seit Wochen. Was soll sie auch sonst sagen?«

»Sie können sich also nicht vorstellen, dass Ihr Sohn von jemandem ermordet wurde, der einen geheimen Auftrag hatte?«

»Was wollen Sie damit sagen?«

»Nichts. Ich stelle nur eine Frage.«

»Es hängt mir allmählich zum Hals raus, dass dauernd behauptet wird, mein Sohn wäre getötet worden, weil meine Arbeit den zuständigen Behörden ein Dorn im Auge ist. Es ist doch nicht meine Schuld, dass er umgebracht wurde.«

Jack war verblüfft über die heftige Reaktion. »Hören Sie, ich bin nicht hergekommen, um irgendjemandem einen Vorwurf zu machen.«

»Ich denke doch. Und deswegen lassen Sie mich eins klarstellen: Ich weiß, warum Lindsey meinen Sohn getötet hat.«

Der ohrenbetäubende Motorenlärm eines über ihnen fliegenden Jets schien die Worte des Mannes zu unterstreichen. Als das Flugzeug sich weit genug entfernt hatte, konnten sie weiterreden.

»Wollen Sie mir erklären, warum sie es getan hat?«, fragte Jack.

»Wenn Sie erst mal etwas mehr über mich und meine Familie erfahren, werden Sie schon von selbst darauf kommen. Ich bin in einem kleinen Ruderboot in dieses Land gekommen, ohne einen Penny in der Tasche. Mein erster Job war Tellerwäscher in der Biscayne Cafeteria.

Zwanzig Jahre später war ich Millionär, Besitzer von siebenunddreißig Restaurants. Sie haben doch bestimmt schon von der Restaurantkette gehört, oder? Los Platos de Pintado?«

»Ich habe sogar schon dort gegessen«, erwiderte Jack. Pintados Erfolgsstory kannte er ebenfalls. Sie war auf die Rückseite der Speisekarte gedruckt, einschließlich der merkwürdigen Erklärung, wie die Restaurantkette zu diesem zungenbrecherischen Namen gekommen war, der auf die ärmlichen Anfänge Pintados als Tellerwäscher zurückging: Los Platos de Pintado hieß so viel wie Pintados Teller.

Theo mischte sich ein. »Ihre Restaurants sind großartig, Mann. Aber was hat das mit dem Tod Ihres Sohnes zu tun?«

»Es sind nicht die Restaurants. Es ist das Geld. Wir protzen nicht damit, aber ich habe eine ganze Menge verdient. Jedes meiner Kinder verfügt über einen Treuhandfonds. Ich will Sie nicht mit Einzelheiten langweilen, aber es geht um Kapital in siebenstelliger Höhe.«

»Das ist eine Menge Geld«, bemerkte Jack.

»Mehr, als die meisten Leute verkraften, wenn Sie mich fragen. Deswegen bekommen meine Kinder von ihrem einundzwanzigsten Geburtstag an nur die Zinsen ausgezahlt. Das Kapital gehört ihnen, sobald sie fünfunddreißig werden.«

»Ihr Sohn war also Millionär«, resümierte Jack.

»Ja. Seit fast drei Jahren.« Mit gesenktem Blick fuhr Pintado fort: »Er wäre im nächsten Monat achtunddreißig geworden.«

»Sie glauben also, dass Lindsey ihn getötet hat, weil …«

»Weil sie nicht wie Millionäre lebten. Oscar war ein ähnlicher Typ wie ich. Geld war ihm nicht so wichtig. Er wollte seinem Land dienen. Vor einem halben Jahr hat er sich für eine Verlängerung seiner Dienstzeit in Guantánamo entschieden.«

»Interessant«, sagte Jack. »Lindsey war mit einem Millionär verheiratet, der das einfache Leben eines Soldaten auf einer Militärbasis führte.«

»Stimmt. Solange er am Leben war.«

»Und im Falle seines Todes?«

»Hätte sie wohnen können, wo sie wollte, mit genug Geld auf der Bank, um ein Leben nach ihrem Geschmack zu führen.«

Jack schwieg eine Weile und überlegte.

Mit zu Schlitzen verengten Augen sagte Pintado: »Und ich wette, sie kann sich auch einen verdammt teuren Anwalt leisten.«

»Dieser Fall interessiert mich nicht wegen des Geldes«, entgegnete Jack.

»Natürlich nicht.«

Jack hörte, wie ein Flugzeugmotor angeworfen wurde. Ein Privatflugzeug rollte langsam aus dem Hangar, die sich drehenden Propeller praktisch unsichtbar.

Pintado griff nach seiner Fliegertasche und warf sie sich über die Schulter. »Wenn Sie mich jetzt bitte entschuldigen würden, ich muss noch einen Flugplan ausarbeiten.«

»Nur noch eins«, sagte Jack.

»Es reicht«, erwiderte Pintado und winkte ab. »Ich habe Ihnen schon mehr erzählt, als ich sollte.«

»Ich frage mich, was aus Ihrem Enkel wird.«

Das erregte seine Aufmerksamkeit. »Was ist mit ihm?«

»Da Sie so von Lindseys Schuld überzeugt zu sein scheinen, wie geht es Ihnen bei der Vorstellung, dass er bei ihr bleibt?«

Pintado schloss die Augen und öffnete sie wieder, als müsste er seinen Ärger wegblinzeln. »Sie können sich nicht vorstellen, wie es mir dabei geht.«

Jack musterte den gequälten Gesichtsausdruck des alten Mannes, dann schaute er zur Startbahn hinüber. »Sie würden sich wundern«, sagte er ruhig. »Danke, dass Sie mir Ihre Zeit geopfert haben, Sir.«

8

Am Abend ging Jack zum Bowling. Er war schon eine Ewigkeit nicht mehr bowlen gewesen, aber wann immer er sich mit seinem Vater traf, unternahmen sie irgendetwas, das Harry Swyteck die Gelegenheit bot, kopfschüttelnd zu bemerken: »Du bist wohl aus der Übung, was?« Beim letzten Mal war es Golf gewesen, und Jack war dankbar, dass es diesmal wenigstens Rinnen neben der Bahn gab, die verhinderten, dass er mit den Kugeln andere Spieler traf.

»Du schuldest mir mittlerweile zweiunddreißigtausendsiebenhundertachtundsechzig Dollar«, stellte Harry fest.

Bei Wetten mit doppeltem Einsatz konnte schnell eine ordentliche Summe zusammenkommen. Vor allem wenn man so miserabel spielte. »Wir laufen um die Wette nach Hause«, sagte Jack.

»Du glaubst doch nicht etwa, dass ich bei einem Wettlauf auf das Doppelte setze«, erwiderte Harry lachend.

»Ich verspreche dir, dass ich dir kein Bein stelle.«

»Ich schlage vor, du ersparst deinem Alten einen Herzinfarkt, und wir sind quitt.«

»Also gut. Aber nur, weil du heute Geburtstag hast.«

Harry legte seinem Sohn einen Arm um die Schultern

und sie gingen gemeinsam zum Wagen. Harry wurde sechzig, was ihn nicht weiter zu stören schien, solange sein Sohn immer noch Zeit dafür hatte, allein mit ihm zu feiern. Als Jack ihn nach Hause fuhr, musste er daran denken, welchen Unterschied zehn Jahre ausmachten. Den Fünfzigsten seines Vaters hatte er nicht mit ihm zusammen begangen. Es hatte eine riesige Party im Amtssitz des Gouverneurs gegeben, aber damals hatten Jack und Gouverneur Swyteck nicht einmal mehr miteinander geredet. Manche dachten damals, es hätte damit zu tun, dass Jack für das Freedom Institute Insassen von Todeszellen verteidigte, während sein Vater Todesurteile schneller unterzeichnete als jeder andere Gouverneur in der Geschichte Floridas. Diese grundsätzliche Einstellung hatte ihr Verhältnis sicherlich noch zusätzlich belastet, aber der Graben zwischen ihnen hatte schon seit Jahren bestanden. Im Nachhinein wussten beide nicht recht wieso, aber wichtiger war, dass sie sich schließlich wieder zusammengerauft hatten. Dennoch fragte sich Jack manchmal, wie das Verhältnis von Vater und Sohn wohl gewesen wäre, wenn seine Mutter, Harrys junge und schöne erste Frau, nicht bei Jacks Geburt gestorben wäre.

Sie erreichten Harrys Anwesen wie geplant um acht Uhr abends. Jack wollte gerade vorschlagen, noch mit ins Haus zu kommen, um seine Stiefmutter zu begrüßen, doch Harry kam ihm zuvor.

»Kommst du mit zur Überraschungsparty?«, fragte Harry.

Jack zögerte. Es war seine Aufgabe gewesen, seinen Vater abzuholen und Punkt acht wieder zu Hause abzuliefern. »Was für eine Party?«, fragte er lahm.

»Also wirklich, Jack. Hast du schon mal erlebt, dass Agnes etwas für sich behalten konnte?«

»Eigentlich nicht.« Sie stiegen aus dem Wagen und

gingen zum Haus hinauf. Kaum hatte Harry die Haustür aufgeschlossen, ertönte ein Riesengeschrei.

»Überraschung!«, riefen die Partygäste wie aus einem Mund.

Harry trat einen Schritt zurück, als wäre er völlig überwältigt. Übers ganze Gesicht strahlend trat seine Frau auf ihn zu. Die beiden waren schon vor beinahe vier Jahren aus dem Gouverneurssitz ausgezogen, aber sie gab sich immer noch wie die First Lady. »Diesmal habe ich dich aber überrumpelt, was, Harry?«

Er herzte sie und erwiderte: »Das kann man wohl sagen, Liebling.« Dann zwinkerte er Jack zu, als wollte er sagen: Da müsst ihr schon früher aufstehen. »Was für eine Überraschung.«

Das Haus war brechend voll, da die Gästeliste von zweihundert engsten Freunden des ehemaligen Gouverneurs auf mehr als fünfhundert Köpfe angewachsen war, die »auch noch eingeladen werden müssen«. Der Alkohol floss in Strömen, es wurden Platten voller köstlicher Hors-d'œuvres gereicht und überall Anekdoten zum Besten gegeben – Harry mit zwanzig, Harry mit dreißig und so weiter. Es amüsierte Jack, all die alten Geschichten zu hören, besonders die aus der Zeit in Harrys Leben, die Jack aus eigenem Entschluss und zu seinem späteren Bedauern verpasst hatte.

Draußen am Swimmingpool begann die Band zu spielen. Jack war dazu verdonnert worden, einen Toast auszubringen, bevor Harry die Kerzen auf seiner Geburtstagstorte auspustete, und auch wenn es ihm nicht fremd war, vor einer Menschenmenge zu sprechen, hatte er ein wenig Lampenfieber. Er überlegte hin und her, unschlüssig, ob er eine Rede halten sollte, die von Herzen kam, oder ob es ratsamer war, möglichst viele Lacher zu provozieren. Aber eigentlich lag die Entscheidung auf der Hand. Egal, wie nah Vater und Sohn sich standen, sie würden immer Swytecks sein. Es würde immer Dinge geben, die ungesagt blieben.

»Jack, ich möchte dich jemandem vorstellen«, sagte Harry.

Als Jack sich umdrehte, sah er seinen Vater neben einem gepflegten Mann hispanischer Herkunft stehen, mit glatt nach hinten gekämmten schwarz-grauen Haaren, so als wäre er soeben aus dem Pool gestiegen. Harry hatte seinen Arm freundschaftlich um seine Schultern gelegt. »Jack, das ist Hector Torres. Er ist Südfloridas neuer –«

»Bundesanwalt. Ich weiß, Dad. Ich bin Strafverteidiger, erinnerst du dich?«

»Seien Sie nicht so ungnädig mit Ihrem alten Herrn«, sagte Torres lächelnd. »Ich habe ihn darum gebeten, mich Ihnen vorzustellen. Wir sind uns zwar noch nie begegnet, aber ich habe schon so viel von Ihnen gehört, dass ich das Gefühl habe, Sie zu kennen.«

»Sie meinen, aus meiner Zeit als Staatsanwalt?«, fragte Jack.

»Eigentlich eher aus dem Munde Ihres Vaters. Wir beide kennen uns schon sehr lange. Ich kann mich noch an die Party zu seinem *dreißigsten* Geburtstag erinnern.«

»O Mann, das ist ja eine Ewigkeit her.«

»Pass auf, was du sagst.«

Sie lachten, doch dann wurde Torres ernst. »Ich glaube nicht, dass Ihr Vater je für ein Amt kandidiert hat ohne meine Unterstützung. Weißt du nur von einem einzigen Mal, Harry?«

»Nein, du warst immer da.«

»Das stimmt. Ich war immer für dich da.« Er schwieg einen Augenblick, wie um seine Worte wirken zu lassen. Schließlich wandte er sich wieder an Jack. »Aber jetzt mal zu Ihnen, Jack. In meinem Büro stehen Sie nach wie vor in hohem Ansehen. Nach allem, was ich gehört habe, müssen Sie ein außergewöhnlich guter Anwalt sein.«

»Kommt drauf an, mit wem Sie reden«, entgegnete Jack.

»Ich habe in letzter Zeit mit einer ganzen Reihe von Leuten über Sie gesprochen. Zum Beispiel mit Alejandro Pintado, mit dem ich mich erst vor wenigen Stunden unterhalten habe.«

Es war eine peinliche Situation, einerseits die festliche Atmosphäre, andererseits der undurchdringliche Ausdruck im Gesicht von einem von Harrys ältesten Freunden.

»Ach, der arme Alejandro«, sagte Harry mit einem mitfühlenden Lächeln. »Ich habe vom Schicksal seines Sohnes gelesen und ich werde ihm wohl einen Beileidsbrief schicken. Schreckliche Geschichte.«

»Ja«, sagte Torres, während er Jack eindringlich musterte. »Eine ganz schreckliche Geschichte.«

»Wie kommt er damit zurecht?«, fragte Harry.

»Eigentlich ganz gut.« Dann, mit einem Seitenblick auf Jack, fügte er hinzu: »Natürlich erleidet er hin und wieder einen Rückschlag.«

»Grüß ihn herzlich von mir«, sagte Harry.

»Mach ich. Er war eigentlich ganz guter Dinge. Ich kann hier nicht in Einzelheiten gehen – Grand-Jury-Geheimnisse und so weiter –, aber ich glaube, wir stehen kurz vor einer Anklage. Da die Familie des Opfers in Südflorida lebt, wurde der Fall an Miami überwiesen.«

»Das war abzusehen«, bemerkte Jack.

»Ja. Alejandro hat mich gebeten, den Fall persönlich zu bearbeiten. Es ist eher unüblich, dass der Bundesanwalt selbst einen Fall übernimmt. Aber da Alejandro ein guter Freund ist, habe ich mich dazu bereit erklärt.«

»Das ist nett von Ihnen«, sagte Jack.

»Es ist das Mindeste, was ich tun kann.«

Auf der Terrasse hinter dem Haus, auf der anderen Seite der offenen Glastüren, hörte die Band plötzlich auf zu spielen. Der Sänger griff zum Mikrofon und verkündete: »Zeit für die Geburtstagstorte. Könnte das Geburtstagskind bitte auf die Bühne kommen?«

»Schätze, damit bin ich gemeint«, sagte Harry. »War schön, dich wiederzusehen, Hector. Danke, dass du gekommen bist.«

»Wie könnte ich mir das Fest entgehen lassen.«

Jack fügte hinzu: »Und noch einmal danke für die freundlichen Worte.«

Harry machte sich auf den Weg, und Jack wollte ihm schon folgen, als Torres ihn am Ärmel festhielt. Er sprach so leise, dass niemand außer Jack ihn bei der Geräuschkulisse hören konnte. »Mir widerstrebt es, das auf dem Geburtstag Ihres Vaters anzusprechen, aber es muss gesagt werden. Halten Sie sich gefälligst aus dem Fall Pintado raus.«

»Kommt das von Ihnen oder von Alejandro?«

»Von uns beiden. Und wenn nötig werde ich dafür sorgen, dass es auch von Ihrem Vater kommt.«

Jack lachte leise in sich hinein. »Und Sie glauben tatsächlich, *das* könnte mich aufhalten?«

»Nur wenn Sie so klug sind, wie er behauptet.«

»Sie schätzen das falsch ein, Mr Torres.«

»Und Sie überschätzen sich, Mr Swyteck.«

Jack hielt seinem Blick stand. Auf dem Gesicht des Staatsanwalts war nicht die Spur eines Lächelns zu entdecken. »Das werden wir noch sehen.«

Jack wandte sich ab und bahnte sich seinen Weg durch die Menge, vorbei an lächelnden Menschen, die ihm wohlmeinend auf die Schulter klopften, während er zu seinem Vater auf die Bühne vorstieß. Er fragte sich, ob Torres irgendetwas wusste – ob er irgendwie hinter den persönlichen Grund für Jacks Engagement im Fall Lindsey Hart gekommen war. Oder schützte er lediglich seinen alten Freund Pintado und spielte das typische Spiel des Anklägers, indem er dem Gegner keine Chancen einräumte? Schwer zu sagen.

Seine Stiefmutter umarmte ihn, als Jack die Bühne erreichte. Während Jack die Umarmung erwiderte, drehte er sie so, dass er einen letzten Blick auf Hector Torres inmitten der Festtagsgäste werfen konnte.

Der Mann lächelte noch immer nicht.

9

Jack traf Lindsey zum Frühstück im Deli Lane, einem beliebten Straßencafé in South Miami. Die Straße und der Gehweg waren gepflastert, und eine säuberlich gepflanzte Reihe junger Eichen, alle gleich hoch und ausladend und im gleichen Abstand voneinander gepflanzt, verlieh der Straße eine disneyhafte Präzision. Die Feuchtigkeit hatte die meisten Gäste nach innen vertrieben, aber sie entschieden sich für einen Tisch im Freien unter dem Schutz eines großen Schirms. Alle paar Minuten kam ein Jogger oder Walker vorbei, während ein streunender Terrier auf der Suche nach heruntergefallenen Toast- und Schinkenresten herumschnupperte. Unfreiwillig hörte Jack das Gespräch einiger kosmetisch aufgemotzter Supermütter am Nebentisch mit. Eine von ihnen ließ sich gerade darüber aus, dass sie am liebsten ihren Schönheitschirurgen verklagen würde, der ihr eine Körbchengröße zu viel verpasst hatte, wenn ihr bescheuerter Ehemann ihr die Aussicht auf einen Kunstfehlerprozess nicht total vermasselt hätte, indem er dem Arzt einen zweiseitigen Dankesbrief und eine Flasche Dom Pérignon zukommen ließ.

Nachdem die Frauen ihre Tagesration von dreihundert Kalorien intus und die Rechnung bis auf den letzten Penny unter sich aufgeteilt hatten, brausten sie in ihren spritfressenden SUVs davon, und Jack und Lindsey konnten sich endlich ungestört unterhalten. Bei einer Tasse Kaffee legte Jack die Karten offen auf den Tisch.

»Alle halten Sie für schuldig.«

»Das habe ich Ihnen von Anfang an gesagt«, erwiderte Lindsey. »Das liegt daran, dass sie nicht wissen, wovon sie reden.«

»Oscars Vater wurde ziemlich eindeutig.«

»Verzeihen Sie mir den Ausdruck, aber Oscars Vater ist ein Arschloch.«

»Ich weiß nicht genug über ihn, um mir darüber eine Meinung erlauben zu können. Aber er kennt ein paar einflussreiche Leute. Und er will nicht, dass ich Sie vertrete.«

»Natürlich nicht. Er kämpft nie mit fairen Mitteln.«

»Er hat seinen Sohn verloren, so was kann schon mal die Vorstellung von Fairness verändern. Ich behaupte nicht, dass er Recht hat, aber er scheint tatsächlich sehr besorgt um seinen Enkel zu sein.«

Ihre Stimme zitterte, als sie antwortete. »Er ist ein übler Typ, Jack. Ich glaube zwar nicht, dass Alejandro Brian direkt gesagt hat, ich hätte es getan, aber jedes Mal, wenn der Junge bei seinem Großvater war, muss ich meinem eigenen Kind erklären, warum so viele Leute behaupten, ich hätte seinen Vater getötet.«

Jack holte tief Luft. Bei jedem Mordfall ging es letztlich immer um die unschuldigen Opfer. Und es gab immer mehr als nur ein Opfer. »Wie geht es Brian?«

»Brian ist ein großartiger Junge. Er ist wie sein Vater. Er wird es überstehen.«

Für den Bruchteil einer Sekunde dachte Jack, dass sie ihm ein Kompliment machen wollte, aber dann wurde ihm klar, dass sie Oscar gemeint hatte. Oder vielleicht doch nicht?

»Das muss sehr schwer für ihn sein«, erwiderte Jack.

»Schwerer, als Sie sich vorstellen können. Er hat nicht nur seinen Vater verloren, man hat uns auch noch aus Guantánamo vertrieben. Eine Gattenmörderin ist schlecht für die Moral auf einer Militärbasis, nicht wahr? Jetzt hat Brian nicht einmal mehr Freunde, auf die er sich verlassen kann.«

»Haben Sie schon eine Wohnung?«

»Ja. Ich habe was auf monatlicher Mietbasis in Kendall gefunden. Brian geht ab nächster Woche dort zur Schule. Wir waren vor einigen Tagen sogar in Disney World. Ich hab gehofft, das könnte ihn ein bisschen ablenken.«

»Und wie hat es ihm dort gefallen?«

»Er war begeistert. Und ich habe es überlebt. Verstehen Sie mich nicht falsch, aber in gewisser Hinsicht ist das einer der wenigen Orte auf der Welt, wo man besser dran ist, wenn man taub ist.«

»Ich weiß, was Sie meinen.« Er begann ein Lied zu summen. »It's a Small World After All.«

Sie lächelte tatsächlich und Jack bemerkte zum ersten Mal ein Funkeln in ihren Augen. Es stand ihr gut.

Jack sagte: »Wo Sie das Thema schon mal ansprechen – ich denke, wir werden jemanden brauchen, der in Zeichensprache dolmetscht, wenn ich mit Brian rede.«

»Das kann ich übernehmen. Das habe ich auch getan, als die Militärpolizei ihn befragt hat.«

»Ich würde lieber mit ihm reden, ohne dass Sie dabei sind.«

Sie sah ihn verwundert an. »Warum?«

»Es ist eine bewährte Strategie, ein Kind nicht im Beisein seiner Mutter zu befragen. Das hat nichts mit Ihnen oder mir oder mit den Umständen zu tun. Das würde ich in jedem Fall tun.«

Sie zögerte eine Weile, doch dann schien sie zu verstehen, was er meinte. »In Ordnung, aber …«

»Aber was?«

»Lassen Sie mir ein oder zwei Tage Zeit, um ein paar Dinge zu klären.«

»Was für Dinge?«

»Sehen Sie in den Spiegel, Jack. Bei unserem ersten Treffen habe ich Ihnen ein Foto von ihm gezeigt. Die Ähnlichkeit wird ihm auffallen. Und dann wird er Fragen stellen.«

»Weiß er, dass er adoptiert wurde?«

»Nein. Oscar und ich haben ihm das nie erzählt. Ich denke, ich sollte ein längeres Gespräch mit ihm führen, bevor er Ihnen begegnet und es selbst herausfindet.«

»In Ordnung. Es steht mir nicht zu, Ihnen zu sagen, wie Sie damit umgehen sollen. Aber die Zeit drängt. Wir müssen jeden Tag damit rechnen, dass der Staatsanwalt Anklage erhebt, ich muss mich also bald entscheiden, ob ich Sie vertreten werde.«

Sie schob ihr Omelett beiseite, das sie nicht angerührt hatte. »Wohin tendieren Sie?«

»Brian ist die einzige Person, die zur vermutlichen Todeszeit Ihres Mannes im Haus war. Deshalb muss ich mit ihm sprechen.«

»Sie haben meine Frage nicht beantwortet.«

Jack überließ sein letztes Stück Toast einem Golden Retriever, der ihn schon seit fünf Minuten mit dem Blick eines verhungernden Kindes angestarrt hatte. Der Hund trollte sich, während Lindsey ihn immer noch in Erwartung einer

Antwort fixierte. »Lindsey, ich habe Ihnen von Anfang an gesagt, dass ich Brians Mutter nicht vertreten werde, falls es so aussieht, dass sie seinen Vater getötet hat.«

»Heißt das, Sie werden mich nicht verteidigen?«

»Ihr Schwiegervater hat mir einige irritierende Informationen gegeben. Oscar war im Besitz eines Treuhandfonds in Höhe eines siebenstelligen Dollarbetrags. Über diesen Fonds konnte Oscar verfügen, als er fünfunddreißig wurde, aber er war Berufssoldat. Pintado glaubt, Sie hätten seinen Sohn getötet, um von der Militärbasis wegzukommen und an das Geld zu gelangen.«

»Das ist mal wieder typisch für ihn«, sagte sie gereizt.

»Hat Oscar Ihnen das Geld in seinem Testament vermacht?«

»Ja.«

»Wie viel?«

»Etwas über zwei Millionen.«

»Ist das Vermögen bereits auf Sie überschrieben?«

»Nein. Der Fonds wird erst freigegeben, wenn erwiesen ist, dass ich Oscar nicht getötet habe.«

»Verdammt, Lindsey. Warum haben Sie mir das nicht eher gesagt?«

»Weil ich nicht wollte, dass Sie meinen Fall nur annehmen, weil ein fettes Honorar in einer Erbschaftssache winkt. Ich bin mehr als einverstanden damit, Ihnen Ihr normales Strafverteidiger-Honorar zu zahlen, aber in erster Linie möchte ich, dass Sie das für Brian tun.«

»Ich bitte Sie. Das ist doch eine ganz entscheidende Frage für die strafrechtliche Beurteilung Ihres Falls. Zwei Millionen Dollar wären ein gutes Motiv für Sie, Ihren Ehemann zu töten.«

»Das ist richtig. Wenn ich davon gewusst hätte. Aber ich habe erst nach Oscars Tod davon erfahren.«

»Oscar hat Ihnen nie von dem Fonds erzählt?«

»Nein.«

»Es fällt mir schwer, das zu glauben.«

»Es ist die Wahrheit. Die Pintados sind eine eigenartige Familie. Sie sind extrem darauf bedacht, sich gegenseitig zu schützen. Ihnen ist sicherlich aufgefallen, dass ich Lindsey *Hart* heiße und nicht Lindsey *Pintado*. Wollen Sie wissen warum? Weil Alejandro Pintado nicht wollte, dass sein Sohn mir seinen Namen verleiht. Dieser Mann konnte mich noch nie ausstehen, und das nur aus einem Grunde: Weil ich keine Kubanerin bin. Und als ich nicht schwanger werden und ihm nicht wenigstens einen halb kubanischen Enkel schenken konnte, nun ja, da war ich in seinen Augen komplett wertlos.«

»Das tut mir sehr Leid. Aber bevor Sie jetzt gegen die Kubaner im Allgemeinen vom Leder ziehen, seien Sie gewarnt. Ich bin selbst Halbkubaner.«

»Ja, klar.«

»Es ist wahr. Meine Mutter war Kubanerin. Ich bin zwar nicht in Kuba aufgewachsen, aber –«

»Dann sind Sie auch kein Kubaner. Sie können sich ja sonst was vormachen, aber wer nicht in dieser Gemeinschaft aufgewachsen ist, ist auch nicht Teil davon. Ich habe mich während meiner ganzen Ehe bemüht, mich anzupassen und dazuzugehören, aber für Alejandro könnte ich genauso gut von einem anderen Stern kommen.«

»Lindsey, lassen Sie uns nicht vom Thema abweichen. Ich rede darüber, ob ich Sie verteidige oder nicht.«

»Genau darüber rede ich auch. Sie haben Angst, mich zu verteidigen. Sie haben Angst vor Alejandro Pintado. Sie fürchten, dass, falls Sie die Frau verteidigen, die beschuldigt wird, seinen geliebten Sohn getötet zu haben, Ihre Chancen sinken, ein Teil der Gemeinschaft zu werden, zu der Sie niemals gehören können.«

»Das ist unfair.«

»Kommen Sie mir nicht mit Fairness. Fragen Sie meinen Mann, wie fair das ist.«

Jack musste schlucken, auch wenn Lindsey ihre Worte zu bedauern schien. »Glauben Sie mir«, sagte er, »es tut mir wirklich außerordentlich Leid, was Ihrer Familie zugestoßen ist, und ich fühle mich verpflichtet, das zu tun, was für Ihren Sohn das Beste ist.«

»Das ist schön zu hören. Aber lassen Sie mich etwas zum Thema Verpflichtung sagen. Dabei geht es um viel mehr als nur um Worte.«

Schon wieder diese alte Leier, dachte er. »Ich sage das nicht nur, um Sie zu beschwichtigen. Ich meine es ernst. In erster Linie geht es um Brian.«

»Und zum Teufel mit Lindsey«, erwiderte sie höhnisch.

»Das habe ich nicht gesagt.«

»Das müssen Sie auch nicht. Scheren Sie sich doch selbst zum Teufel, Jack.«

»Womit habe ich das jetzt verdient?«

»Weil Sie so tun, als gäbe es niemanden, an den ich mich sonst wenden könnte. Ich bin nicht irgendeine ahnungslose Ehefrau, die ihrem Mann rund um die Welt von einer Militärbasis zur nächsten gefolgt ist. Ich habe einige sehr interessante Leute kennen gelernt – Leute, die ich als Freunde bezeichnen würde.« Sie nahm ihr Handy aus der Handtasche und begann die Namensliste in ihrem Adressbuch durchzugehen. »Hier, sehen Sie«, sagte sie und zeigte Jack die Namen und Telefonnummern. »Ich könnte Jamie Dutton anrufen. Sie arbeitet im Außenministerium. Nancy Milama. Sie ist mit Tony Milama verheiratet, Vorsitzender des Joint Chiefs of Staff. Solche Leute. Ich könnte sie anrufen, wenn es nötig wäre. Sie würden mir helfen.«

»Dann rufen Sie sie an.«

»Ich wollte sie nicht anrufen. Ich habe Sie angerufen,

weil ich dachte, Sie wären der Richtige für den Job. Ich dachte, Sie würden das Richtige tun, einem Mann wie Alejandro Pintado die Stirn bieten und herausfinden, wer den Adoptivvater Ihres Sohnes tatsächlich getötet hat. Aber offenbar haben Sie nicht den Mumm dazu.«

Er versuchte, seine Verärgerung zu unterdrücken, sich zu sagen, dass sie eine Frau war, die beschuldigt wurde, den Vater ihres Sohnes getötet zu haben. Aber er war nicht Hiob. »Lindsey, entweder Sie kriegen sich wieder in den Griff oder wir sind geschiedene Leute.«

Sie sah ihn unverwandt an, in den Augen eine Mischung unterschiedlicher Gefühle. Zorn. Enttäuschung. Dann wieder Zorn. »Bisher habe ich meine Zunge im Zaum gehalten, Jack, aber jetzt werde ich reden.«

»Überlegen Sie sich gut, was Sie sagen. Es könnte das letzte Mal sein, dass ich zuhöre.«

Sie war kurz davor zu explodieren. »Ich weiß, dass Sie mir was vorgemacht haben, als Sie neulich meinten, Sie wüssten nichts von Brians Taubheit.«

»Ich habe Ihnen nichts vorgemacht. Ich hatte wirklich keine Ahnung.«

»Bei aller Freude, die Brian mir und Oscar bereitet hat, hatte ich dennoch hin und wieder diesen schrecklichen Gedanken.«

»Wegen Brian?«

»Nein. Wegen Brian nie. Sondern in Bezug auf seine leiblichen Eltern. Ich habe mich gefragt: ›Wussten die wohl, dass ihr Baby taub ist? Und war *das* vielleicht der Grund, warum sie es zur Adoption freigegeben haben?‹ Es schien mir ganz furchtbar, so etwas über die Menschen zu denken, die uns ein so wunderbares Geschenk gemacht hatten. Ich hatte Schuldgefühle, dass ich diesen Gedanken überhaupt zuließ. Aber jetzt, nachdem ich Ihnen von Angesicht zu Angesicht begegnet bin, nachdem ich Sie kennen gelernt habe und weiß, wie Sie wirklich sind, muss ich gestehen: Diese Schuldgefühle sind verschwunden.«

Jack wollte sich schon verteidigen, aber seine Gedanken schweiften zu Jessie ab. Die schöne, strahlende und unglaublich egozentrische Jessie. Auch er fand es schrecklich, so etwas zu denken. Aber vielleicht hatte sie sich ja *tatsächlich* aus diesem Grund für eine Adoption entschieden.

Und er konnte Lindseys Groll jetzt ein bisschen besser verstehen.

Sie stand auf und warf eine Zehn-Dollar-Note als ihren Anteil an der Rechnung auf den Tisch. »Auf Wiedersehen, Mr Swyteck. Und Glückwunsch. Ich glaube, es ist gerade noch genügend Platz für Sie und Mr Pintado in Ihrer kleinen selbstbezogenen Welt.«

Jack blieb schweigend sitzen, den Blick ratlos ins Nichts gerichtet, als Lindsey sich umdrehte und wegging.

10

»Diese Lindsey hat dich total an der Leine«, sagte Theo.

»Ach ja?«, erwiderte Jack.

»Wie oft habe ich dich gefeuert, als ich in der Todeszelle saß?«

»Etwa alle vierzehn Tage.«

»Na bitte. Und zehn Jahre später bin ich dich immer noch nicht los.«

Jack hätte Theo gern darauf hingewiesen, dass sie in seinem Haus waren und dabei, seinen Kühlschrank zu plündern, und dass Theo sich jedes Wochenende auf seinem

Sofa breit machte, was durchaus die Frage nahe legte, wer hier wen nicht loswurde. Aber er besann sich eines Besseren.

Theo wandte seine Aufmerksamkeit wieder dem Herd zu, wo zwei große Thunfischsteaks mit einer knusprigen Panade aus Zitronenpfeffer, Sesamkörnern und frischen Ingwerstückchen in der Pfanne brutzelten. Mit dem Pfannenheber in der Hand und der fettverschmierten Küchenschürze um den Bauch sah er aus wie ein Imbissbudenkoch. Die meisten Leute hielten ihn eher für einen Typen, für den ein Sieben-Gänge-Menü aus einem Sixpack und einer Tüte Chips bestand, aber in Wirklichkeit war er ein guter und leidenschaftlicher Koch. Und wie die meisten guten Köche konnte er es nicht ausstehen, wenn sich Unbefugte in der Küche zu schaffen machten.

»Was tust du da?«, fragte er Jack.

Jack stand an der Spüle und wusch die Rührschüssel aus. »Ich räume schon mal ein bisschen auf«, erwiderte er.

»Hat das nicht Zeit?«

»Sicher. Das ist wohl eine alte Angewohnheit.«

»Reden wir schon wieder von deiner Ex?«

»Ja. Cindy hat mich nur in die Nähe der Küche gelassen, wenn ich den Abwasch gemacht habe.«

Theo sah ihn an, als wäre Jack von einem anderen Stern. »Abwaschen beim Kochen? Das ist wie eine Pause beim Sex, um eine verdammte Maschine Wäsche laufen zu lassen.«

Jack stellte das Wasser ab und dachte darüber nach. »Ich glaube, Cindy hat das wirklich mal gemacht.«

»Jacko, auf so eine Frau kannst du weiß Gott verzichten. Aber diese Lindsey wird wieder auftauchen. Glaub's mir.«

»Ach, vergiss es. Ohne sie geht's mir besser.« Er schüttelte den Kopf. »Andererseits muss ich immer wieder an

Brian denken. Ich meine, was ist, wenn seine Mutter unschuldig ist? Er hat das beschissenste Ende erwischt.«

Mit einem wissenden Lächeln wendete Theo die Thunfischsteaks. »Sie manipuliert dich, alter Junge.«

»Wenn ja, ist sie eine Meisterin in dem Spiel.«

»Weshalb du dich fragst, oder?«

»Weshalb ich mich *was* frage?«

Theo nahm die Pfanne von der Flamme und schob die Steaks auf die Teller. »Vielleicht solltest du auf diesen Mr Potato hören.«

»Pintado.«

»Wie auch immer. Ich meine nur, könnte doch sein – dass sie nicht unschuldig ist.«

Theo trug die Teller ins Esszimmer, während Jack wie erstarrt am Küchentresen stehen blieb. Sicher, er hatte seine Zweifel gehabt. Aber die Worte so laut und deutlich aus Theos Mund zu hören hatte eine ganz andere Wirkung.

»Kommst du?«, fragte Theo.

Jack ging einen Stapel Post durch, der auf dem Küchentresen lag.

»Hey, du Anwalt aller Unterdrückten. Es wird Zeit zu essen.«

Jack hielt einen großen Briefumschlag hoch. »Der ist von Lindsey.«

»Wow. Das ist der schnellste ›Ich liebe dich noch immer‹-Brief in der Geschichte der amerikanischen Post.«

»Nein. Er ist vor drei Tagen abgestempelt worden. Vor unserem Krach.«

Theo stellte die Teller mit Fisch auf den Tisch. »Könnte interessant sein.«

»Der ist an mich adressiert, Theo. Nicht an uns.«

»Ich rackere mich von morgens bis abends ab, bekoche dich wie eine Mutter, und was ist der Dank?«

»Verzieh dich.«

»Na gut.« Er nahm die beiden Teller mit dem Thunfisch und rümpfte die Nase wie eine beleidigte Hausfrau. »Es gibt noch Cornflakes im Schrank.«

Wenn du sie nicht längst gegessen hast, dachte Jack.

Er wartete, bis Theo es sich auf dem Sofa gemütlich gemacht und den Fernseher eingeschaltet hatte, bevor er den Umschlag mit einem Küchenmesser öffnete. Zögernd griff er hinein und zog einen Stapel Fotos heraus. Hastig blätterte er sie durch, begann dann noch mal von vorn und ließ sich für jedes einzelne Bild Zeit. Es waren lauter Schnappschüsse von Brian, einige schon sehr alt, andere aus jüngerer Zeit. Ein Foto von Brian mit seiner Fußballmannschaft. Eins von Brian mit seiner Mutter. Das nächste von Brian mit seinem Vater. Sie salutierten vor der US-Flagge. Oscar trug die khakifarbene Uniform der Marine.

Das letzte Foto zeigte Brian als Neugeborenes. Seine Mutter und sein Vater waren bei ihm, beide in der unbeholfenen Haltung junger Eltern, die keine Ahnung haben, wie man ein winziges Baby im Arm hält. Jack war sich natürlich nicht sicher, aber es sah so aus, als wäre es der erste Tag des kleinen Brian mit seinen Adoptiveltern. Die beiden wirkten so glücklich, dass ihm ganz warm ums Herz wurde. Doch dann fragte er sich, wie es Jessie wohl im selben Augenblick gegangen war, die leibliche Mutter ganz allein, und niemand da, der das glückliche Ereignis mit ihr feierte. Das wohlige Gefühl ließ nach, und es verschwand vollends, als Jack daran dachte, wie sein eigenes Leben an jenem Tag ausgesehen hatte. Damals, als der kleine Brian zum ersten Mal in die Augen seiner stolzen Adoptiveltern blickte, hatte Jack gar nichts mehr mit Jessie zu tun gehabt und nicht einmal gewusst, dass sie überhaupt schwanger gewesen war. Mit einem erheblichen Maß an Selbsttäuschung hatte er sich eingeredet, dass Jessie nicht die Richtige war und stattdessen Cindy Paige ihr Leben als Cindy Swyteck an seiner Seite verbringen würde.

Jack schob die Fotos beiseite und nahm den Brief aus dem Umschlag. Er faltete ihn langsam auf, unsicher, was ihn erwartete. Der Brief war in weicher, fließender Schönschrift geschrieben.

Lieber Jack,
ich wollte, dass Sie diese Fotos von Brian erhalten. Er ist ein ganz besonderer kleiner Junge und er entwickelt sich mit Riesenschritten zu einem jungen Mann. Ich weiß, dass er Ihnen eines Tages dankbar sein wird für alles, was Sie unternehmen, um unsere Familie zusammenzuhalten, jetzt, wo Oscar tot ist.
Jack, mir ist bewusst, wie wichtig es für Sie ist, zu wissen, dass ich unschuldig bin. Glauben Sie mir, das verstehe ich. Ich hätte kein Recht, meinen Sohn großzuziehen, wenn es stimmen würde, was man über mich sagt. Ich weiß nicht, wie ich Ihnen die Gewissheit verschaffen kann, die Sie brauchen, aber wenn es etwas nützt, bin ich jederzeit bereit, mich einem Lügendetektortest zu unterziehen. Teilen Sie mir einfach mit, wann und wo.
Noch einmal herzlichen Dank, dass Sie für uns da sind.
Herzlichst,
Lindsey

Jack las den Brief noch einmal von vorn, legte ihn jedoch hastig mit dem Gesicht nach unten auf den Tresen, als Theo in die Küche zurückkam. Sein Freund warf die zwei leeren Teller so achtlos ins Spülbecken, dass sie beinahe zu Bruch gegangen wären. In weniger als fünf Minuten hatte er eine Menge an gebratenem Thunfisch verschlungen, mit der man einen ganzen Vorort von Tokio hätte satt machen können.

»Was ist los mit dir?«, fragte Theo.

»Lindsey hat mir ein paar Fotos geschickt.«

Theo hob die Augenbrauen. »Was richtig Geiles?«

»Nein, du perverser Sack. Fotos von ihrem Sohn. Und einen Brief.«

»Und was schreibt sie?«

»Sie ist bereit, sich einem Test am Lügendetektor zu unterziehen. Und vergiss nicht, das hat sie vor unserem Krach angeboten.«

»Aha. Und das gibt dir zu denken.«

»Genau.«

»Ich dachte, du hältst nichts von Lügendetektoren.«

»Tu ich auch nicht. Aber wenn eine junge Witwe und allein erziehende Mutter einen solchen Vorschlag macht, fange ich an, ihr zu glauben. Vor allem wenn sie mir die Wahl des Zeitpunkts, des Orts und des Geräts überlässt. Siehst du den Unterschied?«

»Doch, natürlich. Und was jetzt?«

»Ich weiß nicht. Irgendwelche Vorschläge?«

»Ja«, erwiderte Theo und trat an den Kühlschrank. »Wie wär's mit Nachtisch?«

Jack starrte auf den Brief, hoffnungslos verwirrt. Schließlich sah er Theo an und sagte: »Das ist die beste Idee seit langem.«

11

Jack ging mit *Abuela* Lebensmittel einkaufen. Dabei ging es weniger darum, dass er als pflichtbewusster Enkel seine Großmutter in den Supermarkt begleitete. In erster Linie handelte es sich um Jacks vierzehntägliche Lektion in kubanischer Kultur.

»Was hättest du denn gern zum Essen, *mi vida*?«

Mi vida. Wörtlich übersetzt hieß das »mein Leben«, und Jack mochte es, wenn sie ihn so nannte.

»Camarones?«, erwiderte er.

»*Ah*, Garnelen. *Muy bien.*«

Das gehörte zu ihrem Ritual, Jack sagte etwas in schlechtem Spanisch und sie antwortete in schlechtem Englisch. Als Halbkubaner, der hundertprozentig als Gringo aufgewachsen war, hatte er seine liebe Not mit kubanischer Kultur, was natürlich der einzige Grund für ihre gemeinsamen Besuche im Supermarkt war. *Mario's Market* in der Douglas Road war ein kleiner Laden in einem Stadtteil, der sich in den sechziger Jahren mit der ersten Welle der Immigranten als kubanisch-amerikanisches Viertel herausgebildet hatte. Mehr als drei Jahrzehnte später war das Viertel fest in kubanischer Hand, und *Mario's Market* hatte sich während dieser Zeit kein bisschen verändert und wurde nach wie vor von einem lächelnden alten Mann namens Kiko betrieben (einen Mario hatte es nie gegeben, Kiko hatte einfach die Alliteration gefallen). Eine Tasse *café con leche* am Frühstückstresen vorn im Laden kostete immer noch fünfundvierzig Cent. In neun mit Waren voll gestopften Regalreihen gab es die wichtigsten Dinge fürs Leben, von Langkornreis in Zehn-Kilo-Säcken über fertig geschnittenes *bistec palamillo* und köstliche Karamellsoße für Flans, eine große Auswahl von Kochweinen, die selbst kritischste Köche zufrieden stellen konnte, bis hin zu Kerzen in Glasgefäßen, die mit den Bildnissen von Santa Bárbara und San Lázaro verziert waren. Stammkunden konnten anschreiben lassen und im hinteren Teil des Ladens konnte man das beste kubanische Brot der Stadt frisch aus dem Backofen erstehen. Man brauchte nur seiner Nase oder im

Falle verkümmerter Riechorgane den Hinweisschildern und Pfeilen mit der Aufschrift PAN CALIENTE zu folgen. Jack war schon unzählige Male auf seinem Weg ins Zentrum an dem Laden vorbeigefahren und täte das bestimmt noch immer, wenn nicht seine Großmutter in die Vereinigten Staaten gekommen wäre und ihm die Türen zu einer ganz neuen Welt geöffnet hätte. Zweimal im Monat kauften sie gemeinsam in *Mario's Market* die frischesten Zutaten ein und gingen anschließend zu Jack, wo *Abuela* ihn in alte Familienrezepte einweihte.

Abuela war eine phänomenale Köchin. Sie schien immerzu gerade ein Essen zuzubereiten oder das nächste zu planen, als müsste sie die achtunddreißig Jahre unter Castro, in denen sie wenig zu essen und kaum etwas zu kochen gehabt hatte, irgendwie wettmachen. Beinahe fünf Jahre waren vergangen, seit Jacks Vater ihn angerufen und ihm erklärt hatte, dass *Abuela* auf dem Weg nach Miami war; seither war *Abuela* für Jack eine Art Fenster zur Vergangenheit – zu den Wurzeln seiner Mutter. Natürlich würde immer diese Lücke bleiben, die niemand füllen konnte, die klaffende Lücke eines ungelebten Lebens, die Tragödie einer Mutter, die bei der Geburt ihres Sohnes gestorben war. Jacks Vater hatte ihm Geschichten über Ana Maria erzählt, das bildhübsche kubanische Mädchen, in das sich Harry Hals über Kopf verliebt hatte. Jack wusste, wie sie sich kennen gelernt hatten, er wusste, dass sie immer eine frische gelbe Blume in ihren langen braunen Haaren getragen hatte, er wusste, wie allen die Kinnlade heruntergeklappt war, wenn sie auf einer Party erschien, und er wusste, dass sobald jemand einen Witz erzählt hatte, sie die Erste gewesen war, die angefangen hatte zu lachen, und die Letzte, die aufhörte. All das war Jack wichtig, aber selbst bei den wenigen Gelegenheiten, bei denen sein Vater sich öffnete und über die Frau sprach, die er verloren hatte, konnte er Jack nur einen winzigen Teil ihres Lebens näher bringen, nur ihre letzten Lebensjahre in Miami. *Abuela* hatte mehr zu bieten. Wenn sie von ihrer geliebten Tochter erzählte, dann tat sie das mit einem Leuchten in den Augen, das Jack jeden Zweifel daran nahm, dass Ana Maria tatsächlich gelebt hatte. Und mit der Überzeugung einer Großmutter, die ihren Enkel an die Hand nimmt, ihm in die Augen sieht oder ihm die Wange streichelt, machte *Abuela* ihm klar, dass ihre Tochter immer noch lebte.

Abuela legte einen Laib kubanisches Brot in ihren Einkaufswagen und ging weiter zwischen den Regalen entlang. »Und, wer ist die junge Dame?«

»Welche junge Dame?«

»Ich habe dich neulich mit ihr im Deli Lane gesehen. Mit einer sehr hübschen jungen Dame.«

Jack wurde klar, dass sie von Lindsey sprach. Seine Großmutter musste ihn mit ihr gesehen haben, bevor die Geschichte zwischen ihnen ein hässliches Ende gefunden hatte. »Sie heißt Lindsey.«

»Wohnt sie in der Stadt?«

»Jetzt ja. Sie ist von Guantánamo Bay hierher gezogen.«

»Aus Kuba?«, fragte sie mit funkelnden Augen. »Ist sie Kubanerin?«

Jack lächelte, weil er genau wusste, dass nichts *Abuela* glücklicher machen würde, als wenn ihr Enkel ein nettes kubanisches Mädchen kennen lernte. »Nein, sie hat nur in Kuba gelebt.«

»Keine Kubanerin, hat aber in Kuba gelebt«, erwiderte *Abuela.* »Vielleicht kann ich ja damit leben. Ist sie eine gute Freundin?«

»Sie ist eigentlich eher eine Mandantin als eine Freundin.« Eine Ex-Mandantin, aber Jack wollte das Thema nicht weiter erörtern.

»Hat sie Probleme?«

»Ja.«

»Was für welche?«

»Es heißt, sie hätte ihren Mann getötet.«

Abuela starrte ihn mit offenem Mund an. »Sie hat ihren Mann getötet?«

»Nein, aber sie wird dessen beschuldigt.«

»Dios mío!«, entfuhr es ihr mit einem Schaudern. Dann blickte sie an ihm vorbei. »Das ist sie doch, oder? Das ist doch deine Freundin Lindsey?«, sagte sie und zeigte in Richtung Kasse.

Der Kassierer verfolgte gerade eine Sendung in einem kleinen, tragbaren Fernseher. Auf dem Bildschirm wurde ein Foto von Lindsey gezeigt, es war die Hauptmeldung eines der spanischsprachigen Nachrichtensender. Jack, der die Sprache weit besser verstand, als er sie sprach, trat näher an den Fernseher heran, um den Bericht zu verfolgen.

»Lindsey Hart, die Schwiegertochter des Gründers und Vorsitzenden der *Brothers for Freedom*, Alejandro Pintado, wurde heute in Polizeigewahrsam genommen, nachdem eine Grand Jury sie des Mordes beschuldigt hatte. Angeblich hat Ms Hart ihren Ehemann Oscar Pintado, Captain beim United States Marine Corps, ermordet. Captain Pintado, der achtunddreißigjährige Sohn des berühmten Exilkubaners, wurde erschossen in seiner Wohnung auf der US-Naval Air Station in Guantánamo Bay, Kuba, aufgefunden. Bei einer heute abgehaltenen Pressekonferenz kündigte Bundesanwalt Hector Torres an, dass er sich persönlich dafür einsetzen und sein Büro alle notwendigen Schritte einleiten werde, um in dieser Angelegenheit für Gerechtigkeit zu sorgen. Mr Pintado zeigt sich Berichten zufolge über die Entwicklung vom heutigen Tage hocherfreut, stand aber nicht für eine Stellungnahme zur Verfügung. Allerdings hat sich die Anwältin Lindsey Harts,

Sofia Suarez, wie folgt zu der Anklage gegen ihre Mandantin geäußert –«

»Ihre *Anwältin*?«, wiederholte Jack reflexartig.

Auf dem Bildschirm war jetzt eine attraktive Frau zu sehen, die auf den Stufen des Gerichts stand und in ein Gewirr von Mikrofonen sprach. »Meine Mandantin ist schockiert über die heutige Anklageerhebung. Lindsey Hart ist unschuldig. Ich kann jetzt nicht auf die Einzelheiten unserer Verteidigung eingehen, aber es genügt zu sagen, dass das Ganze nach einer Vertuschungsaktion riecht. Wir sind davon überzeugt, dass Captain Pintado aus Gründen ermordet wurde, die nicht einmal ansatzweise in der Anklageerhebung erwähnt wurden, und wir beabsichtigen nachzuweisen, dass das Militär hier etwas zu verbergen hat.«

Jack hatte keine Ahnung, wer diese Sofia Suarez war oder wann Lindsey sie überhaupt angeheuert hatte. Aber das US-Militär direkt zu Beginn aufs Korn zu nehmen, schien ihm doch etwas übertrieben.

Der Nachrichtensprecher erschien wieder auf dem Bildschirm und sagte: »Ms Hart hat sich bei der Anklageverlesung am heutigen Nachmittag nicht schuldig bekannt. Eine Freilassung gegen Kaution wird ihr nicht gewährt und sie bleibt für die Dauer des Verfahrens in Haft.«

Als der Sprecher zur nächsten Meldung überging, wandte Jack sich vom Fernseher ab. Er hatte mit einer baldigen Anklageerhebung gerechnet, und dass eine Freilassung gegen Kaution in einem Mordfall verweigert wurde, war sicherlich nicht unüblich. Doch der Gedanke, dass der kleine Brian miterleben musste, wie seine Mutter verhaftet wurde, war für Jack schwer zu verdauen.

Abuela nahm seine Hand. »Hör mir zu, *mi vida*. Ich habe gesehen, wie diese Lindsey dich in dem Restaurant angeschaut hat. Ich dachte eigentlich, sie wäre nett und vielleicht gut für dich.«

»Mich angeschaut? Sie war eine Mandantin.«

»*Aye*, du bist wirklich blind. Diese Frau bedeutet Ärger. Vergiss sie. Hörst du. Vergiss sie ganz schnell.«

Er war noch dabei, die Nachrichten über die Anklage zu verarbeiten, aber *Abuelas* Worte machten ihn hellhörig. *Vergiss diese Frau.* Die Menschen neigten dazu, vorschnell zu urteilen, und Lindsey bekam das jetzt von allen Seiten zu spüren – von den Leuten auf der Militärbasis, die sie einst als ihre Freunde betrachtet hatte, und von Leuten, die sie überhaupt nicht kannten, wie *Abuela.* Wer konnte ihr verübeln, dass sie im Restaurant so wütend geworden war, nachdem selbst ihr eigener Anwalt ihr gegenüber massive Zweifel an den Tag gelegt hatte?

»Du meinst, ich soll sie einfach vergessen?«, fragte Jack.

»*Sí, sí.* Vergiss sie.«

Jack schüttelte den Kopf, in Gedanken immer noch bei Lindseys Sohn. Seinem Sohn. »Das ist nicht so einfach.«

12

Nachdem sie die Kasse ohne allzu großen finanziellen Schaden passiert hatten, fuhr Jack mit *Abuela* zu sich nach Hause. Ihre eigene Küche war zwar bestens eingerichtet, aber nichts schien ihr mehr Vergnügen zu bereiten, als diejenige von jemand anderem in Beschlag zu nehmen. Innerhalb weniger Minuten hatte sie die Einkäufe ausgepackt und alles für eine Kochorgie vorbereitet.

Jack ging direkt zum Fernseher und schaltete die Sechs-Uhr-Nachrichten ein. Die Hauptmeldung beschränkte sich im Wesentlichen auf die Fakten, die er schon auf Spanisch gehört hatte. Zusätzlich jedoch hatte die Nachrichtensprecherin ein exklusives Live-Interview mit Alejandro Pintado ergattert. Er wurde von seiner weiträumigen Villa in Journey's End zugeschaltet, einer der teuersten Gegenden Südfloridas.

»Mr Pintado, wir haben erfahren, dass Ihr Sohn und Ihre Schwiegertochter ein Kind haben, einen zehnjährigen Jungen. Was wird aus ihm werden, nachdem seine Mutter nun angeklagt und inhaftiert wurde?«

Pintado saß neben seiner Frau auf dem Sofa. »Der Verlust unseres Sohnes ist eine fürchterliche Tragödie für uns«, sagte er feierlich. »Aber wir sind entschlossen, weiteren Schaden von unserer Familie fern zu halten. Unser Enkel möchte gerne bei uns bleiben, solange seine Mutter im Gefängnis ist, und Lindseys Anwältin hat bereits ihr Einverständnis mit dieser Lösung bekundet.«

»Wird dies eine dauerhafte Lösung sein, falls Ihre Schwiegertochter wegen Mordes verurteilt werden sollte?«

»Davon gehen wir aus, ja.«

Die Nachrichtensprecherin wollte auf die Beweise gegen Lindsey zu sprechen kommen, aber Pintado ließ sich klugerweise nicht darauf ein, wahrscheinlich aufgrund der Regieanweisungen des Staatsanwalts. Sie bedankte sich und beendete das Interview.

Als Jack sich vom Fernseher abwandte, bemerkte er, dass seine Großmutter ihm einen missbilligenden Blick zuwarf. »Was gibt's?«, fragte er.

»Willst du mir helfen oder willst du fernsehen?«

»Ich helfe dir.« Er trat an den Küchentresen, sammelte die schmutzigen Rührschüsseln ein und trug sie zur Spüle. Ein erneuter scharfer Blick von *Abuela* ließ ihn auf der Stelle innehalten.

»Wer hat dir beigebracht, während des Kochens abzuwaschen?«, fragte sie.

»Entschuldigung«, erwiderte Jack. Offenbar war sie mit seinem Kumpel Theo auf einer Wellenlänge, was den Spaß am Kochen betraf.

»Setz dich da drüben hin«, befahl sie. »Sieh zu und präge dir alles ein.«

Abuela sang beim Kochen irgendetwas auf Spanisch, und während er ihr zusah und zuhörte, kam ihm eine Idee. Er zog einen Atlas aus dem Regal und schlug die Landkarte von Kuba auf. Plötzlich blickte *Abuela* ihm über die Schulter, als wäre sie mit einer Art Heimatradar ausgerüstet.

»Bejucal«, sagte sie und zeigte auf einen winzigen schwarzen Punkt in der Nähe von Havanna. »Da ist deine Mutter aufgewachsen.«

Jack saß schweigend da. Er hatte die Geschichten gehört, wie seine Mutter nach der kubanischen Revolution nach Miami gekommen war. Den Blick auf den kleinen schwarzen Punkt geheftet, stellte er sich vor, wie sich seine Mutter und seine Großmutter zum letzten Mal umarmt und geküsst hatten. Obwohl es ihr fast das Herz brach, hatte *Abuela* beschlossen, ihre jugendliche Tochter in die Vereinigten Staaten zu schicken, in dem Wissen, dass es für sie besser sein würde, in Freiheit zu leben, und in der Hoffnung, dass sie beide in nicht allzu ferner Zukunft wieder vereint sein würden. Unglücklicherweise konnte *Abuela* ihre Ausreiseerlaubnis schließlich doch erst nach dem Tod ihrer Tochter erwirken.

Wie jede Fluchtroute war auch die von Havanna in die USA mit persönlichen Tragödien gepflastert und die von *Abuela* und Jacks Mutter war nur eine unter vielen. In der Einwanderungsgeschichte der USA stellte die Immigration der Kubaner einen verblüffenden Erfolg dar, besonders in Miami. Es hatte natürlich auch Rückschläge gegeben, und jeder Vergleich der ersten Immigrationswelle in den sechziger Jahren mit späteren Flüchtlingsströmen war dazu verurteilt, Missmut zu erzeugen, selbst unter den Kuba-Amerikanern. Über dieses Thema wurde endlos gestritten. Das Fazit jedoch war, dass die wichtigsten Gremien sowohl der Stadt als auch des County von Kubanern kontrolliert waren – der Bürgermeister war Kubaner, der County-Vertreter war Kubaner, drei der fünf Kongressabgeordneten von Südflorida waren Kubaner und viele der erfolgreichsten Banken, Anwaltskanzleien, Maklergeschäfte und anderen Unternehmen wurden von Kubanern geführt. Im Gegensatz zu den meisten anderen Latinogruppen waren die Kuba-Amerikaner weitgehend Republikaner und keine Demokraten, und das nicht nur deshalb, weil man die Demokraten für zu weich in ihrer Haltung gegenüber Castro hielt. Es lag eher daran, dass viele Kuba-Amerikaner – zu denen auch Alejandro Pintado gehörte – mehr als genug ehrlich erworbenen Wohlstand angehäuft hatten, um zu den größten Wahlkampfunterstützern der Republikaner gezählt werden zu können. Trotz all ihrer beachtlichen Leistungen sprachen viele nach wie vor davon, eines Tages nach Kuba zurückzukehren, vielleicht nicht gerade, um dort zu leben, aber zumindest um beim Wiederaufbau der Wirtschaft nach Castros lang ersehntem Sturz mitzuhelfen.

Jack hatte nie ernsthaft etwas mit diesem »Zurück nach Kuba«-Gerede am Hut gehabt. Er war nicht wie ein Kubaner aufgewachsen, er sprach nur gebrochen Spanisch und hatte sich eigentlich auch nie in Latinokreisen bewegt. Die meisten seiner Bekannten wussten nicht, dass seine Mutter Kubanerin war, so dass er daran gewöhnt war, sich in einer Umgebung von Angloamerikanern zu befinden, die ständig davon redeten, sie würden lieber heute als morgen aus dem »Dritte-Welt-Land« verschwinden, zu dem sich Miami angeblich langsam entwickelte. Und wenn reichlich Alkohol floss, ließen sich selbst ehrenwerte Leute dazu hinreißen, einem Gringo wie Swyteck kumpelhaft anzuvertrauen, dass sie insgeheim davon träumten, ihren kubanischen Nachbarn mal ihre wirkliche Meinung zu sagen: »Hey, José, wenn du so gerne nach Kuba zurück willst, dann tu uns doch den Gefallen, steig in dein verdammtes Bananenboot und verpiss dich.« Manchmal gab er sich einen Ruck und erwiderte etwas; manchmal ließ er es bleiben, weil es sich nicht lohnte. Aber im Grunde wusste er, dass die größten Schreihälse nur deswegen so neidisch auf all die »Josés« waren, weil die, wenn sie tatsächlich nach Kuba zurückkehrten, bestimmt nicht auf einem Bananenboot reisen würden. Die meisten würden ihre Kinder aus Harvard oder Yale einfliegen lassen und es sich auf ihrer Fünfundzwanzig-Meter-Yacht gemütlich machen, die hinter ihrer Drei-Millionen-Dollar-Villa in Gables Estates lag. Sie würden die Reise als netten Familienausflug gestalten, sich in der Sonne braten lassen und an gekühlten *mojitos* nippen, serviert von einem ihrer drei honduranischen Hausmädchen.

»Ich sollte nach Bejucal fahren«, sagte Jack.

»Wie bitte?«

»Falls ich den Fall meiner Freundin Lindsey übernehme, werde ich nach Kuba fahren müssen. Dann könnte ich doch gleich einen Abstecher nach Bejucal mit einplanen.«

Abuela erwiderte nichts. Jack fragte: »Wie war es dort, als meine Mutter weggegangen ist?«

Abuela holte tief Luft und atmete hörbar aus. Dann antwortete sie auf Spanisch. »Es war genauso wie zu der Zeit, als ich weggegangen bin, achtunddreißig Jahre später.«

»Tatsächlich?«

»Ja. Und gleichzeitig war es völlig anders.«

Jacks Blick wanderte wieder zu der Landkarte. Bejucal

lag ziemlich weit entfernt von Guantánamo, aber für Jack waren die beiden Städte auf immer miteinander verknüpft. Die eine erinnerte ihn an sich selbst, an den kleinen Jungen, der seine Mutter nie kennen gelernt hatte. Die andere ließ ihn an einen anderen Jungen denken, ein adoptiertes Kind, das seine leiblichen Eltern nicht kannte. Es war bei weitem nicht dasselbe, aber irgendwie erschien es ihm als eine Ironie des Schicksals, dass er und Brian vor derselben Wahl standen. Sie konnten versuchen, etwas über die Person in Erfahrung zu bringen, die sie in die Welt gesetzt hatte. Oder sie konnten die Sache auf sich beruhen lassen.

Für Jack war die Entscheidung plötzlich klarer denn je. Er sah seine Großmutter an und sagte: »Ich möchte hinfahren.«

Jack suchte nach einem Zeichen der Zustimmung in ihrer Miene, konnte aber nur verwirrt zusehen, wie *Abuela* sich umdrehte und wortlos in die Küche ging.

»Möchtest du nicht, dass ich fahre?«, fragte er.

Anstatt zu antworten, blieb sie stumm am Herd stehen und rührte in ihren Kochtöpfen. Jack war sich darüber im Klaren, dass eine Reise nach Kuba für viele Kuba-Amerikaner, vor allem die älteren, eine emotionale Belastung bedeutete, aber von *Abuela* hatte er eher eine *Mischung* von Gefühlen erwartet. Stattdessen hüllte sie sich in Schweigen.

Das Telefon klingelte, doch Jack überließ das Gespräch dem Anrufbeantworter. Er versuchte immer noch, sich einen Reim auf *Abuelas* Reaktion zu machen, aber sie war zu clever für ihn. Sie ging selbst ans Telefon. Jack wedelte mit den Armen, um ihr zu bedeuten, er sei nicht zu sprechen, egal für wen. *Abuela* ignorierte seine stille Bitte, offensichtlich wollte sie nicht weiter mit ihm über seine Reise nach Kuba diskutieren.

»Ja, Jack steht hier gleich neben mir«, sagte sie zu dem Anrufer.

Mit einem Stöhnen nahm Jack den Hörer entgegen. »Hallo?«

»Spreche ich mit Jack Swyteck?« Eine Frau war am anderen Ende, die Stimme war ihm unbekannt.

»Ja. Und wer sind Sie?«

»Mein Name ist Sofia Suarez.« Sie wartete einen Moment lang ab, so als müsste Jack sich an den Namen erinnern. Dann fügte sie hinzu: »Ich vertrete Lindsey Hart.«

Jack ging aus der Küche, um nicht von Abuelas Geklapper gestört zu werden. »Stimmt, Sie waren im Fernsehen.«

»O Gott, ich kann Kameras nicht ausstehen, aber bei dem ganzen Presserummel hatte ich das Gefühl, etwas sagen zu müssen. Was glauben Sie, wie es angekommen ist?«

Jack sah keine Veranlassung, ausgerechnet jetzt ihre Verschwörungstheorie auseinander zu nehmen. »Schwer zu sagen.«

»Es war beschissen. Ich weiß. Ich habe mich angehört wie einer von diesen ›Die ganze Welt hat sich gegen mich verschworen‹-Spinnern.«

»So schlimm war es nun auch wieder nicht.«

»Danke für Ihre Freundlichkeit. Hören Sie, ich rufe an, weil … nun, aus verschiedenen Gründen. Vor allem, weil Lindsey mich gebeten hat, Sie anzurufen.«

»Tatsächlich?«

»Ja. Sie hat mir erzählt, wie sie Ihnen das Mandat entzogen hat und dass es ihr Leid tut. Sie steht zurzeit unter ziemlichem Stress. Das soll jetzt keine Entschuldigung sein, aber es erklärt vielleicht eine Menge.«

»Was will sie?«

»Sie traut sich nicht, Sie zu bitten, es sich noch einmal

zu überlegen und doch ihre Verteidigung zu übernehmen. Aber glauben Sie mir, sie wünscht sich von ganzem Herzen, dass Sie ihr verzeihen. Sie braucht Sie, und der einzige Mensch, der das noch besser weiß als Lindsey, bin ich.«

»Was meinen Sie damit?«

Sie lachte freudlos in sich hinein. »Ich bin in dieser Sache völlig überfordert. Ich bin keine Strafverteidigerin. Lindsey hat mich beauftragt, ihre Erbschaftsangelegenheiten zu regeln. Der Vermögensverwalter weigert sich, ihr Oscars Treuhandfonds zu übertragen.«

»Ich weiß. Sie hat mir davon erzählt. Zum Schluss.«

»Mit diesen Dingen kenne ich mich aus. Aber ein Mordprozess, das ist nichts für mich. Deshalb möchte ich Sie bitten zu vergessen, was neulich vorgefallen ist, und das Richtige zu tun. In jedem Fall wird eine Menge Geld da sein, um Sie zu bezahlen, wenn die Erbschaftsgeschichte ausgefochten ist.«

»An dem Geld war ich keinen Moment lang interessiert«, erwiderte Jack.

»Ich weiß. Lindsey hat mir von … na ja, Sie wissen schon, von Ihnen und Brian erzählt.«

Jack entfernte sich noch weiter von der Küche, damit *Abuela* bloß nichts mithörte. »Was hat sie Ihnen gesagt?«

»Dass Sie der Vater sind.«

Jack schwieg. Es war merkwürdig, aber aufgrund der Tatsache, dass diese Sofia sein Geheimnis kannte, fühlte er sich ihr irgendwie verbunden. »Ich habe den Auftritt von Lindseys Schwiegervater im Fernsehen gesehen. Waren Sie tatsächlich damit einverstanden, dass Brian bei seinen Großeltern bleibt?«

Sie seufzte vernehmlich. »Es war eine schwere Entscheidung. Lindseys Schwester hätte ihn sehr gern zu sich genommen. Aber Brian wollte wirklich zu den Pintados, und Lindsey wollte ihm keinen Gerichtsprozess zumuten, der darüber entscheidet.«

Jack wusste, was Lindsey von Pintado hielt. Er hatte Hochachtung vor einer Mutter, die selbst unter diesen Umständen die Wünsche ihres Sohnes respektierte. »Bleibt nur zu hoffen, dass am Ende alles gut ausgeht.«

»Ja, und dass sie freigesprochen wird. Und an diesem Punkt kommen Sie wieder ins Spiel.«

»Das ist eine komplizierte Entscheidung«, erwiderte Jack.

»Davon bin ich überzeugt. Und ich möchte Sie auch nicht drängen, aber ich brauche sehr bald eine Entscheidung von Ihnen. Ich muss morgen früh nach Guantánamo.«

»Wozu?«

»Befragungen. Vor-Ort-Recherche. Es ist nicht leicht für Zivilisten, eine Besuchserlaubnis auf der Militärbasis zu erhalten. Wenn ich den Termin morgen nicht wahrnehme, können Wochen vergehen, bis ich einen neuen bekomme.«

Jack sprach seine Gedanken laut aus. »Ich sollte mit von der Partie sein, falls ich ihr Hauptverteidiger bin.«

»Auf jeden Fall. Also, wie sieht's aus?«

»Lassen Sie mich erst darüber schlafen.«

»Jack, ich brauche wirklich dringend eine Antwort. Wenn Sie mich nicht bei dieser Fahrt nach Guantánamo begleiten, muss ich unbedingt einen guten Strafverteidiger finden, der dazu bereit ist.«

»Verstehe.«

»Nein, das glaube ich nicht. Haben Sie die Anklageschrift schon gesehen?«

»Nein.«

»Der Staatsanwalt fordert die Todesstrafe.«

Jack erstarrte.

»Sie braucht Sie, Jack. Sie braucht Sie *wirklich.*«

Jack dachte nach. Eine Anwältin für Erbschaftsrecht in einem Fall, in dem die Todesstrafe gefordert wurde? Lindsey hatte keine Chance. Er war nicht hundertprozentig von ihrer Unschuld überzeugt, aber sie hatte angeboten, sich einem Lügendetektortest zu unterziehen. Sie hatte etwas Besseres verdient als das, was ihr derzeit zugemutet wurde.

Vor allem Brian hatte etwas Besseres verdient – und das reichte, um ihn umzustimmen.

»In Ordnung«, sagte Jack. »Ich bin dabei.«

13

Am nächsten Morgen trafen sich Jack und Sofia Suarez am Flughafen.

Zutritt zur US-Naval Air Station in Guantánamo Bay zu erlangen war nie einfach gewesen, doch seit sich die Nation dem Kampf gegen den Terrorismus verschrieben hatte, kam es dem Versuch gleich, gekleidet in der Vorjahresmode Eintritt in einen South-Beach-Nachtklub zu begehren. Am Vormittag flogen sie mit einer Linienmaschine von Miami nach Norfolk in Virginia, wo sie ein Taxi zum Militärflughafen nahmen. Sie würden mit einer Maschine des Air Mobility Command nach Guantánamo fliegen, die allerdings erst um achtzehn Uhr startete. Jack freute sich schon auf ein bisschen Schlaf im Flugzeug, denn nach ihrem ersten Telefongespräch hatte Sofia ihm per Kurier eine ganze Kiste von Mitschriften der Verhandlung vor der Grand Jury, Zeugenaussagen und anderen Beweismitteln, auf die der Staatsanwalt seine Anklage gegen Lindsey stützte, zukommen lassen, und Jack hatte sich fast die ganze Nacht mit dem Studium dieser Unterlagen um die Ohren geschlagen. Aber obwohl er völlig übernächtigt war und gar nicht aufhören konnte zu gähnen, schien Sofia wild entschlossen, während der gesamten Reise nach Guantánamo mit ihm über Strategiefragen zu diskutieren.

»Wollen Sie die Befragungen durchführen oder meinen Sie, das sollte ich besser übernehmen?«, fragte Sofia.

»War das nicht der Hauptgrund, warum ich so schnell mit einsteigen sollte? Dass ich die Sache in die Hand nehme?«

»Eigentlich schon, aber dann habe ich noch mal darüber nachgedacht. Wir werden vorwiegend mit Männern sprechen und die meisten von ihnen hängen schon seit ziemlich langer Zeit mit vielen anderen Männern auf der Militärbasis fest.«

»Sie meinen also ...«

»Wem werden sie wohl eher ihr Herz ausschütten? Ihnen?«, fragte sie und unterstrich ihre Worte mit einem aufreizenden Wimpernklimpern. »Oder einer süßen Latinobraut?«

Zu Demonstrationszwecken trug sie ziemlich dick auf, aber mit ihren langen schwarzen Haaren und der perfekten olivbraunen Haut würde sie die Nummer mit der Latinobraut locker bringen. Vor Gericht von Lindsey und Sofia eingerahmt, würde Jack sich etwas einfallen lassen müssen, wie er eine durchweg männliche Jury beeindrucken konnte.

Das kann ja heiter werden.

Um sich die Stunde zu vertreiben, die ihnen noch bis zu ihrem Abflug blieb, gingen sie in ein relativ leeres Restaurant und setzten sich an den Tresen. Sofia hatte Hunger und bestellte einen üppigen Salatteller, *Abuela* hatte Jack vor seiner Abfahrt dermaßen gemästet, dass er wahrscheinlich für die nächsten zwei, drei Tage gesättigt sein würde. Er nahm nur einen Kaffee.

»Waren Sie schon mal in Kuba, Jack?«

»Nein, aber ich bin neugierig auf das Land. Meine Mutter wurde in Kuba geboren.«

»Tatsächlich? Was hält sie denn davon, dass Sie die Frau verteidigen wollen, die beschuldigt wird, den einzigen Sohn des hochgeschätzten Exilkubaners Alejandro Pintado getötet zu haben?«

»Meine Mutter ist schon vor langer Zeit gestorben. Aber meine Großmutter lebt noch und ist noch genauso eigensinnig wie früher. Sie ist nicht gerade begeistert davon.«

»Wie mein Vater. Er ist ein Überlebender der Schweinebucht. Ich bin natürlich stolz auf ihn, aber er ist ein bisschen extrem. Seit vierzig Jahren kriecht er jeden zweiten Samstag im Monat im Kampfanzug bäuchlings in den Florida Everglades herum, allzeit bereit für die nächste bewaffnete Invasion von Kuba. Als ich ihm erzählt habe, ich würde Lindsey Hart vertreten, hätte er sofort beantragt, dass man mir die Lizenz entzieht, wenn ihn mein Jurastudium nicht so viel gekostet hätte.«

»Aber offenbar lassen Sie sich von seinen Einwänden nicht beirren.«

»Stimmt. Ich werde sicherlich mit allen anderen auf der Straße tanzen, wenn Castro endlich stürzt, aber als meine Lebensaufgabe betrachte ich die Sache nicht. Das qualifiziert mich in den Augen meines Vaters und Alejandro Pintados vermutlich schon als Kommunistin. Wenn es um Politik geht, stimmen wir nur darin überein, dass wir verschiedener Meinung sind.«

»Das kann ich nachvollziehen«, erwiderte Jack.

»Ja, ich glaube, ich kann mich noch an einen Bericht

über Sie und Ihren Vater in der Zeitschrift *Tropic* vor ein paar Jahren erinnern. ›Warum kann der Gouverneur nicht die Stimme seines eigenen Sohnes gewinnen?‹ oder etwas in der Art.«

»Seit damals hat sich eine Menge geändert.« Lächelnd fügte er hinzu: »Auch wenn ich ihn wahrscheinlich auch heute nicht wählen würde.«

Sofia schien nicht zu bemerken, dass er scherzte. Sie suchte die Stückchen eines hart gekochten Eis aus ihrem Salat und schob sie auf einen Teller, auf dem sich bereits eine ganze Reihe verdächtig wirkender Salatzutaten befanden, die sie aussortiert hatte. Schließlich blickte sie auf und sagte: »Sie fragen sich wahrscheinlich, wie ich an diesen Fall gekommen bin.«

»Das stimmt allerdings. Woher kennen Sie Lindsey?«

»Wir hatten auf dem College eine Liebesbeziehung.«

»Wie bitte?«

»Ha!«, sagte sie lächelnd. »Gott, sind Sie leicht zu verblüffen. Also, während des Abschlussjahres an der Uni haben wir uns ein Apartment geteilt. Danach hatten wir noch ein paar Jahre Kontakt zueinander, den wir dann allerdings verloren, bis ihr Mann starb. Sie brauchte einen Anwalt, und vermutlich konnte sie sich noch daran erinnern, dass ich es irgendwie geschafft hatte, zum Studium zugelassen zu werden. Vor einigen Monaten hat sie mich angerufen.«

»Was hat sie Ihnen gesagt?«

»Nun ja, sie hat mir von Oscars Tod erzählt. Wir haben ein bisschen gemeinsam geweint. Dann hat sie erwähnt, dass Oscar ihr einen Treuhandfonds hinterlassen hat und ihr Schwiegervater nicht wollte, dass der Fonds auf sie überschrieben wurde.«

»Hat sie sich so ausgedrückt – Alejandro Pintado wollte nicht, dass sie das Familienvermögen bekommt?«

»Ja. Von Anfang an hatte sie das Gefühl, Oscars Vater würde alles daransetzen, um zu verhindern, dass das Geld an sie geht. Und wenn er sie dafür des Mordes bezichtigen musste.«

»In meinem Anwaltsleben habe ich schon häufig erlebt, dass man sich auf Gemeinheiten verlegt, um sich vor Gericht in ein günstiges Licht zu setzen. Aber auf eine Verurteilung wegen Mordes zu plädieren geht doch über Säbelrasseln weit hinaus, meinen Sie nicht?«

»Für die meisten Leute trifft das sicherlich zu. Aber für Alejandro Pintado … vielleicht nicht.«

Die Kellnerin kam und schenkte Kaffee nach. Als sie sich wieder entfernt hatte, fragte Jack: »Haben Sie Brian schon kennen gelernt?«

»Vor drei Tagen. Ich hatte Lindsey erklärt, ich müsste ihn befragen, falls ich an der strafrechtlichen Seite des Falls beteiligt sein sollte.«

»Dasselbe habe ich ihr auch gesagt. Viel genützt hat es nicht.«

»Sie möchte ihn so gut es geht abschirmen. Wenn Sie mich fragen, hat sie das, was mit ihrem Mann passiert ist, völlig erschüttert. Das Letzte, was sie will, ist, dass ihr Sohn in die Geschichte hineingezogen und traumatisiert wird.«

»Das kann ich verstehen. Wie lief die Befragung?«

»Bestens. Er ist ein wundervoller Junge. Sie werden ihn mögen.«

Jack leerte ein Tütchen Zucker in seinen Kaffee. »Was hat er Ihnen von der Nacht erzählt, in der sein Vater erschossen wurde.«

»Dasselbe, was er der Polizei gesagt hat. Er hat während der Nacht nichts Ungewöhnliches bemerkt. Er ist ein bisschen früher als gewöhnlich aufgewacht, konnte sich nicht erklären, warum. Irgendetwas schien nicht zu stimmen. Er ist aufgestanden, um zur Toilette zu gehen. Seine Mom war schon zur Arbeit gegangen, aber die Tür zum Elternschlafzimmer stand offen. Er hat das Blut auf dem Bett gesehen und dann die Leiche.«

»Und danach hat er seine Mutter auf der Arbeit angerufen?«

»Ja. Also, er hat ihr eine digitale Nachricht geschickt. Sie haben ein spezielles Telefon für Hörbehinderte.«

»Heute Nacht habe ich den Polizeibericht gelesen. Brian war nicht sehr deutlich bei der exakten Wiedergabe seiner Worte. Konnte er sich mittlerweile besser erinnern?«

»Er kann sich nur daran erinnern, dass er etwas geschrieben hat wie: ›Mom, komm schnell nach Hause – Notfall!‹«

»Und ist sie sofort nach Hause gefahren?«

»Ja.«

»Und weiter?«

Sofia aß ein Stück Avocado. »Das war so ziemlich alles, was er an Information beizutragen hatte. Seine Mutter hat ihn in sein Zimmer geschickt und ihn erst wieder rausgelassen, als die Polizei kam.«

»Kann er sich irgendwie daran erinnern, dass Lindsey so was gesagt hat wie: ›Um Gottes willen, dein Vater hat sich erschossen‹ – irgendetwas in der Richtung?«

»Ich glaube, das habe ich ihn nicht gefragt.«

Jack zögerte einen Augenblick. »Haben Sie ihn gefragt, ob *er* seinen Vater erschossen hat?«

»Nicht direkt. Ich habe ihn eher allgemein gefragt, ob er wüsste, wer seinen Vater erschossen hat, und er sagte nein.«

»Glauben Sie ihm?«

»Ja.«

»Warum?«

»Ich hätte es gemerkt, wenn er gelogen hätte.«

»Wie können Sie sich da so sicher sein?«

»Ich bin eine vierunddreißigjährige allein stehende Frau. Was glauben Sie, wie oft *ich* schon belogen wurde. Brian ist gerade mal zehn. Den würde ich sofort durchschauen.«

»Dagegen lässt sich schwer etwas sagen«, erwiderte Jack. »Das größte Problem mit Brian liegt nicht darin, dass er Lindseys Fall erschwert, sondern dass er einfach nicht in der Lage ist, ihr zu helfen. Er ist taub, daher wird er uns nicht sagen können, dass er seine Mutter zu einer bestimmten Zeit eindeutig hat weggehen hören oder dass er Geräusche eines möglichen Eindringlings gehört hat. Er kann uns nicht einmal sagen, zu welcher Zeit der Schuss abgefeuert wurde.«

»Schlecht für uns. Gut für den Mörder.«

Sofia nickte, sie schien den gleichen Gedanken zu haben. »Was vermutlich bedeutet, dass der Mörder über Brians Taubheit Bescheid wusste.«

»Wahrscheinlich.«

»Ich denke, dass das eins der Dinge ist, die Sie herausfinden müssen, wenn Sie die Zeugen in Guantánamo befragen: Wer wusste, dass Brian taub ist?«

»Das steht bereits auf meiner Liste«, erwiderte Jack.

»Was haben Sie sonst noch auf Ihrer Liste?«

»Die ist noch in Arbeit.«

»Ach, kommen Sie schon. Was steht ganz oben? Was interessiert Sie am meisten?«

»Was mich am meisten interessiert, ist etwas, das mir vermutlich nur Lindsey selbst sagen kann.«

»Und das wäre?«

Er blätterte durch den Bericht der Spurensicherer, den er an diesem Morgen zum ersten Mal zu Gesicht bekommen hatte. »Wie sind ihre Fingerabdrücke auf die Mordwaffe gelangt?«

Sofia erwiderte nichts. Jack klappte die Akte zu und sah auf die Uhr. Wenn sie den Flug noch erwischen wollten, mussten sie aufbrechen. Sie legten das Geld für die Rechnung auf den Tresen und verließen gemeinsam das Restaurant.

14

Als Jack aus dem Flugzeug stieg, fielen ihm als Erstes die zahllosen blinkenden Sterne auf. Ein solches Himmelsleuchten hatte er in der Stadt noch nie gesehen. Man musste schon irgendwo auf dem Meer sein, fernab von der Zivilisation und den Lichtern der Stadt, irgendwo im Niemandsland.

Oder in der Bucht von Guantánamo.

Das Gefühl der Isolation auf GTMO (ausgesprochen: »Gitmo«) rührte sowohl von der geographischen Lage als auch von der militärischen Präsenz her. Die Bucht war eine beutelförmige Enklave an der südöstlichen Küste Kubas. Sie maß in der Länge zwanzig und an ihrer breitesten Stelle zehn Kilometer. Das Umland diente vorwiegend landwirtschaftlichen Zwecken, hauptsächlich dem Anbau von Zuckerrohr und Kaffee. Die Cuzco-Hügel im Süden und Osten und die Berge der Sierra Maestra boten einen gewissen natürlichen Schutz. Man brauchte dort nur eine komplette Armee unterzubringen, ein paar Kriegsschiffe, Kampfflugzeuge und einige schwer bewaffnete Wachtürme, dazu Unmengen von Stacheldraht, und – voilà! – schon hatte man ein perfektes Biotop für viele einheimische Pflanzen und Tiere, die die kubanischen Bauern und Strategen auf dem Rest der Insel buchstäblich ausgerottet hatten. So abstrus es auch klingen mochte, der größte Teil unberührter Natur befand sich auf der US-Militärbasis. Viele, die auf GTMO Dienst getan hatten, waren der Auffassung, dass das Gebiet in Wirklichkeit den Leguanen und Kakteen gehörte, das seinen Ruf als »der am wenigsten schlimme Ort« noch verstärkte. Dieses Gefühl ließ sich sicherlich noch am ehesten um die Landepisten herum nachvollziehen, die gegenüber dem Hauptstützpunkt am anderen Ende der Bucht lagen.

Jack und Sofia nahmen ihre Taschen, die man ihnen auf die Landebahn gestellt hatte. Es war zu dunkel, um irgendetwas jenseits des beleuchteten Fußwegs zu erkennen, der zu einem grünen vor einem riesigen Hangar geparkten Jeep führte. Die Lichter des Kontrollturms blinkten in der Ferne. Einige der höheren Hügelspitzen bildeten gespenstische Silhouetten, von hinten erleuchtet durch den untergehenden Mond. Jack wusste, dass die Bucht nicht weit entfernt lag, nicht weil er das Meer sehen oder hören konnte, sondern weil er den Salzgeschmack in der frischen Brise wahrnahm. Selbst mitten in der Nacht war es so mild, dass man keine Jacke brauchte, und aus Miami mit seiner hohen Luftfeuchtigkeit kommend war Jack angenehm überrascht von dem trockenen Klima.

»Wie haben Sie geschlafen?«, fragte Sofia, während sie einem Marine zu dem Jeep folgten.

»Wie ein Baby«, erwiderte Jack. »Ich bin alle Dreiviertelstunden aufgewacht und habe mich jedes Mal darüber geärgert.« Er hatte nie besonders gut in Flugzeugen schlafen können.

Die Fahrt mit der Fähre ans gegenüberliegende Ufer der Bucht dauerte eine halbe Stunde. Leuchtender als der hellste Stern tauchte Jupiter am Horizont auf, als sie Leeward Point Field verließen und vom Dock ablegten. Der innere Hafen war Frachtschiffen vorbehalten. Die Fähre tuckerte durch den äußeren Hafenbereich zum Gelände der Naval Reserve und legte am Hauptpier zwischen Corinasco Point und Deer Point an. Sie wurden von zwei Militärpolizisten erwartet, die versicherten, sie hätten ihren ziemlich bösartig wirkenden deutschen Schäferhund voll unter Kontrolle. Unberechenbare Hunde gehörten hier zum Leben, und sie waren nicht darauf abgerichtet, mit Menschen Freundschaft zu schließen. Nachdem ihre Taschen den Schnüffeltest bestanden hatten, wurden Jack und Sofia am Pier von einem Offizier in Empfang genommen.

»Haben Sie im Flugzeug schon etwas gegessen?«, fragte sie der Mann.

»Eigentlich nicht«, erwiderte Jack.

»McDonald's hat noch geöffnet, falls Sie hungrig sind.«

Jack erinnerte sich daran, dass Lindsey bei ihrem ersten Treffen McDonald's erwähnt hatte. Der Laden schien der ganze Stolz der Militärbasis zu sein. »Jetzt bin ich zum ersten Mal in Kuba, und ich soll gleich bei McDonald's essen gehen?«

»Sie befinden sich zwar auf Kuba«, entgegnete der Offizier, »aber eigentlich nicht wirklich *in* Kuba. Falls Sie verstehen, was ich meine, Sir.«

Die Ironie dieser Feststellung erheiterte Jack. Wie oft in seinem Leben hatte er schon Leute sagen hören, er sei zwar Kubaner, aber im Grunde kein richtiger Kubaner? »Ja«, erwiderte Jack. »Ich verstehe sehr gut, was Sie meinen.«

Da für den ganzen nächsten Tag Befragungen auf seinem Terminplan standen, entschied sich Jack für Schlaf und gegen Essen. Sie verbrachten die Nacht in getrennten Gästehäusern und wurden am nächsten Morgen um sechs Uhr von ihrem Fahrer abgeholt. Jack hatte damit gerechnet, dass Sofia eine typische Frühaufsteherin war, aber sie erwies sich diesbezüglich als Waisenkind im Vergleich zu dem Marine, der zu Jacks und Sofias Begleitung abgestellt war. Der Typ joggte wahrscheinlich jeden Morgen zehn Kilometer und machte vierhundert Liegestütze, noch bevor sein Wecker klingelte. Sie fuhren vorbei an einem Golfplatz, einer Mall und einem Wohngebiet mit adretten Reihenhäusern. All das ähnelte eher einem Fünfziger-Jahre-Vorort als einer Militärbasis. Selbst die militärischen Gebäude hatten beinahe etwas Niedliches – zumeist geduckte Konstruktionen aus Holz oder Hohlblocksteinen, gelb angestrichen mit braunen Randstreifen. Die Leitungsmasten waren grün lackiert, vielleicht um den Mangel an natürlichem Grün zu kompensieren; es gab kaum Bäume, geschweige denn einen richtigen Wald.

Sie hielten kurz im Iguana Crossing Coffee Shop, um eine Tasse Kaffee zu trinken, dann fuhren sie weiter zum »Weißen Haus«, wie das beeindruckende weiße Gebäude scherzhaft genannt wurde, in dem das Marine-Kommando des Stützpunkts untergebracht war. Der einfache Bau, der sich vor dem Hintergrund des strahlend blauen Himmels abhob, und die gleich daneben stolz in der warmen kubanischen Brise flatternde amerikanische Flagge boten einen regelrecht inspirierenden Anblick. Ihr Begleiter führte sie in einen Besprechungsraum mit weißen Paneelbrettern an den Wänden und weißen Jalousien vor den Fenstern. Die Bewegung eines rotierenden weißen Deckenventilators spiegelte sich in der auf Hochglanz polierten Oberfläche eines langen Mahagonitisches.

Ein Militäranwalt trat auf sie zu. »Captain Donald Kessinger«, stellte er sich vor.

Sofia und Jack reichten ihm die Hand und stellten sich vor, wobei Jack auffiel, dass der Captain Sofia unverwandt anstarrte. Nach der langen Reise und der kurzen Nacht auf einer Soldatenpritsche wirkte Sofia zwar etwas mitgenommen, aber auf einem Militärstützpunkt war sie immer noch ein ziemlich willkommener Anblick. Schließlich wandte der Captain sich Jack zu und bot seinen Gästen Plätze auf der gegenüberliegenden Seite des Tisches an, so dass sie mit dem Rücken zum Fenster saßen.

»Danke, dass Sie bereit waren, sich mit uns zu treffen.«

»Keine Ursache. Hatten Sie eine angenehme Reise?«

»Ich glaube, Dorothys Reise nach Oz war angenehmer«, erwiderte Sofia.

»Oh, das klingt ja gar nicht gut. Aber Sie haben es geschafft. Was kann ich für Sie tun?«

Jack legte seine Aktenmappe vor sich auf den Tisch und entnahm ihr ein Blatt Papier. »Als Erstes würde ich gern die Liste potenzieller Zeugen durchgehen, die ich Ihnen gestern vom Flughafen aus zugefaxt habe.«

»Ich habe eine Kopie hier«, erwiderte Kessinger und breitete sie vor sich aus.

»Am liebsten würde ich zunächst den Offizier der Militärpolizei befragen, der als Erster nach Lindsey Harts Notruf am Tatort eingetroffen ist.«

»Tut mir Leid. Er steht nicht zur Verfügung.«

»Warum nicht?«

»Ich bin nicht befugt, Ihnen die Gründe mitzuteilen.«

»Wo ist er?«

»Versetzt.«

»Wohin?«

»Das kann ich Ihnen nicht sagen.«

Jack vermerkte vor dem ersten Namen auf seiner Liste ein kleines x. »Im NCIS-Bericht steht, dass drei weitere Offiziere ebenfalls am Tatort waren. Ich möchte mit ihnen sprechen.«

»Sie arbeiten im Team«, erwiderte der Captain. »Sie wurden alle versetzt, tut mir Leid.«

»Sie stehen also auch nicht zur Verfügung?«

»Nein.«

Jack kennzeichnete auch die Namen dieser Zeugen, dann fuhr er fort. »Lassen Sie uns über das Personal in der Umgebung des Tatorts reden, Leute, die vielleicht irgendetwas Ungewöhnliches gesehen haben.«

»In Ordnung.«

»Mir sind hier überall Wachtürme aufgefallen. Ich würde mich gern mit der Wache unterhalten, die am nächsten zum Tatort postiert war.«

»Mmmmmmh. Das wäre PFC Frank Novich. Auch in diesem Fall muss ich passen.«

»Er steht nicht zur Verfügung?«

»Nein.«

»Versetzt?«

»Gestern abgereist. Sie haben ihn knapp verpasst. Pech.«

»Wo ist er jetzt?«

»Ich glaube, er ist in ... tja, das darf ich Ihnen nicht sagen.«

Jack beugte sich vor und bemühte sich, seinen müden Augen einen etwas schärferen Ausdruck zu verleihen. »Captain, versuchen wir's andersrum. Gibt es *irgendjemanden* auf meiner Liste, der weder versetzt noch anderweitig unabkömmlich ist?«

»Ich meine mich zu erinnern, dass es jemanden gibt.«

»Nicht zufällig Captain Pintados direkter Vorgesetzter?«

»Nein, steht leider auch nicht mehr zur Verfügung.«

»Wie sieht's mit den drei Marines aus, mit denen er den Abend vor seinem Tod verbracht hat?«

»Sind auch weg.«

»Dann sagen Sie mir bitte, zu wessen Befragung sind Ms Suarez und ich eigentlich hierher gekommen?«

»Sie werden sich wohl mit Lieutenant Damont Johnson begnügen müssen.«

»Von den sechzehn Leuten, die ich gerne befragen möchte, bieten Sie mir einen einzigen an?«

»Eigentlich biete ich Ihnen gar keinen an. Lieutenant Johnson gehört zur Küstenwache und er befindet sich noch auf dem Stützpunkt.«

»Das ist alles? Wir haben also die weite Fahrt auf uns genommen, um mit einem einzigen Zeugen zu sprechen?«

»Ich würde sagen, die Reise hat sich durchaus gelohnt. Lieutenant Johnson war Oscar Pintados bester Freund.«

»Oscars bester Freund oder Lindseys größter Feind?«

Kessinger schien nicht viel für Jacks Sarkasmus übrig zu haben. »Mr Swyteck, ich sollte einen früheren Staatsanwalt nicht darauf hinweisen müssen, dass diese Zeugen in keiner Weise verpflichtet sind, sich vor dem Prozess mit Ihnen zu treffen. Die Regierung der Vereinigten Staaten hat äußerstes Entgegenkommen gezeigt, indem sie ein Treffen zwischen Ihnen und Lieutenant Johnson ermöglicht.«

»Ich kenne die Regeln. Aber diese plötzlichen Versetzungen stinken doch zum Himmel.«

»Versetzungen gibt es ständig beim Militär.«

»Einige sogar aus stichhaltigen Gründen, nehme ich an.«

Der Captain machte ein säuerliches Gesicht. »Mr Swyteck, Sie sind sicherlich über die Äußerungen informiert, die Ihre Mandantin nach dem Tod ihres Mannes gegenüber der Lokalpresse gemacht hat – ihre lächerliche Behauptung, Captain Pintado sei von irgendjemandem hier auf dem Stützpunkt getötet worden, weil er angeblich zu viel über militärische Geheimnisse wusste. Ich habe ebenfalls von Behauptungen gelesen, die Ihre Mitverteidigerin Ms Suarez nach Lindseys Festnahme im Fernsehen aufgestellt hat und die in dieselbe Richtung zielen. Also lassen Sie es mich in Begriffen ausdrücken, die Sie verstehen. Ich habe nicht das geringste Interesse daran, aalglatten Anwälten aus Miami dabei zu helfen, ihre Mandantin aus der Schusslinie zu ziehen, indem sie sich eine schwachsinnige Verschwörungstheorie zurechtzimmern. Verzeihen Sie, wenn Ihnen das übertrieben erscheint. Aber das bin ich der Familie des Opfers schuldig.«

»Meine Mandantin *ist* die Familie des Opfers. Also tun Sie mir bitte einen Gefallen. Sparen Sie sich Ihr Geschwätz und bringen Sie mir Lieutenant Johnson.«

Sie durchbohrten einander mit Blicken, bis der Captain schließlich blinzelte. Jack sah zu, wie Kessinger seinen Stuhl zurückschob und schweigend den Raum verließ. Und sich die Tür hinter ihm schloss.

Sofia sagte: »Was für ein absurdes Theater. Für eine einzige Befragung lassen die uns den weiten Weg hierher kommen?«

»Sieht so aus«, erwiderte Jack. »Also machen wir das Beste daraus.«

15

»Wir stehen an vorderster Front im Kampf für die Sicherheit in der Region«, sagte Lieutenant Damont Johnson.

Das klang wie der Eröffnungssatz einer Präsidentenrede und der Lieutenant hatte tatsächlich die Ausstrahlung einer jungen Führungspersönlichkeit. Ein gut aussehender und sprachgewandter Afroamerikaner, offensichtlich intelligent, der Typ Mann, den man besser auf seiner Seite hatte. Er hätte vielleicht eine Zukunft als Politiker haben können, wenn es ihm gelänge, seine Arroganz zu mäßigen.

Jack und Sofia saßen auf der einen Seite des Konferenztischs. Der Lieutenant und der Militäranwalt Captain Kessinger hatten ihnen gegenüber Platz genommen. Kessinger war nicht der Anwalt des Lieutenants, aber seine Anwesenheit diente dazu, sicherzustellen, dass nichts geschah, was die »Interessen der Regierung« kompromittieren könnte – wie auch immer diese Interessen definiert sein mochten.

»Was bedeutet das?«, fragte Jack. »Die vorderste Front im Kampf für die Sicherheit der Region?«

»Das heißt, dass wir uns hier in Castros Hinterhof befinden. Oder«, fuhr Johnson mit einem Blick auf die eingerahmte Landkarte an der Wand fort, »wenn man sich die Insel als einen großen kubanischen Leguan vorstellt, dem der Schwanz abgeschnitten wurde, könnte man sagen, wir kriechen direkt in sein Arschloch.«

»Und worin besteht Ihre Aufgabe als Amerikas Botschafter für Proktologie?«

Der Lieutenant verkniff sich ein Grinsen. Er schien Gefallen daran zu finden, wie Jack konterte, Schlag um Schlag.

»Ich bin mir nicht sicher, wie ich darauf antworten soll«, erwiderte Johnson. »Die Küstenwache führt tägliche Operationen in den karibischen Gewässern durch, viele davon weitab von Guantánamo. Damit schützen wir die Vereinigten Staaten von Amerika vor den zwei größten Gefahren von außen, Drogenhandel und Terrorismus.«

»In welchem dieser beiden Bereiche sind Sie persönlich vorrangig tätig?«

»Ich würde sagen, mein Einsatzgebiet umfasst verschiedene Bereiche. Die beiden, die ich soeben erwähnte, spielen eine große Rolle. Aber ebenso wichtig sind daneben Bergungsoperationen und Immigration.«

»Mit ›Immigration‹ meinen Sie illegale Immigration, nehme ich an.«

»Es kommt darauf an, wie Sie illegal definieren.«

»Ihre Aufgabe besteht doch sicherlich nicht darin, Greencards zu verteilen, oder?«

Der Militäranwalt grummelte. »Mr Swyteck, mir ist klar, dass Sie keine formelle Zeugenbefragung durchführen, aber ich glaube nicht, dass Ihr Sarkasmus hier angebracht ist. Der Lieutenant sitzt freiwillig hier und opfert seine Zeit. Sie könnten zumindest höflich sein.«

»Einverstanden«, erwiderte Jack. »Lieutenant Johnson, sollte ich Sie beleidigt haben, entschuldige ich mich dafür. Lassen Sie es mich anders formulieren. Sie gehören zur Küstenwache. Oscar Pintado war Offizier bei den Marines. Richtig?«

»Richtig.«

»Und Sie beide waren Freunde?«

»Auch richtig. Dicke Freunde.«

»Na klar. Dicke Freunde. Nun, das ist sicherlich nicht ganz so ungewöhnlich wie ein gemeinsames Besäufnis von den Fans gegnerischer Footballmannschaften, aber es kommt mir doch etwas merkwürdig vor, dass zwei Männer aus zwei ganz verschiedenen Militärabteilungen dicke Freunde werden sollen.«

»Wir haben uns auf Anhieb bestens verstanden. Was soll ich sagen?«

»Wie ging das vor sich? Was hat Sie so stark miteinander verbunden, dass Sie gute Freunde geworden sind?«

»Ich weiß nicht. Wie wird man zu Freunden?«

Jack zuckte die Achseln. »Durch gemeinsame Interessen?«

Erneut meldete sich Kessinger zu Wort. »Mr Swyteck, ich bin zwar nicht Lieutenant Johnsons Anwalt, aber ich muss Sie darauf hinweisen, dass der Mann sich für diese Befragung von seinem Dienst freigenommen hat. Er hat wichtigere Dinge zu tun, als über das Wesen von Freundschaft nachzudenken. Ich meine, wir sind hier nicht bei *Oprah Winfrey*.«

»Ich will auf Folgendes hinaus«, sagte Jack. »Oscar Pintados Vater ist der Gründer der *Brothers for Freedom*. Er hat Tausende von Stunden damit zugebracht, über die Straße von Florida zu fliegen und nach kubanischen Bootsflüchtlingen Ausschau zu halten, in der Hoffnung, sie in die USA zu bringen. Sie sind Offizier der Küstenwache. Sie halten ebenfalls täglich Ausschau nach Bootsflüchtlingen, um sie zurück nach Kuba zu bringen. Sehe ich das richtig?«

»Im Prinzip ja.«

»Und da werden Sie und der Sohn von Alejandro Pintado beste Freunde. Wie passt das zusammen?«

»Sie sehen das zu kompliziert. Oscar und ich sind zusammen in die Kneipe gegangen, haben ein paar Bier getrunken und Poolbillard gespielt. Wenn man den ganzen Tag von Stacheldraht umgeben ist, redet man normalerweise nicht so viel über die Probleme dieser Welt in seiner Freizeit.«

»Sind Sie Oscars Vater je begegnet?«

»Nein.«

»Aber Sie wissen, dass er ein sehr wohlhabender Mann ist, oder?«

»Ja, ich habe davon gehört.«

»Wenn jemand behaupten würde, dass Lieutenant Johnson sich an Oscar Pintado herangemacht hat, weil es ihm gefällt, reiche Freunde zu haben, was würden Sie dazu sagen?«

»Ich würde sagen, das könnte von Lindsey Hart stammen.«

»Wie das?«

Der Militäranwalt schaltete sich ein. »Entschuldigen Sie, aber Lieutenant Johnson hat sich freiwillig bereit erklärt zu sagen, was er über den Tod von Captain Pintado weiß.

Wie kommt es, dass Sie offenbar daran interessiert sind, mit ihm über alles Mögliche, nur nicht über dieses Thema zu reden?«

»Und wie kommt es, dass Ihnen offenbar sehr daran gelegen ist, ihn alle fünf Minuten daran zu erinnern, dass er freiwillig hier sitzt und meine Fragen nicht zu beantworten braucht?«

»Weil er viel zu tun hat und ihm seine Rechte deutlich gemacht werden sollten.«

»Die kennt er. Und jetzt würde ich es sehr schätzen, wenn Sie sich zurückhielten, damit ich die Antworten bekomme, die ich brauche.«

»Nur zu. Stellen Sie Ihre Fragen.«

»Wie lautete die letzte Frage?«

Jack sagte: »Ich versuche einfach nur herauszufinden, was Sie gegenüber der Frau des Captains empfanden.«

»Meinen Sie, bevor oder nachdem sie ihren Mann erschossen hat.«

»Sie glauben, sie hat ihn erschossen?«

Der Militäranwalt verzog das Gesicht. »Mr Swyteck, er kann gar nicht wissen, ob sie es getan hat oder nicht. Und ich glaube nicht, dass es angemessen ist, wenn Sie ihn dazu nötigen, über diese Angelegenheit zu spekulieren.«

»Ich glaube kaum, dass er sich dazu genötigt fühlt«, entgegnete Jack. »Lieutenant, gibt es einen Grund, warum Sie meine Frage nicht beantworten wollen? Glauben Sie, dass Lindsey Hart ihren Mann erschossen hat?«

»Ja, ich glaube, dass sie ihn erschossen hat. Alle hier denken das. Deshalb hab ich mich auch gefreut, als ich hörte, dass sie vor Gericht gestellt wird.«

»Warum glauben Sie, dass Lindsey Hart ihren Mann erschossen hat?«

Der Militäranwalt schlug mit der flachen Hand auf den Tisch. »Das geht ja schon über Spekulationen hinaus. Sie verlangen von ihm, in Bezug auf eine sehr ernste Angelegenheit wild herumzuraten, und ich begreife nicht, welchen Nutzen das für die Ermittlung haben soll. Ich bin zwar nicht sein Anwalt, aber ehrlich gesagt, wenn ich es wäre, würden Lieutenant Johnson und ich jetzt den Raum verlassen.«

Kessinger erhob sich von seinem Platz und erwartete offenbar, dass der Lieutenant ebenfalls aufstand.

Jack sah den Lieutenant an. »Wollen Sie auf den Anwalt hören, der nicht Ihr Anwalt ist, oder werden Sie jetzt meine Frage beantworten?«

»Ich sehe nicht, wie er diese Frage auf verantwortliche Weise beantworten kann«, fauchte Kessinger.

»Doch, doch«, sagte der Lieutenant, »ich möchte antworten.«

»Das müssen Sie nicht«, beharrte Kessinger.

»Und Sie brauchen nicht zu bleiben«, gab der Lieutenant zurück.

Captain Kessinger nahm wieder neben dem Zeugen Platz. Der Lieutenant betrachtete Jack. »Ich mochte Lindsey Hart wirklich. Solange sie ihre Medikamente nahm.«

»Ihre Medikamente?«

»Ja. Aber wenn sie vergaß, ihre Pillen zu nehmen – dann brachte man sich besser in Sicherheit.«

»Medikamente wogegen?«

»Ich bin mir nicht sicher. Oscar hat mir nichts Genaues darüber gesagt, aber meiner Meinung nach ist die Frau bisexuell oder so.«

»Was bewegt Sie zu der Annahme?«

»Eine ganze Menge Dinge. Aber lassen Sie mich nur ein Beispiel nennen, mit dem Sie vielleicht etwas anfangen können. Hat sie Ihnen gegenüber schon einmal diese Geschichte mit dem Handy abgezogen?«

»Mit dem Handy?«

»Ja. Wenn sie ihr Handy zückt und auf die Nummern verweist, die sie in ihrem Adressbuch gespeichert hat. All diese wichtigen Leute, die sie jederzeit anrufen könnte.«

Jack antwortete nicht, aber sein Gesichtsausdruck sprach Bände.

Der Lieutenant grinste. »Also hat Sie es auch bei Ihnen gemacht. Ich wusste es. Vermutlich hat es auf Sie in Miami nicht dieselbe Wirkung gehabt wie auf mich hier in Kuba. Handys sind hier in Guantánamo nicht besonders üblich, und es war schon merkwürdig genug, dass sie immer mit einem herumlief. Aber diese Verbindung zu Nancy Milama war schon ziemlich speziell. Man hatte immer den Eindruck, als könnte Lindsey Hart jeden Moment ihr Handy zücken und Nancy Milama anrufen. Wissen Sie, wer Nancy Milama ist?«

»Lindsey hat mir erzählt, dass sie mit dem Vorsitzenden des Joint Chiefs of Staff verheiratet war.«

»Ja. Verheiratet *war.*«

»Sind sie geschieden?«, fragte Jack.

»Nun ja. Tony Milama ist Witwer. Seine Frau Nancy ist vor drei Jahren gestorben.«

Jack war sprachlos.

»Ich will ganz offen mit Ihnen reden, Mr Swyteck. Was meinem Freund Oscar passiert ist, ist schon schlimm genug. Aber ehrlich gesagt mache ich mir mehr Sorgen um seinen Sohn, falls er mit seiner durchgeknallten Mutter zusammenleben soll.«

Jack fand immer noch keine Worte.

Der Lieutenant warf Kessinger einen Blick zu. »Ich glaube, ich muss jetzt wieder an meine Arbeit.« Er stand auf, Kessinger ebenfalls.

»Danke, dass Sie sich Zeit für uns genommen haben«, sagte Jack.

Der Lieutenant blieb an der Tür stehen und sagte:

»Gern geschehen.« Er wollte schon weitergehen, fügte aber noch hinzu: »Wollen Sie noch einen Rat hören, Mr Swyteck?«

»Sicher.«

»Ich weiß nicht, was Sie erwartet haben, als Sie hierher gekommen sind. Aber wir haben hier auf Guantánamo zwei Grundregeln. Erstens, die wichtigen Dinge sind immer einfach.«

»Und zweitens?«

Johnson lächelte schief. »Die einfachen Dinge sind immer schwierig.«

Jack setzte im Stillen ein »Amen« hinter die Worte, behielt aber seine Gedanken für sich, als die beiden Offiziere lachend das Konferenzzimmer verließen.

16

Hector Torres wartete am Ende des Piers im Yachthafen. Der Ankläger wollte sich mit Alejandro Pintado treffen, was genauso schwierig war, wie ihn ins Büro des Bundesstaatsanwalts vorzuladen. Ein Mann wie Pintado kam nicht zu einem. Er ließ einen zu sich kommen, selbst wenn man die Frau vor Gericht brachte, die beschuldigt wurde, seinen Sohn getötet zu haben. Da Torres ebenfalls ein Machtmensch war, hatte er keine Lust, in seinen zehn Jahre alten Ford zu steigen und zu Pintados Wasserschloss zu fahren, um sich wie ein kleiner Bediensteter zu Miamis unbestrittenem Herrscher über unzählige kubanische Restaurants zu begeben. Sie einigten sich darauf, sich auf halber

Strecke zu treffen, aber es war Pintado, der standesgemäß erschien.

Eine Hatteras-86 mit offenem Dach legte am Pier an, eine sechsundachtzig Fuß lange Yacht und eine einzige Augenweide, die den Wert von Torres' bescheidenem Heim in Hialeah um ein Vielfaches überstieg. Ein Mannschaftsmitglied half Torres an Bord und führte ihn über das Achterdeck in den Salon. Die Yacht diente eigentlich zum Hochseefischen, aber zwischen den verspiegelten Decken, den Klubsesseln, einem polierten Kaffeetisch aus Ahornholz und einer Bar mit handgefertigten Einbauten aus Teakholz kam man sich eher vor wie in einer schicken Villa. Pintado saß auf einem geschwungenen Sofa gegenüber dem Fernseher und der Stereoanlage. Er schaltete den Flachbildschirm aus und erhob sich, um seinen Gast zu begrüßen.

»Freut mich, Sie zu sehen, Hector.«

»Ganz meinerseits.«

Sie reichten sich die Hände und klopften sich gegenseitig auf die Schulter, das unter Männern übliche Ritual und das Äußerste an Umarmung, das akzeptabel ist. Torres hätte jeden Grund gehabt, Pintado um seinen Wohlstand zu beneiden. Sie waren beide unermüdliche Arbeitstiere, aber Torres hatte sich für die Politik und den Staatsdienst entschieden, was ihm ein weit weniger luxuriöses Leben beschert hatte. Aber seine sechsjährige Mitarbeit in der Miami-Dade County Commission und seine zweimalige Amtszeit als Bürgermeister hatten ihn zu einer Größe in der lokalpolitischen Arena gemacht. Nach einer kurzen Periode als stellvertretender Bundesstaatsanwalt konnte er sein politisches Gewicht einbringen, als es die Stelle des leitenden Staatsanwalts in Südflorida zu besetzen galt. In dieser Position war er jedoch hauptsächlich mit Verwaltungstätigkeiten beschäftigt, weshalb ihn der Gedanke, als Lindsey Harts Ankläger in den Gerichtssaal zurückzukehren, wieder in Schwung gebracht und daran erinnert hatte, dass es nichts Aufregenderes auf der Welt gab, als einen großen Fall vor Gericht zu verhandeln und zu gewinnen. Bei all seinem Erfolg würde Pintado nie solch ein Hochgefühl erleben.

»Und wie entwickelt sich der Fall?«, fragte Pintado, während er zwei Gläser mit irgendeinem edlen Wässerchen aus einer blauen Flasche füllte, wovon er eins seinem Gast anbot, bevor er sich wieder auf das Sofa setzte.

»Alles läuft bestens«, antwortete Torres. »Aber es lief noch besser, bevor Sie in Key West mit Jack Swyteck gesprochen haben. Deshalb bin ich hier.«

»Sie werden doch nicht etwa mit mir schimpfen, oder?«

Torres erwiderte das Lächeln nicht. »Sie haben ihm von dem Treuhandfonds erzählt.«

»Wer sagt das?«

»Ihr Anwalt. Ich habe ihn heute Morgen angerufen, um ihn wissen zu lassen, dass Swyteck den Fall übernommen hat. Ich wollte ihn bitten, keine Einzelheiten auszuplaudern, falls Swyteck anfangen sollte, seine Nase in die finanziellen Angelegenheiten Ihrer Familie zu stecken. Aber er meinte, Sie hätten die Katze bereits aus dem Sack gelassen.«

»Und was ist daran so schlimm?«

»Das ist ein wesentlicher Teil des Falls. Es ist Lindseys Motiv für den Mord an ihrem Mann.«

»Das ist mir klar.«

»Sie haben ohne Notwendigkeit unsere Trumpfkarte ausgespielt, Alejandro. Ich habe den Fonds vor der Grand Jury absichtlich nicht erwähnt, um Swyteck damit während der Gerichtsverhandlung überraschen zu können.«

»Aber ich bitte Sie. Lindsey hätte ihm auf jeden Fall vor dem Prozess davon erzählt.«

»Sie gehen davon aus, dass seine Mandantin ihm gegenüber vollkommen offen ist. Das muss keineswegs so sein.«

»Also gut, mir ist was rausgerutscht, was ich nicht hätte sagen sollen. Er hat mich aufgesucht, und ehrlich gesagt, ist mir seine ganze Art auf die Nerven gegangen. Der Idiot hat behauptet, er wollte sich erst vergewissern, ob seine Mandantin unschuldig ist, bevor er ihre Verteidigung übernimmt. Am liebsten hätte ich ihm den Schädel eingeschlagen. Also hab ich ihm von dem Treuhandfonds erzählt. Und eins kann ich Ihnen sagen, allein für seinen Gesichtsausdruck hat es sich gelohnt.«

»Nein, es war für die Katz. Die Geschworenen sollen diesen Gesichtsausdruck sehen, nicht Sie.«

»Ich glaube trotzdem, dass er es früher oder später sowieso rausgefunden hätte.«

»Dann wäre später besser gewesen. Ich möchte, dass er *alles* erst später herausfindet. Das ist meine Strategie. Jack Swyteck ist ein verdammt guter Anwalt. Man kann ihn nur schlagen, indem man dafür sorgt, dass er nicht ahnt, was auf ihn zukommt.«

»*Bueno.* Tut mir Leid, dass ich etwas gesagt habe. Aber es lässt sich nicht rückgängig machen.«

»Nein, Sie können es nicht ungeschehen machen. Aber ich brauche eine Zusicherung von Ihnen, Alejandro. Ich möchte, dass Sie sich zum Schweigen verpflichten.«

»*No problema.* Ich werde kein Wort mehr zu Jack Swyteck sagen.«

»Ich möchte, dass Sie niemandem gegenüber mehr ein Wort verlieren. Es sei denn, ich fordere Sie dazu auf.«

Kopfschüttelnd füllte Pintado sein Glas erneut mit Wasser. »Und ich habe Kuba verlassen, um sagen zu können, was ich denke.«

»Sie können reden, worüber Sie wollen – nachdem das

Urteil gesprochen ist. Aber bis dahin wird alles, was aus Ihrem Munde kommt, nur der Verteidigung nützen. Es sei denn, Sie klären das vorab mit mir.«

»Sie tun ja gerade so, als wäre dieser Swyteck Superman.«

»Wollen Sie, dass Ihre Schwiegertochter verurteilt wird, oder nicht?«, fragte Torres.

»Natürlich will ich das.«

»Dann arbeiten Sie mit mir zusammen.«

Pintado holte tief Luft, als widerstrebte es ihm zutiefst, sich von irgendjemandem Vorschriften machen zu lassen. »*Bueno.* Wir spielen nach Ihren Regeln.«

»Sie werden noch froh darüber sein. Halten Sie sich an zwei einfache Regeln. Überraschen Sie immer den Feind. Aber überraschen Sie niemals mich.«

»Das werde ich mir zu Herzen nehmen.«

»Perfekt. Also kommen wir zum nächsten Punkt.«

»Welchem nächsten Punkt?«

»Sie haben mir nur die Hälfte von dem gegeben, was ich brauche. Sie waren damit einverstanden, mit niemandem ohne meinen Segen zu sprechen. Damit sorgen wir dafür, dass wir den Feind überraschen.«

»Was wünschen Sie noch?«

»Ich habe es Ihnen soeben gesagt. Ich will keine Überraschungen erleben. Deshalb brauche ich die ganze Wahrheit über Ihren Sohn.«

»Mein Sohn war ein Marine. Er hat keinen Dreck am Stecken.«

»Ich habe mich ein bisschen informiert. Das Letzte, was ich gebrauchen kann, ist, dass Jack Swyteck es vor mir herausfindet, also sagen Sie mir eins, und zwar im Klartext.«

»Selbstverständlich. Was wollen Sie wissen?«

Der Staatsanwalt wurde todernst. »Wieso war Ihr Sohn

mit einem Schleimer wie Lieutenant Damont Johnson so dick befreundet?«

17

Am späten Abend saßen Jack und Sofia bei Reis und Bohnen im Flughafen von Havanna. Der Koch des Food Network hätte ein paar Tipps von Jacks Großmutter gebrauchen können, dachte Jack. Andererseits wäre es unfair, ihn allein für die Zustände in dem Restaurant verantwortlich zu machen, dem einige Ratschläge von *Abuela* ebenfalls gut bekommen würden.

Der Zwischenstopp in Havanna war nicht eingeplant gewesen, aber sie hatten keine andere Wahl gehabt. Der nächste Charterflug nach Norfolk ging erst in zwei Tagen und so lange wollte die Navy zwei zivile Rechtsanwälte nicht auf dem Stützpunkt herumschnüffeln lassen. Auf Weisung von Guantánamo hatte das Finanzministerium sofort die notwendigen Papiere ausgestellt, mit denen US-Bürger innerhalb Kubas reisen konnten – ein Beweis dafür, dass die Bürokratie sich bewegen konnte, wenn die Bürokraten das wollten –, und ehe sie sich versahen, saßen Jack und Sofia in einer Pendlermaschine von Guantánamo City nach Havanna.

Die anstrengende Reise hatte nichts weiter eingebracht als eine Zeugenbefragung und eine zwanzigminütige Besichtigung des Tatorts. Erstaunlicherweise war die Befragung des Zeugen der ergiebigste Teil ihrer Reise gewesen. Das Haus, in dem Lindsey gewohnt hatte, war regelrecht desinfiziert worden – frisch gestrichen, neue Teppichböden, komplett renoviert von oben bis unten. Vor drei Wochen war ein junger Offizier mit seiner frisch angetrauten Frau dort eingezogen. Das Militär machte es Lindseys Anwälten nicht gerade leicht, Ermittlungen aufzunehmen.

»Ich möchte mich entschuldigen«, sagte Sofia auf dem Weg zum Flugsteig.

»Wofür?«, fragte Jack.

»Dafür, dass ich diese Reise so kompliziert gemacht habe.«

»Wovon reden Sie? Sie haben doch überhaupt nichts getan.«

»Leider doch. Ich habe die schon gegen mich aufgebracht, bevor wir überhaupt dort waren. Dieser Militäranwalt hat sich doch ausdrücklich darüber beschwert, was ich nach der Anklageerhebung gegen Lindsey gegenüber dem Fernsehen gesagt habe. Wegen meiner Behauptung, Oscar sei einer staatlichen Vertuschungsaktion zum Opfer gefallen, stellen die sich erst recht quer.«

»Nun quälen Sie sich mal nicht deswegen.«

»Ich hätte einfach die Klappe halten sollen.«

»Die Entscheidung, alle potenziellen Zeugen auf einen anderen Stützpunkt zu verlegen, ist an höchster Stelle getroffen worden. Selbst wenn Sie kein Wort gesagt hätten, würden sie solche Maßnahmen ergreifen. Ein Offizier des United States Marine Corps wurde getötet, und Sie und ich verteidigen die Frau, die sie für die Mörderin halten. Das ist für das Militär Grund genug, in Gefechtsbereitschaft zu gehen.«

Sie lächelte ihn für seine Worte dankbar an, als sei sie wegen ihres Auftritts im Fernsehen noch immer verlegen.

Sie fanden freie Plätze in der Nähe des Flugsteigs. Sofia blätterte in einer Zeitschrift, aber Jack dachte über Lindsey Hart nach. Schließlich hatte Lindsey in einem Interview mit der *Guantánamo Gazette* als Erste die Theorie geäußert, Oscar sei ermordet worden, weil er »zu viel gewusst« habe. Diese Theorie hatte Jack von Anfang an als weit hergeholt empfunden.

Sie war umso weiter hergeholt, wenn Lindsey tatsächlich von ihrem Handy aus Tote anrief.

»Kaugummi?«, fragte Sofia.

»Danke«, erwiderte Jack.

Um fünfzehn Uhr saßen sie immer noch im Wartebereich. Jack hatte sich für den Flug ein paar Bücher und Zeitschriften aus Miami mitgenommen, aber die hatte er diskret einem Mann in den Weg gelegt, der gerade mit einem breiten Besen den Korridor vor dem Flugsteig säuberte. Wahrscheinlich sprach der Mann kein Englisch und war zu stolz, um ein Trinkgeld anzunehmen, aber er trug einen Ehering und hatte Dreck unter den Fingernägeln, und Jack war sich sicher, dass der Kubaner für die Dollarnoten, die er in die Bücher gelegt hatte, schon Verwendung finden würde.

Nichts zu lesen. Kein CNN auf dem Fernsehbildschirm. Kein Handy oder Laptop, um E-Mails abzurufen. Der Kaugummi hatte seinen Geschmack nach dreißig Sekunden verloren, so vertrieb sich Jack die Zeit damit, die leere Alufolie auf ihre ursprüngliche rechteckige Form zurückzufalten und sie wieder in der Papierhülle zu verstauen. Der Flug nach Cancun hatte sich mittlerweile schon um mehr als eine Stunde verzögert. Von Mexiko aus würden sie direkt nach Miami weiterfliegen. Von seinem Platz aus beobachtete Jack Dutzende anderer Amerikaner am Check-in-Schalter, die offenbar dasselbe Flugziel hatten, alle sonnengebräunt, alle *ohne* Reiseerlaubnis – und alle in Missachtung des Handelsembargos der US-Regierung gegen Kuba.

»Jede Menge *yanquis* hier«, sagte Jack.

Sofia war in ihre Zeitschrift vertieft. »Was haben Sie denn erwartet?«

»Ich versteh das nicht. Wieso kriegen die keine Schwierigkeiten, wenn sie mit einem kubanischen Einreisestempel im Pass durch den US-Zoll gehen?«

»Ganz einfach. Man fliegt nach Cancun, dann nimmt man die nächste Maschine nach Havanna. Die Jungs am kubanischen Einreiseschalter kennen das Spiel, sie stempeln keinen Pass, in dem ein Zehn-Dollar-Schein liegt. Wenn man alles erledigt hat, fliegt man wieder nach Cancun und von dort zurück in die Staaten. Auf diese Weise erfahren die US-Behörden nie, dass man jede Nacht bis zum Morgengrauen im Hotel Copacabana gefeiert hat. Die glauben, man wäre die ganze Zeit in Cancun gewesen. Ehrlich, so einfach ist das.«

»Hört sich an, als würden nur die Idioten geschnappt, die eins dieser dämlichen Souvenirs mitbringen, auf denen steht: ›Meine Eltern waren in Kuba und mir haben sie nur dieses blöde T-Shirt mitgebracht‹.«

»Wahrscheinlich. Was glauben Sie, warum das Handelsembargo ein solcher Witz ist?«

»Mich nervt das einfach«, erwiderte Jack. »Zum Beispiel solche Typen wie die beiden Prolls dahinten.«

»Was ist mit denen?«

»Als ich mir einen Kaffee gekauft habe, konnte ich ihr Gespräch mithören. Die haben sich gar nicht mehr eingekriegt vor Begeisterung darüber, wie schön und wie billig die Mädchen in Havanna sind. Natürlich sind sie billig, ihr Arschlöcher. Ihre eigene Regierung lässt sie verhungern.«

»Sie überraschen mich, Swyteck. Es ist wirklich erfrischend, jemanden kennen zu lernen, der nicht scharf auf die Mädchen ist, die keine andere Chance haben, als in die große Stadt zu kommen und ihren Körper an die Touristen zu verkaufen.«

»Ich überrasche eine Menge Leute. Meine Mutter war Kubanerin.«

»Wirklich? *Habla Usted español?*« Sprechen Sie Spanisch?

»Sí. Lo aprendí cuando yo era un escurridero.« Ja, ich habe es gelernt, als ich eine Regenrinne war.

Sie kicherte. »Wahrscheinlich wollten Sie sagen, als Sie ein Schulkind waren.«

»Was habe ich denn gesagt?«

Sie lächelte immer noch. »Sie haben es genau richtig gesagt. Ich würde kein Wort daran ändern.«

Er wusste, dass sie log, und am liebsten hätte er ihr zu seiner Ehrenrettung gesagt, dass er Spanisch besser verstand, als er es sprach. Aber er ließ es bleiben.

Sofia sagte: »Merkwürdig, ich habe bei zwei Gouverneurswahlen für Ihren Vater gestimmt. Ich kann mich nicht daran erinnern, je davon gehört zu haben, dass er mit einer Latina verheiratet war.«

»Meine Mutter ist gestorben, als ich noch sehr klein war. Genauer gesagt, wenige Stunden nach meiner Geburt.«

»Wie schrecklich. Das tut mir Leid.«

»Ist schon in Ordnung. Ist ja nun auch schon sehr lange her.«

»Wurde sie in Kuba geboren?«

»Ja. In einer Kleinstadt namens Bejucal.«

»Ich habe davon gehört. Das ist gar nicht weit von hier.«

»Ich weiß. Ich habe es mir auf der Karte angesehen, bevor wir hierher geflogen sind.«

»Haben Sie schon mal überlegt hinzufahren?«

»Hin und wieder. Aber kürzlich zum ersten Mal ernsthaft.« Jack öffnete seine Reisetasche und zog ein Foto aus einem Seitenfach. »Das ist sie«, sagte er und reichte es Sofia.

»Sie haben ein Foto von ihr bei sich?«

»Ich habe ein paar Andenken, die mein Vater und meine Großmutter mir gegeben haben. Ich weiß auch nicht genau, warum ich das Foto mitgenommen habe. Da ich zum ersten Mal nach Kuba gefahren bin, dachte ich, es wäre gut, es bei mir zu haben.«

»Sie ist schön. Auf dem Bild ist sie noch ein junges Mädchen, würde ich sagen.«

»Ja. Siebzehn. Es ist das letzte Foto, das von ihr in Kuba aufgenommen wurde.«

»Wer ist da bei ihr?«

»Auf der Rückseite steht ›Celia Méndez‹. Man sieht, dass sie gute Freundinnen waren, aber mehr weiß ich auch nicht. Meine Großmutter will anscheinend nicht viel über Celia reden. Ich habe den Eindruck, dass sie von der Freundschaft nicht begeistert war.«

»*Abuelas*«, sagte Sofia lächelnd und schüttelte den Kopf. »Sie haben alle ihre Marotten, stimmt's?«

»Einige mehr als andere«, erwiderte Jack.

Eine Stimme aus dem Lautsprecher verkündete, dass ihre Maschine endlich abflugbereit war. Jack und Sofia standen auf und gingen mit den anderen Passagieren zum Flugsteig. Zwanzig Minuten später saßen sie im Flugzeug. Einige Passagiere waren immer noch damit beschäftigt, ihr Gepäck in der Ablage zu verstauen, aber die meisten hatten ihre Plätze bereits eingenommen. Jack war im Begriff, es sich bequem zu machen, als er seinen Namen aus dem Lautsprecher hörte. Die Nachricht war auf Spanisch.

»Die Passagiere Sofia Suarez und John Lawrence Swyteck werden gebeten, sich zu erkennen zu geben, indem sie den Stewardessen-Ruf-Knopf drücken.«

Sie sahen einander an und wussten nicht, was sie davon halten sollten. Dann langte Jack nach oben und drückte den Knopf. Die Stewardess kam zu ihnen. »Würden Sie bitte mit mir kommen?«, sagte sie auf Spanisch.

»Beide?«

»Ja.«

Sie standen auf, aber als sie den Gang entlanggehen wollten, blieb die Stewardess stehen und sagte: »Bitte nehmen Sie Ihr Handgepäck mit.«

»Was soll das?«, fragte Sofia.

»Bitte nehmen Sie Ihr Gepäck und kommen mit mir.«

Sie war zwar freundlich, aber ihr Tonfall verhieß nichts Gutes. Von misstrauischen Blicken gefolgt schoben sie sich durch den langen, engen Mittelgang. Die Stewardess begleitete sie aus dem Flugzeug hinaus zurück zum Flugsteig.

»Ich habe Ihnen ja gleich gesagt, Sie sollten dem Putzmann kein Geld zustecken«, raunte Sofia.

»Irgendetwas sagt mir, dass es damit nichts zu tun hat«, entgegnete Jack.

Drei Männer in Uniform erwarteten sie. Alle drei trugen eine beeindruckende großkalibrige Pistole in einem schwarzen Lederhalfter. Die zwei jüngeren Männer hielten zusätzlich ein automatisches Gewehr in der Hand. Die Stewardess übergab die Passagiere dem dritten, etwas reifer wirkenden Mann, der offenbar einen höheren Rang bekleidete, den Jack nicht näher bestimmen konnte. Der Offizier forderte sie auf, ihm ihre Pässe zu zeigen. Während er ihre Dokumente überprüfte, rollte das Flugzeug vom Flugsteig in Richtung Startbahn. Der Mann behielt ihre Pässe und sagte: »Hier entlang, bitte.«

Offensichtlich würden sie Kuba nicht so bald verlassen.

Flankiert von den beiden jüngeren Soldaten folgten Jack und Sofia dem älteren Mann durch den belebten Flughafen. Das Geräusch der Militärstiefel hallte von dem Fliesenboden wider. Sie verließen das Hauptterminal durch einen langen, stickig heißen Korridor, passierten mehrere Türen, von denen die letzte die Aufschrift auf Spanisch trug: ZUTRITT FÜR UNBEFUGTE VERBOTEN. Der Offizier öffnete sie mit einem Schlüssel und die Gruppe setzte ihren Weg in kaum vermindertem Tempo fort. Am Ende eines weiteren langen Gangs gelangten sie wieder an eine Tür. Der Mann klopfte einmal und sagte: »Entschuldigen Sie, Colonel. Ich bringe die Amerikaner.«

Eine Stimme auf der anderen Seite erwiderte: »Treten Sie ein.«

Er öffnete die Tür und nahm sofort Haltung an. Auf ein kurzes Kommando des Colonels hin rührte er sich und schob die Amerikaner vorwärts.

Sofia warf Jack einen Blick zu, als wollte sie ihm sagen, der Grundsatz »Ladies first« gelte nur für Rettungsboote und Cocktailpartys. Jack trat ein, sie folgte.

Jacks Augen mussten sich erst an die Scheinwerfer gewöhnen, die direkt in sein Gesicht schienen. Der Raum war fensterlos, aber in einer Wand war ein riesiger Spiegel eingelassen, zweifellos ein Verhörfenster, das die Beobachter auf der anderen Seite verbarg. Der Fußboden bestand aus rauem Beton, die Wände aus Hohlblocksteinen waren weiß gestrichen. Zwei unbequeme Holzstühle standen nebeneinander mitten im Raum, direkt gegenüber den Scheinwerfern. Selbst wenn er nicht nervös gewesen wäre, hätte Jack geschwitzt. Es war einer dieser Verhörräume, die genauso gut als Folterkammer dienen konnten, die Art von Örtlichkeiten, in denen sowohl Schreie als auch Geständnisse leicht über die Lippen kamen.

Ein Mann in einem grünen Kampfanzug trat vor. Seine Uniform war schlicht, und doch dünstete er Selbstbewusstsein aus, als er die Amerikaner in nahezu perfektem Englisch ansprach.

»Bitte nehmen Sie Platz«, sagte er in einem Tonfall,

der zu freundlich klang, um ernst gemeint zu sein. »Das kubanische Volk möchte zu gern mit Ihnen über Ihren Fall sprechen.«

18

»Sind diese Lampen wirklich notwendig?«, fragte Jack und hielt die Hand schützend vor die Augen.

Der Colonel ging um den Tisch herum und betätigte einen Schalter an der Wand. Als die Scheinwerfer erloschen, ließ der plötzliche Kontrast von grellem zu normalem Licht den Raum viel dunkler erscheinen, als er tatsächlich war. Kaum hatte der Colonel eine lange Zigarre aus seiner Hemdtasche gezogen, trat sofort ein Mann vor, um ihm Feuer zu geben. So beflissen und unterwürfig, wie der Mann sich gab, konnte es sich nur um den persönlichen Adjutanten des Colonel handeln. Der Colonel zog an der Zigarre, während er das andere Ende in der Flamme hin und her rollte. Schon bald waren Jack und Sofia in dichten Tabakqualm gehüllt.

»Ich bin Colonel Raúl Jiménez«, sagte er, während weißer Rauch aus seiner Nase quoll. »Das kubanische Volk dankt Ihnen für Ihr Kommen.«

Jack blickte nach links, dann nach rechts. »Komisch, aber ich sehe niemanden.«

Der Colonel lächelte knapp. »Es sitzt genau vor Ihnen.«

Mit einer Handbewegung schickte er die bewaffneten Soldaten hinaus. Der Adjutant des Colonel verharrte etwas abseits in Warteposition.

»*Gracias*«, sagte Sofia.

Zuerst war Jack nicht klar, wofür sie sich bedankte, aber auch er fühlte sich wohler ohne die Automatikwaffen im Raum.

»Es ist nicht meine Absicht, Sie einzuschüchtern«, sagte der Colonel. »Ich möchte Ihnen lediglich einen Gefallen tun.«

»Wieso habe ich da leise Zweifel«, entgegnete Jack.

»Sie sind ein Skeptiker, *Señor* Swyteck.«

»Ich kann nicht anders. Ich bin Anwalt.«

»Ich weiß, ich weiß. Erzählen Sie mir, wie ist Ihre Befragung von Lieutenant Johnson heute Vormittag gelaufen?«

Jack und Sofia wechselten einen Blick. Woher wusste er davon?

Der Colonel hob die Brauen. »Sie glauben doch nicht, dass auf diesem Militärstützpunkt irgendetwas geschieht, von dem wir nichts wüssten, oder?«

»Darüber habe ich noch gar nicht nachgedacht«, erwiderte Jack.

»Wir sitzen direkt auf der anderen Seite des Stacheldrahts. Wir beobachten sie, sie beobachten uns. So geht das Spiel auf Guantánamo schon seit vierzig Jahren. Also noch einmal: Wie war Ihre Unterhaltung mit dem Lieutenant?«

»Sie erwarten doch nicht im Ernst, dass ich das mit Ihnen diskutiere, oder?«

Der Mann lachte herzhaft. »Wie ich's mir gedacht habe. Er hat Ihnen nichts erzählt, *nada*.«

»Colonel, was wollen Sie eigentlich von uns?«

»Nur ein paar Minuten Ihrer Zeit.« Er stand auf und begann, auf und ab zu gehen. »Lassen Sie mich ein paar Vermutungen anstellen«, sagte er, während er mit seiner Zigarre wedelte. »Erstens, die US-Behörden haben Sie mit niemand anderem als Lieutenant Johnson reden lassen, richtig?«

Jack antwortete nicht.

»Zweitens«, fuhr der Colonel fort, »alle, die etwas über den Mord an Captain Pintado wissen könnten, wurden versetzt. Vielleicht an den Persischen Golf? Oder nach Guam?«

Er schaute erst Sofia, dann Jack an. Offensichtlich erwartete er keine Antwort, aber er schien auch keine zu brauchen. »Man scheint Ihnen Knüppel zwischen die Schenkel zu werfen.«

»Zwischen die Beine«, verbesserte der Adjutant.

»Zwischen die Beine, richtig. Ein Knüppel zwischen den Schenkeln ist etwas völlig anderes, stimmt's?«, sagte der Colonel, den Blick auf Sofia gerichtet. Zwar taten zahlreiche Frauen Dienst beim kubanischen Militär, aber der Machismo war nicht totzukriegen.

»Colonel«, erwiderte Jack, »solange Sie uns keine Bambussplitter unter die Fingernägel treiben, werden wir Ihnen nicht verraten, was dort gesprochen wurde. Und selbst dann würde ich das Blaue vom Himmel herunterlügen.«

»Sie brauchen mir gar nichts zu erzählen, *Señor* Swyteck. Sie brauchen nur zuzuhören.«

»In Ordnung. Ich lausche gespannt.«

»Wie gesagt, wir wissen, dass Sie Lieutenant Johnson getroffen haben, da wir den Stützpunkt rund um die Uhr observieren.«

»Etwas anderes hätte ich auch nicht erwartet.«

»Dann sollte es Sie nicht weiter überraschen, was wir gesehen haben – wie soll ich mich ausdrücken? Wir haben interessante Dinge am Haus Ihrer Mandantin beobachtet in der Nacht, in der der Captain das Zeitliche gesegnet hat.«

Jack wurde hellhörig. »Darüber würde ich gern mehr erfahren.«

Der Colonel grinste verschlagen, die glimmende Zigarre zwischen den Zähnen. »Darauf möchte ich wetten.«

»Kommen Sie schon, Colonel. Sie haben uns doch nicht hergebeten, um dann zu sagen: ›Ätsch, ich weiß was, was Sie nicht wissen!‹ Was haben Sie konkret?«

»Einen wachsamen kubanischen Soldaten. Der auf seinem Wachturm mit einem Nachtsichtgerät Dienst geschoben hat.«

»Und was hat er gesehen?«

»Etwas, womit sich beweisen ließe, dass Ihre Mandantin ihren Mann nicht ermordet hat.«

Jacks Puls beschleunigte sich. *Konnte das stimmen?* »Ich brauche schon mehr Einzelheiten.«

»Immer mit der Ruhe. Bevor ich Ihnen einen meiner Soldaten auf dem Silbertablett serviere, will ich von Ihnen wissen, was Sie mir dafür bieten?«

»Colonel, ich befinde mich nicht in einer Position, die es mir erlaubt, mit dem kubanischen Militär über die Zeugenaussage eines seiner Soldaten zu verhandeln.«

»Ich bin zuversichtlich, dass der Sohn eines ehemaligen Gouverneurs von Florida etwas finden wird, worüber wir uns freuen würden.«

»Ich bin nicht darauf aus, Ihnen eine Freude zu bereiten. Und selbst wenn ich es wäre, die Zeugenaussage eines kubanischen Soldaten in einem Gerichtssaal von Miami würde einen riesigen Wirbel auslösen. Ich brauche Sie wohl nicht daran zu erinnern, dass die Rückkehr eines siebenjährigen Jungen namens Elián zu seinem kubanischen Vater seinerzeit fast zu einem Aufstand der kubanischen Gemeinde geführt hätte?«

»Claro«, erwiderte der Colonel. »Aber es geht um eine ganz einfache Frage: Ist die Frau, die beschuldigt wird, den

Sohn eines einflussreichen Exilkubaners getötet zu haben, bereit, ihre Verteidigung auf die vereidigte Zeugenaussage eines Castro-loyalen Soldaten zu gründen?«

Die Frage hätte Jack fast vom Stuhl geworfen. Der Colonel hatte die Situation perfekt beschrieben. »Ich brauche Zeit, um darüber nachzudenken«, sagte Jack.

»*Bueno.* Sie haben vierundzwanzig Stunden.«

»Ich brauche mehr Zeit.«

»Mehr gebe ich Ihnen nicht. Entscheiden Sie sich.«

Jack warf Sofia einen Blick zu und sie kamen blitzschnell zu einem stillschweigenden Einverständnis. »Also gut, Colonel, lassen Sie uns morgen um die gleiche Zeit wieder miteinander reden.«

»Gut. Sie haben Ihren Flug bereits verpasst, also genießen Sie Ihren kurzen Besuch im schönen Havanna. Betrachten Sie sich als Ehrengäste des kubanischen Volkes.«

»Damit sind wohl Sie gemeint?«, sagte Jack.

Der Mann grinste breit und zog an seiner Zigarre. »*Sí.* Damit bin ich gemeint.«

19

Vier Jahrzehnte Kommunismus hatten Havanna nicht seines Herzens berauben können. Aber es schien dringend frisches Blut zu benötigen.

Wo Jack auch hinsah, er entdeckte nur alte Dinge, kaputte Dinge, Dinge, die aus einer Welt vor seiner Geburt stammten. Sie saßen in einem Taxi mit der Motorhaube eines Chevrolet von 1956, dem Heck eines Ford von 1959 und der Innenausstattung eines besseren Ochsenkarrens. Der Fahrer war Chirurg, der mit Trinkgeldern mehr verdiente als in seinem Beruf. Er kutschierte Jack und Sofia durch La Habana Vieja, das alte Zentrum einer ehemals prachtvollen Stadt, die sowohl charmant als auch abstoßend wirkte, je nachdem, wie genau man hinsah. Jack versuchte sich die Stadt so vorzustellen, wie seine Mutter sie als junges Mädchen gesehen haben mochte, ein architektonisches Wunder, das die beeindruckendsten Kirchen, Plätze und Kolonialvillen in der gesamten Karibik zu bieten hatte. Mehr als achthundert der historisch bedeutenden Gebäude waren *vor* dem zwanzigsten Jahrhundert erbaut worden, einige gingen bis auf das sechzehnte Jahrhundert zurück. Aber in den Jahrzehnten der Verwahrlosung hatten viele dieser unersetzlichen Gebäude irreparable Schäden erlitten, und die Restaurierungsbemühungen der jüngsten Vergangenheit, die dem zunehmenden Tourismus Rechnung trugen, waren halbherzig und kamen zu spät. Trotz einiger frisch getünchter Fassaden waren die zahlreichen durchhängenden Dächer und morschen Gemäuer nicht zu übersehen. Einige Viertel im südlichen La Habana Vieja erinnerten an den Zustand Berlins gegen Ende 1944, ganze Mauern fehlten, Häuser wurden lediglich durch Holzgerüste notdürftig vor dem Einsturz bewahrt, und ganze Straßenzüge wurden von kreuz und quer gespannten Seilen und Drähten zusammengehalten, an denen die Bewohner ihre Wäsche aufhängten.

Eine alte Frau zog von einem Balkon im dritten Stock einen Eimer hoch.

»Gibt es hier kein fließendes Wasser?«, fragte Jack den Taxifahrer.

»Hier nicht, *Señor*. Wenn man hier entlanggeht, ist es *muy importante*, immer nach oben zu schauen. Wenn was überschwappt aus den Eimern, die nach oben gehen, ist es nicht so schlimm, aber aus den Eimern, die runterkommen …«

»*Comprendo*«, erwiderte Jack. Verstehe.

Die Fahrt führte weiter am Wasser entlang Richtung Westen über die breite und belebte Avenida Maceo, bis das Taxi schließlich vor dem Hotel Nacional hielt. Der Fahrer hätte die Stadtführung liebend gern noch weiter ausgedehnt, aber Jack gab ihm ein zusätzliches Trinkgeld, um die Fahrt abzukürzen.

»*Gracias*«, sagte Jack, während er ihm einige Zwanzig-Dollar-Scheine in die Hand drückte. Das entsprach etwa dem, was ein Arzt im Monat verdiente.

Hotel Nacional, um 1930 auf einem Steilhang mit Postkartenblick auf den Hafen von Havanna erbaut, war einst das prächtigste Hotel der Stadt gewesen. Es stammte von demselben Architekten, der das berühmte Hotel Breakers in Palm Beach entworfen hatte, und war in einem ähnlichen spanischen Stil errichtet. Schlanke Königspalmen säumten die lange Zufahrt. Die Eingangshalle mit ihren Mosaikfußböden, maurischen Bögen und hohen Balkendecken strotzte vor Prunk und Opulenz. An der Bar entdeckte Jack Touristen, die Daiquiris und Mojitos schlürften. Eine Gruppe von Geschäftsleuten machte sich gerade über faustgroße Krabben und Hummer mit geschäumter Butter her. Aus dem Nachtklub erklangen *Salsa*-Töne, das Gelächter tanzender Leute und das Plappern wohlhabender europäischer Urlauber.

Der Mann an der Rezeption gab ihm eine Ermahnung mit auf den Weg. »Noch etwas, *Señor*. Einheimische haben keinen Zutritt zum Hotel. Das ist Gesetz und ich muss Sie darüber aufklären. Also bringen Sie sie nicht mit hierher.«

»Alles klar«, erwiderte Jack. Mit bitterer Ironie musste er an den früheren Werbeslogan für Miami denken:

»Miami – Erleben Sie es wie ein Einheimischer.« Hier müsste es heißen: »Kuba – Erleben Sie es, wie Sie wollen, nur nicht wie ein Einheimischer.«

Jack und Sofia nahmen getrennte Zimmer im erst kürzlich renovierten sechsten Stock. Jack zog die schwarzen Vorhänge zur Seite und öffnete das Fenster, um die Aussicht auf sich wirken zu lassen. Eine warme Brise strich sanft über sein Gesicht. In Richtung Osten hatte er einen Blick auf den Hafen von Havanna, wo die Explosion der *Maine* den spanisch-amerikanischen Krieg ausgelöst hatte. Irgendwo im Westen musste die Stadt Mariel liegen, Startpunkt für die berüchtigte Verschiffungsaktion, bei der Anfang der achtziger Jahre mehr als hunderttausend Kubaner – »Marielitos« – nach Miami verfrachtet worden waren. Die meisten dieser Einwanderer hatten sich assimiliert, aber Tausende kamen aus Castros Gefängnissen, und mindestens einer von ihnen wurde erneut wegen Mordes verurteilt und landete in einem Gefängnis von Florida in der Todeszelle. Jack hatte den Betreffenden gut gekannt. Der junge und einzige Sohn von Gouverneur Harry Swyteck war sein Verteidiger gewesen – bis der Mann auf dem elektrischen Stuhl hingerichtet wurde.

Jack verspürte eine leichte Übelkeit.

Das Telefon klingelte und er nahm den Hörer ab. Die Frau sprach Spanisch.

»Bist du einsam, Süßer?«

Jack benötigte einen Moment für die Übersetzung und war sich nicht sicher, ob er richtig verstanden hatte. Dann lachte er in sich hinein und sagte: »Hören Sie auf, Sofia.«

»Ich heiße nicht Sofia. Aber ich kann auch Sofia sein, wenn es dir gefällt. Ich kann jede Frau sein, die du möchtest. Ich tue alles, was du willst, wann du es willst, sooft du willst. Hast du schon mal eine Sechzehnjährige gehabt? Du brauchst nur zu –«

Jack legte auf. Offenbar hatte der Hotelpage oder der Portier oder sonst wer weitergegeben, dass ein Amerikaner allein in Zimmer 603 wohnte. Die Ermahnung des Hotelangestellten – keine Einheimischen im Hotel – klang noch in seinen Ohren nach.

Sicher. Und in den Nachtklubs von Miami Beach sind Drogen streng verboten.

Jack setzte sich auf die Bettkante – auf die äußerste Ecke. Er fragte sich, wie viele sechzehnjährige kubanische Mädchen schon auf diesen Laken gelegen haben mochten, und dann fielen ihm die beiden Widerlinge vom Flughafen ein, die sich damit gebrüstet hatten, wie billig man hier Klassefrauen bekam. Er griff nach dem Telefon und wählte Sofias Zimmernummer. Sie war nach dem dritten Klingeln am Apparat.

»Sofia, hallo. Ich bin's, Jack.«

»Was gibt's?«

»Ich wollte Ihnen nur mitteilen, dass ich das Hotel wieder verlasse.«

»Gefällt Ihnen Ihr Zimmer nicht?«

»Das Zimmer ist okay. Ich will einfach nicht hier bleiben.«

»Und wo wollen Sie hin?«

Er antwortete nicht sofort. In seinem Kopf jagten sich Bilder von seiner Großmutter, die achtunddreißig Jahre lang in irgendeinem primitiven Haus mit kaum etwas zu essen gelebt hatte. Er musste an *Abuela* denken, wie sie sich von ihrer jungen Tochter verabschiedet hatte, die sie nach Miami wegschickte, ohne zu ahnen, das sie sie nie wiedersehen würde. Er dachte an die Rum saufenden, Krabben fressenden, Zigarre rauchenden Touristen und an die jungen Mädchen, die zu Huren wurden.

Aber ein Bild konnte Jack nicht heraufbeschwören, das Bild von dem kleinen Vorort von Havanna, der Stadt, in der seine Mutter, die er nie gekannt hatte, den größten Teil ihres zu kurzen Lebens verbracht hatte.

»Ich fahre nach Bejucal«, erwiderte er.

20

Zwei Stunden später näherten sich Jack und Sofia in einem Mietwagen dem Stadtrand von Bejucal.

»Sie hätten nicht mitkommen müssen«, meinte Jack.

»Und wie wollten Sie hier ohne mich zurechtkommen?«, fragte Sofia.

»Mein Spanisch ist halbwegs brauchbar.«

»Ich habe Sie sprechen hören, Jack. Und obwohl es ziemlich beeindruckend ist, dass Sie Spanisch lernen durften, als Sie noch eine Regenrinne waren, würden Sie damit in einer kleinen Stadt wohl nicht sehr weit kommen.«

»Eine Regenrinne? Habe ich das wirklich gesagt?«

Sie lächelte. »Ist schon in Ordnung. Ihr Spanisch ist wirklich ziemlich gut.«

»Wie gut?«

»Wahrscheinlich reicht es aus, um verprügelt und ausgeraubt zu werden. Deshalb bin ich mitgekommen.«

»Ach, Sie sind also hier, um mich zu beschützen?«

»Nein, ich bin hier, um zuzusehen, wie Sie verprügelt und ausgeraubt werden. Das ist garantiert viel spannender als das kubanische Fernsehprogramm.«

Touché, dachte er.

Die Fahrt von Havanna nach Bejucal hatte nur dreißig

Minuten gedauert und sie trafen zur Abendessenszeit ein. *Abuela* hatte ihm oft erzählt, Bejucal sei die schönste Stadt in der Provinz Havanna, und wie es aussah, hatte sie Recht. Die meisten Häuser stammten aus der Kolonialzeit, und es waren so viele Fassaden frisch gestrichen, dass man sich auch den Rest farbig vorstellen konnte. Im Stadtzentrum stießen sie auf einen kleinen quadratischen Platz mit einer alten, ockerfarbenen Kirche. Schon der Platz allein war ein Juwel, aber es war der Anblick der Kirche, der Jack den Atem stocken ließ. Hier war seine Mutter getauft worden. Gleich nebenan lag das Kino Martí, und Jack fragte sich, ob seine Mutter wohl mit ihren Freundinnen dorthin gegangen war, oder vielleicht sogar mit einem Freund, und davon geträumt hatte, ein amerikanischer Filmstar zu werden. Dann blieb sein Blick an einem großen Propagandaplakat am Ende des Platzes hängen. *SOCIALISMO O MUERTE* (Sozialismus oder Tod) lautete die Aufschrift und auf einmal verstand er *Abuelas* Bemerkung über Bejucal: Es war noch genauso wie vor vierzig Jahren; und es war völlig anders.

»Alles in Ordnung?«, fragte Sofia.

Ohne dass Jack sich dessen bewusst war, hielten sie bereits seit einigen Minuten ohne ersichtlichen Grund an einer Kreuzung. Der Anblick hatte ihn völlig gefangen genommen. »Ja«, sagte er und schüttelte die Bilder ab. »Ich war ganz in Gedanken.«

»Haben Sie Hunger? Das Restaurant El Gallo sieht ganz viel versprechend aus.«

»Einverstanden.«

Nachdem Jack den Wagen geparkt hatte, betraten sie das Restaurant, das auf kreolische Küche spezialisiert war, und setzten sich an einen Tisch am Fenster. Jack bestellte gegrilltes Hähnchen mit *plátanos a puñetazos*. Die ungemein freundliche Kellnerin erkannte sie natürlich sogleich als

Touristen. Sie empfahl ihnen, die Plaza Martí zu besichtigen. Der Platz habe als Kulisse für *Paradiso* gedient, einen Film nach einem Roman von José Lezama Lima. Jack wusste nicht, ob das stimmte, aber er lächelte erfreut, so als wäre es seine eigene kleine Stadt, die in einem Kinofilm porträtiert worden war. In gewisser Weise *war* es ja seine Stadt.

Das Abendessen war recht gut und zum Nachtisch brachte die Kellnerin Mangoscheiben. Offenbar war sie sehr darum bemüht, ihnen zu einem angenehmen Aufenthalt zu verhelfen, und so beschloss Jack, sein Glück zu versuchen.

»Haben Sie jemals von einer Frau namens Celia Méndez gehört?«, fragte er.

Sie runzelte nachdenklich die Stirn. »Ich kenne einige Familien mit Namen Méndez. Aber keine Celia Méndez. Wie alt ist sie denn?«

Jack zog das alte Foto von seiner Mutter und Celia Méndez aus der Brusttasche. Es machte ihn nervös, seine einzige Karte auszuspielen. All die Jahre hatte er sich vorgestellt, dass Celia Méndez, die Jugendfreundin seiner Mutter, seine beste Informationsquelle sein würde. Aber was sollte er tun, wenn seine Rechnung nicht aufging?

Er zeigte der Kellnerin den Schnappschuss. »Das Foto wurde vor mehr als vierzig Jahren aufgenommen. Sie müsste jetzt also ungefähr sechzig sein.«

Die Kellnerin schüttelte den Kopf. »Tut mir Leid. Da kann ich Ihnen nicht helfen. Aber es gibt einen Méndez, der eine *casa particular* drüben in der Calle Martí betreibt. Die Familie lebt schon seit Jahren in Bejucal. Gehen Sie doch mal zu denen. Vielleicht können sie Ihnen helfen.«

»Danke. Das werden wir tun.«

Sie schrieb ihnen die Adresse auf. Jack bezahlte die Rechnung in Dollar, der einzigen Währung, die im »kommunistischen« Kuba zu zählen schien, dann verließen sie das Lokal.

Casa particular heißt wörtlich übersetzt »privates Haus« und für viele Reisende gab es keine bessere Unterkunft als ein Privatzimmer bei einer kubanischen Familie. Nach der Revolution war es illegal gewesen, Wohnraum zu vermieten, aber auch dies änderte sich mit dem Ende der Sowjetunion, als die kubanische Regierung eine neue »Supermacht« (sprich: den Tourismus) finden musste, um die marode Wirtschaft anzukurbeln. 1996 wurde ein Gesetz erlassen, das es Kubanern gestattet, ein oder zwei Zimmer in ihren Häusern zu vermieten, und kurz darauf schossen im ganzen Land Tausende von *casas particulares* aus dem Boden, die ein beträchtliches Steueraufkommen in die Kassen eines Diktators spülten, der mehr an seinem Machterhalt als an kommunistischen Prinzipien interessiert schien.

La Casa Méndez war ein schlichtes, aber sauberes Haus in einer Kopfsteinpflasterstraße. Eine mollige, dunkelhäutige Frau mit einem leuchtend gelben Haarband begrüßte sie an der Tür. Sie war mindestens fünfzig, vermutete Jack, zu jung, um Celia, die Freundin seiner Mutter, zu sein. Sie stellte sich als Felicia Méndez Ortiz vor. Anstatt in die Detektivrolle zu schlüpfen und sie mit tausend Fragen über Celia Méndez zu bombardieren, beschloss Jack, das Eis mit einer einfachen geschäftlichen Anfrage zu brechen.

»Haben Sie ein Zimmer frei?«

»Ja«, antwortete sie freundlich. »Eins.«

»Könnten wir es bitte sehen?«

»Natürlich. Treten Sie ein.«

Das Zimmer lag im hinteren Teil des Hauses neben der Küche. Es gab zwei Betten, eine Kommode und einen alten Teppich auf dem Fußboden. Als einzige Beleuchtung diente eine Lampe ohne Schirm, die ein unangenehm grelles Licht verbreitete. Auf dem Weg zu dem Zimmer waren sie am Wohnzimmer und zwei anderen Schlafzimmern vorbeigekommen. Jack zählte elf Personen in dem Haus, sieben Erwachsene und vier Kinder. Die Kubanerin erklärte, sich in eine *casa particular* einzumieten biete den großen Vorteil, in einer kubanischen Familie zu wohnen, andererseits bestehe der große Nachteil darin, dass man es dann ständig mit einer kubanischen Familie zu tun habe.

»Wir nehmen es«, sagte Sofia.

»Wie bitte?«, fragte Jack.

Sie schaltete auf Englisch um, damit nur Jack sie verstand. »Wenn Sie richtig gut sind, dürfen Sie die Betten zusammenschieben. Aber verlassen Sie sich nicht darauf.«

Er wusste, dass sie scherzte. »Ich habe nur aus Höflichkeit darum gebeten, das Zimmer sehen zu dürfen. Eigentlich hatte ich nicht vor, hier zu bleiben.«

»Wollen Sie Ihr Geld lieber bei dieser netten Familie lassen oder wollen Sie zurück ins Hotel Nacional?«

»Sind Sie sicher, dass das für Sie okay ist?«

»Während meiner ganzen Zeit an der Uni hatte ich einen männlichen Mitbewohner. Es ist nie irgendwas passiert, und das, obwohl er sogar noch sympathischer war als Sie.«

Jack war sich nicht sicher, ob er das als Kompliment oder als Beleidigung auffassen sollte, aber es spielte auch keine Rolle. »Also gut, wenn Sie wollen, bleiben wir.« Zu der Frau gewandt sagte er auf Spanisch: »Wir nehmen das Zimmer.«

Sie lächelte und bat sie in die Küche. Nachdem sie sich am Küchentisch ihre Namen und ihre Passnummern notiert hatte, bot sie ihnen wie selbstverständlich etwas zu essen an. Es musste genetisch bedingt sein, dachte Jack, dieses Bedürfnis der Kubaner, auch wenn sie selbst nichts zu beißen hatten, Gästen etwas auf den Tisch zu stellen. Jack und Sofia lehnten dankend ab, nahmen den *café* aber gern an. Er war heiß und stark, und der Duft von Bohneneintopf erinnerte Jack an *Abuelas* Küche. Als er seinen Kaffee fast ausgetrunken hatte, schien ihm der richtige Zeitpunkt gekommen, das Foto hervorzuholen.

Er legte es auf den Tisch und fragte: »Kennen Sie zufällig eine Frau namens Celia Méndez?«

Felicia Méndez Ortiz setzte ihre Tasse ab. Als sie das Foto betrachtete, breitete sich ein Lächeln auf ihrem Gesicht aus. »Sie kennen Celia?«

»Nein. Aber meine Mutter hat sie gekannt.«

»Sagen Sie bloß, Ana war Ihre Mutter.«

Sein Herz machte einen Sprung. *Sie kannte sie!* »Ja, Ana Maria Fuentes.«

Sie musterte Jacks Gesicht und betrachtete dann wieder das Foto. Plötzlich schlug sie eine Hand vor den Mund, offenbar erstaunt, wie viel Zeit seit damals vergangen war. »Jetzt sehe ich es. Sie sehen Ihrer schönen Mutter sehr ähnlich. Sie war Celias beste Freundin, ihr Tod hat Celia fast das Herz gebrochen. Was für ein Jammer.« Sie zuckte zusammen, sichtlich verlegen wegen ihrer Taktlosigkeit. »Verzeihen Sie mir. Es tut mir natürlich auch für Sie Leid.«

»Danke. Haben Sie meine Mutter gekannt?«

»Ein bisschen. Ich war erst sieben – nein, acht –, als Ana nach Amerika gegangen ist. Celia war meine älteste Schwester.«

Wieder beschleunigte sich sein Puls. »Wo kann ich Celia finden?«

Felicia senkte den Blick. »Celia ist tot.«

»O nein«, entfuhr es Jack.

»Sie ist im vergangenen März ganz plötzlich gestorben. An einem Herzinfarkt.«

»Das tut mir Leid. Wahrscheinlich fällt es Ihnen schwer, darüber zu reden, aber ich würde mich sehr freuen, wenn Sie mir noch mehr von Celia und meiner Mutter erzählen könnten.«

»Ich weiß alles Mögliche, ja, aber ich bin mir nicht ganz sicher, an was ich mich selbst erinnere und was Celia mir erzählt hat, wenn Sie den Unterschied verstehen.«

»Den verstehe ich. Trotzdem würde ich gern alles erfahren, was Sie mir erzählen können.«

Ihre Traurigkeit legte sich, die Erinnerung an Celias Jugend schien sie wieder aufzumuntern. »Celia und Ana waren unzertrennlich«, sagte sie mit einem wehmütigen Lächeln. »Sie unternahmen alles gemeinsam. Es war Celia, die Ihre Mutter mit ihrem ersten Freund bekannt gemacht hat.«

»Können Sie sich an seinen Namen erinnern?«

»Nein. Aber Anas Mutter – Ihre Großmutter – konnte ihn nicht ausstehen. Sie mochte Celia auch nicht, vor allem, weil sie ihre Tochter mit diesem Jungen zusammengebracht hatte.«

»Was gab es denn an ihm auszusetzen?«

»Nichts, soweit ich weiß.«

»Und was hatte meine Großmutter gegen ihn?«

Felicia wand sich ein wenig. »Ihre Großmutter hat wohl nie mit Ihnen über Anas Freund gesprochen, oder?«

»Nein. Erzählen Sie mir von ihm.«

»Wollen Sie wirklich alles wissen?«

»Ja. Glauben Sie mir, ich wäre nicht hierher gekommen, wenn es anders wäre.«

Sie holte tief Luft. »Ihre Mutter wurde schwanger.«

Jack erstarrte.

Sie deutete mit dem Kinn auf das Foto. »Auf dem Bild

ist sie wahrscheinlich schon schwanger. Sie war gerade siebzehn geworden, als es passierte.«

»Sind Sie sicher?«, fragte Jack.

»Aber ja. Daran besteht überhaupt kein Zweifel. Das war eine ganz andere Zeit vor vierzig Jahren. Ein junges Mädchen und schwanger? Das war *der* Skandal in Bejucal. Ich erinnere mich nicht mehr an alles, was passiert ist, als ich acht war. Aber daran erinnere ich mich noch ganz genau.«

»Hat sie –« Jack zögerte, die Frage fiel ihm schwer. »Hat meine Mutter das Kind bekommen?«

»Ich habe eigentlich nie wirklich erfahren, was damals passiert ist. Ich habe nur gehört, dass sie schwanger war. Darüber wurde geredet. Und ziemlich kurz danach ist Ana Maria nach Miami gegangen.«

»Und war sie zu dem Zeitpunkt noch schwanger?«

»Das weiß ich nicht. Wirklich nicht.«

Alle saßen eine Zeit lang schweigend da, während Jack in seine leere Tasse starrte. Felicia stand auf, als spürte sie, dass Jack einen Moment allein sein musste. »Entschuldigen Sie mich«, sagte sie. »Ich muss nach meinem Enkel sehen.«

Sofia blieb noch eine Weile bei ihm sitzen. Als er sie schließlich ansah, schien sie etwas sagen zu wollen, aber sie beließ es dann bei einem mitfühlenden Lächeln, tätschelte seine Hand und ließ ihn allein am Tisch sitzen.

Die Straßenlaterne vor ihrem Schlafzimmerfenster leuchtete durch die hölzernen Jalousien und warf streifige Schatten auf die Betten. Jack hatte das Bett neben der Tür, Sofia das am Fenster. Es gab keine Uhr im Zimmer, aber Jack wusste, dass es spät war. Es gelang ihm nicht, die Augen zu schließen, geschweige denn einzuschlafen.

»Jack«, sagte Sofia in die Dunkelheit. »Sind Sie noch wach?«

»Mmmh-mmh.«

»Alles in Ordnung? Ich meine wegen dem, was Felicia erzählt hat?«

Er lachte freudlos in sich hinein. »Es war nicht gerade das, was ich erwartet habe.«

»Ich weiß.«

Eine Weile herrschte Schweigen. Draußen fuhr ein Auto vorbei, das Scheinwerferlicht huschte über die Wand.

»Jack?«

»Ja?«

»Kommt Ihnen das komisch vor?«

»Was soll mir komisch vorkommen?«

»Mit mir in einem Zimmer zu schlafen.«

»Na ja, ein bisschen.«

»Wann haben Sie das letzte Mal ein Zimmer mit einer Frau geteilt und in getrennten Betten geschlafen?«

Er dachte darüber nach und ihm fiel ein, dass das mit seiner Exfrau gewesen war, auf einer ihrer letzten gemeinsamen Reisen. Damals hatten sie in getrennten Betten geschlafen. Der Anfang vom Ende. »Ich kann mich nicht mehr daran erinnern.«

»Ich will Sie ja nicht nerven, aber aus irgendeinem Grund muss ich an meine Zeit als junges Mädchen denken. Meine Schwester und ich hatten ein gemeinsames Zimmer mit Einzelbetten. Wir waren oft die ganze Nacht wach und redeten über alles Mögliche. Jungs, Fußball, Klamotten. Meistens über Jungs.«

»Wollen Sie mir sagen, dass ich Sie an Ihre Schwester erinnere?«

»Eher weniger. Ich weiß gar nicht, warum mir das in den Sinn kommt. Wahrscheinlich ist mir gerade aufgefallen, wie sehr ich dieser Zeit nachtrauere. Aus irgendeinem Grund musste ich daran denken.«

»Vielleicht war es die Tatsache, dass niemand sich

bemüßigt gefühlt hat, mir zu erzählen, dass ich vielleicht einen Bruder oder eine Schwester habe.«

Sie stützte sich auf einen Ellbogen und selbst im Dämmerlicht konnte Jack ihren bestürzten Gesichtsausdruck ausmachen. »Oh, das tut mir Leid. Ich habe meine Schwester nicht erwähnt, um … ich wollte Ihre Situation nicht mit meiner vergleichen.«

»Ist schon in Ordnung«, entgegnete er.

Sie ließ ihren Kopf auf das Kissen sinken und legte sich auf die Seite. Das dünne weiße Bettlaken betonte die sanfte Wölbung ihrer Hüfte, und auf ihren Haaren schimmerte das Licht, das durch die Jalousie hereinfiel. Jack rollte sich ebenfalls auf die Seite und wandte sich Sofia zu. Der Abstand zwischen den Betten war das Einzige, was sie voneinander trennte, aber in der Dunkelheit war es fast so, als wäre da gar kein Abstand.

»Komisch«, sagte Jack.

»Was?«

»Diese Geschichte mit meiner Mutter. In meinem Kopf habe ich mir das erhabene Bild einer jungen Frau auf der Suche nach der Freiheit zurechtgelegt. Sie lässt ihre Familie zurück, ihre Freundinnen, lässt alles hinter sich und bringt den Mut auf, sich in einer völlig anderen Welt zurechtzufinden.«

»Niemand hat dieses Bild in Frage gestellt. Es erhält lediglich eine neue Facette.«

»Zumindest verstehe ich jetzt, warum meine Großmutter nie darüber reden wollte.«

»Sie ist eine alte Frau. Für jemanden aus ihrer Generation ist es doch völlig normal, solche Dinge unter den Teppich zu kehren. Es muss sie furchtbar verletzt haben, dass ihre ganze Umgebung ihre Tochter für ein schwieriges Mädchen hielt, das vor seinen Problemen davonläuft.«

»Aber irgendwie habe ich doch ein Recht, es zu erfahren, oder?«

»Was zu erfahren?«

Jacks Blick verlor sich in der Dunkelheit hinter Sofia. »Ob ich einen Halbbruder oder eine Halbschwester habe – das Kind, das sie zurückgelassen hat.«

»Sie wissen ja nicht einmal, ob sie das Kind überhaupt auf die Welt gebracht hat.«

»Das stimmt, aber ich möchte es gerne wissen.«

»Ich glaube, es gibt jemanden, der Ihnen das sagen könnte.«

Jack dachte einen Augenblick lang darüber nach. »Ich muss mir nur überlegen, wie ich es anstelle, *Abuela* zu fragen, ohne dass es ihr das Herz zerreißt.«

»Viel Glück«, sagte Sofia und rollte sich auf den Rücken.

Jack schüttelte sein Kissen auf. »Lassen Sie mich nicht zu lange schlafen.«

Es war gerade hell genug, dass Jack das Lächeln auf ihren Lippen sehen konnte.

»Was gibt's?«

»Wir befinden uns in einem Haus zusammen mit elf Kubanern. Wenn Sie das nicht aufweckt, werde ich Ihre Angehörigen verständigen.«

»Gutes Argument.«

»Gute Nacht, Jack.«

»Gute Nacht, Sofia.«

21

Am nächsten Morgen um neun Uhr fanden Jack und Sofia sich im dritten Stock eines der vielen architektonisch unscheinbaren Gebäude an der Plaza de la Revolución ein. An dem Platz lag die Zentrale der kubanischen Regierung. Durch die Fenster hatte Jack einen Blick auf das Hauptquartier des mächtigen Innenministeriums, an dem ein Abbild von Ché Guevara so angebracht war, dass es auf die endlosen politischen Kundgebungen blickte, die regelmäßig auf dem riesigen Platz stattfanden. Ché sah ein wenig gelangweilt aus, fand Jack, was zu passen schien, da sich Castros Reden bekanntermaßen bis zu vierzehn Stunden hinziehen konnten. An diesem Morgen lag der Platz ruhig da, während Jack und Sofia allein in dem Büro saßen und warteten.

Colonel Raúl Jiménez betrat den Raum mit dem Selbstbewusstsein eines Offiziers, begrüßte sie herzlich und nahm hinter seinem Schreibtisch Platz. »Haben Sie eine Entscheidung getroffen?«

»Ja«, erwiderte Jack. »Ich bin bereit, mir anzuhören, was Ihr Soldat zu sagen hat. Aber ich mache Ihnen im Gegenzug keinerlei Versprechungen.«

»Zu schade. Es kommt nicht häufig vor, dass ich ein so großzügiges Angebot machen kann.«

»Ich weiß das zu schätzen. Aber wir sind gezwungen, gewissen Realitäten ins Auge zu blicken. Wollen wir ehrlich sein. Einen Soldaten Castros als Zeugen aufzurufen, wird die Geschworenen vermutlich gegen meine Mandantin aufbringen. Mit ziemlicher Wahrscheinlichkeit werden mindestens die Hälfte davon US-Kubaner sein.«

»Ja, aber die andere Hälfte nicht. Ich bin kein Anwalt,

aber ist es nicht so, dass Sie lediglich *einen* Geschworenen von der Unschuld Ihrer Mandantin überzeugen müssen? Das reicht doch schon, damit Ihre Mandantin nicht schuldig gesprochen wird, oder?«

»Richtig. Auch wenn ich nicht mit meiner Mandantin darüber gesprochen habe, gehe ich davon aus, dass sie keine Luftsprünge machen wird bei der Vorstellung, ihr Schicksal in die Hände eines jungen kubanischen Soldaten zu legen.«

»Und wie würde es ihr bei der Vorstellung gehen, an einer tödlichen Spritze zu sterben?«

»Sie stellen gute Fragen, Colonel.«

Der Colonel lehnte sich in seinem Stuhl zurück und verschränkte die Hände hinter dem Kopf. Unter den Achseln hatten sich auf der grünen Uniform Schweißränder gebildet. »Ich erwarte als Gegenleistung von Ihnen nicht viel, Mr Swyteck. Bieten Sie mir irgendetwas als Entschädigung dafür, dass wir einen unserer Soldaten nach Miami schicken, damit er vor Gericht eine Aussage macht.«

»Wollen Sie Geld?«

»Keineswegs.«

»Dann spucken Sie's aus. Woran sind Sie interessiert?«

Der Colonel beugte sich vor, die Augen zu Schlitzen verengt. »Nachdem Captain Pintado erschossen wurde, ist Ihre Mandantin in einer Radiosendung außerhalb von Guantánamo interviewt worden. Sie hat kein Blatt vor den Mund genommen. Sie glaubt, dass ihr Mann getötet wurde, weil er etwas wusste. Und zwar über Vorgänge auf der Basis, die die Regierung lieber geheim halten wollte.«

»Diese Meinung vertritt sie nach wie vor.«

»Und um diesen Punkt geht es uns«, sagte der Colonel. »Wir möchten wissen, welches Geheimnis Captain Pintado gekannt hat.«

»Ich kann Ihnen nicht versprechen, irgendetwas in dieser Richtung zu liefern.«

»Warum nicht?«

»Aus verschiedenen Gründen. Vor allem, weil ich nicht bereit bin, mit Ihnen um diese Zeugenaussage zu feilschen. Einen kubanischen Soldaten als Zeugen zu laden beinhaltet für sich allein gesehen schon eine Unmenge an Problemen. Wenn ich darüber hinaus noch irgendwelche Nebenabsprachen träfe – welcher Art auch immer –, stünde ich vor einem schier unlösbaren Glaubwürdigkeitsproblem.«

»Niemand sagt, dass wir unsere Absprache offenlegen müssten.«

»Das sagt sich so leicht, Colonel. Schließlich steht nicht Ihre Anwaltszulassung auf dem Spiel.«

»Das ist also Ihre Position: Kein Deal?«

»Ich bin bereit, Ihren Soldaten als Zeugen aufzurufen. Aber ich bin nicht bereit, für diese Zeugenaussage irgendeine Gegenleistung zu erbringen.«

»Vielleicht würde Ihre Mandantin das anders sehen, wenn ihr der Inhalt der Zeugenaussage bekannt wäre.«

Nach kurzem Zögern fragte Jack: »Was wird er denn sagen?«

Der Colonel stützte sich auf seinen Schreibtisch. Seine Augen funkelten in dem Neonlicht. »Er wird in etwa Folgendes aussagen: Am Morgen von Captain Pintados Tod hat er Ihre Mandantin aus dem Haus gehen sehen. Eine knappe Viertelstunde später hat er beobachtet, wie ein Mann ins Haus ging und kurz darauf in Eile wieder herauskam.«

Jack schwieg, aber Sofia sagte: »Das ist unglaublich hilfreich.«

»Das ist noch nicht alles. Er wird Ihnen sagen, wer der Mann ist.«

»Soll das heißen, Ihr Soldat kennt diese Person namentlich?«

»Sie haben es erfasst.«

Es war, als wäre plötzlich die Zeit stehen geblieben. Jack warf Sofia einen skeptischen Blick zu, aber sie schien wie vom Donner gerührt. Schließlich brach Jack das Schweigen. »Mich beunruhigt diese ganze Geschichte.«

»Was könnte Sie daran beunruhigen?«

»Ihre Beweggründe.«

»Was meinen Sie damit?«

»Es wird alles auf das Opfer zurückfallen. Er ist der Sohn von Alejandro Pintado. Es ist kein Geheimnis, dass Mr Pintado Castro ein Dorn im Auge ist. Er wird sogar beschuldigt, den kubanischen Luftraum verletzt zu haben, um gegen Castro gerichtete Flugblätter über Havanna abzuwerfen. Ich glaube nicht, dass Castro etwas dagegen hätte, Mr Pintado bei dem Prozess zusätzlich zu seiner Trauer um seinen toten Sohn noch ein paar Magenschmerzen zu bereiten.«

»Darum geht es überhaupt nicht.«

»Aber genauso wird es in Miami ablaufen. Wäre das nicht äußerst raffiniert von Castro, einen seiner Soldaten in den Prozess gegen die angebliche Mörderin von Alejandro Pintados Sohn einzuschleusen und sie so ungeschoren davonkommen zu lassen?«

»Bloß weil El Presidente nicht viel für Mr Pintado übrig hat, heißt das noch lange nicht, dass die Zeugenaussage des Soldaten falsch ist.«

Plötzlich herrschte eine Atmosphäre gespannten Schweigens im Raum.

»Vielleicht sollten wir zuerst mit unserer Mandantin sprechen«, schlug Sofia vor.

Der Colonel schob ihr sein Telefon über den Schreibtisch zu.

»Danke, nein«, sagte Jack. »Meine Position ist klar: Ich lasse mich auf die Zeugenaussage ein, aber ich verhandle nicht mit der kubanischen Regierung.«

»Sie sind wenig kompromissbereit, Mr Swyteck.«

»Ich sehe in dieser Angelegenheit keine andere Möglichkeit.«

Der Colonel zuckte die Achseln. »Dann lassen wir die Sache fallen.«

»Was?«, entfuhr es Sofia. Sie war drauf und dran, Jack zu bitten, er möge es sich noch einmal überlegen, aber als er aufstand, erhob sie sich ebenfalls.

»Dann gibt es wohl nichts mehr zu bereden«, bemerkte der Colonel.

»Das sehe ich genauso«, erwiderte Jack.

Der Colonel schenkte ihm ein knappes, respektvolles Lächeln, so als sähe er in ihm einen würdigen Gegner. Zum Abschied streckte er die Hand aus und Sofia nahm sie, Jack nicht.

»Ich wünsche Ihnen eine gute Heimreise«, sagte der Colonel.

Jack verabschiedete sich, dann verließen sie das Büro und folgten dem Adjutanten des Colonel zum Ausgang.

22

Seit seine Ex-Frau ihn am Valentinstag zu einem »Ball in Rot« geschleppt hatte, hatte Jack nicht mehr so viele gleich gekleidete Frauen gesehen. Sie waren zwischen fünfundzwanzig und fünfunddreißig, nicht wenige von ihnen

Akademikerinnen. Die Mehrheit der Frauen war wegen Drogenmissbrauchs mit dem Gesetz in Konflikt geraten, eine weitere Parallele zu dem Wohltätigkeitsball, an den Jack sich auf seltsame Weise erinnert fühlte, nur dass keine der hier Anwesenden jemals ihren Stoff über ein ärztliches Rezept bezogen hatte.

Lindsey Hart saß an einem kleinen Resopaltisch, sie trug die orangefarbene Gefängniskleidung des Federal Detention Center of Miami, einem Gefängnis für Männer und Frauen. Ein Wachmann begleitete Jack zu dem kleinen Raum, der für Gespräche zwischen den Anwälten und ihren Mandanten diente. Als sich die Tür schloss und die beiden allein waren, sprang Lindsey auf und fiel Jack um den Hals.

»Ich bin so froh, dass Sie da sind«, sagte sie.

Damit hatte Jack nicht gerechnet. In der einen Hand hielt er seinen Aktenkoffer, mit der anderen tätschelte er ihren Rücken. Sie löste sich von ihm und schob sich schniefend die Haare aus dem Gesicht.

»Tut mir Leid«, sagte sie. »Ich wollte Sie nicht in Verlegenheit bringen. Es ist einfach so schrecklich hier.«

»Verstehe.«

»Ich meine wirklich grauenhaft«, fuhr sie mit zitternder Stimme fort. »Entweder man langweilt sich zu Tode oder man stirbt fast vor Angst. Einigen Frauen gefällt es nicht, wie man aussieht. Anderen passt es nicht, wie man redet. Manche stinken, als hätten sie seit ihrer Kindheit nicht mehr gebadet oder geduscht. Meine Zellennachbarin macht auf geistig gestört und spielt mit ihrem Kot, der, ob Sie's glauben oder nicht, nicht halb so schlimm stinkt wie das Essen gestern Abend. Gekochter Kohl. Wer zum Teufel kann von gekochtem Kohl leben? Ich weiß nicht, ob ich das aushalte. Den Lärm, die Spannungen, die anderen Frauen, die mich unter der Dusche beobachten. Ich komme mir vor wie auf dem Fleischmarkt, die Lebenslänglichen entscheiden, wer die frische Ware kriegt. Und einige der Wachleute sind noch schlimmer.«

Jack hörte ihr zu, aber was sollte er ihr sagen – dass sie sich schon daran gewöhnte? Dass er sie in kürzester Zeit herausholen würde und sie sich keine Sorgen zu machen bräuchte? Er wartete einfach, bis sie sich Luft gemacht hatte.

»Ich vermisse Brian so sehr.«

Sie war den Tränen nahe. Als sie die Hände vors Gesicht schlug, bemerkte Jack, dass einige Fingernägel abgekaut waren – was ihm zuvor nicht aufgefallen war. Spontan nahm er sie in den Arm. Das schien zu helfen. Nachdem sie ihre Tränen abgewischt und sich wieder beruhigt hatte, setzten sie sich einander gegenüber an den Tisch.

»Es tut mir Leid, dass ich mich nicht persönlich bei Ihnen entschuldigen konnte für die Art, wie ich Sie gefeuert habe«, sagte sie mit einem letzten Schniefen. »Aber offenbar hat Sofia Ihnen ja mein Bedauern darüber übermittelt.«

»Das hat sie«, erwiderte Jack. »Also vergessen wir das einfach, okay?«

»Okay, einverstanden. Ich bin fürchterlich neugierig, wie Ihre Reise verlaufen ist. Erzählen Sie mir von Ihrem Treffen mit dem hoch geschätzten Lieutenant Damont Johnson.«

»Er hat sich nur positiv über Ihren Mann geäußert.«

»Kein Wunder. Oscar hat ihm immer das Bier bezahlt.«

Jack ließ sich einen Moment Zeit, um seine Worte abzuwägen. »Über Sie hat er sich weniger positiv geäußert.«

»Was haben Sie denn erwartet? Auf dem Stützpunkt glauben alle, ich hätte meinen Mann getötet.«

»Es ging darüber hinaus. Er meinte, er mache sich Sorgen um Ihren Sohn. Sie seien nicht in der Lage, ihn allein großzuziehen.«

Ihre Gesichtszüge spannten sich, und Jack bemerkte, dass es ihr nur mühsam gelang, ihre tief sitzende Wut zurückzuhalten. »Was soll das heißen, ›nicht in der Lage‹?«

»Das waren jetzt meine Worte, nicht seine. Er hält Sie für manisch-depressiv.«

Sie schwieg. Jack wartete auf eine Antwort. Schließlich fragte er sie leise: »Stimmt das?«

»Und wenn?«

»Ich will Sie nicht beurteilen, ich trage nur Fakten zusammen.«

»Nein, ich bin nicht manisch-depressiv.«

»Nehmen Sie irgendwelche Medikamente?«

»Hat Lieutenant Johnson das behauptet?«

»Ich glaube, er sagte, Sie seien eine umgängliche Person, solange Sie Ihre Medikamente nähmen.«

Sie schürzte die Lippen. »Der Arzt hatte mir Medikamente gegen Angstzustände verschrieben. Ich habe sie zwei Jahre lang genommen. Seit ich Guantánamo verlassen habe, nicht mehr.«

»Warum haben Sie sie abgesetzt?«

»Ich brauchte sie nicht mehr.«

Jack konnte sich noch gut an den drastischen Stimmungswechsel erinnern zwischen dem Tag, an dem sie ihn angeheuert, und dem Tag, an dem sie ihn wieder gefeuert hatte, und er wunderte sich über ihre Selbstdiagnose. »Das ist schon merkwürdig«, sagte er.

»Was?«

»Ich versetze mich in den Staatsanwalt hinein. Sie hatten das Gefühl, die Medikamente zu benötigen, als Ihr Mann noch am Leben war. Aber seit er tot ist, brauchen Sie sie nicht mehr.«

»Oscar war nicht der Grund für meine Angstzustände. Es lag an dem Leben in Guantánamo.«

»Und an was im Besonderen?«

»Ach, ich weiß nicht«, entgegnete sie mit einem Anflug von Sarkasmus. »Vielleicht daran, dass ich auf einer kommunistischen Insel gelebt habe, die von dem am längsten lebenden Diktator des zwanzigsten Jahrhunderts beherrscht wird, einem Mann, der die Amerikaner hasst wie die Pest. Oder vielleicht auch daran, dass ich jeden Tag aufgewacht bin mit der Angst, es könnten chemische Waffen über den Stacheldrahtzaun geworfen werden oder die Spezialkräfte könnten Anthrax im Klassenzimmer meines Sohnes finden. Oder möglicherweise daran, dass sechshundert der gefährlichsten Terroristen der Welt in einem Lager nicht weit von unserem Haus gefangen gehalten wurden? Oder lag es einfach nur daran, dass mein Mann einen Job hatte, bei dem er Tag für Tag, jahrein, jahraus sein Leben aufs Spiel gesetzt hat? Suchen Sie sich was aus.«

»Wusste Ihr Mann, wie unglücklich Sie dort waren?«

»Ich war nicht unglücklich. Aber Oscar war begeistert von dem Leben dort. Zumindest bis kurz vor seinem Tod.«

»Man kann also zu Recht behaupten, dass Sie in ständiger Angst gelebt haben – solange Oscar noch lebte.«

»Ich habe nicht meinen Mann getötet, um von der Insel wegzukommen, falls Sie mir das unterstellen wollen.«

»Nicht *ich* tue das. Aber es passt bestens zu der Vorstellung, dass Sie Kuba verlassen und an Oscars Treuhandfonds gelangen wollten, um endlich ihr Leben genießen zu können. Wir können davon ausgehen, dass der Staatsanwalt sich in diese Richtung einschießen wird.«

»Das würde nicht funktionieren. Wie ich Ihnen bereits sagte, hat sich bei Oscar vor seinem Tod ein Sinneswandel bemerkbar gemacht. Er sprach immer öfter davon, dass es an der Zeit für uns wäre, Guantánamo zu verlassen. Warum hätte ich ihn töten sollen, wenn er endlich bereit war, von dort wegzugehen?«

»Hatte er ein förmliches Versetzungsgesuch eingereicht?«

»Nein.«

»Gibt es irgendjemanden außer Ihnen, der bezeugen kann, dass Ihr Mann mit dem Gedanken spielte, Guantánamo zu verlassen?«

»Nicht dass ich wüsste.«

»Haben Sie es vielleicht irgendeiner Freundin gegenüber erwähnt? Vielleicht Ihrer Freundin in Washington? Hieß sie nicht Nancy? Die mit dem Vorsitzenden des Vereinigten Generalstabs verheiratet ist?«

Lindsey erstarrte, sie schien zu spüren, dass er ihr auf den Zahn fühlen wollte. »Ich habe schon lange nicht mehr mit ihr gesprochen.«

»Wie auch«, entgegnete Jack. »Sie ist tot.«

Sie wandte sich ab. »Das habe ich erst erfahren, nachdem ich im Deli Lane die kleine Show für Sie abgezogen habe.«

»Lieutenant Johnson behauptet, Sie hätten in Guantánamo ihm gegenüber die gleiche Show abgezogen. Was soll das alles, Lindsey?«

Sie seufzte, sichtlich verlegen. »Wahr ist, dass ich ihr einmal begegnet bin. Und sie hat mir tatsächlich ihre Telefonnummer gegeben. Wir waren nicht eigentlich Freundinnen, und ich gebe zu, manchmal habe ich ihren Namen fallen lassen, um mich wichtig zu machen. Das war sicherlich ein Fehler, aber … Ich weiß auch nicht. Beim Militär spielt es manchmal eine große Rolle, wen man alles kennt, und eine Offiziersgattin ist eigentlich bloß Dekoration. Darunter kann das Selbstwertgefühl schon ziemlich leiden. Und dann macht man komische Sachen, um Eindruck zu schinden. Ich glaube, das habe ich Ihnen gegenüber auch getan. Tut mir Leid.«

»Lieutenant Johnson wollte mir weismachen, Sie wären in Guantánamo herumgelaufen und hätten von Ihrem Handy aus mit Toten geredet.«

»Was für ein Arschloch. Erstens rede ich nicht mit Toten. Zweitens sieht es ihm ähnlich, die Geschichte zu verdrehen und zu behaupten, es wäre ein Handy gewesen, womit er mich noch besonders lächerlich machen will. Handys nützen einem wenig in Guantánamo. Er hat mich mit einem Palm-Pilot gesehen, nicht mit einem Handy. Aber so ist er. Sobald er etwas zu verbergen hat, geht er in die Offensive.«

»Haben Sie das schon früher bei ihm erlebt?«

»Sicher. Ein Beispiel: Nachdem Oscar getötet wurde, habe ich beschlossen, so lange wie möglich in Guantánamo zu bleiben. Ich wollte dort bleiben und Augen und Ohren offen halten, um herauszufinden, welches Schwein in unser Haus eingedrungen ist und ihn erschossen hat. Lieutenant Johnson war einer der Ersten, der sich bei Oscars Führungsoffizier beschwert und gefordert hat, ich sollte vom Stützpunkt entfernt werden, da meine Anwesenheit schlecht für die Moral sei.«

»Er geht jedenfalls davon aus, Sie hätten Ihren Mann erschossen.«

»Wer hätte das gedacht? Aber hat er Ihnen auch erzählt, warum er mich von der Basis weghaben wollte, bevor auch nur der NCIS-Bericht vorlag? Er wollte mich loswerden, bevor Oscars Leiche kalt war.«

»Vielleicht wusste er, was in dem Bericht stehen würde?«

Sie hob die Augenbrauen, und Jack wurde klar, was seine Bemerkung implizierte. »Ich bin froh, dass Sie das sagen«, fuhr sie fort. »Schön zu wissen, dass ich nicht die Einzige bin, die begreift, dass die Sache schon gelaufen war, als ich in dem Bericht als Hauptverdächtige benannt wurde. Was hat Lieutenant Johnson sonst noch gesagt?«

»Ich bin nicht dazu gekommen, ihm viele Fragen über den Tod Ihres Mannes zu stellen. Alle fünf Minuten wurde Johnson vom Militäranwalt darauf hingewiesen, dass es ihm jederzeit freistand, aufzustehen und zu gehen, was er schließlich auch getan hat.«

»Mit wem haben Sie noch geredet?«

»Mit niemandem. Alle Zeugen auf meiner Liste sind auf einen anderen Stützpunkt versetzt worden.«

»Unglaublich. Waren Sie wenigstens in meinem Haus?«

»Nur für ein paar Minuten. Die Ermittler haben den Tatort vor zwei Wochen freigegeben. Es sind schon neue Mieter eingezogen. Das Haus war von oben bis unten frisch renoviert.«

»Und das war alles? Sie haben die weite Reise nur unternommen, um *einen* Mann zu befragen und einen kurzen Blick auf den Tatort zu werfen, wo längst alle Spuren beseitigt waren?«

»Sieht ganz so aus. Von dem Moment an, als wir Lieutenant Johnson trafen, hatte ich den Eindruck, dass sie uns gar nicht schnell genug wieder loswerden konnten.«

Lindsey fuhr sich mit den Fingern durchs Haar. »Das untermauert alles, was ich schon die ganze Zeit sage. Sie schotten sich ab. Sie haben Angst, dass Sie herausfinden könnten, warum Oscar in Wirklichkeit getötet wurde.«

»Das wird schwer zu beweisen sein, aber wir haben möglicherweise eine wichtige Spur in diese Richtung. Sofia und ich wurden bei unserem Abflug von Havanna aufgehalten. Es gibt einen kubanischen Wachsoldaten, der möglicherweise eine nützliche Zeugenaussage machen kann.«

»Ein kubanischer Soldat?«

»Ja. Die Kubaner und die Amerikaner beäugen sich dort ständig gegenseitig. Es wäre nicht weiter verwunderlich, wenn jemand von der anderen Seite des Stacheldrahts etwas mitbekommen hätte.«

»Und was hat er gesehen?«

»Ich habe ihn noch nicht befragt, deshalb möchte ich Ihnen nicht zu große Hoffnungen machen. Aber laut Aussage des Colonels, mit dem wir uns getroffen haben, hat einer der Wachposten gesehen, wie Sie das Haus verlassen haben, um zur Arbeit zu gehen, das entspricht insoweit Ihrer Schilderung. Und, was noch wichtiger ist, er hat beobachtet, wie jemand hineingegangen ist.«

Lindsey fiel die Kinnlade herunter. »O mein Gott. Das ist ja fantastisch! Hat er gesehen, wer es war?«

»Sie behaupten, der Soldat könne den Mann identifizieren. Aber den Namen hat man mir noch nicht genannt.«

»Warum nicht?«

»Weil sie von mir eine Gegenleistung erwarten. Sie geben mir den kubanischen Soldaten als Augenzeugen, aber nur wenn ich mich revanchiere.«

»Dann tun Sie das doch! Was wollen die denn?«

»Es spielt keine Rolle, was sie wollen. Wenn es irgendein Entgegenkommen geben sollte, wird der Staatsanwalt uns vor den Augen der Jury fertig machen. Einen kubanischen Soldaten vor einem Gericht in Miami eine Zeugenaussage zu Ihren Gunsten machen zu lassen, funktioniert nur, wenn die Sache keinen Haken hat und völlig sauber ist, das heißt, ohne irgendwelche Bedingungen.«

»Wer sagt das?«

»Vertrauen Sie auf mein Urteilsvermögen.«

»Aber es geht um *mein* Leben. Auf mich wartet die Todesstrafe, und Sie verlangen, dass ich auf einen Zeugen verzichte, der gesehen hat, wie jemand in mein Haus eingedrungen ist. Weil das ein paar US-Kubaner unter den Geschworenen beleidigen könnte?«

»Ich bin überzeugt, dass die kubanische Regierung den Mann von selbst herausrücken wird, wenn wir es richtig anpacken.«

»Und was haben Sie denen gesagt?«

»Dass ich mich auf keine Gegenleistungen einlasse.«

»*Wie* bitte?«

»Nun regen Sie sich nicht auf.«

»Ich rege mich nicht auf, ich bin stinksauer.« Sie sprang von ihrem Stuhl auf und begann, erregt auf und ab zu gehen. »Sie hätten mich anrufen sollen, bevor Sie eine Entscheidung treffen.«

»Wie stellen Sie sich einen vertraulichen Anruf aus dem Büro eines kubanischen Militärs in ein Gefängnis der Vereinigten Staaten vor? Da könnten wir ja gleich die Gespräche zwischen Anwalt und Mandant in einer Talkshow führen.«

Sie hörte auf herumzulaufen und kehrte wieder zu ihrem Platz zurück. Jack sah ihr die Angst und den Schlafmangel an. Sie wirkte gebrochen. »Ich habe dafür nicht die Kraft«, sagte sie tonlos.

»Deshalb haben Sie ja mich angeheuert.«

»Ich glaube, Sie verstehen immer noch nicht, wie ich mich fühle.«

»Ich denke schon.«

»Nein, das können Sie nicht. Der Gedanke daran, dass ich meinen Sohn vielleicht nie wiedersehen werde, zerreißt mir das Herz. Die Vorstellung, dass er sich fragt, ob seine Mutter wohl seinen Vater getötet hat –«, sie hielt inne, unfähig, den Satz zu Ende zu sprechen. »Sie können unmöglich wissen, was das für ein Gefühl ist.«

Jack dachte über ihre Worte nach, aber es war nicht

das erste Mal, dass Eltern ihm klar zu machen versuchten, nur wer selbst Kinder habe, könne sie verstehen. »Wahrscheinlich haben Sie Recht.«

»Es sei denn …«

»Es sei denn, was?«, fragte Jack.

»Es sei denn, Ihnen ist persönlich am Ausgang des Prozesses gelegen.«

»Brian ist mein leiblicher Sohn. Ist das etwa nicht persönlich?«

»Nicht, wenn es für Sie ohne Folgen bleibt, wenn Sie verlieren.«

»Brian verliert seine Mutter, wenn ich den Fall verliere. Das sind doch ernsthafte Folgen.«

»Für Brian ja, aber nicht für Sie selbst.«

»Das kann ich unmöglich voneinander trennen. Ich tue das zu seinem Wohl.«

»Wirklich? Oder lehnen Sie sich einfach zurück und denken, na gut, wenn ich den Fall verliere, dann werde ich mich um Brian kümmern. Ich werde dafür sorgen, dass er anständig aufwächst. Ich werde ihn zu mir nehmen.«

»Ich habe nichts dergleichen gedacht. Wenn seine Mutter unschuldig ist, möchte ich, dass sie freigesprochen wird.«

»Und wenn Sie verlieren, möchte ich, dass Sie dasselbe verlieren, was auch ich verliere.«

»Was soll das heißen?«

Sie beugte sich vor. »Wenn ich den Prozess verliere, verliere ich Brian. Und dann sollen Sie ihn ebenfalls verlieren.«

Jack lachte nervös in sich hinein. »Das ist doch verrückt.«

Ihre Augen begannen zu leuchten, als hätte sie plötzlich eine zündende Idee gehabt. »Nein, das ist nicht verrückt. Ihr Anwälte könnt gefühllos Entscheidungen über Tod oder Leben anderer treffen. Vielleicht ist es an der Zeit, dass ihr spürt, was eure Mandanten empfinden.«

»Worauf wollen Sie eigentlich hinaus?«

»Ich habe jetzt zwei Anwälte, Sofia und Sie. Ich möchte, dass Sofia diejenige ist, die sich um Brian kümmert, nicht Sie. Sie werden Brian nur treffen, wenn Sie den Fall gewinnen, und nur dann.«

»Unter diesen Bedingungen kann ich nicht arbeiten.«

»Was haben Sie denn erwartet? Dass ich Sie während der Gerichtsverhandlung beiseite nehme und Ihnen sage: ›O Jack, Sie müssen mir eins versprechen: Wenn ich nicht mehr aus dem Gefängnis rauskomme, kümmern Sie sich bitte um Brian.‹ Das können Sie sich aus dem Kopf schlagen. Ich will, dass Sie alles daransetzen zu gewinnen.«

»Sie benutzen Ihren eigenen Sohn als Druckmittel.«

»Ich werde alles unternehmen, um dafür Sorge zu tragen, dass die Mutter, die ihn liebt, für ihn da sein wird und ihn großzieht. Was ist daran so verwerflich?«

»Dass es dabei in Wirklichkeit nicht darum geht, was das Beste für Brian ist. Sondern das Beste für Sie.«

»Wie Sie eben schon gesagt haben. Ich sehe da keinen Unterschied.«

»Das wird nicht dazu beitragen, dass ich Ihren Fall gewinne.«

»Stimmt. Aber es wird vielleicht verhindern, dass Sie ihn verlieren.«

»Es könnte auch verhindern, dass ich Sie verteidige.«

»Was haben Sie vor? Den Fall niederlegen?«

»Ja«, entgegnete Jack. »Ich lege den Fall nieder.«

»Moment mal. Das können Sie nicht. Wenn ein Gerichtsverfahren einmal angelaufen ist, benötigt ein Strafverteidiger das Einverständnis des Richters, um den Fall niederzulegen.«

»Aber wie Sie soeben so fröhlich ausgeführt haben, verfügen Sie ja jetzt über zwei Anwälte. Das bedeutet, der Richter wird einen gehen lassen, sobald wir das wünschen. Schließlich haben Sie dann immer noch einen Anwalt, also wird es das Verfahren nicht verzögern.«

Sie wurde aschfahl. Jack ging zur Tür.

»Jack, bitte.«

»Nein, Sie haben Ihre Entscheidung getroffen. Ich bin raus aus dem Fall.« Er drückte auf einen Knopf neben der Tür, das Zeichen für den Wachmann.

»Warten Sie!«, sagte sie mit zitternder Stimme. »Ich bin einverstanden. Sie treffen die Entscheidungen, die Sie für richtig halten. Den kubanischen Soldaten als Zeugen und all das. Sie haben freie Hand.«

»Was ist mit Brian?«

»Wir tun das, was für ihn das Beste ist.«

»Und was heißt das?«

»Ich erkläre es Ihnen. Sie werden Brian nicht treffen, weil ich es will oder weil Sie es so wollen. Ich möchte, dass Sie erst dann mit ihm zusammentreffen, wenn er das Bedürfnis äußert, seinen leiblichen Vater kennen zu lernen. Ich glaube, so können wir am besten einschätzen, wann er dazu bereit ist.«

»Haben Sie ihm erzählt, dass er adoptiert wurde?«

»Ja. Ich habe es ihm gesagt, kurz bevor ich verhaftet wurde.«

Jack schwieg.

»Das wäre doch die ideale Art und Weise damit umzugehen, finden Sie nicht?«, sagte sie.

»Einen Mordprozess kann man kaum als ideale Situation bezeichnen. Und was ist, wenn wir schon vorher mit ihm sprechen müssen?«

»Sie müssen mir Ihr Wort geben. Solange Sofia das an Ihrer Stelle genauso gut erledigen kann, soll sie das übernehmen. Nur wenn Sie es für absolut notwendig halten, mit ihm persönlich zu sprechen, werden Sie direkten Kontakt zu ihm aufnehmen.«

Jack ließ sich ihre Worte durch den Kopf gehen. Diese Einschränkung kam ihm albern und ziemlich sinnlos vor. Andererseits hatte sie so vielleicht eher das Gefühl, nicht klein beizugeben und sich noch einen Rest Würde zu bewahren – was in einem Gefängnis ohnehin nicht einfach war. »In Ordnung«, sagte Jack. »Sie haben mein Wort.«

»Danke. Ich werde Sofia dasselbe sagen, damit sie weiß, worauf wir uns geeinigt haben.«

»Ich werde es ihr mitteilen«, erwiderte Jack.

Der Wachmann erschien vor der Tür. Bevor Jack den Türöffner betätigte, sagte Lindsey: »Falls Sie sich das fragen sollten – die Nachricht, dass er adoptiert wurde, hat Brians Schmerz über den Tod seines Vaters nicht gelindert. Nicht im Geringsten.«

In einem anderen Tonfall hätten dieselben Worte vielleicht schroff geklungen, aber in Lindseys Stimme lag keinerlei Boshaftigkeit. Es war nur die Feststellung einer Tatsache und vielleicht die nicht sehr subtile Aufforderung, Jack solle sich nicht zu viel von seiner ersten Begegnung mit dem Jungen erhoffen.

»Ich möchte ihn dennoch gern eines Tages kennen lernen. Allerdings unter günstigeren Umständen.«

»Das liegt ganz bei Ihnen, nicht wahr?«

Jack war im Begriff, die Tür zu öffnen, verharrte aber in der Bewegung und warf Lindsey einen ernsten Blick zu. »Sagen Sie mir noch eins.«

»Was?«

»In dem Ermittlungsbericht stand, dass auf der Mordwaffe Ihre Fingerabdrücke gefunden wurden.«

»Überrascht Sie das?«

»Nur, wenn Sie keine plausible Erklärung haben.«

Sie zuckte die Achseln, als ginge es um ein belangloses Thema. »Natürlich waren meine Fingerabdrücke darauf. Die Pistole befand sich in unserem Haus. Glauben Sie vielleicht, ich würde zwar eine Waffe im Haus aufbewahren, aber nicht wissen, wie man damit umgeht?«

»Sie haben sie also schon vorher in der Hand gehalten?«

»Oscar und ich haben beide damit geschossen. Häufig.«

»Und er hat sie nicht gereinigt?«

»Natürlich hat er sie gereinigt, aber wahrscheinlich hat er ein paar Fingerabdrücke übersehen.«

Jack nickte. Die Antwort war wie aus dem Drehbuch. Und das war es, was ihn stutzig machte.

Er gab dem Wachmann das Zeichen, die Tür zu öffnen, verabschiedete sich von seiner Mandantin und wurde dann von dem Wachmann durch den Flur begleitet. Das Geräusch von Ledersohlen hallte auf dem Betonboden wider. Das Gespräch mit Lindsey war zwar nicht so gelaufen, wie er es sich erhofft hatte, dennoch war er einigermaßen zufrieden. Allerdings machte er sich Sorgen. Wegen Brian. Und wegen der Launenhaftigkeit seiner Mandantin.

Und irgendwo in der hintersten Ecke seines Kopfes fragte er sich, welche Nummer Lindsey vielleicht in diesem Moment von ihrem magischen Handy aus anrief.

23

Am Freitagmorgen war Jack im Gericht. Der Staatsanwalt war alles andere als erfreut über den Termin, und Jack wäre lieber über glühende Kohlen gegangen, als hier zu sein. Aber irgendwann musste er schließlich dem Gericht bekanntgeben, dass die Verteidigung möglicherweise als Hauptzeugen einen kubanischen Soldaten berufen würde. Heute war es so weit.

»Bitte erheben Sie sich!«, rief der Gerichtsdiener, als der Richter den Verhandlungsraum betrat.

Jack und Sofia standen auf, die Staatsanwälte ebenfalls. Sonst war niemand da. Die Anhörung war nicht öffentlich, da es sich um eine »sensible« Angelegenheit handelte, die im weitesten Sinne die nationale Sicherheit betraf. Nicht einmal Jacks Mandantin durfte dabei sein. Auf Beschluss des Gerichts sollte Jacks Antrag *in camera* verhandelt werden, also nur im Beisein der beteiligten Anwälte.

»Guten Morgen«, sagte Richter Garcia, als er Platz nahm. Garcia, einer der ältesten Richter für Bundesangelegenheiten in Südflorida, war noch von Reagan berufen worden. Seine Bestätigung durch den US-Senat war seinerzeit ohne jedes Aufsehen vonstatten gegangen, weil diejenigen, die sich seiner Ernennung hätten widersetzen können, all ihre Energie darauf verwandt hatten, den erheblich *weniger* konservativen Robert Bork vom obersten Bundesgericht fern zu halten. Für Miami galten besondere Regeln. Wenn hier ein Anwalt, der wie die meisten Latinos zum demokratischen Lager gehörte, an einen Richter hispanischer Herkunft geriet, hatte er in der Regel einen äußerst schweren Stand. Jack war heilfroh, dass es bei dieser Verhandlung nicht um einen Fall von *affirmative action* ging – einer Art Quotenpolitik zur Förderung einer Minderheit.

Die Anwälte begrüßten den Richter und stellten sich in ihrer Funktion vor. US-Bundesanwalt Hector Torres erklärte, er sei der Chefankläger. Mit ihm war ein Anwalt des Justizministeriums gekommen. Es überraschte Jack nicht, dass Washington mit von der Partie war.

Der Richter räusperte sich. »Ich habe die Schriftstücke gelesen, die die Verteidigung versiegelt eingereicht hat. Die Mitschrift dieser Anhörung wird ebenfalls unter Verschluss gehalten werden. Und ich ordne eine Nachrichtensperre an. Hiermit wird allen Anwesenden untersagt, sich außerhalb des Gerichts zu dieser Anhörung zu äußern. Haben wir uns verstanden?«

»Ja, Euer Ehren«, erwiderten die Anwälte.

»Gut. Nun zur Sache.« Er nahm seine Lesebrille ab und fixierte Jack. »Mr Swyteck, lassen Sie mich eins sagen. Als ich in Ihrem Antrag gelesen habe, Fidel Castro sei angeblich bereit, einen seiner Soldaten in diesen Gerichtssaal zu schicken, damit er eine Zeugenaussage zugunsten Ihrer Mandantin macht – also, das hat mir doch ziemlich die Sprache verschlagen.«

»Tut mir Leid, Euer Ehren, aber –«

»Lassen Sie mich weiterreden. Entweder handelt es sich bei Ihrem Zeugen um die größte Überraschung in der Geschichte von Miamis Justiz, oder Ihr Antrag ist das unverschämteste Fantasieprodukt, das mir in meinen mehr als zwanzig Jahren Richtertätigkeit untergekommen ist.«

»Ich versichere Ihnen, es ist kein Fantasieprodukt.«

Torres erhob sich. »Euer Ehren, ich möchte hier keine Allgemeinplätze zum Besten geben, aber dass ein Colonel der kubanischen Armee Mr Swyteck erzählt hat, ein kubanischer Soldat hätte eine entlastende Zeugenaussage zu bieten, heißt doch noch lange nicht, dass dieser Zeuge wirklich existiert. Ich bezweifle ja nicht, dass er der Verteidigung diese Geschichte aufgetischt hat, aber da es nicht die geringste Bestätigung für ihren Wahrheitsgehalt gibt, hat sie in einem Gerichtssaal nichts zu suchen. Eher handelt es sich doch wohl um ein Gerücht, und zwar eins der übleren Sorte, das von einem Vertreter einer feindlichen Regierung stammt, die seit vier Jahrzehnten nichts als Lügen über die Vereinigten Staaten verbreitet.«

»Ich kann Ihre Meinung nachvollziehen. Und ehrlich gesagt, hätte ich sie nicht besser formulieren können«, erwiderte der Richter.

Diese Reaktion hatte Jack befürchtet. »Herr Richter, genau das ist der Grund für unseren Antrag. Bevor wir im Prozess Erwartungshaltungen aufbauen und das Risiko eingehen, die Geschworenen gegen uns einzunehmen, indem wir einen kubanischen Soldaten als Zeugen vorladen, möchten wir diese Angelegenheit vor Prozessbeginn klären. Wir wünschen die Möglichkeit, im Vorfeld des Prozesses eine per Video aufgezeichnete eidliche Aussage des kubanischen Soldaten entgegenzunehmen. Die Vertretung der Anklage wird das Recht des Kreuzverhörs haben.«

Der Richter, dem die Skepsis deutlich anzusehen war, lachte in sich hinein. »Und wie wollen Sie die kubanische Regierung dazu bewegen, einen ihrer Soldaten für eine eidliche Aussage hierher zu schicken?«

»Das müsste sie natürlich freiwillig tun. Aber ich glaube, wir haben unseren Antrag ausreichend begründet, daher ersuchen wir das Gericht um einen Zeitaufschub, damit wir zumindest den Versuch unternehmen können, diese Aussage zustande zu bringen.«

»Wie viel Aufschub wünschen Sie?«

»Es handelt sich um ein kompliziertes Verfahren. Das

könnte gut sechs bis sieben Wochen in Anspruch nehmen.«

Torres stöhnte. »Es ist doch offensichtlich, worum es hier geht, Euer Ehren. Um Prozessverschleppung.«

»Es geht nicht um Prozessverschleppung«, entgegnete Jack, »sondern um einen entscheidenden Zeugen.«

»Unsinn«, konterte Torres. »Das ist doch ein durchsichtiges Manöver. Es ist immer wieder dasselbe, wenn die Bundesanwaltschaft einen übergeordneten Fall übernimmt. Die Verteidigung lässt nichts unversucht, das Verfahren zu verschleppen, zum Teufel mit schnellen Urteilen, und das alles in der Hoffnung, dass sich die Wogen geglättet haben, bis der Mandant vor Gericht steht. Was kommt als Nächstes, Mr Swyteck? Ein Antrag auf Wechsel des Gerichtsortes?«

»Wir werden tatsächlich für den Fall, dass es uns gelingen sollte, den kubanischen Soldaten als Zeugen zum Prozess zu laden, eventuell Jacksonville oder Tampa als Gerichtsort beantragen.«

»Sehen Sie, Herr Richter?«, erwiderte Torres. »Das wird ein Spielchen nach dem anderen geben.«

»Ich versichere Ihnen«, sagte Jack, »das hier ist kein Spiel. Meine Mandantin sitzt im Gefängnis.«

»Ich nehme es zur Kenntnis«, entgegnete der Richter. »Aber Mr Torres hat Recht. Ich möchte keine Verzögerungen.«

Torres machte einen halben Schritt auf die Richterbank zu, als wollte er seine Beschwerde damit unterstreichen. »Euer Ehren, ich habe bisher meine Zunge im Zaum gehalten, aber es geht bei Mr Swytecks Antrag nicht nur um Verzögerung. Er ist schlicht und einfach unverschämt. Das Opfer in diesem Fall ist der Sohn von Alejandro Pintado. Mr Pintado ist ein prominenter Exilkubaner, ein ausgemachter Kritiker des Castro-Regimes. Wir alle wissen, was

Castro von Mr Pintado hält. Herr Richter, Sie müssen alle Schritte zurückweisen, die es Fidel Castro ermöglichen, diesen Prozess zu manipulieren und dadurch die Frau, die Mr Pintados Sohn getötet hat, zu entlasten.«

»Ich fasse das als ernsthafte Beleidigung auf«, sagte Jack.

»Dann hätten Sie den Antrag nicht einbringen sollen«, erwiderte der Richter.

Jack war verwirrt. »Wie bitte?«

Der Richter blickte ihn streng an. »Wenn Sie daran Anstoß nehmen, dass man Ihnen vorwirft, Sie ermöglichten Castro, Sie zu manipulieren, hätten Sie diesen Antrag nicht stellen dürfen.«

»Es tut mir Leid, dass Sie das so sehen, Herr Richter.«

»Nun, ich sehe es so. Und lassen Sie mich noch eins sagen. Ich bin ziemlich verärgert über Ihren Versuch, Fidel Castros politischer Propaganda einen rechtmäßigen Anstrich zu verleihen, indem Sie einen kubanischen Soldaten, von dem wir nicht einmal wissen, ob er überhaupt existiert, als Zeugen vernehmen wollen. Der Antrag der Verteidigung, den Prozesstermin so lange zu verschieben, bis sie die Zeugenaussage dieses nicht näher bezeichneten kubanischen Soldaten gewährleisten kann, wird abgelehnt. Der Prozessbeginn wird auf heute in drei Wochen festgesetzt. Die Anhörung ist hiermit beendet«, verkündete er mit einem Schlag seines Hammers.

Die Anwälte erhoben sich und sahen ihm schweigend nach, während er den Gerichtssaal durch eine Seitentür verließ und in sein Büro ging. Nach diesem Desaster verspürte Jack nur noch das Bedürfnis, dem Gerichtsgebäude so schnell wie möglich den Rücken zu kehren. Er packte seine Unterlagen zusammen und machte sich auf den Weg zum Ausgang.

»Wir sehen uns, Jack«, sagte Hector Torres strahlend.

»Ja. Wir sehen uns.«

Sofia schloss zu ihm auf, aber Jack ging nur noch schneller. Sie hielt Schritt mit ihm, als wollte sie ihn dazu bringen, etwas zu sagen. Aber er hielt den Mund, weil er besser nichts sagte, wenn er vor Wut kochte.

Sie fuhren allein im Aufzug nach unten. Jack betrachtete die beleuchteten Ziffern über den geschlossenen Türen.

»Wie konnte ich mich nur der Illusion hingeben, ein Mann wie Richter Garcia würde unserem Antrag eine faire Chance geben?«

»Wir sind noch in der ersten Runde. Es war nur ein Antrag«, entgegnete Sofia.

»Nein, das geht viel tiefer. Wenn schon ein Bundesrichter so heftig auf einen kubanischen Soldaten als Zeugen der Verteidigung reagiert, was können wir dann von der Jury erwarten? Wie wird das auf eine Geschworene wirken, deren Ehemann sechsundzwanzig Jahre in einem von Castros politischen Gefängnissen verbracht hat, weil er die Regierung kritisiert hat? Oder auf einen Mann, der seine Familie in einem Schlauchboot in dieses Land gebracht hat und dessen Tochter bei der Überfahrt ertrunken ist?«

»Sie könnten dennoch fair urteilen.«

»Sicher. Was immer fair bedeuten mag.«

Die Aufzugtüren öffneten sich. Jack trat hinaus. Sofia blieb kurz stehen, beeilte sich dann aber aufzuschließen, als Jack die Eingangshalle durchquerte und dem Ausgang zustrebte.

»Und wie geht's jetzt weiter?«

»Mit Schadensbegrenzung.«

»Der Schaden dürfte nicht allzu groß sein. Die Anhörung war nicht öffentlich und es gibt eine Nachrichtensperre. Ich glaube kaum, dass wir mit Gegenwind durch die Me…« Sie blieb stehen, als sie die Drehtüren erreichten. »Medien rechnen müssen«, vollendete sie ihren Gedanken.

Jack erstarrte. Auf der anderen Seite der Glastüren drängelten sich scharenweise Medienvertreter – Kamerateams, Reporter mit Mikrofonen und das übliche Durcheinander, wo immer Presseleute auftauchten. Die meisten Logos an den Mikrofonen stammten von spanischsprachigen Radio- und Fernsehanstalten.

»Señor Swyteck!«

Sie hatten ihn entdeckt und es gab kein Entkommen. Er setzte seinen Weg durch die Drehtür fort und wurde schon auf der obersten Stufe der Granittreppe, die vom Gerichtsgebäude hinunterführte, von der Meute umringt. Ein Gewirr von Mikrofonen schob sich augenblicklich vor sein Gesicht. Jack versuchte weiterzugehen, aber mehr als winzige Schritte waren nicht möglich. Als einer der Reporter vom äußeren Rand einen Galgen zu ihm hinschwenkte, schlug das baumelnde Mikrofon Jack auf den Kopf. Er schob es beiseite und kämpfte sich weiter durch die Menge.

Ein Reporter rief: »Stimmt es, dass Ihre Mandantin einen kubanischen Soldaten in den Zeugenstand rufen will?«

Die Frage ließ Jack beinahe stolpern. Von wegen nichtöffentliche Anhörung. Aus einem Gerichtsgebäude drang normalerweise nicht so viel nach außen wie aus einem Polizeirevier, aber irgendjemand musste den Medien einen Hinweis gegeben haben. Aus allen Richtungen wurde dieselbe Frage gestellt. Alle wollten den Knüller über den kubanischen Soldaten bringen.

»Stimmt das, Mr Swyteck?«

Jack hatte nichts dafür übrig, mit »kein Kommentar« zu antworten, aber da der Richter ohnehin schon gegen ihn eingenommen war, wagte er nicht, die Nachrichtensperre zu missachten. »Tut mir Leid, aber ich kann zum jetzigen Zeitpunkt nicht auf Ihre Fragen antworten.«

Seine Verweigerung einer Antwort schien die Meute nur noch weiter anzustacheln. Von allen Seiten wurde er angeblafft und mit wütenden Fragen bombardiert.

»Wie heißt er?«

»Was wird er aussagen?«

»Wird er überlaufen?«

»*Es usted comunista*?«

Sind Sie Kommunist? Als Jack bei dieser Frage den Blick hob, leuchtete ihm ein Blitzlichtgewitter ins Gesicht. Diese Frage war reine Provokation, nur gestellt, um ihn in die Kameras blicken zu lassen. Er hatte das Gefühl, durch den Morast der Everglades zu waten, als er sich die Stufen hinunterkämpfte. Irgendjemand krallte sich an seinem Jackett fest, um ihn aufzuhalten. Er blickte über die Schulter und entdeckte Sofia einige Schritte hinter sich mitten im Pulk. Schließlich hatten sie den Gehweg erreicht und wurden vorwärts geschoben bis an den Bordstein, wo es ihnen gelang, sich auf den Rücksitz eines Taxis zu zwängen und die Tür hinter sich zu schließen.

»Coral Gables«, wies Jack den Fahrer an.

Die Presseleute drückten sich beinahe am Fenster des Taxis die Nasen platt, als der Wagen losfuhr. Sofia schob sich die verwuschelten Haare aus dem Gesicht und Jack strich sein Jackett glatt. Sie fühlten sich wie nach einem Spießrutenlauf.

»Kein Gegenwind durch die Medien, haha«, sagte Jack, als das Taxi in die Miami Avenue einbog.

»Der legt sich wieder«, entgegnete Sofia außer Atem.

»Ja sicher.« *Vielleicht in hundert Jahren.*

24

»Castros willige Helfer?« Das war die Schlagzeile des Abends in den spanischsprachigen Nachrichtensendern.

Es war ein raffinierter, unter Anwälten beliebter Trick, zuerst unverschämte Beleidigungen auszusprechen und sie anschließend, um einer Verleumdungsklage vorzubeugen, mit einem simplen Fragezeichen zu versehen.

»Castros willige Helfer?«

»Drogensüchtig?«

»Geifernder, höschenschnüffelnder Versager, der tatsächlich die auf die Toilettenwand geschriebenen Telefonnummern wählt?«

Zum Glück blieb es bei »Castros willige Helfer«, was schon übel genug war. Das meiste prallte an Jack ab, vor allem die Angriffe eines extrem konservativen Journalisten, der jetzt Jacks kubanischen Zeugen aufs Korn nahm und nächste Woche womöglich verlangte, Kinderreime zu verbieten, weil sie eine homosexuelle Lebensweise propagierten (Holland in Not, Drei Mann im Boot). Wer auch immer die Quelle sein mochte, er hatte keine Lust, zu Hause zu sein, wenn die Medienfritzen anfingen, ihn mit Anrufen zu terrorisieren. Ebenso wenig wollte er, dass *Abuela* vor Scham im Boden versank, wenn sie die Abendnachrichten einschaltete. Also sah er sich die Nachrichten im Haus seiner Großmutter an, um sofort Maßnahmen zur Schadensbegrenzung ergreifen zu können.

»*Dios mío!*«, sagte sie stöhnend.

»Es tut mir Leid«, sagte Jack.

»Ich bin nicht wütend auf dich«, entgegnete sie. »Ich bin wütend auf die. Ein kubanischer Soldat als Zeuge vor Gericht? *Es loco.*«

Jack schwieg. Es mochte vielleicht nur eine vage Möglichkeit sein, aber er war noch nicht bereit, die Idee, dass ein kubanischer Soldat als Zeuge in seinem Prozess auftrat, als »verrückt« fallen zu lassen.

»Sieh mal«, sagte *Abuela* und wies auf den Fernsehbildschirm. »Da ist *Señor* Pintado.«

Da der Richter Verschwiegenheit angeordnet hatte, dachte Jack im ersten Augenblick, bei den Aufnahmen handle es sich um Archivmaterial. Weit gefehlt. Pintado gab von zu Hause aus eine Stellungnahme ab. Er und seine Frau standen hinter dem hohen Eisentor am Eingang ihres von einer Mauer umgebenen Grundstücks. Vor dem Tor drängten sich Pressevertreter auf den Gehwegen bis in die Seitenstraßen hinein. Pintado brachte sie mit einer Handbewegung zum Schweigen. Dann blickte er in die Kamera und wandte sich in seiner Muttersprache ans Fernsehpublikum.

»Ich richte mich hiermit an die US-Kubaner, an das kubanische Volk, an die ganze Welt. Fidel Castro wird den Tag noch bereuen, an dem er einen seiner Soldaten in ein Gericht in Miami schickt, um die Frau, die meinen Sohn ermordet hat, von ihrer Schuld reinzuwaschen.«

»Schön für dich«, sagte *Abuela.*

Das hat mir noch gefehlt, dachte Jack.

Pintado dankte der Menge, gab seiner Frau einen Kuss und ging zurück ins Haus. Der Nachrichtensprecher fasste das Geschehene noch einmal zusammen, wiederholte endlos, was Pintado soeben gesagt hatte, und analysierte dessen Worte zu Tode, was einmal mehr bewies, dass die hispanischen Nachrichtensender nicht besser waren als die übrigen im Lande. Je mehr Jack jedoch über die Geschehnisse des Tages nachdachte, umso mehr schienen sie einen Sinn zu ergeben. Der Bundesanwalt mochte vielleicht ein guter Freund seines Vaters sein, aber Jack hatte nicht vor, sich während des gesamten Prozesses vorführen zu lassen. Er ging aus dem Zimmer, in dem *Abuela* saß, und rief Torres zu Hause an.

»Hector, hier ist Jack Swyteck.«

»Was kann ich für Sie tun, mein Sohn?«

»Ich bin nicht Ihr Sohn, und was Sie für mich tun können, ist Folgendes: Erklären Sie mir doch mal, was diese nette Show da sollte, die Mr Pintado soeben im Fernsehen abgezogen hat.«

»Show? Wovon reden Sie?«

»Der Richter hat eine Nachrichtensperre angeordnet. Niemand darf darüber, dass ein kubanischer Soldat möglicherweise eine Zeugenaussage zugunsten meiner Mandantin abgeben wird, etwas verlauten lassen.«

»Beruhigen Sie sich. Nachrichtensperre hin oder her, Sie werden doch sicherlich nicht den Richter auffordern wollen, einen trauernden Vater wegen Missachtung des Gerichts zu belangen, bloß weil er zur Verteidigung seines toten Sohnes einen harmlosen Satz gesagt hat?«

»Das ist es doch genau, worauf Sie setzen, stimmt's?«, erwiderte Jack.

»Ich weiß wirklich nicht, wovon Sie sprechen.«

»Sparen Sie sich den Mist, Hector. Ich kenne Ihren Ruf. Das stammt doch aus Ihrer Feder. Alejandro Pintado sagt den Medien gegenüber garantiert kein einziges Wort, das Sie nicht vorher abgesegnet haben.«

»Beschuldigen Sie mich, die Anordnung des Gerichts missachtet zu haben?«

Genau das tat Jack, und zehn Jahre zuvor wäre Jack Swyteck noch durch die Telefonleitung gekrochen, um den Staatsanwalt anzuspucken. Aber die Erfahrung hatte ihn gelehrt, sich weniger scharf zu äußern. »Lassen Sie mich nur das Eine sagen. Ich war zumindest überrascht, dass die Medien schon von der Geschichte wussten, bevor wir heute Nachmittag den Gerichtssaal verlassen hatten. Die Einzigen, die etwas über den kubanischen Soldaten wussten, waren außer mir Sofia, der Richter und Ihr Büro.«

»Und das Büro des Gerichtsdieners natürlich. Sie wissen doch, wie gedankenlos diese einfachen Angestellten manchmal sind.«

»Ja«, erwiderte Jack sarkastisch. »Ich bin sicher, dass das Büro des Gerichtsdieners die undichte Stelle war.«

»Vielleicht war es aber auch Castro persönlich. Haben Sie schon mal darüber nachgedacht, Jack? Sie sind schließlich doch seine Fünfte Kolonne.«

»›Castros willige Helfer‹. Interessante Wortwahl. Haben Sie das aus den Abendnachrichten oder haben die auch ein Skript von Ihnen benutzt?«

»Mein Abendessen wird kalt. Es war nett, mit Ihnen zu plaudern, Jack.«

»Klar. Ich bin froh, dass wir das klären konnten. Zumindest weiß ich jetzt, woran ich bin.«

Sie verabschiedeten sich mit einem knappen Gruß, Jack legte auf und kehrte zum Fernseher zurück.

Abuela saß immer noch auf dem Sofa und starrte wie gebannt auf den Bildschirm. Die Berichterstattung über Pintado ging gerade zu Ende und der Nachrichtensprecher übergab an einen Meteorologen, der aussah wie der Absolvent einer Modeschule.

Jack schaltete das Gerät aus. *Abuela* konnte ihren Blick nicht von der Mattscheibe losreißen, offenbar war sie fassungslos über das, was sie gerade gesehen hatte.

»Alles in Ordnung?«, fragte Jack.

Ihre Lippen zitterten ein wenig. »Ich wünschte, *Señor* Pintado hätte etwas zu deiner Verteidigung gesagt.«

»Zu *meiner* Verteidigung? Ich stehe doch nicht vor Gericht.«

»Es ist nur … meine Freunde, was soll ich ihnen sagen?«

»Kein Castro, kein Problem?«

»Meinst du, ich mache Witze? Viele Leute werden mir Fragen stellen. Was soll ich denen sagen?«

»Sag ihnen, dass dein Enkel seine Arbeit macht und dass er sie gut macht.«

Sie richtete sich auf, als wollte sie die Kraft für ihre nächste Frage sammeln. »Verhandelst du mit der kubanischen Regierung?«

»*Abuela*, diese Dinge unterliegen der Geheimhaltung. Darüber darf ich nur mit meiner Mandantin reden.«

»Das hört sich an wie ein Ja.«

»Es ist aber kein Ja. Ich darf nur ganz einfach nicht mit dir darüber reden.«

»Es gibt nichts, worüber du nicht mit deiner *Abuela* reden kannst.«

»Glaub mir, es gibt gewisse Dinge –« Er unterbrach sich. *Abuela* warf ihm einen ihrer typischen Blicke zu und plötzlich kam ihm eine Idee. »Es gibt nichts, worüber wir nicht reden können, sagst du?«

»*Nada*«, sagte sie bestimmt.

»Also gut. Ich möchte mit dir über Bejucal reden.«

»Was ist mit Bejucal?«

»Ich war dort. Als ich mit Sofia in Kuba war.«

Sie sah ihn entgeistert an. »Warum hast du mir nichts davon erzählt?«

»Weil …« Er bekam ein schlechtes Gewissen, denn ihm war klar, dass seine nächsten Worte ihr einen Schlag versetzen würden. »Weil ich Celia Méndez' jüngere Schwester kennen gelernt habe.«

Abuela erbleichte. »Habt ihr euch gut unterhalten?«, fragte sie mit gepresster Stimme.

»Sehr gut.«

»Und worüber habt ihr geredet?«

»Über meine Mutter.«

»Warum hast du das getan?« Sie fiel in ihre Muttersprache und Jack antwortete ihr ebenfalls auf Spanisch.

»Weil ich mehr über sie erfahren möchte.«

»Jack, du brauchst nicht zur Familie Méndez zu laufen, um etwas über deine Mutter zu erfahren. Alles, was du über deine Mutter wissen musst, kann ich dir sagen.«

Sie sahen sich in die Augen, und Jack hatte plötzlich den Eindruck, in einem Gefühlschaos zu versinken. Es machte ihn wütend, dass sie ihm nicht alles erzählt hatte. Aber gleichzeitig tat ihm diese warmherzige alte Frau Leid, die so stolz war, so katholisch, so tief verwurzelt in den Moralvorstellungen einer anderen Generation, dass sie keine andere Wahl hatte, als ihren Enkel zu belügen, damit er bloß nicht dachte, seine Mutter sei eine unmoralische Frau gewesen. Er beugte sich vor und sagte sanft: »*Abuela*, ich liebe dich. Ich würde dir nie absichtlich wehtun. Aber ich möchte die Wahrheit wissen.«

»Welche Wahrheit?«, fragte sie.

Er musste alles aufbringen, was er an geringen Spanischkenntnissen besaß, denn er wollte ihr die Frage so schonend wie möglich stellen. Als er sich schließlich die Worte zurechtgelegt hatte, sah er sie an und fragte: »Habe ich einen Halbbruder oder eine Halbschwester in Kuba?«

Abuela stockte der Atem. Ihr Busen hob sich, und einen Augenblick lang befürchtete Jack, er müsste den Notarzt rufen.

»Wer hat dir das gesagt?«

»Felicia Méndez. Celias jüngere Schwester.«

»Warum hast du sie nach so etwas gefragt?«

»Ich habe sie gar nicht danach gefragt, ich habe einfach nur –«

»Warum tust du das, warum wühlst du in so alten Geschichten herum?«, fragte sie mit schriller, atemloser Stimme. »Deine arme Mutter, der liebe Gott habe sie selig, was würde sie wohl denken? Warum muss ihr eigener Sohn ihr Gedenken entehren?«

»Ich ehre ihr Gedenken. Ich versuche einfach nur herauszufinden, wer sie wirklich war.«

Tränen liefen über *Abuelas* Wangen und ihr versagte beinahe die Stimme. »Ich will, dass du damit aufhörst.«

»Womit soll ich aufhören?«

Sie sprang auf und fuchtelte abwehrend mit den Armen. Plötzlich schlug sie sich mit der Faust auf die Brust und hatte mit einem Mal ihre Stimme wiedergefunden. »Ich will, dass du damit aufhörst, deiner Großmutter das Herz zu brechen!«, fauchte sie.

Jack hätte gern irgendetwas gesagt, doch es fiel ihm nichts ein. Er konnte nur bestürzt zusehen, wie sie weinend aus dem Zimmer stürmte, ins Schlafzimmer lief und die Tür hinter sich zuschlug.

Sein Blick schweifte durch das Wohnzimmer und blieb schließlich an einem alten Foto von *Abuela* und seiner Mutter hängen. Sie umarmten einander breit lächelnd, im Hintergrund die türkisblaue Brandung und leuchtende Strandschirme. Es war ein Foto aus einer glücklichen Zeit. Aber in der Stille spürte Jack einen Druck auf der Brust, Vorbote einer Trauer, die ihn wohl sein Leben lang begleiten würde. Immer wieder ging ihm derselbe Gedanke durch den Kopf.

Abuela hatte nichts abgestritten.

Ich bin kein Einzelkind mehr.

25

Je näher der Prozessbeginn rückte, umso häufiger traf sich Jack mit Sofia. Sie hatten abgemacht, dass Jack im Prozess die führende Rolle bei der Verteidigung übernahm und Sofia sich auf die Vorbereitung konzentrierte, zumal er Lindsey versprochen hatte, dass jeder direkte Kontakt zu Brian über Sofia stattfinden würde.

»Und, können wir ihn bald befragen?«, wollte Jack wissen.

Sofia nahm am Besprechungstisch Platz. »Es ist immer dasselbe. Ich rufe bei Mr Pintado an. Er verspricht mir, mich zurückzurufen und mir einen Termin zu nennen, wann ich mit seinem Enkel zusammentreffen kann. Und dann meldet er sich nicht mehr.«

»Es sind nur noch zehn Tage bis zum Prozess«, sagte Jack. »Wir müssen unbedingt mit ihm reden.«

»Vielleicht sollten wir den Richter einschalten.«

»Nein. Nachher sind wir bei dem Jungen unten durch.«

»Ja, Lindsey würde es auch nicht gefallen«, pflichtete Sofia ihm bei. »Ihr ist schließlich auch klar, wie das auf Brian wirken würde.«

Es klopfte an der Tür. Jacks Sekretärin trat ein und brachte ihnen Essen aus einem China-Imbiss, Rindfleisch in Orangensoße und Hähnchen mit Cashewkernen. Jack schob die Papiere beiseite, um Platz zu machen.

»Wollen Sie eins der am besten gehüteten kulinarischen Geheimnisse der Welt wissen?«, fragte Jack.

»Und das wäre?«, erkundigte sich seine Sekretärin, während sie die Pappschachteln auf den Tisch stellte.

»Weißer Reis. US-Kubaner bereiten ihn besser zu als Chinesen.«

»Das will ich nicht bestreiten. Wie war denn der Reis in Kuba?«

»Rationiert. Wie alles andere auch. Außer für Touristen. Aber belassen wir es lieber dabei.« Jack nahm sich von dem Fleisch. »Wollen Sie mitessen, Maria?«

»Nein, danke. Ich werde doch keine Staranwälte von der Arbeit abhalten. Aber hören Sie auf, den Sklaventreiber zu spielen, Jack. Gehen Sie ab und zu mal mit der jungen Frau aus.«

Jack und Sofia tauschten Blicke aus und entgegneten wie aus einem Mund: »Guten Abend, Maria.«

Die Tür schloss sich hinter ihr und den dritten Abend in Folge waren sie allein im Büro. Sofia stocherte im Essen, dann packte sie die Schachtel auf den Schreibtisch.

»Ich frage mich, was Lindsey wohl heute Abend zu essen bekommt«, sagte sie bedrückt.

»Wahrscheinlich das Gleiche wie gestern Abend«, erwiderte Jack.

»Glauben Sie, sie kommt jemals wieder raus?«

Jack verschluckte sich an einem Stück Orangenschale, mit einer so direkten Frage hatte er nicht gerechnet. »Wollen Sie wissen, ob ich glaube, dass sie schuldig ist, oder ob ich glaube, dass sie freigesprochen wird?«

»Gibt es auf die beiden Fragen verschiedene Antworten?«

Jack antwortete nicht sofort. »Sie steckt zweifellos in ernsthaften Schwierigkeiten. Es fängt schon mit ihrer Aussage an, sie wäre auf der Arbeit gewesen, als ihr Mann erschossen wurde. Der vom Gerichtsmediziner geschätzte Todeszeitpunkt steht im Widerspruch dazu.«

»Aber ihr Sohn hat der Polizei gesagt, er hätte die Leiche gefunden und sie bei der Arbeit angerufen.«

»Ich kann nur hoffen, dass er das uns gegenüber bestätigt. Wenn sein Großvater uns je mit ihm reden lässt.«

Sofia öffnete eine Coladose. »Eins ist klar, Brian kann uns auch nicht retten. Er hat geschlafen, als sein Vater erschossen wurde. Lindsey könnte also ihren Mann getötet haben und dann zur Arbeit gegangen sein.«

»Es sei denn, jemand ist ins Haus eingedrungen.«

»Aber es gab keinerlei Hinweise auf einen Einbruch. Es wurden keine Wertgegenstände entwendet. Falls wir es also mit einem Eindringling zu tun haben, dann mit einem, der nur gekommen ist, um Captain Pintado zu töten.«

»Oder mit einem, der überrascht wurde, bevor er irgendetwas Wertvolles mitnehmen konnte.«

Sofia holte sich einen Becher mit Eiswürfeln, goss Cola darüber und reichte die Coladose an Jack weiter. »Was uns zu unserem ursprünglichen Problem zurückbringt. Es gibt nur einen einzigen Zeugen, der einen Eindringling gesehen hat.«

»Nur trägt er leider die falsche Uniform«, entgegnete Jack.

Bei den Worten hörte sogar die Cola auf zu sprudeln. »Und was fangen wir nun damit an?«, fragte sie. »Wollen Sie ihn in den Zeugenstand rufen oder nicht?«

»Ich denke noch darüber nach.«

»Also, ich glaube, heute Abend lasse ich Sie allein darüber nachdenken.«

»Sie machen schon Feierabend?«

»Ich fürchte, dass ich mein Privatleben völlig vergessen kann, wenn der Prozess erst mal angefangen hat. Ich bin heute Abend verabredet.«

»Ich wusste gar nicht, dass Sie einen Freund haben.«

»Ich habe nicht gesagt, dass ich einen Freund habe. Ich habe gesagt, dass ich verabredet bin.«

»Mit einer Frau?«

»Nein«, erwiderte sie spitzbübisch lächelnd. »Jetzt ist

aber Schluss mit dem Verhör, kümmern Sie sich um Ihre eigenen Angelegenheiten.«

»Kein Problem. Viel Spaß.«

»Bis morgen«, sagte sie, schnappte sich ihre Handtasche und verschwand zur Tür hinaus. Sie hatte an einer Parkuhr direkt vor der Kanzlei geparkt, und Jack schaute ihr nach, wie sie zu ihrem Auto ging. Als sie sich noch einmal umdrehte, sah sie, dass er durch die Jalousien lugte.

»Ich wollte mich nur vergewissern, dass Sie sicher zu Ihrem Wagen kommen«, sagte Jack und kam sich ein bisschen blöd vor. Sie konnte ihn ohnehin nicht hören, zudem stand ihr Wagen höchstens fünfzehn Meter entfernt auf einer belebten Straße. Das konnte man wohl kaum als eine gefährliche Wegstrecke bezeichnen.

Sie hat mich also dabei erwischt, wie ich ihr nachgesehen habe. Ist das etwa ein Verbrechen?

Sofia winkte ihm zu, stieg ein und fuhr los. Jack ließ seinen Blick von dem leeren Parkplatz zum Gehweg auf der anderen Straßenseite schweifen. Eine Frau kam mit einem vielleicht zehnjährigen Jungen aus der Eisdiele gegenüber. Er erinnerte Jack an Brian, und für einen Moment ähnelte die Frau nicht Lindsey, sondern seiner früheren Freundin Jessie. Dann wachte er wieder aus seinen Tagträumen auf. Jessie war tot, Lindsey im Gefängnis und Brian lebte bei seinen Großeltern.

Und er war allein und wusste nicht, was er als Nächstes tun sollte.

Er nahm das Telefonbuch, suchte die Nummer heraus und rief bei den Pintados zu Hause an. Während er dem Läuten am anderen Ende der Leitung lauschte, fragte er sich, was er tun würde, falls Brian ans Telefon ging. Andererseits war das ziemlich unwahrscheinlich, denn schließlich war der Junge taub.

»Hallo.« Eine Frauenstimme.

»Spreche ich mit Mrs Pintado?«

»Ja. Und wer sind Sie?«

»Mein Name ist Jack Swyteck. Ich bin Lindsey Harts Anwalt.«

Als die Frau schwieg, sagte Jack: »Bitte legen Sie nicht auf. Entschuldigen Sie die Störung, aber es ist sehr wichtig, dass wir eine Zeit und einen Ort für ein Treffen mit Ihrem Enkel vereinbaren. Seine Mutter hat das Recht dazu.«

»Brian ist krank.«

Jack hatte seine Zweifel daran und sein Tonfall verriet es. »Ach, wirklich?«

»Ja, wirklich. Brian übergibt sich schon den ganzen Nachmittag. Ich weiß nicht, was er hat. Vielleicht eine Grippe. Ich laufe die ganze Zeit mit Handtüchern und Eimern herum und warte auf den Rückruf des Kinderarztes. Die Arzthelferin hat mir geraten, ihn in die Notaufnahme zu bringen, wenn ich ihn nicht zum Trinken bewegen kann.«

Falls sie log, tat sie das perfekt, dachte Jack. »Kann ich irgendetwas für ihn tun?«

»Nein, nein. Natürlich nicht. Aber Sie sehen ja selbst, dass unter diesen Umständen nicht an ein Treffen zu denken ist. Und jetzt lassen Sie uns bitte in Ruhe.«

Jack hörte im Hintergrund jemanden würgen, was bestätigte, dass Mrs Pintado sich die Geschichte nicht ausgedacht hatte. »Ist er das?«, fragte Jack.

»Ja, ja. Ich habe Ihnen doch gesagt, dass er krank ist. Ich muss jetzt auflegen.«

»Verstehe. Kümmern Sie sich um Ihren Enkel.«

»Danke. Guten Abend.«

»Guten Abend.« Jack legte auf. Obwohl er sich wegen Brians Krankheit sorgte, huschte ein triumphierendes Lächeln über sein Gesicht. Bisher kannte er den Jungen nur von Fotos und von dem Wenigen, was Lindsey ihm erzählt hatte. Aber jetzt hatte Jack ihn das erste Mal gehört. Auch wenn es nur ein Würgen gewesen war.

Kinder. Man musste sie einfach lieben.

Dann, als er daran dachte, dass zu Hause niemand auf ihn wartete, fand er die Vorstellung, mit Handtüchern und Eimern herumzurennen und mitten in der Nacht in die Notaufnahme zu eilen, gar nicht mehr so schrecklich.

Nachdem er die leeren Essensschachteln weggeräumt hatte, sah er die Post auf seinem Schreibtisch durch. Er brauchte fast eine Stunde, um alles zu sichten. Er arbeitete auch noch an anderen Fällen, aber keiner schien ihm annähernd so wichtig wie dieser. Zu erschöpft, um sich schon wieder die halbe Nacht mit Arbeit um die Ohren zu schlagen, klappte er seinen Aktenkoffer zu, löschte das Licht und schloss das Büro ab.

Da der Haupteingang schon verriegelt war, verließ er das Gebäude durch den Nachtausgang. Sein Wagen stand im Parkhaus gegenüber, das um diese Zeit, da die meisten Leute schon Feierabend gemacht hatten, fast leer war. Einige Glühbirnen waren kaputt, das Parkdeck war nur schwach beleuchtet, und außer dem Klacken seiner Absätze auf dem Betonboden war kein Geräusch zu hören. Als er nach seinen Schlüsseln suchte, hörte er plötzlich hinter sich Schritte, doch es blieb ihm keine Zeit zu reagieren.

»Drehen Sie sich nicht um«, sagte jemand hinter ihm.

Jack erstarrte. Er wollte schon die Hände heben, als der Mann ihn schroff anfuhr. »Keine Bewegung. Verhalten Sie sich ganz ruhig.«

»Was wollen Sie?«, fragte Jack.

»Ich will Sie weder ausrauben noch Ihnen etwas zuleide tun. Ich bin hier im Auftrag der kubanischen Regierung.«

Ein kubanischer Agent in Miami? Kein Wunder, wenn er unerkannt bleiben wollte. »Was hat das zu bedeuten?«

»Oberst Jiménez schickt mich. Ich habe eine Nachricht für Sie.«

Jack brauchte einen Augenblick, um zu begreifen. Das Ganze kam ihm ziemlich absurd vor, aber wenn der Mann Jiménez kannte, sollte er ihn lieber anhören. »Reden Sie.«

»Der Oberst lässt Sie wissen, dass er etwas für Sie hat. Er meint, Sie werden erfreut sein.«

»Schön. Und wie beabsichtigt Oberst Jiménez, mir zukommen zu lassen, was er für mich hat?«

»Das hat er gar nicht vor. Wenn Sie es haben wollen, kommen Sie nach Kuba und holen es sich.«

»Wann?«

»Ihre Maschine geht heute Abend nach Cancun. Von dort fliegen Sie nach Havanna.«

»Sie erwarten doch nicht allen Ernstes, dass ich in ein Flugzeug steige und illegal nach Kuba fliege, bloß weil irgendjemand, der behauptet, für die kubanische Regierung zu arbeiten, mich dazu auffordert?«, schnaubte Jack verächtlich.

»Sie haben die Wahl. Wenn Sie es tun, nützt das Ihrer Mandantin. Wenn nicht, müssen Ihre Verwandten in Kuba darunter leiden.«

Jack fühlte sich, als hätte er einen Schlag in die Magengrube bekommen. »Woher wollen Sie wissen, ob ich Verwandte in Kuba habe?«

»Ihr Vater war Gouverneur von Florida. Wir führen eine sehr ausführliche Akte über Sie, Mr Swyteck.«

Jack wollte sein Geheimnis nicht preisgeben, aber er konnte seine Neugier nicht bremsen. Konnte es sein, dass der Mann etwas über seinen Halbbruder oder seine Halbschwester wusste? Oder meinte er irgendwelche entfernten Vettern? »Von welchen Verwandten reden Sie überhaupt?«

»Steigen Sie ins Flugzeug, dann wird Oberst Jiménez Ihnen alles erzählen, was Sie wissen wollen. Falls Sie sich weigern, sollten Sie wissen, dass man alle Ihre Verwandten wie *gusanos* behandeln wird.«

Gusanos. Würmer. So nannte Castro die »Verräter«, die nach Miami flohen oder sich gegen die Regierung stellten. Die Folgen waren alles andere als angenehm. Gekürzte Essensrationen. Keine Arbeit. Wer Pech hatte, wurde sogar von den eigenen Nachbarn auf der Straße bespuckt.

Jack musste schlucken, aber hätte der Mann vorgehabt, ihm etwas anzutun, läge Jack längst mit dem Gesicht nach unten auf dem Pflaster. Vieles sprach dafür, der Anweisung Folge zu leisten. Erst kürzlich hatte er die schwierigen Lebensbedingungen in Kuba kennen gelernt. Die Vorstellung, dass sein Halbbruder oder seine Halbschwester dafür würde büßen müssen, wenn er sich entschloss, nicht nach Kuba zu reisen, war ihm unerträglich.

»Also gut«, entgegnete Jack. »Ich werde fliegen.«

»Ich lege jetzt die Flugtickets hinter Sie auf den Boden. Sie zählen bis zwanzig, dann können Sie sich umdrehen und sie aufheben. Ich werde dann weg sein. Haben Sie verstanden?«

Nicht im Entferntesten. »Ja klar«, erwiderte er völlig konfus. »Ich habe alles verstanden.«

26

Die Nacht war buchstäblich wie im Fluge vergangen. Jack war bereits angezogen und bereit, sich auf den Weg zu machen, als es an der Tür klopfte.

»Oberst Jiménez wird sich jetzt mit Ihnen treffen«, sagte der Mann an der Tür.

Jack schaute auf die Uhr. Ein Fahrer hatte ihn nachts am Flughafen abgeholt und ihn angewiesen, sich für acht Uhr bereitzuhalten. Mittlerweile war es zwar schon kurz vor neun, aber Jack lebte schon lange genug in Miami, um die Zeitvorstellung der Kubaner zu kennen.

»Beinahe pünktlich«, erwiderte Jack.

Er wusste nicht, wo genau er sich befand, nur dass er in Havanna war und nicht in einem Hotel. Ein Fahrer hatte ihn in ein relativ ruhiges Viertel im Bezirk Vedado gebracht, westlich von Havannas Zentrum, und die Nacht hatte Jack in einem kleinen Gartenhaus verbracht. Es gab nur ein Zimmer ohne Fernseher, Radio oder Telefon. Vor seinem Abflug aus Miami war ihm keine Zeit zum Packen geblieben, er hatte nur kurz seinen Pass zu Hause abholen können. In seiner Unterkunft hatte er erfreulicherweise Waschuntensilien, saubere Socken und frische Unterwäsche vorgefunden, offenbar ein Willkommensgruß der kubanischen Regierung. Wahrscheinlich befand er sich in einer *casa particular*, dem Haus eines regimetreuen Kubaners. Außerdem vermutete er, dass er überwacht wurde, was jedoch lediglich zur Folge hatte, dass er kein Licht machte, wenn er ins Bad ging.

Der Mann, der ihn abholte, trug zivile Kleidung wie ein Hausdiener. Über einen kopfsteingepflasterten Weg gingen sie zum Haupthaus, einer alten, neoklassischen Villa.

Wenn auch nicht so prachtvoll wie die verfallenden dreistöckigen Schmuckstücke im Herzen Havannas, handelte es sich zweifellos um eine Villa aus vorrevolutionären Zeiten, deren wohlhabender Eigentümer enteignet, erschossen oder zur Flucht nach Miami gezwungen worden war – womöglich jemand, den Jack sogar kannte. In dem nicht sehr großen, aber gepflegten Garten wuchsen Bougainvilleen voller winziger rosafarbener und violetter Blüten und hohe Hibiskushecken, an denen große leuchtend rote und gelbe Blüten prangten. Der Weg führte zu einem zentralen Innenhof, auf den alle Zimmer hinausgingen, einer für das neunzehnte Jahrhundert typischen Anlage. Einige Fenster hatten noch die ursprünglichen bunten Scheiben, die nicht nur schön anzusehen waren, sondern auch die gnadenlose tropische Sonne abhielten. Als Jack weit nach Mitternacht vom Flughafen Havanna angekommen war, hatte er den schönen Garten gar nicht wahrgenommen. Ebenso wenig die bewaffneten Soldaten an allen Ecken des von einer Mauer umgebenen Grundstücks.

»Wer wohnt hier?«, fragte Jack auf Spanisch.

»Oberst Jiménez natürlich.«

Offenbar war der Mann selbst Gast beim Oberst. Der Kommunismus hatte seine Vorzüge für ihn, dachte Jack.

Er folgte dem Mann auf einem überdachten Gehweg, dann hinauf in den ersten Stock. Am Ende des Flurs befand sich eine Doppeltür aus massivem Holz, verziert mit kunstvollen Schnitzereien und riesigen Messingklopfern. Der Eindruck, dass dahinter eine wichtige Persönlichkeit wartete, wurde durch die bewaffneten Soldaten, die wie Säulen zu beiden Seiten der Tür standen, noch unterstrichen. Wortlos und würdevoll wie ein Mitglied der Queen's Guard am Buckingham Palace drehte sich der Soldat zur Linken um, klopfte und kündigte Jacks Erscheinen an.

»Schicken Sie ihn rein«, kam die Antwort von innen. An der Stimme erkannte Jack den Oberst.

Der Soldat öffnete die Tür und eskortierte Jack in eine geräumige, dunkel getäfelte Bibliothek. Nachdem er salutiert und sich wieder entfernt hatte, war Jack allein mit dem Oberst, der sich erhob, ihn erfreut anlächelte und ihn bat, Platz zu nehmen. Offenbar konnte sich der Oberst noch von ihrer früheren Begegnung daran erinnern, dass Jack nicht daran interessiert war, ihm die Hand zu schütteln.

»Café?«, fragte der Oberst.

»No, gracias.«

Der Oberst ging zu Englisch über wie fast alle Hispanier, sobald sie hörten, dass ein Gringo ihre Sprache verhunzte.

»Danke, dass Sie so kurzfristig kommen konnten.«

»Kein Problem. Danke, dass Sie meine kubanischen Verwandten bedrohen.«

Der Oberst setzte eine mitfühlende Miene auf. »*Aye*, hat er Ihnen das wirklich angetan? Nicht zu fassen, ich schicke einen meiner Leute nach Miami und er wird gleich so grob. Was ist nur los mit dieser Stadt?«

Jack ließ sich nicht auf den Smalltalk ein. »Ihr Bote meinte, Sie hätten etwas für mich.«

»Ja, das stimmt. Etwas, worüber Sie hocherfreut sein werden.«

»Genau das habe ich meinen Mandanten immer gesagt, wenn ihre Hinrichtung von Montag auf Donnerstag verschoben wurde.«

»Sie haben Humor«, sagte Jiménez mit einem unaufrichtigen Lächeln.

»Was haben Sie für mich, Oberst?«

Der Oberst nahm den Telefonhörer ab, wählte eine Nummer und sagte ein paar knappe Sätze auf Spanisch.

Kurz darauf wurde eine Seitentür geöffnet, die Jack nicht bemerkt hatte, da sie in die getäfelten Wände eingelassen war. Zwei Soldaten traten ein, von denen einer bewaffnet war. Der andere nahm gegenüber dem Oberst Platz, den Oberkörper ein wenig Jack zugewandt. Der bewaffnete Soldat verließ den Raum.

»Das ist Gefreiter Felipe Castillo«, sagte der Oberst.

Castillo nickte in Jacks Richtung, der die Geste erwiderte.

»Gefreiter Castillo gehört zur Überwachungseinheit in Guantánamo Bay. Seine Aufgabe besteht hauptsächlich darin, die Aktivitäten auf dem amerikanischen Militärstützpunkt zu überwachen. Wir verfügen über Wachtürme auf der ganzen – nun, ich will Sie nicht damit langweilen, wie viele es sind und wo sie sich befinden. Nicht, dass es ein Geheimnis wäre. Dort unten beäugen beide Seiten einander rund um die Uhr.«

»Wollen Sie darauf hinaus, dass Gefreiter Castillo gesehen hat, wie der Eindringling das Haus meiner Mandantin betreten hat?«

»Gefreiter Castillo soll selbst berichten. Da er nicht Englisch spricht, werde ich dolmetschen.«

»Das ist nicht notwendig«, entgegnete Jack. »Wenn ich irgendetwas nicht verstehe, sage ich es Ihnen.«

»Gut.« Der Oberst wandte sich auf Spanisch an den Soldaten. »Gefreiter Castillo, ich habe Mr Swyteck bereits erklärt, dass Sie Ihren Dienst bei der Überwachungseinheit in Guantánamo Bay versehen. Erzählen Sie ihm in groben Zügen, was Sie dort tun und wann Sie es tun.«

»Ich gehöre zur dritten Acht-Stunden-Schicht. Ich tue Dienst von Mitternacht bis acht Uhr morgens.«

»Sie arbeiten also sowohl während der Dunkelheit als auch bei Tageslicht?«

»Ja. Aber vor allem natürlich nachts. Das heißt, ich benutze meist ein Nachtsichtgerät, nach Sonnenaufgang ein normales Fernglas.«

»Welchen Bereich der Basis beobachten Sie?«

»Den Wohnbereich der Hauptbasis. Vor allem den der Offiziere.«

»Gefreiter Castillo«, fuhr der Oberst fort, »Sie wissen, warum Mr Swyteck hier ist, nicht wahr?«

»Ja.«

»Sie kennen auch die Anschuldigungen, die gegen seine Mandantin erhoben werden?«

»Ja, das ist mir erklärt worden.«

»Verfügen Sie über Informationen, die für Mr Swytecks Mandantin hilfreich sein könnten?«

»Ja.«

»Würden Sie diese Information jetzt bitte Mr Swyteck mitteilen?«

»Selbstverständlich.« Castillo holte tief Luft, offenbar hatte er einen schrecklich trockenen Mund. Der Oberst goss ihm ein Glas Wasser ein, und als der junge Mann trank, zitterte seine Hand so stark, dass ihm etwas von dem Wasser aus dem Mundwinkel lief. Jack sah darin nicht unbedingt ein Zeichen dafür, dass man ihm etwas vorspielte. Wahrscheinlich wäre jeder einfache Soldat in Gegenwart des Obersts nervös gewesen.

»In den meisten Nächten ist nicht viel los«, begann Castillo, »aber in jener Nacht spielte sich irgendwann zwischen fünf Uhr dreißig und sechs Uhr etwas äußerst Merkwürdiges ab.«

»Was haben Sie beobachtet?«

»In einigen der Häuser, die ich überwache, wohnen Offiziere der US-Marine. Mir ist aufgefallen, dass ein Soldat an einem der Häuser auftauchte.«

»Was ist daran so ungewöhnlich, dass Sie sich erinnern?«

»Weil es nicht sein Haus war. Er ging schnurstracks hinein, ohne zu klopfen oder sich sonst irgendwie bemerkbar zu machen.«

»Vor sechs Uhr am Morgen?«

»Richtig.«

»Welches Haus haben Sie ihn betreten sehen?«

»Das Haus von Captain Oscar Pintado.«

Jacks Puls beschleunigte sich. »Entschuldigen Sie. Aber von welchem Datum sprechen Sie?«

»Vom siebzehnten Juni.«

Das war der Tag, an dem Oscar Pintado erschossen worden war. Jack wagte kaum, die nächste Frage zu stellen und womöglich mitzuerleben, wie eine so gute Zeugenaussage sich in Luft auflöste. »Haben Sie den Mann erkannt, der das Haus betrat?«

»Bitte«, unterbrach ihn der Oberst, »erlauben Sie mir, die Fragen zu stellen. Ihr Spanisch ist nicht –«

»Ich glaube, er versteht mich sehr gut«, entgegnete Jack.

Nach kurzem Zögern willigte der Oberst ein. »Also gut. Stellen Sie Ihre Fragen.«

Ohne sich dessen bewusst zu sein, war Jack instinktiv auf die Stuhlkante gerutscht. Er wollte nicht zu offensiv erscheinen, aber er musste seine Fragen mit allem Nachdruck stellen. »Hatten Sie eine gute Sicht auf den Mann, der das Haus betrat?«

»Ja.«

»Wer war es?«

»Lieutenant Damont Johnson von der US-amerikanischen Küstenwache.«

»Wie können Sie sich so sicher sein, dass es Lieutenant Johnson war?«

»Weil ich ihn schon oft im Haus der Pintados gesehen habe.«

»Und wieso konnten Sie ihn bei so vielen verschiedenen Gelegenheiten ins Haus gehen sehen?«

»Das Haus liegt in meinem Überwachungsquadrat. Ich verfüge über eine genaue Karte, auf der alle Gebäude und Bewohner aufgeführt sind.«

»Es ist also Teil Ihres Dienstes, bestimmte Gebiete der Basis zu überwachen.«

»Ja«, erwiderte Castillo achselzuckend. »Aber um ehrlich zu sein, hatten alle in unserer Einheit ein Auge auf das Haus der Pintados.«

»Wegen seines Vaters?«

»Nein.« Er lächelte verlegen. »Wir wollten uns amüsieren.«

»Amüsieren?«

»Ja. Wir verbringen viel Zeit damit, nichts zu sehen. Wenn uns langweilig wurde, haben wir manchmal zu Pintado rübergeschwenkt, um zu sehen, ob da was los war.«

Jack musterte den Gesichtsausdruck des Mannes. »Was sollte dort denn los gewesen sein?«

»Also, wie gesagt, ich habe Mr Johnson dort sehr häufig gesehen.«

»Und Sie fanden ihn unterhaltsam?«

»O ja, ausgesprochen.«

»Sie meinen, wenn er Captain Pintado besuchte.«

»Das weniger. Es war eher dann unterhaltsam, wenn er Captain Pintados Frau besuchte.«

Jack versuchte seine Überraschung zu verbergen. »Sie meinen Lindsey Hart?«

»Ja.«

»Wie oft haben Sie Lieutenant Johnson und Mrs Hart zusammen in ihrem Haus gesehen?«

»Sehr häufig.«

»Sie haben mir vorhin gesagt, dass Sie zu der Schicht

von Mitternacht bis acht Uhr morgens gehören. Bitte hören Sie mir jetzt aufmerksam zu. Sind Sie sicher, dass Sie Lindsey Hart häufig mit Lieutenant Johnson zwischen Mitternacht und acht Uhr morgens gesehen haben?«

»Ja natürlich habe ich sie gesehen. Meistens zwischen zwei und fünf.«

»Sie haben die beiden also wirklich zusammen im Haus gesehen?«

»Ja, sicher. Wir verfügen über hervorragende Ferngläser. Ein kleiner Schlitz in den Jalousien genügt völlig, um ins Schlafzimmer sehen zu können.«

»Ins Schlafzimmer«, entfuhr es Jack eher unfreiwillig.

»Ja, ins Schlafzimmer.«

»Ich möchte mich ja nicht dumm stellen, aber was haben Lieutenant Johnson und Captain Pintados Frau mitten in der Nacht im Schlafzimmer gemacht?«

Der Soldat grinste. »Na, was glauben Sie denn wohl, was die da gemacht haben?«

»Es ist völlig unerheblich, was Sie oder ich glauben, was sie gemacht haben. Ich möchte wissen, was Sie tatsächlich gesehen haben.«

Castillo warf dem Oberst einen Blick zu und murmelte etwas, das Jack nicht verstand. Der Oberst wandte sich auf Englisch an Jack. »Sie haben es getrieben wie in einem Pornofilm.«

Jack schwieg und starrte ins Leere. »Wie oft haben Sie die beiden zusammen gesehen?«

»Vielleicht einmal in der Woche.«

»Wann haben Sie sie zum ersten Mal zusammen gesehen?«

»Ungefähr zwei Monate vor Captain Pintados Tod.«

»Wann haben Sie sie das letzte Mal zusammen gesehen?«

»In der Nacht, als Captain Pintado starb.«

»Sie waren zusammen in der Nacht, in der Captain Pintado erschossen wurde?«

»Ja. Lieutenant Johnson ist gegen drei Uhr morgens aus dem Haus gekommen. Mrs Hart ist gegen halb sechs zur Arbeit gegangen. Ungefähr zwanzig Minuten später kam Lieutenant Johnson zurück und ging durch den Hintereingang ins Haus. Nach zehn Minuten kam er wieder raus und bei Sonnenaufgang war die Polizei da. Den Rest kennen Sie ja.«

Wieder saß Jack schweigend da. Er hatte erwartet, etwas über einen Eindringling zu erfahren, stattdessen wurde er mit einem Sexskandal konfrontiert.

»Danke, Gefreiter Castillo«, sagte der Oberst. »Das reicht fürs Erste.«

»Ich habe noch ein paar Fragen«, wandte Jack ein.

»Das reicht jetzt erst einmal«, bekräftigte der Oberst, sowohl an den Soldaten als auch an Jack gewandt.

Castillo erhob sich und verließ den Raum. Als sich die Tür hinter ihm geschlossen hatte, schaute der Oberst Jack an. »Überrascht?«

Jack nickte, als würde ihn überhaupt nichts mehr wundern. »Was soll ich Ihrer Meinung nach mit dieser Information anfangen?«

»Darüber möchte ich mit Ihnen reden. Aber zunächst einmal möchte ich wissen, ob Ihnen gefällt, was er zu sagen hatte, oder eher nicht?«

»Darüber bin ich mir noch nicht im Klaren«, erwiderte Jack.

»Es ist ein zweischneidiges Schwert, nicht wahr? Sie haben also den Lieutenant, der zur Tatzeit in das Haus der Pintados gegangen ist. Oder zumindest zu der Zeit, die als Tatzeit im NCIS-Bericht genannt wird, den ich, nebenbei bemerkt, gesehen habe.«

»Das wundert mich nicht.«

»Sie haben erfahren, dass sich der Lieutenant zur Tatzeit im Haus der Pintados aufgehalten hat. Ferner wissen Sie nun, dass er eine Affäre mit der Frau des Opfers hatte. Beide haben ein Motiv. Und beide hatten eine Gelegenheit.«

»Sie reden ja schon wie ein Anwalt«, entgegnete Jack.

»Ich sehe mir häufig die Sendung *Law and Order* an. Das amerikanische Fernsehen ist das einzige kapitalistische Laster, das ich mir gönne.«

Angesichts der luxuriösen Umgebung musste sich Jack eine Bemerkung über die Fülle der »kapitalistischen Laster« des Obersts verkneifen. »Gilt Ihr Angebot noch, den Gefreiten Castillo bei Lindsey Harts Prozess als Zeuge in Miami aussagen zu lassen?«

»Kommt drauf an«, erwiderte Oberst Jiménez. »Wenn es Ihnen gefällt, was er zu sagen hat, dann ja: das Angebot gilt noch.«

»Ohne Bedingungen?«

»Ohne Bedingungen.«

Jack runzelte die Stirn. »Wie kommt es bloß, dass ich Ihnen nicht glaube?«

Der Oberst nahm aus dem Humidor auf seinem Schreibtisch eine Zigarre und rollte sie zwischen Daumen und Zeigefinger. »Ich habe es schon beim letzten Mal gesagt und wiederhole es gern noch einmal: Sie sind ein Skeptiker.«

»Und ich habe Ihnen beim letzten Mal bereits gesagt, dass ich mich auf keinen Deal mit der kubanischen Regierung einlasse.«

»Wir sind nicht an einem Deal interessiert.«

»Und worum geht es Ihnen dann bei der Sache?«

»Wir sind zu dem Schluss gekommen, dass es uns ein ausgesprochenes Vergnügen bereiten würde, der Welt zu zeigen, dass Alejandro Pintados Sohn mit einer Schlampe verheiratet war und von seinem besten Freund ermordet wurde.«

»Und was ist, wenn ich Ihnen dieses Vergnügen vermiese?«

»Was meinen Sie damit?«

»Was ist, wenn ich mich weigere, Ihren Gefreiten als Zeugen zu berufen?«

»Ich gehe davon aus, dass Sie darüber noch einmal gründlich nachdenken werden. Oder Lindsey Hart wird darunter leiden.«

»Vielleicht ist Lindsey bereit, dieses Risiko einzugehen?«

»Möglich. Aber vielleicht gibt es noch andere, denen der Luxus der Entscheidung nicht vergönnt ist.« Er langte in die Schublade seines Schreibtischs, holte ein zwanzig mal fünfundzwanzig Zentimeter großes Foto hervor und legte es auf den Schreibtisch.

Jack betrachtete es. Eine Gruppe von Menschen stand auf dem Gehweg und sah zu, wie ihre Habe von Männern in dunkelgrünen Uniformen auf die Straße geschafft wurde. Im Rinnstein verstreut lagen Kleidungsstücke. Überall waren zerschlagene Möbel zu sehen. »Was ist das?«, fragte Jack.

»Sehen Sie es sich genau an«, entgegnete der Oberst.

Jack schaute das Foto eingehender an und dann sah er es. Etwas abgewandt stand Felicia Méndez, die Frau aus Bejucal, mit der Jack über seine Mutter gesprochen hatte. Sie lehnte an der Schulter ihres Mannes und weinte. Auch andere auf dem Foto weinten, unter ihnen zwei kleine Mädchen von vielleicht sechs und acht Jahren.

»Das ist das Haus der Familie Méndez«, entfuhr es Jack.

Der Oberst schnupperte an seiner Zigarre und genoss den exquisiten Tabaksduft. »Ja. Ich muss Ihnen leider berichten, dass man ihren Mietvertrag gekündigt hat. Es ist gestern erst passiert. Dreizehn Menschen, die jetzt kein Dach mehr über dem Kopf haben. Was für eine Schande.«

»Sie haben ihnen das Haus weggenommen?«

»Es ist nicht so, dass sie es nicht zurückbekommen können. Oder sollte ich besser sagen, es ist nicht so, dass Sie es ihnen nicht zurückgeben können.«

»Sie verdammter Scheißkerl. Ist es das, was Ihr Kurier meinte, als er sagte, Sie würden meine Familie wie *gusanos* behandeln?«

»Indirekt ja. Natürlich wissen wir, dass die Familie Méndez nicht mit Ihnen verwandt ist. Aber das ist doch ein guter Ansatzpunkt.«

»Wollen Sie andeuten, Sie hätten es auf Blutsverwandte abgesehen, die ich vielleicht in Kuba habe?«

Der Anflug eines Lächelns huschte über die Lippen des Obersts, dann versteinerte sich seine Miene. »Wenn ich es Ihnen gegenüber offen und ehrlich zugäbe, wäre es keine Andeutung mehr. Habe ich Recht, Mr Swyteck?«

Jack antwortete nicht.

Der Oberst stand auf und drückte auf einen Knopf neben dem Telefon. Augenblicklich öffneten sich die Doppeltüren und die beiden draußen postierten Soldaten betraten die Bibliothek.

»Danke, dass Sie gekommen sind, Mr Swyteck. Sie haben ein paar Tage Zeit, sich die Antwort zu überlegen.«

»Oberst, ich –«

Oberst Jiménez schnitt ihm das Wort mit einer Handbewegung ab. »Reden Sie mit der Frau des toten Captain.« Er lachte in sich hinein. »Bei dem Gespräch würde ich gern Mäuschen spielen.«

Jack hätte ihn am liebsten zu Boden geschlagen, aber er riss sich zusammen und schwieg. Je mehr er redete, desto wahrscheinlicher war es, dass ihm etwas über einen möglichen Halbbruder herausrutschte. Trotz aller Drohungen war nicht klar, ob der Oberst überhaupt etwas über diese Geschichte wusste. Jack wollte nicht derjenige sein, der ihn darüber aufklärte.

»Sie werden von mir hören. So oder so.« Jack verließ das Wohnhaus des Obersts in Begleitung der beiden Soldaten und sprach bis zum Flughafen kein Wort mehr.

27

Am Flughafen musste sich Jack fünf Stunden lang die Zeit vertreiben. Den ersten Teil seiner umständlichen Reise nach Miami über Cancun konnte er erst am Abend antreten, also setzte er sich in ein Restaurant und trank einen starken Espresso, der ihn allerdings noch ruheloser machte. Noch eine Tasse von dem Zeug, und er würde nach Hause schwimmen können.

»Möchten Sie noch einen Kaffee?«, fragte die Kellnerin.

»Sie haben nicht zufällig koffeinfreien da?«

Sie lachte und ging wieder. Kaffee ohne Koffein? Das war für die Kubaner anscheinend das Äquivalent zum Wäschewaschen beim Sex.

Auch ohne Koffein war Jacks Adrenalinspiegel ziemlich hoch. Selbst wenn Castillo die Wahrheit sagte, wusste Jack nur zu gut, dass er kein Angebot der kubanischen Regierung unbesehen akzeptieren konnte. Nur von Lindsey selbst konnte er die ganze Wahrheit erfahren. Hatte sie eine Affäre mit Lieutenant Johnson gehabt? Waren sie in der Nacht, als Lindseys Mann erschossen wurde, zusammen gewesen? Es lag jetzt an ihm, seiner Mandantin klare Antworten zu entlocken. Oder auch nicht. Er hatte schon viele Mordverdächtige verteidigt, die ihm nicht die Wahrheit erzählt hatten. Das Problem bei diesem Fall bestand jedoch darin, dass er nicht nur Strafverteidiger war. Er war Brians leiblicher Vater. Und Jack war nicht gerade erbaut von der Vorstellung, dass sein eigenes Fleisch und Blut von der Frau aufgezogen wurde, die vielleicht den Adoptivvater des Jungen ermordet hatte. Oder wie sein Freund Theo Knight es kürzlich erst so treffend ausgedrückt hatte, er war in seinem eigenen Reißverschluss eingeklemmt. Jack musste die Wahrheit erfahren.

Aber zuerst musste er die fünf Stunden totschlagen.

Er schlenderte durch den Terminal, begutachtete die Getränkeautomaten und fand schließlich eine Reihe von Münztelefonen. In Kuba konnte man nicht wissen, wer alles mithörte, aber die Gefahr, dass jemand, der ein Münztelefon belauschte, etwas mit den Nachrichten auf Jacks Anrufbeantworter anzufangen wusste, erschien ihm eher gering. Außerdem rief er nicht in seinem Büro an, sondern bei sich zu Hause, um die neuen Nachrichten abzuhören. In der Regel waren sie ohnehin nur von Theo, der sich wie üblich über den miesen Schiedsrichter beim letzten Spiel der Miami Heat ausließ, oder von *Abuela*, die wieder einmal ein nettes kubanisches Mädchen für Jack ausfindig gemacht hatte.

»Sie haben eine neue Nachricht«, verkündete ihm sein Anrufbeantworter.

Jack nahm sich Stift und Zettel, um mitzuschreiben, entspannte sich aber wieder, als er *Abuelas* Stimme vernahm.

»Hola, mi vida.«

Eine Weile herrschte Stille, aber es beruhigte Jack, dass

sie ihren Anruf mit einer freundlichen Begrüßung eingeleitet hatte. Vor seiner Abreise hatte er sie angerufen und ihr von seinem bevorstehenden Flug nach Kuba erzählt, damit jemand Bescheid wusste, wo er war. Da er ihr den wahren Grund seiner Reise nicht mitteilen konnte, war sie erneut ziemlich aufgebracht gewesen. Sie war davon ausgegangen, dass Jack wieder nach Bejucal fahren wollte, um noch mehr Skandalgeschichten über seine Mutter auszugraben. Schließlich hatte sie einfach aufgelegt.

»Es tut mir Leid«, sagte sie auf Englisch, ging dann aber zum Spanischen über, woraus Jack schloss, dass sie ihm etwas Wichtiges zu sagen hatte, etwas, das ihr auf dem Herzen lag.

»Es tut mir so Leid. Ich kann nicht erwarten, dass du das verstehst, deswegen kann ich dich nur bitten, mir zu verzeihen.«

Sie schniefte, und Jack wünschte, er hätte etwas sagen können, musste sich aber mit Zuhören zufrieden geben.

»Als ich deine Mutter nach Miami geschickt habe, taten das viele Eltern. Die katholische Kirche hatte ein Evakuierungsprogramm – Pedro Pan. Wir haben schon mal darüber gesprochen. Eltern schickten ihre Kinder weg, weil sie in Freiheit leben sollten, und sie taten das in der Hoffnung, dass die Familie, wenn alles gut ging, irgendwann wieder vereint sein würde. Es kam darauf an, die Kinder aus dem Land zu bringen, bevor Castro und seine Rebellen das verhindern konnten. Ich weiß, dass du glaubst, ich hätte deine Mutter auch aus diesem Grunde weggeschickt, aber ich – meine Situation war anders. Ich habe sie weggeschickt, weil …«

Seine Hand umfasste den Hörer fester, da er das Gefühl hatte, dass jetzt etwas käme, das sie nur auf einen Anrufbeantworter sprechen konnte.

Abuelas Stimme wurde leiser. »Weil ich mich für sie geschämt habe. Sie war mit diesem Jungen zusammen und –« Sie unterbrach sich, als könnte sie selbst nach so vielen Jahren das Wort *schwanger* nicht aussprechen. »– und ich habe mich so für sie geschämt.«

Jack schloss die Augen und lauschte auf ihr Schluchzen. Er hatte *Abuela* nie weinen sehen, außer vor Freude. Er konnte sie in ihrem Schmerz genau vor sich sehen und es brach ihm das Herz.

Nachdem sie sich wieder gefasst hatte, fuhr sie mit zitternder Stimme fort. »Ich habe Ana Maria weggeschickt und ihr gesagt, ich wollte sie nie wiedersehen. Ich habe es nicht so gemeint. Ich schwöre, dass ich es nicht so gemeint habe. Aber ich habe es gesagt. Vor lauter Stolz habe ich es ihr direkt ins Gesicht gesagt. Stolz kann etwas Schreckliches sein. Aus Stolz habe ich gegen Gott und meine eigene Tochter gesündigt. Und schließlich … hat Gott mich dafür bestraft. Ich habe sie nie wiedergesehen.«

Er hörte, wie sie weinte, und auch ihm traten die Tränen in die Augen. Wieder hatte seine Geburt – nach dem Tod seiner Mutter – jemandem, den er liebte, unfassbar wehgetan.

»Du siehst, *mi vida*, es ist nicht deine Schuld, dass sie gestorben ist. Es war meine Schuld. Es war alles meine Schuld.«

Jack hätte sie am liebsten gehalten, zugleich hatte er das Bedürfnis, sie zu schütteln. Es war niemandes Schuld. *Warum muss es immer einen Schuldigen geben?*

Abuela hatte sich wieder beruhigt. »Also gut, es gibt etwas, das ich dir erzählen möchte. Du hast nach einem Halbbruder oder einer Halbschwester gefragt.«

Jack hielt seine Gefühle in Schach. *Abuela* hatte offenbar genug davon, von ihrer Schuld zu reden. Sie hatte ihm noch etwas anderes mitzuteilen. Sie holte tief Luft. »Du solltest jetzt Folgendes tun, solange du in Havanna bist.

Bitte, wenn du diese Nachricht erhältst, möchte ich, dass du es tust. Geh zur Ecke Zapata und 12th Street. Such nach Nummer L siebenunddreißig. Dort wirst du die Antworten finden, die du brauchst. Bis bald, *mi vida*. Ich liebe dich.«

Jack stand wie versteinert da, den Telefonhörer in der Hand. »Ich liebe dich auch«, erwiderte er, obwohl er wusste, dass sie ihn nicht hörte.

28

»Sind Sie sicher, dass wir hier richtig sind?«, fragte Jack den Taxifahrer.

»Ja«, entgegnete er. »Zapata, Ecke 12th Street.«

Jack blickte aus dem offenen Autofenster. Er bezweifelte nicht, dass der Fahrer Recht hatte, aber es fiel ihm schwer, zu begreifen, was er sah. Sie befanden sich in einer Straße im Bezirk Vedado, dem Geschäftsviertel Havannas, nicht weit entfernt von dem Haus, in dem Jack die Nacht als Oberst Jiménez' Gast verbracht hatte. Das Taxi hatte direkt vor einem Eisentor gehalten. Eine Mauer umfasste den gesamten Block. Über dem Eingang hing ein beeindruckendes bogenförmiges Schild mit verwitterten Messingbuchstaben: NECRÓPOLIS CRISTÓBAL COLÓN.

»Aber das ist ja ein Friedhof«, sagte Jack.

»Sí. Cementerio de Colón.«

»Ich suche L siebenunddreißig an der Ecke Zapata und 12th Street. Ich nehme an, das ist ein Haus oder eine Wohnung.«

»Unter dieser Adresse gibt es nichts anderes. Gehen Sie rein und reden Sie mit dem Friedhofswärter. Vielleicht kann er Ihnen weiterhelfen.«

Jack bezahlte den Fahrer und trat auf den Gehweg. Die Tür wurde zugeknallt und das Taxi fuhr weiter. Verwirrt wandte Jack sich um und betrachtete den Eingang. *Abuela* hatte ihn zu einem Friedhof geschickt. L-37. Vielleicht handelte es sich um die Bezeichnung für ein Gebäude. Vielleicht hatte er einen älteren Bruder oder eine ältere Schwester, der oder die hier arbeitete, vielleicht sogar auf dem Gelände wohnte. Aber es erschien ihm unwahrscheinlich.

Mit schweren Schritten ging er auf das Tor zu, Kies knirschte unter seinen Schuhen. Es war ein warmer, sonniger Nachmittag, und er musste die Augen zusammenkneifen, bis er im Schatten der dicht belaubten Bäume stand, die die Straßen von Vedado säumten. Ihre langen und ineinander verschlungenen Luftwurzeln hingen herunter wie Rastalocken. Vor dem Eingang blieb er stehen. Die Geräusche der Stadt waren aus der Ferne zu hören – gelegentliches Hupen, das Rauschen des Verkehrs –, aber als er durch die Gitterstäbe ins stille Friedhofsinnere spähte, schienen sie zu verschwinden. Zwar gab es nicht allzu viel Grün, aber er war beeindruckt von der Weite der Anlage. Wohin er seinen Blick auch schweifen ließ, überall entdeckte er Reihen von Mausoleen, Kapellen, Familiengruften und oberirdischen Grabstätten. Die meisten Gräber schienen sehr alt zu sein, viele stammten aus dem neunzehnten Jahrhundert. Am Eingang nahm Jack einen Lageplan, hinterließ einen kleinen Obolus und betrat zögernd das Gelände.

»Kann ich Ihnen helfen?«, sprach ihn ein Mann auf Spanisch an.

Jack blieb stehen und blickte von dem Lageplan auf.

Vor ihm stand ein älterer Mann mit Latzhose und Baseballkappe. Der dichte Schnurrbart verdeckte seinen Mund und unter den Achseln seines T-Shirts hatte er Schweißflecken. Aus dem Lehm an seinen Knien schloss Jack, dass der Mann zur Friedhofsgärtnerei gehörte.

»Ich suche jemanden«, erwiderte er. »Also eigentlich eher eine Adresse.«

Der Mann hatte Schwierigkeiten mit Jacks Spanisch, aber er sprach offenbar kein Englisch. »Eine Adresse?«

»Ja. Meine Großmutter hat mir gesagt, ich soll L siebenunddreißig aufsuchen.«

Jack hielt ihm den Lageplan hin. Der Mann trat näher, warf einen kurzen Blick darauf und sagte: »Der Friedhof ist in rechteckige Blocks aufgeteilt. Der Buchstabe bezeichnet den Block und die Ziffer benennt die genaue Lage des Grabs.«

Jacks Hoffnungen schwanden. L-37 war kein Haus. Einen Lebenden würde er hier nicht finden. »Könnten Sie mich dorthin führen?«

»Gern.«

Jack folgte dem Mann über einen breiten Kiesweg. Sie kamen an zahllosen Gräbern vorbei, viele davon verziert mit Engeln, mit dem Vogel Greif oder mit Putten. Zwar sorgten frische Blumen an einigen Gräbern für Farbtupfer, aber für die wirklich leuchtenden Farben auf dem Friedhof, vor allem Rosa und Orange, sorgten Bougainvilleasträucher und Hibiskusbüsche, die schon vor vielen Jahren gepflanzt worden sein mussten, vielleicht von trauernden Angehörigen, die mittlerweile selbst ihre letzte Ruhe auf diesem Friedhof gefunden hatten. Schließlich erreichten sie ein Grab, das von frischen Blumen aller Art bedeckt war. Dutzende von Sträußen aus Begonien, Orchideen bis hin zu afrikanischen Trompetenblumen lagen fein säuberlich auf und neben der Grabstätte. Der Mann blieb stehen und Jack trat neben ihn. Sie sahen schweigend zu, wie eine junge Frau einen dicken Strauß gelber Trompetenblumen neben dem Grabstein ablegte. Dann bekreuzigte sie sich, erhob sich von den Knien und – das wirkte sonderbar – entfernte sich rückwärts, ohne den Blick von dem Grab zu wenden.

Der Mann flüsterte: »Das ist *La Milagrosa*.«

Jack musste einen Moment über die Worte nachdenken, aber er war sich ziemlich sicher, dass sie »die Wundertätige« bedeuteten. »Wer ist *La Milagrosa*?«

»Eine junge Frau, die 1901 bei der Geburt ihres Kindes gestorben ist.«

Jack lief ein Schauer über den Rücken. Seine Mutter war bei seiner Geburt gestorben. »Wozu all die Blumen?«

»Das hat mit der Legende zu tun«, erwiderte der Mann. »Sie wurde mit dem neugeborenen Kind zu ihren Füßen begraben. Aber als viele Jahre später ihr Grab geöffnet wurde, lag das Baby in ihren Armen.«

Jack schaute zu der Frau, die immer noch rückwärts ging. »Wer ist die Frau?«

»Irgendeine junge Frau. Wahrscheinlich eine, die noch keine Kinder hat. Seit Jahren kommen sie her, um dafür zu beten, dass sie ein Kind bekommen. Aber man darf *La Milagrosa* nie den Rücken zuwenden. Deshalb geht sie so.«

Jack beobachtete sie noch eine Weile, er hatte Mitleid mit ihr. Die Frau schien eher Kummer als Hoffnung zu empfinden, aber sie betete laut weiter, während sie voller Ehrfurcht einen Fuß hinter den anderen setzte. Schließlich verschwand sie hinter einem Mausoleum.

»Ist das hier L-siebenunddreißig?«, fragte Jack.

»Nein, nein. Diese Gräber hier sind viel älter als die im Sektor L. Kommen Sie.«

Sie folgten einem schattigen Weg bis auf eine kleine

Lichtung. Der Mann blieb stehen, als wollte er sich orientieren, dann setzte er seinen Weg in östlicher Richtung fort. Die Grabsteine waren jetzt weniger imposant, neuer als die vorherigen, wenn auch nicht aus jüngster Zeit. Die meisten Toten in diesem Bereich waren vor Jacks Geburt gestorben.

»Hier ist es«, sagte der Friedhofswärter.

Jack blieb stehen und blickte hinunter auf den glatten weißen Grabstein. Er hatte die Größe eines Kinderkissens, ohne jede Gravur oder Verzierung. Auf dem Stein stand nur ein Vorname geschrieben und nicht, wie üblich, Geburtstag und Todestag, sondern nur ein Datum.

Ramón
17 Febrero 1961

Es war ein ernüchternder Anblick. Immer wieder las Jack die Inschrift, aber er konnte daraus nur eins ablesen. Langsam, ohne darüber nachzudenken, kniete er nieder. Er spürte die Kühle des grünen Grases durch den Stoff der Hose. Mit dem Zeigefinger fuhr er über den Grabstein und zeichnete Namen und Datum nach. Er wusste nicht, was er empfinden sollte. Vor allem fühlte er sich leer, keiner Gefühle mehr fähig.

»Ramón«, flüsterte er. Das war sein Name. Er hatte nur einen Tag gelebt.

Jack versuchte sich das Baby vorzustellen, aber es gelang ihm nicht. Er war nicht in der Lage, ein Bild von diesem kleinen Menschen heraufzubeschwören, den er nie gekannt hatte. Es gelang ihm ganz einfach nicht, denn plötzlich war er gefangen von seinen Gefühlen für die Mutter, die er ebenfalls nie gekannt hatte, und in seinem Herzen war in diesem Augenblick kein Platz für etwas anderes. Er war nur noch verwirrt. Er wusste jetzt mehr über seine Mutter, dennoch fühlte er sich nicht besser. Ana Maria hatte zwei Kinder zur Welt gebracht. Ihr erster Sohn war am Tag der Geburt gestorben, während die Mutter überlebt hatte. Ihr zweiter Sohn überlebte, aber die Mutter starb am Tag der Geburt.

Warum? Das war alles, was ihm einfiel.

Vielleicht war es der skeptische Anwalt in ihm, oder vielleicht war es auch nur die Wut des Jungen, der seine Mutter verloren hatte. Aber Jack war sich nicht sicher, ob all diese traurigen Geschehnisse der Grausamkeit des Schicksals geschuldet waren … oder ob da irgendetwas Verdächtiges am Werk war.

»Ich werde Sie jetzt allein lassen«, sagte der Friedhofswächter.

»Danke«, erwiderte Jack. Aber dieses eine Wort hallte in seinem Kopf nach. Allein. In dieser schmerzlichen Stunde schien es genau das zu beschreiben, was Jack vom Schicksal beschieden war.

Für immer allein zu sein.

29

Es war der Tag vor Prozessbeginn und Richter Garcia durchbohrte Jack mit stählernem Blick. Wenn Jack nicht bald etwas sagte, würden diese beiden Laserstrahlen dafür sorgen, dass er als Anwalt einpacken konnte. Vorerst jedoch blieb ihm nichts anderes übrig, als schweigend sitzen zu bleiben, während der Bundesanwalt sich in dem voll besetzten alten Gerichtssaal an den Richter wandte.

»Das ist eine Ungeheuerlichkeit, Euer Ehren«, sagte Torres. »Brian Pintado ist erst zehn Jahre alt, also noch sehr leicht zu beeinflussen. Er musste bereits den frühen Tod seines Vaters verkraften. Irgendwann wird er damit fertig werden müssen, dass ausgerechnet seine Mutter seinen Vater getötet hat. In der Zwischenzeit bemühen sich seine Großeltern nach Kräften, ihm ein normales Zuhause zu bieten. Trotz alledem belästigen diese Verteidiger« – mit Empörung in seiner Stimme wies er anklagend auf Jack und Sofia –, »diese so genannten Vertreter des Rechts, die Familie Pintado mit ihren penetranten Versuchen, dem Kind ein Treffen aufzunötigen.«

Jack erhob sich. »Herr Richter, wenn ich bitte etwas dazu sagen dürfte.«

»Setzen Sie sich, Mr Swyteck! Sie kommen noch an die Reihe.«

Jack ließ sich wieder auf seinen Stuhl sinken. Von einem Richter zurechtgewiesen zu werden, war grundsätzlich demütigend, aber wenn das in einem Gerichtssaal vor einem großen Publikum geschah, war es umso schlimmer. Vor allem, wenn das Publikum hauptsächlich aus Pressevertretern bestand.

Der Staatsanwalt schien vor Selbstvertrauen fast zu platzen. »Danke, Herr Richter. Wie ich bereits ausgeführt habe, hat Brian Pintado nicht das Bedürfnis, mit diesen beiden Anwälten zu sprechen. Bevor gegen Lindsey Hart Anklage erhoben wurde, hat sie sich damit einverstanden erklärt, dass ihr Sohn während ihrer Inhaftierung bei den Großeltern lebt, und diese wünschen nicht, dass Brian mit diesen Anwälten zusammentrifft. Die Regeln des Strafverfahrens geben der Verteidigung nicht das Recht, das Kind zu einer Aussage zu bewegen. Und sie setzen auch nicht voraus, dass Brian sich mit diesen Verteidigern auf einer informellen Basis trifft. Offen gesagt, Herr Richter, irgendjemand sollte Mr Swyteck und seiner Kollegin endlich klar machen, dass es reicht. Die Antwort lautet nein. Gehen Sie. Auf Wiedersehen. Brian Pintado wird nicht mit ihnen reden.«

Mit einem verächtlichen Blick in Jacks Richtung kehrte der Staatsanwalt an seinen Platz zurück.

Im Gerichtssaal herrschte Schweigen. Wären sie im englischen House of Commons, dachte Jack, würden die Hinterbänkler mit den Füßen scharren und beifällig *»Here, Here«* rufen.

»Mr Swyteck«, sagte der Richter. »Sie sind an der Reihe. In Ihrem eigenen Interesse kann ich nur hoffen, dass Sie eine plausible Erklärung vorbringen können.«

Jack erhob sich und trat ans Pult. Auch ohne sich nach dem angespannt wartenden Publikum umzusehen, wusste Jack, dass alle Augen auf ihn gerichtet waren. »Euer Ehren, im Gegensatz zu Mr Torres' Unterstellung haben wir weder Brian Pintado noch seine Großeltern belästigt. Wir haben lediglich einige wenige Versuche unternommen, eine Befragung zu arrangieren, und bei unseren Kontaktbemühungen sind wir taktvoll und höflich gewesen.«

Der Richter unterbrach ihn sarkastisch. »Es interessiert mich nicht, ob Sie Ihre Visitenkarte auf einem goldenen Tablett abgeliefert haben. Wenn der Junge sich nicht mit Ihnen treffen will, dann lautet die Antwort schlicht und ergreifend nein.«

»Einverstanden. Aber ich höre das jetzt zum ersten Mal, dass er uns nicht treffen will. Jedes Mal, wenn wir mit der Familie Pintado gesprochen haben, bekamen wir zur Antwort: ›Ja, er wird sich mit Ihnen treffen, aber jetzt ist kein günstiger Zeitpunkt.‹ Uns wurde nie gesagt, dass es *Brians* Wunsch sei, uns nicht zu treffen.«

Torres sprang von seinem Stuhl auf. »Herr Richter, ich weise die Unterstellung zurück, wir hätten die Verteidigung im Glauben gelassen, es sei eine Befragung des Jungen geplant. Wenn Mr Swyteck diesen Eindruck gewonnen hat, ist das sein Irrtum.«

Der Richter nahm die Brille ab und rieb sich die Augen, offensichtlich des Gezänks überdrüssig. »Also gut«, sagte er. »Vielleicht war es ein Missverständnis. Oder vielleicht hat in diesem Fall die Verteidigung ihre Befugnisse überschritten. Aber ich gehe davon aus, dass das Thema nun erledigt ist. Habe ich Recht, Mr Swyteck?«

Jack warf Sofia einen Blick zu. Sicherlich war es ein Rückschlag, Brian nicht befragen zu können. Aber der Richter machte keine Anstalten, Lindseys Anwälten das Recht auf eine Befragung ihres Sohnes zuzugestehen. »Wenn das Brians Wunsch ist«, entgegnete Jack, »werden wir ihn akzeptieren.«

»Gut. Also keine weiteren Anrufe bei den Pintados. Keine weiteren Versuche, Brian Pintado zu kontaktieren. Einverstanden?«

Erneut zögerte Jack. Der Schlag gegen ihre Prozessstrategie war das Eine, aber seine Enttäuschung ging tiefer. Dass Lindsey versucht hatte, ein Zusammentreffen mit ihrem Sohn zu verhindern, war ihm schon absurd genug vorgekommen, aber regelrecht grotesk erschien es ihm, dass jetzt genau das eintraf, was sie sich gewünscht hatte: Jack würde Brian niemals begegnen – es sei denn, er erreichte ihren Freispruch.

»Mr Swyteck«, wiederholte der Richter, »habe ich Ihr Einverständnis?«

»Ja«, erwiderte er ohne Überzeugung. »Einverstanden.«

Der Richter schaute Torres an. »Ist das für Sie zufrieden stellend?«

»Im Prinzip ja. Ich kann nur hoffen, dass Mr Swyteck ebenso zu seinem Wort steht wie sein Vater.«

Jack warf ihm einen wütenden Blick zu. *Was für ein billiger Zug, Torres.*

»Gibt es sonst noch etwas, womit sich das Gericht jetzt befassen muss?«, fragte der Richter.

Jack hörte die Medienleute hinter sich mit den Füßen scharren. Sie machten sich startklar, um zum Ausgang zu hasten, sobald der Richter das Verfahren vertagte.

Aber der Staatsanwalt hielt noch eine Überraschung bereit.

»Es gibt da noch eine Sache«, sagte Torres. »Es hat mit einem gewissen Zeugen zu tun, der Gegenstand der Nachrichtensperre des Gerichts ist.«

Der Richter verdrehte die Augen. »Betrachten Sie die Nachrichtensperre als aufgehoben. Ich glaube nicht, dass es hier einen Reporter im Saal gibt, der nicht bereits mehr über diesen Zeugen weiß als ich.«

Gelächter brandete auf, dann herrschte wieder Ruhe.

»Aufgrund der im Vorverfahren erlassenen Gerichtsverfügung haben die Parteien bereits Zeugenlisten ausgetauscht. Vielleicht habe ich es ja übersehen, aber auf der Zeugenliste der Verteidigung taucht nirgendwo der Name eines kubanischen Soldaten auf.«

Der Richter blätterte durch die Akte, bis er die Zeugenlisten gefunden hatte. Dann fragte er Jack: »Steht er auf Ihrer Liste oder nicht, Mr Swyteck?«

Jack zögerte. Er wollte nicht die Unwahrheit sagen, aber einer der ältesten Tricks aus dem Lehrbuch würde sich vielleicht gegen ihn selbst wenden. »Wir haben ihn nicht namentlich aufgeführt, Euer Ehren. Aber wir haben unsere Absicht erklärt, Entlastungszeugen aufzurufen.«

Der Richter schnaubte. »Sie haben doch nicht etwa ernsthaft vor, einen kubanischen Zeugen durch die Hintertür einzuschleusen, indem sie ihn unter der allgemeinen Kategorie ›Entlastungszeugen‹ auflisten, oder?«

»Um ganz ehrlich zu sein, wir haben noch nicht entschieden, ob wir den Soldaten als Zeugen berufen werden oder nicht.«

»Um uns vor unliebsamen Überraschungen zu schützen«, wandte der Staatsanwalt ein, »verlange ich, dass diese Frage eindeutig geklärt wird. Falls Mr Swyteck beabsichtigt, einen kubanischen Soldaten als Zeugen aufzurufen, sollte er aufgefordert werden, das hier und jetzt bekannt zu geben.«

»Das geht mir zu weit«, entgegnete der Richter. »Mr Swyteck kann zu einem späteren Zeitpunkt entscheiden, ob er ihn tatsächlich in den Zeugenstand rufen will. Aber wenn es einen kubanischen Soldaten gibt, der behauptet, etwas über dieses Verbrechen zu wissen, dann möchte ich seinen Namen hören. Wenn Sie seinen Namen nicht jetzt nennen, haben Sie Ihr Recht verwirkt, ihn als Zeugen zu präsentieren.«

Jack ließ den Blick über die Menge schweifen. Die meisten Zuschauer saßen gespannt auf der Stuhlkante. »Herr Richter, dies ist eine öffentliche Verhandlung. Ich weiß nicht, welche Konsequenzen es für den Soldaten oder seine Familie haben wird, wenn ich hier seinen Namen preisgebe.«

»Dann werden Sie ihn auch nicht als Zeugen berufen. Aber wenn Sie sich Ihr Recht vorbehalten wollen, Mr Swyteck, lassen Sie uns seinen Namen hören. Und zwar *jetzt.*«

Jack zögerte immer noch, dann sagte er: »Sein Name ist Felipe Castillo.«

Ein Raunen ging durch den Zuschauerraum. Jack konnte hinter sich beinahe das Geräusch der Stifte hören, als sich alle den Namen notierten. Es gefiel ihm nicht, dass er die Identität des Soldaten preisgeben musste, aber mit einiger Genugtuung registrierte er den verblüfften Gesichtsausdruck des Staatsanwalts. Torres war offensichtlich davon ausgegangen, dass die Verteidigung bluffte, dass Jack, wenn es darauf ankäme, nicht in der Lage sein würde, mit einem Namen aufzuwarten.

»Also gut«, sagte der Richter, dessen Tonfall ebenfalls eine leichte Überraschung verriet. »Wir haben einen Namen. Sind Sie damit zufrieden, Mr Torres?«

Erneut sah der Staatsanwalt zu Jack hinüber, als könnte er es immer noch nicht fassen, dass womöglich demnächst ein kubanischer Soldat in den Gerichtssaal marschieren würde. »Das reicht mir, Herr Richter.«

»Dann ist das Vorverfahren hiermit abgeschlossen. Wir sehen uns morgen früh wieder, Punkt neun Uhr. Dann werden wir die Geschworenen auswählen. Bis dahin vertagt sich das Gericht.« Der Richter beendete die Sitzung mit einem Hammerschlag und verließ den Gerichtssaal durch einen Nebenausgang in sein Büro. Sofort setzte ein hektischer Ansturm auf die Ausgänge ein. Im Gerichtsgebäude waren keine Kameras zugelassen, daher machten sich die Fernsehjournalisten auf zu ihren Medienvans, um Bericht zu erstatten. Andere drängelten sich im Saal um die Anwälte und bestürmten sie mit Fragen.

»Befindet sich Felipe Castillo zurzeit in Miami?«

»Stimmt es, dass der Gefreite bei Ihnen zu Hause wohnt?«

»Haben Sie direkt mit Fidel Castro gesprochen?«

Jack hätte gern geantwortet, aber er befürchtete, dass in dem Chaos und der allgemeinen Hysterie seine Antworten von den Medien verzerrt dargestellt würden. »Wir werden zu dieser Frage eine Stellungnahme abgeben, sobald wir zu einer endgültigen Entscheidung gelangt sind«, sagte Jack in die Menge der Journalisten hinein. »Das ist vorerst alles. Danke.«

Die Fragen rissen nicht ab. Ob es ihm gefiel oder nicht,

Felipe Castillo war im Begriff, in ganz Südflorida ein Markenname zu werden – zumindest in Latinokreisen. Jack und Sofia kämpften sich mühsam in Richtung Ausgang vor. Sie schienen eine Ewigkeit zu brauchen, aber schließlich gelangten sie ans Ende des langen Mittelgangs, wo sie sich durch die Doppeltüren schoben. Von dort benötigten sie noch mehrere Minuten durch die überfüllte Eingangshalle zum Hauptausgang. Jack konnte kaum einen klaren Gedanken fassen, geschweige denn in dem Tumult irgendeine Stimme heraushören. Dennoch bekam er trotz des Lärms irgendwie mit, wie Hector Torres ein letztes Statement für die Abendnachrichten abgab.

»Seien Sie morgen sehr aufmerksam«, sagte er. »Es werden nicht die Vertreter der Anklage sein, die systematisch US-Kubaner bei der Wahl der Geschworenen ausschließen.«

Jack stieß die Drehtüren auf und Sofia folgte ihm in die Nachmittagssonne. Im Vergleich zu der Meute, die sie außerhalb des Gerichtsgebäudes erwartete, hatte sich die Menge im Saal geradezu vorbildlich verhalten. Ein gerichtliches Vorverfahren war normalerweise kein besonderes Ereignis, aber es konnte durchaus zu einem Medienspektakel ausarten – zumal wenn ein einflussreicher Mann wie Alejandro Pintado vom Staatsanwalt erfahren hatte, dass der die Verteidigung zwingen wollte, sich in irgendeiner Form auf den kubanischen Soldaten als Zeugen festzulegen. Hector Torres mochte ja ein Freund von Jacks Vater sein, aber er erwies sich immer weniger als Freund von Jack.

»Sieht aus, als hätten wir noch mehr Publikum«, sagte Sofia. Sie hielt sich dicht hinter Jack.

Eine riesige Menschenmenge hatte sich auf dem Gehweg vor dem Gerichtsgebäude versammelt, teils von dem Trubel angelockte Schaulustige, teils mit Kameras behängte

Journalisten, die in ihren Notizen blätterten oder sich in Beinarbeit übten, um nicht über das herumliegende Kabelgewirr zu stolpern. Die meisten der Versammelten allerdings waren Demonstranten, die sich zu Hunderten zum Gerichtsgebäude vordrängten und durch hölzerne Barrikaden und von einem starken Polizeiaufgebot in Schach gehalten wurden. Ein Demonstrant war auf einen Laternenmast geklettert. Als Jack und Sofia aus dem Gebäude traten, begann er, wie wild zu gestikulieren und auf Spanisch etwas zu rufen, was wohl so viel bedeutete wie: »Da sind sie«. Gleich darauf wurden Fäuste wütend in die Luft gereckt, und die Leute fingen an, die Parolen zu skandieren, die sie auch auf ihre Transparente gesprüht hatten.

»Mr Pintado, wir lieben Sie!«

»Wir wollen Gerechtigkeit für Kubaner und keine Lügen von kubanischen Soldaten!«

»US-Kubaner sind AMERIKANER!«

»No Castro, No problema!«

Jack verstand nicht recht, wie der letzte Slogan in die Geschichte passte, aber man war schließlich in Miami.

»Heiliger Strohsack«, entfuhr es Sofia, als ihr Blick auf den Parkplatz auf der gegenüberliegenden Straßenseite fiel. Dutzende von Medienvans standen dort, viele mit Funkmasten und Satellitenschüsseln. An den Logos auf den Fahrzeugen konnte man erkennen, dass englischsprachige wie spanischsprachige Sendeanstalten gleichermaßen vertreten waren.

»Einfach weitergehen«, zischte Jack Sofia ins Ohr.

Die Reporter hefteten sich lärmend an ihre Fersen, stiegen hinter ihnen die Granitstufen hinunter. Jack spürte die Wucht der Menge, als sie unter den Bäumen im Gerichtshof entlanggingen und eine Armada von Fernsehkameras sie auf dem breiten Gehweg in Empfang nahm. Von überall kamen Fragen und Mikrofone auf sie zu.

Jack hatte zwar mit vielen Medienvertretern gerechnet, aber nicht mit einem solchen Auflauf. Dennoch blieb er bei seinem ursprünglichen Plan und wandte sich den Fernsehkameras zu. Obwohl er kein gewiefter Politiker wie sein Vater war, verfügte auch er im Umgang mit der Presse über die Gabe der Swytecks, so zu tun, als würde er der ganzen Welt ins Auge blicken, ohne in Wirklichkeit überhaupt jemanden anzusehen.

»Am Vorabend dieses wichtigen Prozesses«, verkündete Jack, »sollten wir uns alle ins Gedächtnis rufen, dass niemand mehr über den Tod von Captain Oscar Pintado trauert als sein Sohn Brian und seine Frau Lindsey, die zwölf Jahre mit ihm verheiratet war. Lindsey war äußerst stolz auf den Dienst ihres Mannes im U. S. Marine Corps, und ich bin stolz darauf, sie als ihr Anwalt vertreten zu dürfen. Wir alle erwarten ihren Freispruch in allen Punkten und die Wiederherstellung ihres guten Rufs. Ich danke Ihnen.«

Die Reporter bombardierten ihn weiterhin mit Fragen, aber unmittelbar, nachdem Jack seine Stellungnahme abgegeben hatte, fuhr ein Wagen vor und hielt direkt hinter ihm und Sofia. Im selben Augenblick wurde die Tür aufgestoßen. Ohne weiteren Kommentar stiegen Jack und Sofia auf den Rücksitz. Die Tür schloss sich, und hätte die Polizei sie nicht daran gehindert, wären die Presseleute auf die Motorhaube gesprungen. Der Wagen kam nur langsam voran, aber schließlich gelang es den Polizisten, ihnen eine Gasse durch die Menge zu bahnen, und sie fuhren los in Richtung Schnellstraße.

Theo saß am Steuer.

»Tritt nicht zu arg aufs Gas«, sagte Jack. »Aber sieh zu, dass wir zügig hier wegkommen.«

»Kein Problem, Boss.«

Sofia warf einen Blick zum Heckfenster hinaus auf die Menge, der sie entkommen waren. »Wow, ich komme mir vor wie eine Berühmtheit.«

»Am besten, Sie gewöhnen sich schon mal daran«, entgegnete Jack.

»Heißt das, es wird auch Groupies geben?«, fragte Theo.

Jack verdrehte die Augen. »Fahr einfach, Theo.«

Es gelang Theo, eine grüne Welle zu erwischen, danach preschte er auf die Schnellstraße. Nach einigen Minuten hatten sie die I-95 erreicht, die aus der Stadt hinausführte, und nahmen schließlich den Rickenbacker Causeway nach Key Biscayne.

Key Biscayne war wie eine andere Welt und genau aus diesem Grund wohnte Jack dort. Ein Inselparadies mit Blick auf Miamis Wolkenkratzer und doch weit genug entfernt von dem Chaos, so dass er den Anblick der Stadt genießen konnte, ohne ständig an die Arbeit erinnert zu werden. Sie fuhren schweigend und Jack konnte sich endlich ein wenig entspannen. Niemand außer Theo hatte das richtige Gespür dafür, wann Jack bereit war zu reden, und niemand außer Theo setzte sich so unverfroren darüber hinweg, ob Jack reden wollte oder nicht.

»Und, wie ist es gelaufen?«, erkundigte sich Theo.

»Was hattest du denn für einen Eindruck?«, fragte Jack.

»Sah aus wie eine wilde Geburtstagsparty für kleine Latinas«, erwiderte Theo.

Sofia lachte in sich hinein, sie musste an ihren fünfzehnten Geburtstag denken, der mit einem völlig übertriebenen Aufwand entsprechend den alten kubanischen Traditionen gefeiert worden war.

Jack lachte nicht. Er starrte wie gebannt auf die beiden gelben Feuerwehrwagen, die am Ende der ansonsten ruhigen Wohnstraße den Verkehr blockierten. Ein Gewirr aus Feuerwehrschläuchen lag verstreut über dem nassen Pflaster. Feuerwehrmänner standen am Absperrband bereit und an der Südseite der Straße stiegen bedrohliche schwarze Rauchschwaden zum Himmel auf. Vier Männer hielten einen Schlauch und zielten mit dem vollen Wasserstrahl auf ein Auto. Und all das spielte sich vor Jacks Haustür ab.

»Scheiße«, schrie Theo. »Das ist dein Mustang, Jack.«

Theo machte eine Vollbremsung, alle drei sprangen aus dem Wagen und rannten zur Straßenecke. Auf dem Gehweg hatten sich bereits Schaulustige eingefunden. Jack schob sich an ihnen vorbei, aber ein Polizist hielt ihn auf.

»Das ist mein Wagen!«, rief Jack.

Der Polizist zuckte die Achseln. »Sie meinen wohl, das *war* Ihr Wagen. Da können Sie nichts mehr tun, Kumpel. Halten Sie sich zurück.«

Jack stand da wie angewurzelt. Er hatte das Auto von seinem ersten Honorar nach dem Studium gekauft. Der Mustang war das Einzige, was ihm nach der Scheidung von Cindy geblieben war, das Einzige in seinem einsamen Leben, das ihn aus dem Büro locken und ihn buchstäblich zwingen konnte, eine Fahrt durch die fantastische Landschaft zu machen.

Und nun war er nur noch ein brennendes Gerippe aus verbogenem Metall.

Jack drehte sich zu Theo um, der fassungslos in die Flammen blickte. So traurig hatte Jack seinen Freund noch nie erlebt. Theo war der einzige Mensch, der den Mustang noch mehr geliebt hatte als er.

Wortlos starrte Jack auf das Wrack. Dann bemerkte er

etwas in der Auffahrt neben dem Wagen. Da er auf der gegenüberliegenden Straßenseite stand, konnte er es zuerst nicht erkennen. Als er zum Schutz gegen den grellen Feuerschein die Sonnenbrille aufsetzte, sah er deutlich, dass jemand in roten Buchstaben etwas auf den Asphalt gesprüht hatte, vermutlich, bevor der Wagen abgefackelt worden war. Jack brauchte einen Augenblick, die auf dem Kopf stehenden Buchstaben zu entziffern, aber dann fiel der Groschen.

CASTRO-LOVER stand da.

Theo sah ihn an. »Das kann ja noch heiter werden.«

Nach und nach erloschen die Flammen. Die Feuerwehrleute hatten den Brand unter Kontrolle, und sie würden nur noch einige hundert Liter Wasser brauchen, um ein spektakuläres Feuerwerk in nutzlosen Schrott zu verwandeln.

»Ja«, erwiderte Jack. »Sieht ganz so aus.«

30

»Die Vereinigten Staaten von Amerika rufen Alejandro Pintado in den Zeugenstand.«

Mit diesen gewichtigen Worten von Bundesanwalt Hector Torres erreichte der Prozess gegen Lindsey Hart seinen ersten Höhepunkt.

Die Auswahl der Geschworenen hatte drei Tage in Anspruch genommen. Mehr als fünfzig Prozent der Bevölkerung des County waren im Ausland geboren, was sich in allen Lebensbereichen von Miami widerspiegelte, Jurys machten dabei keine Ausnahme. Selbst Sigmund Freud hätte sich die psychologischen Wechselwirkungen nicht träumen lassen, die sich aus dem Zusammentreffen der unterschiedlichsten Abstammungen, Kulturen, Sprachen und politischen Ansichten ergaben. Für einen Strafverteidiger war es zwecklos, es allen recht machen zu wollen. Es kam eher darauf an, genügend vernünftige Zweifel zu säen, so dass man zumindest *einige* auf seine Seite ziehen konnte. Und auf diese Überlegung hatte Jack seine Strategie bei der Auswahl der Geschworenen und für sein Eröffnungsplädoyer aufgebaut.

Die Show hatte begonnen.

»Mr Pintado, bitte treten Sie in den Zeugenstand.«

Ein Meer von Köpfen wandte sich um, als der Vater des Opfers nach vorn ging. Der Prozess fand im zentralen Gerichtssaal statt, der bis auf den letzten Platz besetzt war. Der mediterrane Charakter des Saals mit seinen gemauerten Bögen, den Fresken an den Decken und den auf Hochglanz polierten Mahagonitäfelungen war beeindruckend. Nur dieser zentrale Saal verfügte über genügend Sitzplätze für die große Zahl der Medienvertreter. Trotz des Gemurmels der Zuschauer konnte Jack seine Mandantin neben sich seufzen hören. Sie wirkte abwesend, seit der Gerichtsdiener um Punkt neun Uhr die Verhandlung für eröffnet erklärt hatte. Jack konnte sie gut verstehen. Es gab wohl kaum etwas Beunruhigenderes als die Worte: *»Die Vereinigten Staaten von Amerika gegen«*, gefolgt von dem eigenen Namen.

Jack drückte ihr leicht die Hand. Sie war eiskalt.

»Ich gelobe es«, sagte Pintado, der gelobte, die Wahrheit, die ganze Wahrheit und nichts als die Wahrheit zu sagen.

»Bitte setzen Sie sich«, sagte der Richter.

Pintado nahm im Zeugenstand Platz, der sich gegenüber der Geschworenenbank befand. Zwischen dem Zeugen und den Geschworenen thronte Richter Garcia, eine gebieterische Persönlichkeit, selbst in seiner äußeren Erscheinung und seinem Gebaren ganz Richter und Gelehrter. Pintado war einer jener seltenen Zeugen, die noch größeren Respekt als der Richter zu genießen schienen. In den Augen so mancher Geschworener bemerkte Jack Hochachtung und Bewunderung.

»Guten Morgen«, sagte der Staatsanwalt, als er auf den Zeugen zuging. »Als Erstes möchte ich Ihnen und Ihrer Frau mein Beileid zum Tod Ihres Sohnes aussprechen.«

»Danke.« Die Jury folgte Pintados Blick zu seiner Frau in der ersten Reihe der Publikumssitze. Sie war attraktiv und elegant gekleidet, aber ihr Gesicht war vom Kummer und von vielen schlaflosen Nächten gezeichnet.

Wie Jack vorausgesehen hatte, begann Pintados Zeugenaussage mit der beeindruckenden Schilderung seiner Lebensgeschichte – der Kindheit in Kuba, der fürchterlichen Überfahrt im Boot nach Miami, dem ersten Job als Tellerwäscher und dem ruhmreichen Aufstieg zum Eigentümer einer erfolgreichen kubanischen Restaurantkette. Im Anschluss daran lenkte der Staatsanwalt die Befragung zu sachdienlicheren Themen.

»Mr Pintado, würden Sie uns bitte von Ihrem Sohn erzählen?«

Angesichts dieser umfassenden Frage stieß Pintado einen tiefen Seufzer aus. Er wirkte nicht gerade wie jemand, der leicht zu erschüttern war, aber als er antwortete, bebte seine Stimme. »Oscar war ein Sohn, wie man ihn sich nicht besser wünschen kann. Er war ein braver Junge und ein guter Schüler. An der Columbus High School war er Sprecher des Senior-Jahrgangs und Quarterback im Footballteam. Eigentlich war es unser Wunsch, dass er studierte, aber als er dann zur Marine ging, erfüllte uns das mit Stolz.«

»Aber er hat doch studiert?«

»Ja. Beim Marine Corps wurde er schon bald für die Offizierslaufbahn ausgewählt, eine gute Entscheidung, denn er hat an der Universität den Bachelor of Science gemacht. Mit Auszeichnung, möchte ich noch hinzufügen. Danach hat er seine Offizierslaufbahn fortgesetzt.«

»Das klingt alles so, als hätten Sie Ihren Sohn sehr geliebt.«

»Seine Mutter und ich, wir haben ihn beide geliebt. Wir lieben alle unsere Kinder mehr als sonst etwas in der Welt.«

»Wie lange war Oscar auf der Naval Base in Guantánamo Bay in Kuba stationiert?«

»Nach seiner Versetzung dorthin wurde er zum Captain befördert. Ich schätze, das war vor ungefähr vier Jahren.«

»Und er hat gemeinsam mit seiner Frau und seinem Sohn auf der Basis gelebt, richtig?«

»Das ist richtig.«

»Können Sie uns beschreiben, wie Oscar als Vater war?«

»Er war wundervoll. Sein Sohn ist jetzt zehn Jahre alt. Er wohnt bei seiner Großmutter und mir. Brian fragt dauernd nach seinem Vater.«

»Spricht er von seiner Mutter?«

Pintado sah zum ersten Mal in Lindseys Richtung, vermied aber Blickkontakt. »Fast nie.«

Diese Spitze war zwar nicht direkt an Jacks Adresse gerichtet, dennoch spürte er sie. Lindsey beugte sich zu ihm hinüber. »Das stimmt überhaupt nicht. Sehen Sie, wie er lügt?«, flüsterte sie.

»Was für ein Ehemann war Oscar?«, fragte der Staatsanwalt.

»Er war ein guter Ehemann. Ich kann mit Recht sagen, dass er seine Frau sehr geliebt hat.«

»Würden Sie sagen, dass sie ihn geliebt hat, wenn Sie von Ihren eigenen Beobachtungen ausgehen?«

Pintado schob seine Unterlippe vor, und sein Kinn legte sich in Falten. »Nein.«

»Wieso sagen Sie das?«

»Schon von Anfang an hatte ich das Gefühl, dass Lindsey mehr am Geld der Pintado-Familie interessiert war als an Oscar selbst.«

Jack war klar, worauf diese Frage abzielte, und er hätte Einspruch erheben können, aber es ließ sich wenig damit gewinnen, wenn er sich vor den Geschworenen als obstruktiver Anwalt erwies, der einen trauernden Vater nicht über seinen Sohn ausreden ließ.

»Hat sich in jüngster Vergangenheit irgendetwas ereignet«, fragte der Staatsanwalt, »das Ihnen Anlass zu Ihrer Annahme gibt, Lindsey hätte es auf das Geld der Familie abgesehen?«

»Oscar ist im Besitz eines Treuhandfonds. Über diesen konnte er verfügen, seit er fünfunddreißig wurde.«

»Ich möchte ungern in die finanziellen Verhältnisse Ihrer Familie eindringen, Sir. Aber um welche Größenordnung geht es bei dem Fonds?«

Pintado schwieg einen Augenblick, bevor er antwortete. »Um einige Millionen.«

»Dafür kann man sich im Offiziersklub von Guantánamo sicherlich eine Menge Bier kaufen.«

»Das war ja das Problem. In Guantánamo gibt es keine Möglichkeit, eine solche Summe auch nur ansatzweise auszugeben. Oscar war Soldat. Er hat genauso gelebt wie alle anderen Soldaten auch.« Wieder warf er Lindsey einen scharfen Blick zu. »Und seine Frau lebte genauso wie die anderen Soldatenfrauen.«

»Was für ein Haus hatten die beiden in Guantánamo? Ich meine die Bauweise.«

»Es war ein bescheidenes Haus. Soweit ich weiß, stammt es aus den vierziger Jahren. Hundert Quadratmeter Wohnfläche. Keine Garage, nur ein Carport neben dem Haus.«

»Wissen Sie, wie lange Ihr Sohn vorhatte, dort zu leben?«

»Er hätte sich sicherlich an einen anderen Stützpunkt versetzen lassen können. Aber ihm fehlten nur noch ein paar Jahre bis zu seinem zwanzigjährigen Dienstjubiläum bei der Marine, und er war fest entschlossen, seine Laufbahn in Guantánamo zu beenden.«

»Woher wissen Sie das?«

»Wir haben darüber im Zusammenhang mit Brians Schulbesuch gesprochen. Das Militär war nie bereit, für Brians Klasse einen Dolmetscher in Zeichensprache zu stellen, daher habe ich einige Leute angerufen, die mir etwas schuldig waren; sie haben mir dabei geholfen, einen guten zivilen Dolmetscher zu finden, der bereit war, auf Kosten der Familie auf dem Stützpunkt zu leben. Das war langfristig geplant, zumindest bis Brian auf die Highschool gehen würde.«

»Das heißt also, dass der Traum von einer Villa am Wasser sich für Oscar und Lindsey zumindest in den nächsten Jahren nicht erfüllt hätte.«

»Richtig. Aber Oscar konnte warten. Er hat seinem Land gern gedient. Er war Soldat, und er wollte unbedingt das Geld so lange auf der Bank lassen, bis er aus dem Dienst ausscheiden würde.«

»War Lindsey glücklich?«

Pintado schaute erst die Geschworenen, dann wieder den Staatsanwalt an. »Das sollten Sie sie vielleicht selbst fragen.«

»Danke. Keine weiteren Fragen«, sagte Torres.

Jack stand auf. »Ich hätte gern eine Aussprache zwischen Anwälten und Richter, Euer Ehren.«

Der Richter winkte die Anwälte nach vorn und hinter einer Bank in einiger Entfernung von den Geschworenen steckten sie die Köpfe zusammen. »Herr Richter«, sagte Jack, »diese letzte Frage hätte Ihnen die Haare zu Berge stehen lassen müssen. Sie war so offensichtlich darauf angelegt, Mr Pintado die einzig mögliche Antwort zu entlocken: ›Das sollten Sie Lindsey selbst fragen.‹ Die Angeklagte ist nicht verpflichtet auszusagen. Es ist völlig unangemessen, dass Mr Torres seine eigenen Zeugen dazu benutzt, in den Köpfen der Juroren die Vorstellung keimen zu lassen, meine Mandantin müsste sich im Zeugenstand erklären.«

»Ich weiß nicht, wovon Mr Swyteck redet, Herr Richter. Ich habe eine einfache Frage gestellt, und der Zeuge hat sie beantwortet, so gut er konnte.«

»Ich bitte Sie«, erwiderte Jack. »Sie sprechen mit einem früheren Staatsanwalt. Wollen Sie mir etwa weismachen, dass Sie die Befragung Ihres ersten Zeugen mit einer Frage abschließen, auf die Sie die Antwort nicht schon im Voraus kennen?«

»Okay, das reicht«, knurrte der Richter. »Ich denke, Mr Swyteck hat Recht. Nehmen Sie sich zusammen, Mr Torres.«

»Kein Problem, Herr Richter.« Als sie sich umwandten und zu ihren Plätzen zurückgingen, flüsterte Torres, so dass nur Jack ihn hören konnte. »Ich wusste gar nicht, dass Sie solche Angst davor haben, Lindsey im Zeugenstand zu sehen, Jack.«

»Und ich wusste nicht, dass Sie solche Angst davor haben, ohne sie keinen Schuldspruch erwirken zu können«, entgegnete Jack.

Der Staatsanwalt kehrte auf seinen Platz zurück, Jack

nahm seine Position vor dem Zeugen ein. Eine lokale Berühmtheit wie Alejandro Pintado ins Kreuzverhör zu nehmen war grundsätzlich schon ein heikles Unterfangen. Dass dieser obendrein der Vater des Opfers war, machte Jacks Aufgabe besonders schwierig.

»Mr Pintado, auch ich möchte Ihnen und Ihrer Familie mein Mitgefühl ausdrücken.«

Der Zeuge bedachte ihn wortlos mit einem kühlen Blick. Jack fuhr fort. »Ich möchte Sie etwas zu dem Treuhandfonds fragen, den Sie erwähnt haben.«

»Was ist damit?«

»Dieser Fonds wurde ausschließlich für Ihren Sohn eingerichtet. Nicht für ihn und seine Frau. Ist das richtig?«

»Das ist richtig.«

»Sie haben nie mit Lindsey über diesen Fonds gesprochen, richtig?«

»Nein. Lindsey und ich haben nicht über Geld geredet.«

»Sie haben ihr auch nie eine Kopie dieses Treuhandvertrags geschickt?«

»Nein, natürlich nicht.«

»Sie haben nie gehört, dass sie mit jemandem über den Fonds gesprochen hätte?«

»Sie meinen mit Oscar?«

»Ich meine mit irgendjemandem.«

Pintado dachte einen Moment nach. Dann schien ihm allmählich zu dämmern, worauf Jack hinauswollte. »Nein. Ich habe sie nie darüber reden hören.«

Am liebsten hätte Jack diesen Punkt für sich verbucht und nur noch eine Schlussfrage gestellt: ›Soweit Sie also wissen, hatte Lindsey gar keine Kenntnis von Oscars Fonds?‹ Aber wahrscheinlich würde er nur zur Antwort erhalten: ›Hören Sie, Mr Swyteck, von meinem Anwalt weiß ich, dass Lindsey schon Wochen vor Oscars Tod jeden Tag mehrmals in seiner Kanzlei angerufen hat, um sich nach dem Fonds zu erkundigen.‹

Jack beschloss, es dabei zu belassen.

»Mr Pintado, lassen Sie uns das Thema wechseln und für einen Moment auf Sie selbst zurückkommen. Soweit ich weiß, sind Sie der Gründer und Vorsitzende der *Brothers for Freedom*.«

»Das ist richtig. Und darauf bin ich sehr stolz.«

»Meinen Glückwunsch, Sir. Vielleicht gibt es jemanden im Saal, der noch nie davon gehört hat. Wie würden Sie die Ziele Ihrer Organisation beschreiben?«

»Wir fliegen humanitäre Einsätze über den Florida Straits auf der Suche nach Menschen, die versuchen, Kuba zu verlassen. Sobald wir welche entdecken, tun wir alles im Rahmen unserer gesetzlichen Möglichkeiten, um sie sicher nach Florida zu bringen.«

Jack bemerkte, dass drei Geschworene zustimmend nickten. Man konnte nicht umhin, seinen Einsatz zu bewundern. Aber es war Jacks Aufgabe, ihn dennoch zu diskreditieren.

»Mr Pintado, mir liegt ein Zeitungsartikel vor, der vor elf Monaten in der *Miami Tribune* auf Seite zwei-A erschienen ist. In dem Artikel wird Ihre Rolle bei den *Brothers for Freedom* beschrieben. Können Sie sich daran erinnern, vor Erscheinen des Artikels mit einem Reporter gesprochen zu haben?«

»Ja.«

»Sie werden wie folgt zitiert: ›Wir wollen nicht Teil der neuen Politik der Küstenwache sein, die darauf abzielt, Kubaner nach Kuba zurückzuschicken. Mit dieser Politik hat sich die Küstenwache zu Castros Grenzpatrouille gemacht.‹«

Jack ließ das Zitat im Raum stehen. Die Stille im Gerichtssaal war mit Händen zu greifen.

»Ja, das waren meine Worte«, erwiderte Pintado.

»Sie haben diese Stellungnahme abgegeben, weil die derzeitige Politik der U.S. Coast Guard darauf abzielt, kubanische Flüchtlinge, die auf See aufgegriffen werden, grundsätzlich nach Kuba zurückzubringen. Ist das richtig?«

»Das ist richtig.«

»Diese Politik hat Sie wütend gemacht, stimmt's?«

»Ja natürlich. Es geht darum, dass die Menschen zu Fidel Castro zurückgeschickt werden, einem rücksichtslosen Mörder, der einmal sogar einen Mann in Abwesenheit vor Gericht gestellt und innerhalb von fünf Tagen nach seiner Rückkehr nach Kuba hat exekutieren lassen. Viele andere sitzen in Castros Gefängnissen, und ihr einziges Verbrechen besteht darin, dass sie Kuba auf der Suche nach Freiheit verlassen haben und von der U.S. Coast Guard aufgegriffen wurden, bevor sie amerikanischen Boden erreicht hatten.«

»Verstehe. Also hat die Vorstellung, dass die Küstenwache Bootsflüchtlinge nach Kuba zurückschickt, Sie und eine Menge anderer Leute in Rage gebracht?«

»Viele, sehr viele Leute. Das ist richtig.«

»Ihr Sohn war auch wütend darüber, nicht wahr?«

»Allerdings.«

»Gehe ich also recht in der Annahme, dass Captain Pintado, was die U.S. Coast Guard betrifft, genauso empfunden hat wie Sie?«

»Einspruch«, warf der Staatsanwalt ein. »Es gibt keinerlei Beweise dafür, dass Captain Pintado jemals die U.S. Coast Guard als Castros Grenzpatrouille bezeichnet hat.«

»Einspruch abgelehnt. Der Zeuge möge antworten.«

»In dieser speziellen Frage ja«, erwiderte Pintado. »Ich würde sagen, dass mein Sohn ganz genauso empfunden hat wie ich.«

»Hat er seine Ansicht auf dem Stützpunkt geäußert?«

Pintado ließ sich Zeit, bevor er bedächtig antwortete. »Ich hoffe nicht. Auf Guantánamo sind Hunderte Mitglieder der Küstenwache stationiert.«

»Ja. Hunderte. Was bedeutet, Sir, dass Sie in der größten Zeitung im siebten Bezirk der Küstenwache – der Miami und Guantánamo Bay einschließt – dreitausend Angehörige der Marine, von denen viele auf demselben Stützpunkt wie Ihr Sohn lebten, als ›Castros Grenzpatrouille‹ bezeichnet haben.«

»Einspruch«, sagte der Staatsanwalt. »Nur Fragen und Antworten.«

Auf einen solchen Einspruch hatte Jack nur gewartet, da er Pintados vorherige Antwort noch unterstrich. »Ja, ich denke, die Frage wurde beantwortet«, erwiderte Jack. Er wandte sich wieder dem Zeugen zu. »Ist die Annahme berechtigt, dass Ihre Bemerkung über ›Castros Grenzpatrouille‹ zu Verärgerung bei den Mitgliedern der Küstenwache geführt hat?«

Pintado schien erneut zu zögern, Jack in irgendeiner Weise zuzustimmen, aber diese Frage konnte er nicht verneinen. »Sie hat bestimmt einige Leute verärgert.«

Jack ging zu seinem Tisch zurück und Sofia reichte ihm ein weiteres Beweisstück. »Ich möchte Ihnen eine von vielen wütenden Reaktionen auf Ihre Bemerkung über ›Castros Grenzpatrouille‹ vorlesen. Es handelt sich um einen Brief an den Herausgeber, der drei Tage, nachdem Ihr Zitat in der Zeitung erschienen war, in der *Miami Tribune* veröffentlicht wurde. Er lautet: ›Verehrter Herausgeber, als Weltkriegs-Veteran der Küstenwache bin ich zutiefst empört über Mr Pintados Bezeichnung unserer Einheit als Castros Grenzpatrouille. Ich habe drei Jahre meines Lebens auf einem Zerstörer im Südpazifik zugebracht, ständig auf der Hut vor japanischen Torpedos. Ich musste mit ansehen, wie meine Freunde buchstäblich im Wasser explodierten, als sie am D-Day amerikanische Truppen an die Küsten transportierten. Wenn Mr Pintado der Auffassung ist, dass die Küstenwache einem skrupellosen Diktator wie Fidel Castro in die Hände spielt, dann melde ich mich freiwillig zum Dienst, um Mr Pintado eigenhändig nach Kuba zurückzuverfrachten.‹«

Jack schwieg eine Weile, um den Geschworenen Zeit zu geben, die Wut des Veteranen auf sich wirken zu lassen.

»Wie lautet Ihre Frage?«, wollte der Staatsanwalt wissen.

»Meine Frage lautet: Mr Pintado, haben Sie sich um Ihre persönliche Sicherheit Sorgen gemacht, nachdem Sie Reaktionen dieser Art auf Ihre Bemerkungen gelesen hatten?«

»Ich habe noch nie mit meiner Meinung hinter dem Berg gehalten. Ich bin an solche Dinge gewöhnt.«

»Sie sind daran gewöhnt und Sie treffen Vorkehrungen.«

»Ich weiß nicht, wie ich das verstehen soll.«

»Sie haben einen Leibwächter, richtig?«, fragte Jack.

»Ja.«

»Ihre Frau hat ebenfalls einen Leibwächter, auch richtig?«

»Ja.«

»Aber Ihr Sohn – Oscar – war auf sich allein gestellt. Kein Leibwächter. Er lebte auf demselben Stützpunkt mit Hunderten von Mitgliedern der Küstenwache, die Sie als ›Castros Grenzpatrouille‹ bezeichnet haben.«

Pintado kämpfte mit der Antwort, schließlich wischte er den Einwand einfach vom Tisch. »Oscar hatte ganz offensichtlich keinerlei Probleme. Sein bester Freund war bei der Küstenwache.«

»Sein bester Freund. Sie sprechen von Lieutenant Damont Johnson, richtig?«

»Ja.«

Jack ergriff die Gelegenheit beim Schopf, Zweifel in den Köpfen der Geschworenen zu säen – und dem Staatsanwalt eine Dosis seiner eigenen Medizin in Bezug auf fehlende Zeugen zu verabreichen. »Nun«, fuhr er mit einem sarkastischen Unterton fort, »vielleicht wird ja Lieutenant Johnson persönlich hier erscheinen und uns darüber aufklären, was für ein guter Freund er *tatsächlich* war.«

»Einspruch.«

»Stattgegeben.«

Jack wägte ab, ob er das Thema noch forcieren sollte, aber es wäre zu heikel gewesen, Pintado zu unterstellen, dass er für die Ermordung seines Sohnes indirekt Verantwortung trug. Jack konnte die Geschworenen gut genug einschätzen, um zu wissen, dass es an der Zeit war, sich hinzusetzen.

»Danke, Mr Pintado. Keine weiteren Fragen.«

31

Am Abend verabschiedete sich Jack im Gerichtssaal von seiner Mandantin und gab ihr ein »Kopf hoch« mit auf den Weg ins Gefängnis, als die Polizisten sie abführten.

So sah die bittere Realität bei einem Mordprozess aus: Es gab keine Möglichkeit, für den Angeklagten die Freilassung gegen Kaution zu beantragen.

Der Gefängnisalltag musste für Lindsey demoralisierend sein, dachte Jack. Sie würde ihr Kostüm wieder gegen die Gefängniskleidung eintauschen, ihre Armbanduhr gegen

Handschellen. Anstatt sich ins Bett zu kuscheln und ihrem Sohn einen Gutenachtkuss zu geben, konnte sie bestenfalls darauf hoffen, allein zu schlafen. Sie würde wach liegen, sich den Kopf über den nächsten Prozesstag zerbrechen oder im Nachhinein jede einzelne Zeugenaussage noch einmal durchspielen. Heuchlerische Mitgefangene würden versuchen, sich bei ihr einzuschmeicheln, sie über den Prozess auszuquetschen in der Hoffnung, irgendetwas in Erfahrung zu bringen, womit sie sich beim Staatsanwalt freikaufen konnten. Sie würde sich zurückziehen und sich mit sinnlosen Gedankenspielen beschäftigen, um bloß nicht darüber nachdenken zu müssen, ob sie den Rest ihres Lebens im Gefängnis verbringen oder ob der Tod durch die Spritze wirklich schmerzlos sein würde. Ihre Gedanken waren ihre einzige Privatsphäre, und es gab niemanden, mit dem sie sich austauschen konnte, nicht einmal mit ihren Anwälten.

Und Jack und Sofia mussten das weitere Vorgehen in spätabendlichen Sitzungen ohne ihre Mandantin planen.

»Was meinen Sie, wie es heute gelaufen ist?«, fragte Jack. Er saß Sofia gegenüber an seinem Esszimmertisch. Sich die Nächte in der Kanzlei um die Ohren zu schlagen war ziemlich ermüdend, und so hatten sie beschlossen, sich abwechselnd bei ihr oder bei ihm zu Hause zu treffen.

»Die Geschworenen Nummer drei und sechs können wir abschreiben. Nummer zwei wahrscheinlich auch. Aber das wussten wir ja schon, bevor Sie überhaupt den Mund aufgemacht haben. Der reinste Alejandro-Pintado-Fanklub.«

Jack atmete tief ein. »Ich habe allmählich das Gefühl, mit der gesamten exilkubanischen Gemeinde auf Kriegsfuß zu stehen.«

»Ist doch absurd, dass das gerade jetzt passiert, wo Sie

mehr über Ihre Mutter und Ihre kubanischen Wurzeln erfahren haben.«

»Wenn dieser Fall ausgestanden ist, werden wir beide wohl nach Iowa umziehen müssen.«

»Oder ich könnte meine Mutter endlich glücklich machen. Heiraten, meinen Namen ändern und irgendwo in der Vorstadt wohnen.«

»Sie reden schon vom Heiraten? Ihre Verabredung neulich abends muss Sie ja richtig umgehauen haben.«

»Das war rein theoretisch gemeint.«

»Er war also ein Reinfall.«

»Das habe ich nicht gesagt.«

»Klar war er ein Reinfall. Das merkt man.«

»Und was macht Sie da so sicher?«

»Ich bin Strafverteidiger. Ich habe einen guten Riecher.«

»Okay«, erwiderte sie lächelnd. »Und wie oft haben Sie sich aufgrund Ihres guten Riechers schon die Finger verbrannt, mal abgesehen von dem verkohlten Mustang vor Ihrer Haustür?«

»Aua, das hat gesessen, Sofia. Aber … ich hab doch Recht, oder? Er war doch eine Niete?«

»Na gut, Sie haben Recht. Aber Sie haben es gerade nötig, mit Steinen zu werfen. Ihr Freund Theo hat mir von Ihrer Fernliebe in Afrika erzählt. Wie hieß sie doch gleich – Ramapithecus oder so ähnlich?«

»Rene.«

»Ach ja, Rene. Das ist die, die alle zwei, drei Monate mal auf Stippvisite reinschneit.«

»Sie ist Kinderärztin. Sie arbeitet bei einer Hilfsorganisation. Sie kommt nach Miami, wenn sie Zeit hat.«

»Theo hat es mir ein bisschen anders geschildert. Er meinte, sie fliegt ein, demoliert Ihr Bett und verschwindet wieder.«

»Das hat Theo Ihnen erzählt?«

»Ja, und zwar mit einem deutlich neidischen Unterton. Aber das hört sich nicht unbedingt nach einer festen Freundin an.«

Jack wusste nicht, was er entgegnen sollte. Sie hatte Recht. Rene war nicht gerade das, was man sich unter einer festen Freundin vorstellen würde. »Zumindest fährt sie keinen El Camino. Mal im Ernst: *Das* ist ja nun wirklich kein klassischer Oldtimer?«

Sie lächelte verlegen. »Woher wussten Sie, dass –«

Lautes Getöse draußen vor dem Haus ließ sie beide zusammenzucken. Es hörte sich an, als lärmte jemand in Jacks Einfahrt mit Töpfen und Pfannen herum.

»Was ist denn da los?«, fragte Sofia.

»Das ist Theo. Seit die Polizei den Tatort freigegeben hat, bastelt er an dem Wagen.«

»Er glaubt doch nicht im Ernst, dass er ihn wieder hinkriegt, oder? Die Karre ist ausgebrannt.«

»Ich habe keine Ahnung, was er treibt. Manchmal ist es besser, wenn man ihm nicht zu viele Fragen stellt.«

Jack räumte die Reste des Salats und der Pizza ab. Sie zogen sich ins Wohnzimmer zurück, wo Sofia sich ihre Notizen über die Verhandlung vornahm und mit Jack durchsprach. Pintados Zeugenaussage hatte den ganzen Vormittag in Anspruch genommen und der Nachmittag war mit der Befragung des Gerichtsmediziners vergangen. Der Staatsanwalt hatte darauf gedrängt, dass sich der Gerichtsmediziner bei der Bestimmung des Todeszeitpunkts auf die Zeit vor fünf Uhr dreißig festlegte, also bevor Lindsey zur Arbeit gegangen war. Jack hingegen hatte versucht, ihm das Zugeständnis abzuringen, dass es sich um eine Schätzung handelte und es durchaus Spielraum gab.

Das Gepolter in der Einfahrt wurde zusehends lauter. Jack blickte genervt von seinen Notizen auf. »Was zum

Teufel macht der da draußen? Wird das ein Kreuzfahrtschiff?«

»Er ist Ihr Freund. Sie müssten es doch wissen.«

»Ich kümmere mich darum.« Jack sprang vom Sofa auf und ging zur Haustür. Der verrußte Mustang stand immer noch dort, wo er in Flammen aufgegangen war. Der Tatort war zwar nicht mehr abgesperrt, aber Theo hatte Jack daran gehindert, das Wrack abschleppen zu lassen. In einem ölverschmierten Overall stand er über den Wagen gebeugt, eine schwere Zange in der Hand. Irgendwie war es ihm gelungen, die Motorhaube aufzubrechen.

»Theo!«, schrie Jack über das Getöse hinweg. »Wir versuchen hier zu arbeiten.«

Theo hörte auf zu hämmern, trat von dem Wagen zurück und wischte sich den Schweiß von der Stirn. »Und was meinst du, was *ich* tue? Sieh dir bloß an, was sie mit meinem Wagen gemacht haben.«

»Tut mir ja Leid, dir das sagen zu müssen, aber das ist nicht dein Wagen.«

Theo fiel die Kinnlade herunter, als wollte er sagen: »Et tu, Brutus?«

»Nicht *mein* Wagen? Ich habe dieses Baby eigenhändig gewaschen. Wenn es geschnurrt hat, habe ich gelächelt. Wenn es gewimmert hat, habe ich es repariert. Und was hast du gemacht? Getankt und die Versicherung bezahlt. Du hast ihm nicht mal eine Garage gegönnt. Eine beschissene *Porta Cochere* ist alles, was du ihm gegönnt hast. Ich glaube, das ist Französisch und heißt so viel wie: ›Park deinen bescheuerten Chevy Vega hier‹.«

»Meinst du, ich hätte dieses Auto nicht geliebt? Ich war derjenige, der –«

»Jungs!«, rief Sofia.

Als Jack und Theo sich umdrehten, entdeckten sie Sofia auf der anderen Seite des verkohlten Mustangwracks. Sie ging um den Wagen herum und strich mit dem Zeigefinger über die rußverschmierte Karosserie. »Streiten sich da etwa zwei ausgewachsene Männer darum, wer von ihnen ein Auto mehr geliebt hat? Hal-lo! Das ist ein Auto, Jungs! Gibt's für euch nichts Wichtigeres im Leben?«

Auf der Stelle herrschte Schweigen. Schließlich sah Theo Jack an und fragte ungerührt: »Ist die bekifft?«

»Sieht ganz so aus.«

Sofia verdrehte die Augen und ging zurück ins Haus.

Sie grinsten sich kurz an, dann wurde Jack wieder ernst. »Kein Quatsch, Theo. Es hört sich an, als würde hier draußen für *Stomp* geprobt. Kannst du das nicht auf ein anderes Mal verschieben?«

»Willst du wissen, wer deinen Mustang abgefackelt hat oder nicht?«

»Klar will ich es wissen. Aber das ist Sache der Polizei.«

»Die Polizei. Ach Gottchen. Sag denen, sie sollen sich raushalten und mich meine Arbeit machen lassen.«

»Und du glaubst, du kriegst raus, wer meinen Wagen abgefackelt hat, du Witzbold?«

»Und ob. Ich brauche nur die fehlenden Teile zu verfolgen.«

»Wovon redest du?«

Theo schob die Zange in seine Tasche und lehnte sich mit verschränkten Armen gegen den Wagen. »Pass auf. Wie kommt ein Mensch auf die Idee, so ein tolles Auto anzuzünden? Was für eine Schande.«

»Manche Leute haben einfach Spaß am Zündeln.«

»Richtig. Aber noch mehr Leute sind auf schnelles Geld aus.«

»Und?«

»Die Teile, Jacko. Deshalb poltere ich hier so rum. Die Kiste ist zwar ziemlich verbrannt, aber eins kann ich dir jetzt schon sagen: Jemand hat sich ein paar Teile unter den Nagel gerissen, bevor er Feuer gelegt hat. Die teuren Schalensitze zum Beispiel. Und wahrscheinlich auch die Armaturen, das Holzlenkrad, die Schaltkonsole. Außerdem habe ich festgestellt, dass er den Auspuffkrümmer und den Verteiler aus dem Motorraum ausgebaut hat, und das ist erst der Anfang.«

»Und was will einer mit dem ganzen Zeug? Etwa verkaufen?«

»Aber *hallo*. Wir reden hier von einem erstklassigen Mustang-Cabrio-Oldtimer. Mit den Einzelteilen kann man sich eine goldene Nase verdienen.«

»Der Typ hat also Teile geklaut. Und wie bringt uns das weiter?«

»Wie gesagt: Wir verfolgen die fehlenden Teile. Ich werde mich mal bei Werkstätten umhören, die auf Sammlerautos spezialisiert sind. Vielleicht finde ich ja raus, ob in den letzten Tagen jemand Mustangteile vertickt hat.«

Jack nickte zustimmend. »Die sind rar. Jedenfalls die guten. Das kann ich dir aus Erfahrung sagen.«

»Genau. Ich brauche also nur die richtigen Teile aufzutreiben. Wenn ich den Typen finde, der sie hat, knöpf ich ihn mir vor, bis er damit rausrückt, wer sie ihm verkauft hat.«

»Hört sich theoretisch gut an. Aber kein Bastler wird dir erzählen, von wem er geklaute Teile hat.«

»Falsch, Jacko. Kein Bastler wird *dir* erzählen, von wem er geklaute Teile gekauft hat.« Er zog die große Zange aus seiner Tasche und schlug sie in seine offene Handfläche. »Aber mir wird er's verraten. Vertrau mir. Er wird darum *betteln*, es mir sagen zu dürfen.«

»Das habe ich nicht gehört«, sagte Jack.

»Das habe ich auch nie gesagt«, erwiderte Theo.

32

Am nächsten Vormittag ging es um Körperflüssigkeiten. Jack hatte Blut erwartet – Tatortfotos, Blutspuranalyse. Aber der Staatsanwalt hatte etwas völlig anderes im Sinn.

»Dr. Vandermeer, würden Sie sich bitte den Geschworenen vorstellen?« Mit diesen Worten leitete Torres die Befragung des Zeugen ein.

Ein kleiner Mann mit einem akkurat gestutzten Bart reckte sich zum Mikrofon vor. Der Mann verschwand fast im Zeugenstand, und Jack dachte, man hätte dem Zeugen vielleicht ein Telefonbuch oder etwas Ähnliches unter den Hintern schieben sollen. Zu Lindsey gebeugt flüsterte er: »Kennen Sie den Mann?«

»Nie gesehen.«

Der Zeuge räusperte sich. »Ich bin Doktor der Psychologie und der Medizin und spezialisiert auf die Behandlung von Patienten mit Fruchtbarkeitsproblemen.«

»Haben Sie eine Zulassung auf diesem Gebiet?«

»Ja. Ich habe eine Zulassung als Geburtshelfer und Gynäkologe, darüber hinaus bin ich Spezialist für reproduktive Endokrinologie.«

»Über welche weiteren praktischen Erfahrungen auf diesem Gebiet verfügen Sie?«

Dr. Vandermeer hielt einen längeren Vortrag über seine Diplome in Biologie und Psychologie und über die verschiedenen wissenschaftlichen Beiträge, die er in medizinischen Fachzeitschriften veröffentlicht hatte. Jack hörte auf, sich Notizen zu machen, als Vandermeer eine Forschungsarbeit erwähnte, die den Titel trug: »Es ist ein Junge/Es ist ein Mädchen – Das Vergnügen, mit Spermien zu experimentieren«.

Der Staatsanwalt sah zu den Geschworenen hinüber, wie um sich zu vergewissern, dass sie noch folgen konnten. Er schien beruhigt. »Doktor Vandermeer, Sie haben eingangs gesagt, Sie seien Doktor der Psychologie. Spielen psychologische Faktoren bei der Behandlung von Patienten mit Fruchtbarkeitsproblemen eine Rolle?«

»Aber ja, natürlich. Man muss kein Doktor der Psychologie sein, um zu wissen, dass emotionale Faktoren wie zum Beispiel Stress die Zeugungsfähigkeit beeinflussen können.«

»Und das gilt sowohl für Männer als auch für Frauen?«

»Auf jeden Fall. Das gilt für beide. Allerdings sind Männer in der Regel seltener als Frauen bereit, über diese psychologischen Faktoren zu sprechen. Aber das bedeutet nicht, dass sie bei ihnen nicht vorhanden sind.«

Wieder warf der Staatsanwalt einen Blick auf die Geschworenenbank, vielleicht um sich davon zu überzeugen, dass er niemanden in Verlegenheit gebracht hatte. Dann wechselte er das Thema. »Doktor Vandermeer, war die Angeklagte, Lindsey Hart, je Ihre Patientin?«

»Nein.«

»War ihr Ehemann, Captain Oscar Pintado, jemals Ihr Patient?«

»Ja.«

Ein Raunen ging durch den Gerichtssaal und auch der Richter schien hellhörig zu werden. Jack gelang es, seine sichtbare Reaktion auf einen Seitenblick zu seiner Mandantin zu beschränken. Er sah ihr an, dass sie nichts davon wusste.

»Erzählen Sie uns bitte, wie es dazu kam«, fuhr der Staatsanwalt fort.

»Captain Pintado hat mich vor etwa einem Jahr zum ersten Mal in meiner Praxis in Miami aufgesucht. Er hatte Urlaub und war mit seiner Frau und seinem Sohn in der

Stadt, aber er kam allein zu mir. Ich sollte vielleicht darauf hinweisen, dass Captain Pintado mich ausdrücklich gebeten hat, seiner Frau nichts von der Konsultation zu erzählen.«

»Warum hat er Sie aufgesucht?«

»Er erklärte mir, dass er und seine Frau schon seit Jahren versuchten, ein Kind zu zeugen. Zwar hätten sie einen Jungen adoptiert, die Hoffnung auf eine Schwangerschaft aber nicht aufgegeben. Er und seine Frau waren offenbar schon bei einem Spezialisten gewesen, der ihnen aber leider nicht helfen konnte.«

»Hat er Ihnen gesagt, warum er sich an Sie gewandt hat?«

»Ja. Sein Vater hatte mich empfohlen. Alejandro Pintado – oder vielleicht auch Mrs Pintado – hatte mich zufällig in einer Talkshow gesehen, in der über meine jüngste Forschungsarbeit zum Thema Unfruchtbarkeit gesprochen wurde.«

»Könnten Sie kurz den Gegenstand und die Erkenntnisse dieser Arbeit umreißen?«

Seine Miene hellte sich auf, als würde er nichts lieber tun. »Sehr gern. Ganz allgemein gesprochen war die Analyse von Spermien der Gegenstand meiner Forschung. Ich habe die Spermien zweier Vergleichsgruppen von Männern analysiert. Die erste Gruppe bestand aus Männern, die in einer völlig monogamen Beziehung zu einer Frau lebten, die also entweder verheiratet waren oder aber über längere Zeit eine feste Partnerin hatten. In der zweiten Gruppe waren Männer, die zugaben, Sex mit Frauen zu haben, die mehrere Sexualpartner hatten.«

»Ich möchte sichergehen, dass ich Sie in Bezug auf die zweite Gruppe richtig verstanden habe. Nicht die Männer hatten mehrere Sexualpartner, sondern ihre Frauen.«

»Richtig. Es ging mir um Männer mit einer ausschließlichen Beziehung zu einer Frau, die sich aber ihnen gegenüber nicht zur sexuellen Treue verpflichtet fühlte. Die meisten Männer in dieser Gruppe waren Singles, die ein Verhältnis mit verheirateten Frauen hatten.«

»Also gut. Ich nehme an, Sie haben Spermienproben von den Männern beider Gruppen genommen.«

»Richtig.«

»Welcher Art war Ihre Analyse?«

»Der erste Schritt bestand in einer Standardanalyse der Spermien. Ich wollte sicherstellen, dass ich es mit Samenproben zu tun hatte, die innerhalb des normalen Bereichs lagen. Besonders in Bezug auf Motilität und progressive Beweglichkeit.«

»Könnten Sie diese beiden Begriffe bitte erklären?«

»Motilität bezieht sich auf die generelle Beweglichkeit eines Spermiums. Wie in dem alten Machospruch ›Meine Jungs können schwimmen‹. Wenn sie sich nicht bewegen, sind die Spermien ziemlich unbrauchbar. Das Schwimmen ist allerdings nicht das einzig Wichtige. Wenn ein Spermium rückwärts schwimmt, also in die falsche Richtung, dann wird es das Ei wahrscheinlich nicht befruchten.«

Die Anwesenden reagierten mit Gekicher auf die Ausführungen und selbst der Richter musste grinsen. »Das heißt also, progressive Beweglichkeit ist eine Komponente der Motilität?«, fragte der Staatsanwalt.

»Richtig.«

»Das klingt plausibel. Welches war der nächste Schritt Ihrer Analyse?«

Vandermeer strahlte, offenkundig war er hochzufrieden mit sich selbst. »Ich will ja nicht prahlen, aber in diesem Punkt war meine Analyse gewissermaßen bahnbrechend. Ich habe die Motilität der Spermien in zwei unterschiedlichen Umgebungen untersucht. Zuerst habe ich jede

Spermienprobe isoliert und analysiert. Danach brachte ich jedes Spermium mit der Probe eines jeden der anderen Männer zusammen. Und dabei habe ich äußerst interessante Ergebnisse erzielt.«

»Was haben Sie herausgefunden?«

»Bei beiden Gruppen schwammen einige motile Spermien weiterhin vorwärts, als wollten sie unbedingt direkt zum Ei. Andere motile Spermien jedoch schwammen direkt auf das fremde Spermium zu. Diese Spermien attackierten den Eindringling, rammten und zerstörten ihn.«

»Und was haben Sie daraus geschlossen?«

»Meine Schlussfolgerung lautet, dass Männer über zwei verschiedene Arten von Spermien verfügen. Die Aufgabe der einen ist die Befruchtung. Die anderen übernehmen die Rolle der Soldaten und sorgen dafür, dass ein eindringendes fremdes Spermium das Ei nicht erreicht. Diese bezeichne ich als Killer-Spermien.«

»Und Sie sagen, das traf auf beide Gruppen von Männern zu?«

»Ja, beide Gruppen verfügten über die Killerspermien. Aber an diesem Punkt wurden die Ergebnisse sehr interessant. Die Männer, die in einer monogamen Beziehung lebten, verfügten über relativ wenige Killerspermien. Im Gegensatz dazu fanden sich weit mehr Killerspermien bei Männern, die eine Beziehung zu Frauen mit mehreren Sexualpartnern hatten.«

»Worauf lässt sich dieser Unterschied zurückführen?«

»Meiner Meinung nach handelt es sich hierbei um eine rein psychologische Komponente – die seelische Verfassung des Mannes. Wenn er glaubte, er sei der alleinige Kandidat, der es auf das Ei abgesehen hatte, war die Anzahl der Killerspermien gering. Aber wenn er das Gefühl hatte, im Wettbewerb mit einem anderen Mann zu stehen, produzierte der Körper mehr Killerspermien.«

Der Staatsanwalt schwieg eine Weile, damit die Geschworenen diesen entscheidenden Punkt auf sich wirken lassen konnten. Es war nicht ersichtlich, ob sie verstanden, wohin diese Befragung zielte, aber Jack hatte es begriffen – und plante bereits seinen Einspruch.

»Also«, fuhr Torres fort, »lassen Sie uns zu Ihrer Untersuchung von Captain Oscar Pintado zurückkehren. Haben Sie auch seine Spermien analysiert?«

»Ja, das habe ich.«

»Um welche Art von Analyse handelte es sich?«

»Um die, die ich soeben beschrieben habe. Zuerst habe ich eine Standardanalyse vorgenommen, aus der hervorging, dass seine Spermien im normalen Bereich lagen, und das auch in Bezug auf ihre Motilität.«

»Brachten Sie dann seine Spermien auch zusammen mit ... wie soll ich sagen? Mit Fremdspermien?«

»Ja.«

»Und was haben Sie herausgefunden?«

Jack sprang auf. »Einspruch. Ich beantrage ein Anwalt-Richter-Gespräch, Euer Ehren.«

Der Richter richtete sich in seinem Sitz auf und winkte die Anwälte zu sich. Außer Hörweite der Zeugen und Geschworenen steckten sie die Köpfe zusammen.

»Herr Richter«, sagte Jack, »erstens habe ich noch nie von einer Killerspermien-Analyse gehört. Die Vorstellung, dass Spermien Kung-Fu mit ihren Konkurrenten veranstalten und sich anschließend abklatschen, klingt doch einigermaßen lächerlich.«

»Das ist wissenschaftlich anerkannt«, entgegnete Torres.

»Möglich«, erwiderte Jack. »Aber in diesem Fall dient diese Zeugenaussage bestenfalls einem billigen Effekt, mit dem durch die Hintertür bewiesen werden soll, meine Mandantin sei ihrem Ehemann untreu gewesen.«

»Es geht nicht um eine Hintertür, sondern um die wissenschaftliche Analyse der Spermien ihres Ehemanns. Captain Pintado verfügte über eine hohe Anzahl von Killerspermien, was beweist, dass er mit einer Frau verheiratet war, die mehrere Sexualpartner hatte.«

»Es beweist überhaupt nichts«, sagte Jack. »Es beweist bestenfalls, dass er *annahm*, sie hätte mehrere Sexualpartner. Bewiesene Untreue kann durchaus ein Motiv einer Frau sein, ihren Mann zu töten. Aber aus dem bloßen Nachweis, dass das Opfer geglaubt hat, seine Frau sei untreu, lässt sich schwerlich ein Motiv für einen Mord konstruieren.«

»Mr Swyteck könnte Recht haben«, sagte der Richter.

Torres verzog frustriert das Gesicht. »Herr Richter, kann ich kurz mit Mr Swyteck unter vier Augen sprechen? Ich glaube, diese Sache können wir von Anwalt zu Anwalt klären.«

»In Ordnung. Ich muss ohnehin auf die Toilette.« Er ließ seinen Hammer niedersausen und schaltete das Mikrofon an. »Das Gericht zieht sich zurück«, verkündete er. »Die Verhandlung wird für fünf Minuten unterbrochen.«

Der Richter steuerte schnurstracks die Toiletten an. Im Publikum bildeten sich alle möglichen Diskussionsgrüppchen. Jack gab Lindsey und Sofia mit einer Handbewegung zu verstehen, dass alles in Ordnung sei, und folgte dem Staatsanwalt durch eine Seitentür in ein Besprechungszimmer.

Kaum hatte sich die Tür hinter ihnen geschlossen, fixierte der Staatsanwalt Jack und sagte: »Ich gebe Ihnen *eine* Chance, Ihren Einspruch zurückzuziehen.«

»Und warum sollte ich das tun?«

»Weil ich so oder so beweisen werde, dass Ihre Mandantin ihren Ehemann betrogen hat und dass das unter anderem ein Grund dafür ist, warum sie ihn getötet hat.«

Jack zeigte keine Reaktion. »Es ist mir egal, was Sie hoffen, beweisen zu können. Im Moment sage ich nur, ich werde nicht zulassen, dass Sie es mit diesen Mitteln tun.«

»Dann wird ihr Sohn das ausbaden müssen.«

»Wie bitte?«

»Eigentlich wollte ich Dr. Vandermeers Aussage heranziehen, um zu beweisen, dass Lindsey ihren Mann betrogen hat. Aber wenn Sie das verhindern, werde ich den Jungen in den Zeugenstand rufen. Ich werde ihn fragen, wie viele Männer er hat kommen und gehen sehen, wenn sein Vater nicht zu Hause war.«

»Sie bluffen«, entgegnete Jack.

»Nein, das tue ich nicht. Es liegt in Ihrer Hand, Jack. Sie können Ihren Einspruch zurückziehen und Dr. Vandermeer seine Aussage machen lassen. Oder Sie bleiben bei Ihrem Einspruch und zwingen mich dazu, den Jungen in den Zeugenstand zu rufen. Bevor dieser Prozess zu Ende ist, haben die Geschworenen kapiert, dass Sie es waren, der mich dazu gezwungen hat, ein zehnjähriges Kind in den Zeugenstand zu rufen, damit es vor aller Welt erklärt, dass seine Mutter eine Hure ist.«

Jack bemühte sich, seine Gefühle zu verbergen. Ein Wust von Gedanken schoss ihm durch den Kopf und verdichtete sich zu einem Gewirr widersprüchlicher Informationen, so dass er nicht mehr klar denken konnte. Dann begriff er, dass das Chaos in seinem Kopf nicht von diesem gedanklichen Wirrwarr ausgelöst wurde, sondern von den Gefühlen für seinen leiblichen Sohn, den er noch nie gesehen hatte. Brian das erste Mal unter solchen Umständen zu begegnen kam für ihn überhaupt nicht in Frage.

»Lassen Sie mich mit Lindsey reden«, war alles, was er hervorbrachte.

33

Auf Jacks Bitte hin dehnte Richter Garcia die fünfminütige Pause auf zwanzig Minuten aus. Jack beobachtete, wie Lindsey ihre Schläfen massierte, um einen Migräneanfall im Keim zu ersticken. Sofia saß am Kopfende des rechteckigen Tisches, Jack links von ihr, Lindsey rechts von ihr ihm gegenüber. Sie waren allein in dem fensterlosen Besprechungszimmer.

Lindseys Stimme zitterte vor Wut. »Ich glaube es einfach nicht, dass dieser Scheißkerl damit droht, meinen Sohn auf diese infame Weise gegen mich zu benutzen.«

»Ich schon«, sagte Sofia.

Jack warf seiner Co-Anwältin einen Blick zu, als wollte er sagen, lassen Sie mich das machen. »Lindsey, als Ihr Anwalt muss ich eins wissen: Was würde Brian aussagen, wenn der Staatsanwalt ihn in den Zeugenstand riefe?«

Sie hörte auf, sich die Schläfen zu massieren, und sah Jack in die Augen. »Sie meinen über diese fremden Männer, die in unser Haus gekommen sein sollen, wenn Oscar nicht da war?«

»Genau das meine ich.«

»Das ist absurd. Wenn ich meinen Mann hätte betrügen wollen, glauben Sie, ich hätte das in meinem eigenen Haus getan, während mein Sohn im Nebenzimmer war?«

»Zufälligerweise ist das genau das, was ein gewisser kubanischer Soldat aussagen würde, wenn wir ihn zu Ihrer Verteidigung aufrufen sollten. Sie und Johnson hatten Sex miteinander, während Ihr Sohn im Nebenzimmer schlief.«

»Ich habe Ihnen schon fünfmal gesagt, dass ich keine Affäre mit Damont Johnson hatte. Ich hatte mit niemandem eine Affäre.«

Jack überlegte einen Augenblick. »Wenn nun Brian in den Zeugenstand gerufen und aussagen würde, dass sich fremde Männer in Ihrem Haus die Klinke in die Hand gegeben haben, dann wäre das also eine Lüge?«

»Der Staatsanwalt blufft. Brian würde das nie sagen.«

»Sind Sie sich da vollkommen sicher? Bedenken Sie, er lebt jetzt schon seit fast einem Monat bei seinen Großeltern.«

Lindsey zupfte nervös eine Haarsträhne zurecht. »Ich weiß gar nichts mehr. Er ist zehn Jahre alt. Wahrscheinlich könnte man ihn so weit manipulieren, dass er alles aussagt, was man ihm in den Mund legt.«

»Das ist kein Kunststück«, erwiderte Jack und schlüpfte in die Rolle des Staatsanwalts. »›Brian, sind jemals Männer in euer Haus gekommen? Sind sie zusammen mit deinem Vater gekommen? War dein Vater die ganze Zeit zu Hause, wenn sie da waren? Ist es möglich, dass dein Vater weggegangen ist und die Männer noch dablieben? Ist es möglich, dass sie später noch mal wiedergekommen sind, wenn dein Vater weg war?‹ Und ehe Sie wissen, wie Ihnen geschieht, hat Torres Ihren Sohn dazu gebracht, die Namen von einem halben Dutzend Soldaten auszuspucken, die seine Mutter besucht haben.«

»Sie dürfen nicht zulassen, dass dieses Schwein meinem Sohn das antut.«

»Es gibt nur eins, womit wir das verhindern können.«

Lindsey schluckte den Kloß in ihrem Hals hinunter. »Dann sollten wir das tun. Ich werde nicht zulassen, dass man meinen Sohn dazu anstiftet, gegen mich auszusagen.«

»Wollen Sie, dass ich meinen Einspruch gegen Vandermeers Aussage zurücknehme?«

»Wenn das nötig ist, um zu verhindern, dass Brian in den Zeugenstand gezerrt wird, ja.«

»Dann werde ich Torres das so sagen. Ich werde Vandermeers Aussage nur unter der Voraussetzung akzeptieren, dass er davon Abstand nimmt, Brian als Zeugen aufzurufen.«

»Tun Sie das«, erwiderte Lindsey.

»In Ordnung. Aber das führt im weiteren Verlauf zum nächsten Problem. Es wird viel schwieriger für uns sein zu behaupten, dass der kubanische Soldat in Bezug auf Sie und Johnson lügt.«

»Ich habe Ihnen bereits gesagt, dass ich keine Affäre hatte.«

»Ich weiß. Wir hatten uns darauf geeinigt, dass wir, falls wir den Kubaner in den Zeugenstand rufen, versuchen werden, die Geschworenen von folgender Version zu überzeugen: Dass Johnson am Morgen des Mordes in Ihr Haus ging, entspricht der Wahrheit, aber dass der Soldat seine Beobachtungen mit einer Prise Sex ausschmückt, dient wohl nur dazu, der Familie Pintado eins auszuwischen. Aber da wir es jetzt auch noch mit Vandermeer zu tun haben, steht Ihr Wort nicht mehr nur gegen das eines kubanischen Soldaten.«

»Dann sollten wir vielleicht auf den Kubaner verzichten.«

»Vielleicht«, erwiderte Jack. »Ich muss mir darüber noch ein paar Gedanken machen.«

Lindsey schien nach Worten zu suchen, blickte schließlich zu Sofia und dann wieder zu Jack. »Könnte ich kurz mit Sofia allein sprechen?«

»Ich bin ebenfalls Ihr Anwalt«, entgegnete Jack. »Das alles hier unterliegt der Schweigepflicht.«

»Ich würde mich einfach besser fühlen, wenn ich mit ihr allein sein könnte.«

»Uns bleiben nur noch zwei Minuten Pause«, sagte Jack. »Wenn es etwas gibt, das gesagt werden muss, dann vor uns allen.«

Gespannte Stille breitete sich aus. »Okay«, erwiderte Lindsey. Sie holte tief Luft und setzte an, ohne Jack dabei anzusehen. »Der kubanische Soldat …«

Jack wartete, aber das Schweigen dauerte an. »Was ist mit dem kubanischen Soldaten?«

»Er lügt nicht«, stieß sie schließlich hervor.

Jack hatte es bereits geahnt. Aber es zu hören, war wie ein Schlag in die Magengrube. »Sie haben mich wieder mal angelogen, verdammt.«

»Nein, ich habe nicht gelogen. Lieutenant Johnson und ich hatten keine Affäre miteinander. Es war …«

Wieder verfiel sie in Schweigen. Sie machte eigenartige Dinge mit ihren Lippen, so als ob ihr Mund sich gegen die Worte wehrte, die sie gleich aussprechen wollte.

»Es war was?«

Sie schloss die Augen, öffnete sie wieder, und kaum hörbar sagte sie: »Es war viel verworrener als das.«

Jack spürte einen erneuten Schlag.

Jemand klopfte an die Tür. Als Sofia öffnete, steckte die Gerichtsdienerin ihren Kopf herein. »Richter Garcia ist wieder an seinem Platz. Er will, dass wir wieder in den Gerichtssaal kommen, und zwar *sofort*.«

Jack war hin und her gerissen, aber ein Bundesrichter war niemand, den man warten ließ. »Wir werden später darauf zurückkommen«, sagte er.

»Es gibt nicht mehr zu sagen.« Lindsey hielt den Kopf gesenkt, sie schien mit ihrer Scham zu kämpfen und den Wust an Gedanken zu unterdrücken.

»Wie gesagt. Wir werden später darüber reden.« Jack griff seinen Aktenkoffer, nahm seine Mandantin am Arm und führte sie zurück in den Gerichtssaal.

34

Theo Knight war auf Einkaufstour, auf der Suche nach den gestohlenen Teilen – und nach dem Mann, der Jacks Mustang angezündet hatte.

Wie erwartet gab es relativ wenige Händler, die auf Ersatzteile für Oldtimer spezialisiert waren, und die meisten von ihnen handelten ausschließlich mit Teilen für Corvettes oder ausländische Marken. Ein Dutzend Anrufe führten zu keiner Spur. Schließlich wurde Theo bei einem Mustanghändler in Hialeah fündig, der die Art Stoßstange im Angebot hatte, die Theo suchte. Ein Besuch bei dem Händler bestätigte ihm, dass es sich tatsächlich um die hintere Stoßstange von Jacks Mustang handelte. Er erkannte sie an einer kleinen Delle. Theo hatte den Wagen unzählige Male gewaschen und kannte jede Beule und Schramme, unter anderem genau diese kleine Delle in der Stoßstange rechts neben der Nummernschildbefestigung.

»Wie viel willst du dafür?«, fragte Theo den Händler.

»Vierhundert.«

Verdammter Dieb, dachte Theo. Er holte fünf Hunderterscheine hervor. »Hundert extra, wenn du verrätst, woher du das Teil hast.«

»Bist du'n Bulle?«

»Bullen kassieren Scheine, du Pfeife, und teilen keine aus.«

Der Händler grinste, als er die Scheine zusammenrollte und sie in seine Hemdtasche steckte. »Er heißt Eduardo Gonzales, wird aber Eddy genannt. Ich kenne ihn schon von der Highschool.«

»Wo finde ich diesen Eddy?«

Der Mann setzte ein schelmisches Gesicht auf, als wollte

er sagen, ich weiß es zwar, aber ich sag's nicht. Theo legte noch einen Fünfzigdollarschein auf den Tresen; das zog.

»Er hat eine Schweißerwerkstatt oder so eine Art Studio in der Flagler, Ecke 57 th. Kann man nicht verfehlen. An der Tür steht ›Eddys Palace‹.«

Zwanzig Minuten später fuhr Theo mit der Stoßstange eines 67er Mustang Cabrio auf dem Dachgepäckträger die Flagler Street hinunter. Er parkte in einer Seitenstraße und ging einen Block zu Fuß, vorbei an einem Spirituosengeschäft, einem leer stehenden Kino und an einem dieser Läden, wo man alles Mögliche, das man nicht braucht, für einen Dollar erstehen kann. Vor einer alten Ladenfront mit einer verglasten Tür, auf der EDDY'S PALACE zu lesen war, blieb er stehen.

Die Tür war verschlossen. Die Fenster sahen aus, als wären sie seit Jahren nicht mehr geputzt worden. Theo wischte ein bisschen Schmutz weg und spähte hinein. Aufgrund der trüben Innenbeleuchtung konnte Theo kaum etwas erkennen, nur haufenweise Alteisen in allen möglichen Formen und Größen. Als er aber näher hinsah, stellte er fest, dass die Teile zusammenpassten und die Form von Skulpturen hatten. Eddy's Palace war ein Künstleratelier.

Je länger er durch die Scheibe blickte, desto deutlicher wurden die Formen. Ein riesiger Metallarm streckte sich vom Boden aufwärts, wie eine Hand aus einem Grab. Der Mann daneben war auf einen Speer aufgespießt, sein Mund übertrieben weit aufgerissen, um sein Leiden zu unterstreichen. Andere Figuren waren vom Rumpf an aufwärts normal, aber die unteren Hälften der Körper waren verdreht und ineinander verschmolzen, umzüngelt von metallenen Flammen. Theo entdeckte Hunderte dieser Figuren in den unterschiedlichsten Größen, alle mit vor Schmerz weit geöffnetem Mund.

Vielleicht stellte der Künstler sich so die Hölle vor.

Theo trat zurück von dem Fenster, um es noch einmal an der Tür zu versuchen, als er ein kleines Schild neben der Klingel bemerkte: KLINGEL KAPUTT, BITTE HINTEREINGANG BENUTZEN.

Es war schon fast dunkel, und selbst Theo hatte seine Bedenken, ob es klug war, durch eine kleine Gasse zum Hintereingang der Hölle zu gehen. Das Viertel wirkte wenig vertrauenerweckend. Die Fenster der Häuser in der Nähe waren mit Eisengittern gesichert, und auf der gegenüberliegenden Straßenseite erkannte Theo den Tabakladen, über den einen Monat zuvor in einer Nachrichtensendung berichtet worden war. Der Eigentümer war bei einem Raubüberfall erschossen worden. Aber Theo hatte einen zu weiten Weg hierher zurückgelegt, um sich von irgendeinem Schweißerkünstler abschrecken zu lassen, der kein Problem damit hatte, ein wirkliches Kunstwerk wie einen klassischen Mustang Cabrio einfach abzufackeln. Er betrat die schmale, düstere Gasse.

Mit jedem Schritt ließ er die Verkehrsgeräusche der Flagler Street weiter hinter sich. Außer Müllcontainern gab es nichts, und er blieb stehen, bis sich seine Augen an die Dunkelheit gewöhnt hatten. Über sich erblickte er eine Straßenlaterne, die eigentlich schon hätte brennen müssen. Wahrscheinlich war sie kaputt. Er ging ein paar Schritte weiter. Wo die Gasse auf die Rückseite des Hauses führte, blieb er stehen. Er hatte ein Geräusch gehört. Es klang wie ein Zischen.

Eine Schlange?

Ein Schauder lief ihm über den Rücken. Theo war nicht gerade ein ängstlicher Mensch, aber für Schlangen hatte er überhaupt nichts übrig.

Das Zischen hielt an und schon bald entdeckte Theo die Quelle. Die Tür zum Hintereingang des Studios war weit geöffnet. Das gleichmäßige Zischen kam aus dem Innern des Studios und stammte auf keinen Fall von einer Schlange. Er trat an die Tür und warf einen Blick ins Innere.

Der hintere Bereich von Eddy's Palast glich eher einem Eisenwarenlager als einem Künstlerstudio. Offenbar stellte Eddy seine Skulpturen vor Ort her. An einer Werkbank, mit dem Rücken zur Tür, arbeitete jemand – vermutlich Eddy. Er hatte einen Gesichtsschutz mit abgedunkeltem Visier auf dem Kopf, die Art, wie man ihn bei Schweißarbeiten benutzt, um nicht geblendet zu werden. Theo hatte auch schon geschweißt, vor allem an Autos. Er wusste, dass die Schweißflamme mehr als tausend Grad heiß werden konnte. Kein Wunder, dass die Tür weit offen stand.

Theo betrachtete die Szenerie eine ganze Weile. Völlig in sein Werk vertieft war der Künstler gerade dabei, den geöffneten Mund eines weiteren Höllenbewohners zu gestalten. Theo hätte mit einem Panzer durch die Hintertür rollen und unbemerkt wieder verschwinden können.

Ihm kam eine Idee.

Vorsichtig betrat er die Werkstatt. Eddy war immer noch in seine Arbeit versunken und hatte alles um sich herum vergessen. In der Nähe der Tür standen die Flaschen mit dem Schweißgas. Daneben hing an einem Haken ein zweiter Brenner. Theo nahm den Brenner von der Wand und drehte das entsprechende Ventil an den Gasflaschen auf. Er spürte, wie das Gas durch den Schlauch schoss, und als er die Schweißflamme entzündete, grinste er in sich hinein. Dann drehte er das Ventil von Eddys Schweißgerät zu und schloss langsam die Tür.

Als die Flamme an Eddys Schweißbrenner immer kleiner wurde und schließlich erlosch, richtete Eddy sich auf, um die Flasche zu wechseln. Kaum hatte er seinen Blendschutz hochgeklappt und wollte sich zu den Gasflaschen umdrehen, warf Theo sich auf ihn. Eddy lag auf dem Beton, ehe er wusste, wie ihm geschah. Er wand sich einen

Moment lang, bis er plötzlich die Flammenzunge eines Brenners vor seiner Nase bemerkte.

»Keine Bewegung«, befahl Theo und drückte ihm die Knie in die Nieren.

Die Augen vor Schreck weit aufgerissen, sagte Eddy mit zitternder Stimme: »Tu mir nichts, Mann.«

»Halt die Klappe oder ich brenn dir die Nasenhaare raus.«

Eddy zitterte, sagte jedoch kein Wort.

»Gut so«, sagte Theo. »Sei brav, und dir passiert nichts. Ich bin ein großer Kunstfan, deshalb wäre es eine Schande, dich zu rösten. Ich meine das ganz ernst. Mir gefällt deine Arbeit sehr. Ganz ungewöhnliche Teile. Erinnern mich sehr an … an was nur?«

Eddy trat der Schweiß auf die Stirn. Er begann zu keuchen, hüllte sich aber immer noch in Schweigen.

Als Theo mit der Schweißdüse auf den Beton klopfte, zuckte Eddy zusammen. »Du darfst reden, wenn ich dich was frage, du Schwachkopf.«

Eddy konnte kaum noch schlucken. »Was hast du gefragt?«

»Ich habe gesagt, deine Arbeit erinnert mich an etwas, das mir einfach nicht einfallen will.«

»Salvador Dalí?«

»Hmmm. Eigentlich eher an den geistigen Dünnschiss eines Serienkillers. Aber von mir aus auch Dalí, wenn du dich damit besser fühlst.«

»Sag doch endlich, was du von mir willst, Mann.«

»Ich will Informationen. Kannst du mir Informationen liefern, Eddy?«

»So viel du willst, aber tu mir nichts, okay?«

»Sicher. Was ich wissen möchte, ist –« Theo unterbrach sich. Das war jetzt doch zu einfach. Wo blieb da der Spaß? Er ließ seinen Blick schnell durch die Werkstatt schweifen, und ein Lächeln umspielte seine Lippen, als er die vielen halb fertigen Kreaturen um sich herum bemerkte, all diese leidenden Seelen, die für die Hölle bestimmt waren. Da konnte man doch glatt seine spirituelle Ader entdecken. »Glaubst du an Gott, Eddy?«

»Ich weiß nicht, Mann. Sollte ich das?«

»Du musst einfach glauben. Bei so viel Hölle um dich herum. Ohne einen Gott kann es schließlich keine Hölle geben, stimmt's?«

»Ja doch, ich glaube.«

»Gut. Ich sag dir, was ich wissen will. Angenommen, ich wäre Gott. Ich tu jetzt bloß so, klar? Du brauchst also nicht zum Grab meiner Mutter zu rennen und ihr zu erzählen, dass ich mich für Gott halte. Also, ich bin Gott, und ich habe beschlossen, mein erstes Interview zu geben. Du hast den Zuschlag bekommen, Eddy, aber du darfst nur eine Frage stellen. Eine einzige. Also raus damit. Was möchtest du Gott fragen?«

»Wie?«

»Es gibt weder richtig noch falsch, Kumpel. Spuck's einfach aus. In deinem Studio hier sind nur du und der liebe Gott. Denk jetzt einfach nicht daran, dass Gott einen Schweißbrenner in der Hand hat, mit dem er dein Gesicht auf dem Betonboden zerfließen lassen kann. Los, mach schon, stell deine Frage.«

Der Mann brachte vor Angst kein Wort heraus. »Vielleicht – was ist der Sinn des Lebens?«

Theo verzog gequält das Gesicht. »Was ist das denn für eine bescheuerte Frage?«

»Du hast selbst gesagt, es gibt nichts Richtiges oder Falsches.«

Theo verpasste ihm eine Kopfnuss. »Hat dir irgendwer gesagt, du sollst alles glauben, was ich dir erzähle?«

»Nein.«

»Jetzt stell eine andere Frage. Und lass dir was Besseres einfallen.«

Eddy schluckte, aber er hatte nichts zu sagen.

»Was ist los, hast du dein Gehirn abgschaltet?«, fragte Theo. »Dir fällt keine nette Frage ein? Wie wär's denn mit: Warum kocht kaltes Wasser schneller als warmes? Willst du Gott das fragen?«

Er nickte zaghaft.

»Tut es gar nicht, du Blödmann. Wer hat dir gesagt, dass du Gott eine Fangfrage stellen sollst?«

»Nicht, nicht!« Er schien zu spüren, dass die Schweißdüse näher rückte.

Theo betätigte den Drücker und ließ eine Flammenzunge auf den Boden schießen. Sie war so nah an Eddys Kopf, dass sie ihm die Haare versengte. Der Mann krümmte sich. »Lass mir ein bisschen Zeit, ja?«

Theo seufzte. »Verdammter Mist, ich muss aber auch immer alles selbst machen. Okay, hier ein letzter Vorschlag. Ich habe Gott am Apparat, kapiert? ›Hey, Gott, hier ist Theo. Wie geht's denn so? Ich habe mal eine Frage. Gibt's irgendwas, womit dieser arme Sack hier‹ – wie heißt du noch mal?«

»Eddy.«

»Gibt's irgendwas, womit der arme Eddy verhindern kann, dass er von einem großen, wütenden Schwarzen angezündet wird, der vier Jahre in der Todeszelle gesessen hat, nachdem er von einem Haufen weißer Geschworener und einem kleinen Latino, der Eddy verdammt ähnlich sieht, zu Unrecht verurteilt wurde?«

Eddy brauchte eine Weile, bis er die Frage verdaut hatte. Er schluckte schwer. »Das war ich nicht, Alter. Ich war nicht in der Jury!«

Theo verpasste ihm eine weitere Kopfnuss. »Ich weiß, dass du das nicht warst, du Arsch. Aber während der ganzen vier Jahre, die ich im Florida-State-Gefängnis verbracht habe, waren Cindy Crawford und Whitney Houston meine einzigen Zellengenossen. Wenn du also glaubst, ich hätte nicht genug Fantasie, dann hast du verdammt noch mal keine Ahnung, wie schlecht das hier für dich ausgehen kann.«

»Bitte …«, flehte Eddy. »Sag doch endlich, was du willst.«

Theo ließ ihn noch eine Weile zappeln, bis Eddy die Tränen über die Wangen liefen. Schließlich beugte er sich vor und flüsterte ihm ins Ohr: »Warum hast du Jack Swytecks Wagen abgefackelt?«

Eddy erstarrte.

»Das warst du doch, oder?«, fragte Jack.

»Es war nicht meine Idee«, erwiderte Eddy. »Jemand hat mir gesagt, ich soll es machen.«

»Wer hat dir den Auftrag gegeben?«

»Ich kann die nicht verpfeifen. Die bringen mich um. Ich schwör es, die bringen mich um.«

»Das finde ich jetzt richtig komisch, Eddy. Wenn du es mir erzählst, bringen die dich um. Wenn du's mir nicht erzählst, bring ich dich um. Meinem alten Freund Jack musste ich neulich dasselbe sagen: Sieht so aus, als hättest du dich in deinem eigenen Reißverschluss eingeklemmt, Kumpel.«

»Ich mein's ernst, Mann. Die bringen mich um.«

Theo beugte sich so dicht über Eddy, dass seine Nase fast dessen Haaransatz berührte. »*Ich* meine es ernst. *Ich* werde dich umbringen.« Um seine Worte zu unterstreichen, drehte er die Schweißflamme kurz stärker auf.

Eddy zitterte am ganzen Leib. »Okay, okay, ich sag's dir.«

»Braver Junge. Ich bin ganz Ohr.«

Kurz nach Mitternacht meinte Jack, ein Klopfen an der Haustür gehört zu haben. Er trug eine Jogginghose und ein T-Shirt, hatte die Zahnbürste in der Hand und wollte gleich ins Bett gehen. Er spülte sich den Mund aus und trat ins Wohnzimmer, das nur vom trüben Licht der Verandalampe erhellt wurde, das zwischen den Vorhängen ins Zimmer fiel. Jack ging zur Haustür und lauschte. Dann hörte er es wieder. Ein rhythmisches Klopfen.

Reglos blieb er stehen und wartete auf das abschließende Tock-Tock. Als stattdessen wie verrückt gegen die Tür getrommelt wurde, glaubte Jack zu wissen, wer draußen stand. Er entriegelte die Tür und öffnete sie.

Er hatte kaum Zeit, ihr Gesicht zu erkennen, als sie über die Schwelle stürmte, sich ihm um den Hals warf und ihre Lippen auf seine presste. Im ersten Moment war er erschrocken, aber ihre Leidenschaft war so ansteckend, dass er nicht anders konnte, als den Kuss zu erwidern. Dann holte sie erst einmal Luft.

»Hallo, Jack.«

»Hallo, Rene«, erwiderte er atemlos. »Wie geht's?«

Sie wurde ernst. »Es ist jetzt drei Monate her, seit du mich besucht hast. Ich lebe in einem derart von Aids verseuchten westafrikanischen Land, dass ich nicht wage, auch nur an Sex zu *denken.*« Sie fasste ihn an den Hintern. »Was denkst du wohl, wie es mir geht?«

»Ich denke, vielleicht möchtest du erst mal reinkommen.«

Sie schubste die Tür mit der Hüfte zu, ohne die Augen von ihm abzuwenden. Jack wandte sich ab und kratzte sich am Kopf. Es kam alles ein bisschen überraschend, zumal er den Kopf voll hatte mit der Prozessvorbereitung für den nächsten Tag. Aber es war Rene. Selbst nach einem transatlantischen Flug war sie noch umwerfend schön. Zumindest in Jacks Augen.

Er ging zum Sofa und setzte sich auf die Lehne. »Es ist doch bestimmt schon sechs Wochen her, dass ich die letzte E-Mail von dir bekommen habe. Ich bin ziemlich überrascht, dich hier zu sehen.«

»Tut mir Leid. Aber das Wichtigste zuerst. Ich leite morgen Abend eine Aids-Konferenz mit Kinderärzten in Los Angeles; morgen früh um sechs geht mein Anschlussflug.«

»Da bleibt uns ja nicht gerade viel Zeit.«

»Stimmt. Also freu dich lieber, eine Menge Jungs würden dich jetzt ganz schön beneiden.«

»Eine Menge Jungs denken, die pefekte Frau ist eine abgebrühte zwanzigjährige Stripperin.«

»Willst du etwa sagen, ich wäre nicht perfekt?«

»Nein, ich will sagen ...« Jack führte den Satz nicht zu Ende.

Am Eingang zu Jacks Wohnzimmer standen zwei weiße Säulen. Mit halb ernster Miene drückte sich Rene an eine der Säulen und schlang lasziv ein Bein um sie wie eine Nachtklubtänzerin. »Also gut, ich bin keine zwanzig mehr. Aber zwei von den Bedingungen erfülle ich immerhin, und das ist doch gar nicht übel, oder?«

Sie mussten beide lachen. Irgendwie war das eine nette Mischung, eine Frau, die einen zum Lachen brachte und einen dabei auch noch anmachte. »Na, komm schon her.«

Sie ging zu ihm und kuschelte sich an ihn.

»Seit wann bist du unterwegs?«, fragte er.

»Seit siebzehn Stunden.«

»Wie wär's mit einer Dusche?«

»Ich habe einen Ledertanga an.«

»Dann eben eine kurze Dusche?«

Sie küsste sein Gesicht ab. »Was hältst du davon, mit mir zu duschen?«

»Hmm. Sehr verführerisch, Süße. Aber es läuft sowieso auf Sex raus, und Sex in meiner Mini-Dusche ist irgendwie so praktisch wie Sex auf einem Couchtisch. Theoretisch verlockend, aber eigentlich ziemlicher Quatsch, denn nebenan gibt's eine wunderbare Matratze.«

»Du bist ja so was von fantasielos.«

»Von Natur aus.«

»Beweg deinen Arsch unter die Dusche.«

Er musste lächeln. »Zu Befehl, Ma'am.«

35

Jack starrte den letzten Zeugen der Anklage an. Nach der Nacht mit Rene gelang es ihm kaum, die Augen offen zu halten. Aber ihm wurde bald klar, dass der Staatsanwalt den besten Zeugen für zuletzt aufgespart hatte.

Lieutenant Stephen Porter war der leitende NCIS-Ermittler im Fall Lindsey Hart. Das Motiv war bereits gefunden: Alejandro Pintado und Dr. Vandermeer hatten Lindsey als untreue Ehefrau geschildert, die sich bereitwillig selbst zur Witwe machte, nur um von dem Militärstützpunkt wegzukommen und das Geld der Familie ihres Mannes zu erben. Der Gerichtsmediziner bestätigte, dass sie auch die Gelegenheit hatte, das Verbrechen zu begehen: Nach seinem Befund war der Tod eingetreten, bevor Lindsey zur Arbeit gegangen war, was Jack allerdings als grobe Schätzung bezeichnet hatte. Fehlte noch das dritte Glied als Voraussetzung für einen Mord – die Mittel. Dies nachzuweisen war Sache des Chefermittlers.

»Haben Sie die Möglichkeit eines Selbstmords in Betracht gezogen?«, fragte der Ankläger.

Porter richtete sich noch weiter auf, obwohl er schon kerzengerade dasaß. Er war konzentriert und gepflegt und adrett anzusehen in seiner Marineuniform, das absolute Gegenstück zu dem typischen kettenrauchenden, ausgebrannten Mordkommissar im Zivilleben. »Ja«, erwiderte er, »wir haben diese Möglichkeit in Betracht gezogen. Aber die Tatsache, dass wir die Waffe im gesicherten Zustand gefunden haben, lässt darauf schließen, dass es sich nicht um Selbstmord handeln kann. Es ist schon ziemlich schwierig, den Sicherungshebel noch umzulegen, nachdem man sich erschossen hat.«

Aus dem Publikum war unterdrücktes Kichern zu hören.

»Haben Sie irgendwelche Blutspritzer oder andere Hinweise auf Selbstmord entdeckt?«, fragte Torres.

»Nein, und das ist ein entscheidender Punkt. Wenn jemand sich das Leben nimmt, indem er sich aus kurzer Entfernung eine Kugel in den Kopf jagt, kann man normalerweise davon ausgehen, dass sich Blutspritzer und Gewebeteile auf seiner Hand befinden. Als ich am Tatort eintraf, habe ich mit bloßem Auge keine gesehen, und auch der Autopsiebericht erwähnt keine mikroskopischen Spuren.«

»Wie steht es mit Fingerabdrücken? Wenn Sie Selbstmord ausschließen wollen, braucht man doch Fingerabdrücke auf der Tatwaffe, die nicht vom Opfer stammen.«

»Wir haben lediglich einen Fingerabdruck am Griff neben dem Abzug gefunden.«

»Hatten Sie einen Vergleichsabdruck zur Verfügung?«

»Ja, dank des FBI.«

»Können Sie den Geschworenen bitte sagen, von wem dieser Fingerabdruck stammt?«

»Er stammt von Lindsey Harts rechtem Zeigefinger.«

In kürzester Zeit hatte die Staatsanwaltschaft die entscheidenden Punkte für sich verbucht. Oscar Pintados Tod war kein Selbstmord und ein Fingerabdruck von Lindseys rechter Hand – der Schusshand – befand sich auf der Tatwaffe. Die einzige Möglichkeit der Verteidigung, dafür eine Erklärung zu liefern, bestand darin, Lindsey in den Zeugenstand zu rufen. Aber sie würden weit ausholen müssen, um zu dieser Aussage zu gelangen – wenn sie überhaupt dazu kämen. Lindsey war nicht dazu verpflichtet, zu ihrer Verteidigung in den Zeugenstand zu treten, und Jack war sich auch nicht sicher, ob er dies wollte. Also musste er jetzt Schadensbegrenzung betreiben, bevor alle ins Wochenende aufbrachen.

»Lieutenant Porter«, wandte Jack sich an den Zeugen, »ich wüsste gern mehr über das Nichtvorhandensein von Blutspritzern. Zuerst möchte ich mich vergewissern, dass ich Sie bisher richtig verstanden habe. Es kommt zu Blutspritzern, wenn eine Kugel aus kürzester Entfernung auf das Opfer abgefeuert wird, richtig?«

»Das ist richtig. Man spricht dann im Allgemeinen von einer Nahschusswunde.«

»Das heißt wenige Zentimeter oder noch weniger?«

»Einige Zentimeter oder gar keine Entfernung zwischen der Waffe und der Haut des Opfers.«

»Wir alle stimmen darin überein, dass Captain Pintado aus unmittelbarer Nähe erschossen wurde, richtig?«

»Das steht außer Frage.«

»Und wir stimmen darin überein, dass es keine Blutspritzer auf Captain Pintados Hand gab, was gegen einen Selbstmord spricht.«

»Richtig.«

Jack ließ einen Moment verstreichen und trat näher an den Zeugen heran. »Was ist nun mit Lindsey Harts Hand,

Lieutenant? Sie haben keine Blutspritzer auf ihrer Hand gefunden, oder?«

Porter rutschte auf seinem Stuhl herum. »Nein. Aber es handelt sich nur um organische Partikel, man braucht nur ein bisschen Wasser und Seife, und schon sind die Blutspritzer verschwunden.«

»Es gab auch keine in ihren Haaren, auf ihrem Gesicht und auch nicht in ihrer Kleidung.«

»Wir haben keine gefunden. Aber sie hatte Zeit genug, zu duschen, sich umzuziehen und die blutbeschmierte Kleidung im Abfallverbrenner des Krankenhauses zu entsorgen, als sie an jenem Morgen zur Arbeit ging.«

»Lieutenant, sind Sie vertraut mit Luminol oder Fluorescein?«

»Ja. Das sind Chemikalien, die mit Blut reagieren.«

»Mit ihrer Hilfe lassen sich Blutspuren sichtbar machen, die abgewaschen wurden oder mit dem bloßen Auge nicht erkennbar sind, ist das richtig?«

»Grundsätzlich ja. Luminol lässt Blut grün erscheinen und Fluorescein beginnt unter UV-Licht zu leuchten.«

»Sie haben kein Luminol oder Fluorescein benutzt, um Blutspuren bei meiner Mandantin festzustellen, oder?«

»Nein«, erwiderte er und er schien tief nach einer vorbereiteten Antwort graben zu müssen. »Chemische Reagenzien können andere Beweismittel zerstören. Deshalb haben wir sie nicht benutzt.«

»Ist das wirklich der Grund dafür, dass Sie sie nicht benutzt haben, Lieutenant? Oder lag es vielmehr daran, dass Sie genau wussten, dass die Ergebnisse der Anklage gegen meine Mandantin schaden würden?«

»Einspruch.«

»Stattgegeben«, sagte der Richter. »Der Zeuge hat Ihnen erklärt, warum er die Chemikalien nicht benutzt hat. Fahren Sie fort, Mr Swyteck.«

»Wie sieht es mit Schmauchspuren aus?«, fragte Jack. »Wenn eine Waffe aus unmittelbarer Nähe abgefeuert wird, finden sich dann nicht in der Regel Pulverrückstände an der Schusshand?«

»Das kommt durchaus vor. Ich nehme an, Sie sprechen von Nitrozellulosepulver, der Treibladung, mit der die Kugel durch den Lauf gejagt wird?«

»Ihre Ermittler sind nicht auf Schmauchspuren gestoßen, als sie einen Abstrich von Lindsey Harts Händen gemacht haben, nicht wahr?«

»Wir haben keine Rückstände gefunden. Aber wissen Sie, die betreffende Waffe war eine M9-9mm-Beretta-Pistole. Ein solcher Selbstlader hinterlässt weniger Rückstände auf der Hand als andere Waffen, die sich zudem wesentlich leichter abwaschen lassen. Man muss vielleicht ein bisschen mehr schrubben, aber ansonsten braucht man auch hierfür nur Wasser und Seife.«

Jack ging an seinen Tisch zurück und Sofia reichte ihm den Untersuchungsbericht. Er blätterte darin herum, damit der Staatsanwalt sich fragen konnte, worauf Jack hinauswollte, dann baute er sich vor dem Zeugen auf. »Als ich den NCIS-Abschlussbericht gelesen habe, konnte ich keine Angaben über Zeugen entdecken, die gesehen haben, dass die Angeklagte ihre Hände gewaschen hat.«

»Es sind keine aufgeführt.«

»Ebenfalls sind in Ihrem Bericht keinerlei Abschürfungen oder Rötungen auf den Händen der Angeklagten erwähnt, und auch kein starker Seifengeruch – nichts, was darauf hindeutet, dass sie ihre Hände besonders gründlich gereinigt hätte.«

»Es wurden keine aufgeführt.«

»Ich habe nichts darüber gelesen, dass das Waschbecken oder die Badewanne überhaupt nass waren, was auf kürzliche Benutzung hingedeutet hätte.«

»Der Bericht führt es nicht auf«, erwiderte der Lieutenant, dessen Stimme allmählich leiser wurde.

»Außerdem habe ich in Ihrem Bericht nichts darüber gefunden, dass die Abflussrohre überprüft worden wären, um festzustellen, ob Blut oder Gewebe weggespült wurde.«

Der Lieutenant antwortete noch leiser. »Eine solche Überprüfung haben wir nicht durchgeführt.«

»Aber Sie hätten es veranlassen können, nicht wahr? Ihre Ermittler und Spurensicherer hätten die Abflussrohre entfernen und das Innere der Rohre nach Blutspuren oder Pulverrückständen untersuchen können.«

»Das wäre möglich gewesen.«

»Aber Sie haben es nicht getan?«

»Nein.«

»Also, um das deutlich zu machen: Sie und Ihre Ermittler können nichts darüber sagen, ob Lindsey Hart ihre Hände gründlich gereinigt hat, bevor die Polizei am Tatort erschien, richtig?«

»Nein.«

»Und Sie und Ihre Ermittler können weiterhin nichts darüber aussagen, ob Blut oder Pulverrückstände den Abfluss hinuntergespült wurden.«

»Nein.«

»Und dennoch«, fuhr Jack mit erhobener Stimme fort, »behaupten Sie, dass Lindsey Hart aus unmittelbarer Nähe eine Kugel in den Kopf ihres Mannes abgeschossen und anschließend ihre Hände gründlich gewaschen hat?«

»Ja.«

»Sie hat sich all diese Mühe gemacht – das Blut von den Händen gewaschen, alle noch so geringen Pulverrückstände entfernt – und dann hinterlässt sie einen dicken fetten Fingerabdruck auf der Mordwaffe? Ist das Ihre Aussage, Lieutenant?«

Porter schwieg einen Augenblick lang, die Wendung, die Jack der Befragung gegeben hatte, war ihm offensichtlich unbehaglich. »Das kommt vor«, entgegnete er.

»Das kommt vor«, wiederholte Jack mit einem sarkastischen Unterton. »Danke, Lieutenant, ich glaube, das war's.«

Jack wandte dem Zeugen den Rücken zu und kehrte an seinen Platz zurück. Lindsey warf ihm einen beifälligen Blick zu, aber die Angst stand ihr immer noch ins Gesicht geschrieben. Es war noch zu früh zum Feiern, aber dieser Punkt schien die Geschworenen beeindruckt zu haben.

»Mr Torres«, sagte der Richter, »Ihr Zeuge.«

»Danke, Euer Ehren.« Torres knöpfte sich beim Aufstehen das Jackett zu, aber anstatt zum Zeugen zu gehen, blieb er an seinem Tisch. »Ich möchte es ganz kurz machen, Lieutenant. Sie haben doch in Ihrer Laufbahn schon mit einer Menge Mordfälle zu tun gehabt?«

»Mit sehr, sehr vielen.«

»Würden Sie uns aus Ihrer Erfahrung als NCIS-Ermittler berichten, wie es Ihnen gelingt, Mördern auf die Schliche zu kommen, die mit großem Aufwand ihre Spuren verwischen?«

»Sehr häufig liegt es ganz einfach daran, dass sie einen dämlichen Fehler begehen.«

»Nur einen?«

»Einer reicht völlig.«

»Wenn sie zum Beispiel vergessen, einen Fingerabdruck von der Waffe zu wischen?«

Porter nickte, schaute zu den Geschworenen hinüber und wiederholte: »Wenn sie zum Beispiel vergessen, die Waffe abzuwischen.«

»Danke, Lieutenant. Keine weiteren Fragen.«

Die Euphorie, die Jack nach dem Kreuzverhör empfunden hatte, war wie weggepustet. Zwei der Geschworenen hatten sogar gegrinst und genickt, als wären sie nur zu gern bereit, das neue Mantra des Anklägers mit in ihr Beratungszimmer zu tragen: *Einer reicht völlig.*

Der Richter sagte: »Der Zeuge kann wieder an seinen Platz zurückkehren. Mr Torres, wollen Sie noch weitere Zeugen aufrufen?«

Torres wartete, bis Porter den Zeugenstand verlassen hatte. Man sah ihm an, dass er eine wichtige Mitteilung machen wollte und keinerlei Ablenkung wünschte. Schließlich verkündete er gewichtig: »Euer Ehren, die Regierung erklärt, dass ihre Beweisführung abgeschlossen ist.«

»Danke«, erwiderte der Richter. Alle erhoben sich, als der Richter die Geschworenen entließ. Als die letzten den Verhandlungssaal verlassen hatten, nahmen Lindsey, die Anwälte und die Zuschauer wieder Platz.

Der Richter rief die Anwesenden zur Ordnung, dann wandte er sich an Jack. »Mr Swyteck, sollte Ihre Mandantin Beweismittel zu ihrer Verteidigung vorlegen wollen, schlage ich vor, dass Sie sich für Montag um neun Uhr bereithalten.« Mit einem Hammerschlag verkündete er: »Das Gericht vertagt sich.«

»Bitte erheben Sie sich!«, rief die Gerichtsdienerin.

Nachdem der Richter in seinem Büro verschwunden war, wurde es laut im Gerichtssaal. Jack wandte sich an Lindsey. »Wir haben ein wichtiges Wochenende vor uns, Lindsey. Die Zeit der Entscheidung ist gekommen.«

»Zeit der Entscheidung in Bezug worauf?«

»Auf alles«, sagte Jack und klappte seinen Aktenkoffer zu.

36

Der Empfang in *Mario's Market* war ausgesprochen kühl.

Jacks zweiwöchentliche Lektion in kubanischer Kultur bei seiner Großmutter war wegen des Prozesstermins ausgefallen, aber er hatte beschlossen, sie am Samstagvormittag nachzuholen. Am Telefon hatte sie mehrmals beteuert, das sei wirklich nicht nötig und es sei kein Problem, ihren kleinen Einkaufsbummel dieses eine Mal ausfallen zu lassen. Seit seiner Rückkehr aus Kuba hatte sie sich geweigert, über ihre von Tränen begleitete Nachricht auf seinem Anrufbeantworter und über Jacks Besuch auf dem Friedhof von Havanna zu reden. Jack versprach ihr, das Thema auf keinen Fall anzusprechen, und versicherte ihr, dass es ihm einfach Spaß machte, mit ihr einkaufen zu gehen. So ganz schien sie nicht überzeugt, aber schließlich gelang es Jack, sie zu überreden. Als sie zwei Minuten in dem Laden waren, wurde ihm allerdings klar, dass ihr Widerstreben weder etwas mit seiner Mutter zu tun hatte noch mit dem Baby, das sie verloren hatte.

»Müssen die uns eigentlich die ganze Zeit so anstarren?«, fragte Jack.

»Nicht uns, *mi vida*. Dich.«

Die Empörung in der kubanischen Gemeinde darüber, dass möglicherweise ein Soldat Fidel Castros als Zeuge aufgerufen werden sollte, schien ihren Höhepunkt gefunden zu haben, als Jacks Mustang in Flammen aufgegangen war. Aber seit Jack Alejandro Pintado im Zeugenstand ins Verhör genommen hatte, wurde er mit hasserfüllten Briefen überschwemmt, und im exilkubanischen Radio nahmen die boshaften Attacken gegen ihn stetig zu. Jack, der in den ersten vier Jahren seiner beruflichen Laufbahn

Berufungsprozesse für Insassen von Todeszellen geführt hatte, konnte mit Kritik umgehen. Aber an diesem Samstagmorgen in *Mario's Market* ging es nicht um die anonyme Wut irgendwelcher Fremder, auf deren Sympathie Jack nicht angewiesen war. Hier hatte er es mit netten Menschen zu tun, den einfachen Leuten aus dem Viertel, die mit seiner Großmutter im Park Domino spielten. Die Frau hinter dem Tresen, die ihm gewöhnlich den Kaffee, so wie er ihn mochte, schon vorsetzte, noch bevor er etwas gesagt hatte. José Martí, der Mann an der Kasse, der Lotterielose verkaufte und davon überzeugt war, dass eine Kombination aus Jacks und seinem eigenen Geburtstag eine Glückszahl ergeben müsse. Der neunundsiebzigjährige Lagerarbeiter, der Jack immer von den Schießereien zwischen Batista-Schergen und Castro-Anhängern in der 8th Street erzählte (in den Zeiten vor ihrer Umbenennung in »Calle Ocho«). Und schließlich der Metzger, der sich über Jacks miserables Spanisch immer halb totlachte und meinte, er könne nur froh sein, dass seine Mutter aus Bejucal stammte, weil sein Akzent ihm nicht einmal die Bezeichnung »*Ehren*kubaner« einbrächte. Jack hatte durchaus mit Reaktionen der kubanischen Gemeinde gerechnet und er hatte sich auch inzwischen halbwegs daran gewöhnt. Aber von diesen Leuten abgelehnt zu werden, hatte eine ganz andere Qualität.

»Lass uns noch Brot holen«, schlug Jack vor.

»Ich glaube, wir sollten lieber nach Hause gehen«, entgegnete *Abuela.*

Er sah zwar ihren gequälten Gesichtsausdruck, war aber noch nicht zum Rückzug bereit. Er küsste sie auf die Stirn. »Du wartest hier. Ich gehe Brot holen und nehme alle bösen Blicke mit mir.«

Er ging an den Regalen vorbei in den hinteren Teil des Ladens und duckte sich unter dem Schild hinweg, das den

Weg zu PAN CALIENTE wies. In der Tür zur Backstube hingen dicke, durchsichtige Plastikstreifen, damit die Hitze nicht in den Laden gelangte. Ein Mann in einer weißen Latzhose und einem weißen T-Shirt war gerade dabei, ein Blech mit Brotteig in den Ofen zu schieben.

»Wie geht's, Antonio?«, sagte Jack.

Antonio lächelte, bis er die Stimme erkannte, und widmete sich wortlos weiter seiner Arbeit.

»Kann ich ein paar Brote bekommen?«

Antonio schloss die Backofentür und stellte das Blech beiseite. »Sind alle verkauft.«

Jack entdeckte sechs Laibe auf dem Ofen, wo das frisch gebackene Brot aufbewahrt und warm gehalten wurde. Das war eins der Geheimnisse, warum ein solch kleines Geschäft rund achthundert Brote in der Woche verkaufen konnte.

»Wie, alle verkauft?«, erwiderte Jack.

»*Sí*, keins mehr da.«

»Und was ist mit denen da?« Jack wies auf den Ofen.

»Die sind nicht für Sie.«

»Antonio!«, rief ein Mann. Als Jack sich umdrehte, sah er Kiko, den Eigentümer, aus dem Lagerraum treten. Er sagte etwas in schnellem Spanisch – zu schnell, als dass Jack es hätte verstehen können. Augenblicklich verließ Antonio die Backstube. Kiko nahm zwei warme Brotlaibe und legte sie auf den Tisch.

»Tut mir Leid«, sagte er.

»Schon in Ordnung. Ich sollte mich eigentlich entschuldigen. Es war ziemlich dumm von mir, mitten in einem solchen Prozess herzukommen.«

Kiko zuckte die Achseln, als wollte er Jack zu verstehen geben, dass er nicht ganz Unrecht hatte. »Wir haben hier vor allem ältere Kunden, Jack. Zumeist erste Generation. Allen wurde ihr Zuhause genommen, und die meisten kennen Leute, die in Castros Gefängnissen gelandet sind, nur weil sie es gewagt haben, ihre Meinung zu sagen. Das kann einen ziemlich verbittern.«

»Das verstehe ich. Ich will niemandem zu nahe treten. Ich tue nur …«

»Deine Arbeit?«

Jack schaute weg. Das stimmte zwar, aber irgendwie klang es nicht sonderlich überzeugend. »Ehrlich gesagt, weiß ich bald selbst nicht mehr, was zum Teufel ich tue.«

Kiko packte die langen Brote ein und reichte sie Jack. »Ich wollte dir eigentlich sagen, dass mir dieser Artikel über dich in der Zeitung von gestern gut gefallen hat.«

Um die Ereignisse der ersten Prozesswoche zusammenzufassen, hatte die *Tribune* Porträts der drei im Guantánamo-Mordprozess hauptsächlich beteiligten Anwälte gebracht – von Jack und Sofia für die Verteidigung und von Hector Torres für die Anklage. Der Artikel hatte die kubanischen Wurzeln aller drei Anwälte erwähnt, unter besonderer Würdigung von Jack, der den meisten Leuten nur als Sohn eines ehemaligen Gringo-Gouverneurs bekannt war.

»Der war gar nicht so schlecht, was?«, erwiderte Jack. »Sie haben tatsächlich alles richtig dargestellt.«

»Nicht alles«, entgegnete Kiko mit ernster Miene.

»Gibt es etwas, das ich wissen sollte?«, fragte Jack.

»In meinem Laden wird ja viel getratscht, aber zufällig habe ich diese Woche etwas gehört, das du vielleicht erfahren solltest. Es geht um deine Mutter.«

»Was?«

Mit gesenkter Stimme, als wäre ihm das, was er zu berichten hatte, unangenehm, sagte Kiko: »Mit deiner *Abuela* rede ich nicht über ihre Tochter und Bejucal. Ihre Freunde sagen mir immer, dass man sie darauf besser nicht anspricht.«

»Ihre Freunde haben Recht«, sagte Jack, ohne näher auf das Thema einzugehen.

»Wie auch immer, einer meiner Kunden – wir nennen ihn El Pidio –, ein netter Kerl, kommt schon seit Jahren her. Er stammt auch aus Bejucal. Ich glaube nicht, dass deine Großmutter ihn kennt, aber er kannte anscheinend deine Mutter.«

»Wirklich? Hat er etwas von ihr erzählt?«

»Also, deshalb habe ich ja den Zeitungsartikel erwähnt. Darin gab es ein zwanzig Jahre altes Foto von Hector Torres. Auf Seite zwölf, glaube ich. Pidio hat das Foto auch gesehen, und er schwört, dass Hector Torres damals in Bejucal ein Verhältnis mit deiner Mutter hatte. Wahrscheinlich hat sie die Beziehung beendet und ist dann nach Miami gekommen.«

»Das muss ein Irrtum sein. Man hat mir erzählt, dass meine Mutter –« Jack suchte nach den richtigen Worten, da er nicht auf die Einzelheiten der Schwangerschaft eingehen wollte. »Als sie Bejucal verlassen hat, war sie ernsthaft liiert mit einem jungen Mann von dort. Es kann also nicht Torres gewesen sein. In dem Artikel steht, dass er aus Havanna stammt. Und ich bin sicher, dass meine Großmutter sich an den Namen erinnert und etwas gesagt hätte, wenn es Hector Torres gewesen wäre.«

»El Pidio behauptet, dass der junge Mann nicht Hector Torres hieß, sondern Jorge Bustón.«

Jack war sprachlos. Den Namen Bustón hatte er noch nie gehört. Er verstand überhaupt nichts mehr. »Das ergibt doch alles keinen Sinn. Wenn er Jorge Bustón hieß, was hat Hector Torres dann damit zu tun?«

»Fang damit an, was du willst, Jack. Aber was das Foto angeht, sagt mein Freund, er würde seine Ersparnisse darauf verwetten, dass Hector Torres aus Bejucal stammt und in deine Mutter verliebt war.«

»Moment mal. Er behauptet also, dass Torres …«

»*Sí, sí. Exactamente.* Hector Torres ist Jorge Bustón. Davon ist er überzeugt.«

Jack merkte plötzlich, dass er mit seinen Händen die Brote zerdrückte. »Das ist unmöglich.«

»Wahrscheinlich hast du Recht. Es tut mir Leid. Ich war mir nicht sicher, ob ich dir überhaupt davon erzählen sollte. Der Artikel erwähnt, dass Hector Torres und dein Vater schon seit dreißig Jahren befreundet sind und dass Torres Harry Swyteck bei seiner Wahl zum Gouverneur unterstützt hat. Ich möchte keine alten Geschichten aufwühlen.«

»Mach dir darüber keine Sorgen. Danke für die Information. Und doppelten Dank für das Brot.«

Als Jack sich zum Gehen wandte, hielt Kiko ihn auf und drückte ihm eine Visitenkarte in die Hand. Auf der Rückseite war handschriftlich eine Nummer notiert.

»El Pidios Telefonnummer«, sagte Kiko. »Vielleicht spinnt er ja, vielleicht aber auch nicht.«

Jack nickte und verstaute die Karte in seiner Brusttasche. Kiko schüttelte ihm fest die Hand, wie um zu bekräftigen, dass sie über das Thema nicht mehr sprechen würden. Dann verließ Jack die Backstube und machte sich im Laden auf die Suche nach seiner Großmutter.

37

Jack hatte einen Termin im South Miami Hospital.

Eigentlich müsste er sich auf Lindsey und den Prozess konzentrieren, und die jüngste Information über seine Mutter und Hector Torres bedeutete bereits Ablenkung genug. Dennoch empfand er plötzlich das Bedürfnis, zumindest noch eine Sache in Angriff zu nehmen, die Brian betraf und schon seit einiger Zeit an ihm nagte.

Es hatte mit Brians leiblicher Mutter zu tun.

Seit dem Tag, an dem er Lindsey kennen gelernt hatte, verfolgte ihn ihr unterschwelliger Vorwurf, er und Jessie hätten Brian wegen seiner Hörbehinderung weggegeben. Auch wenn Jack gar nichts von dem Baby gewusst hatte, geschweige denn von seiner Taubheit, lagen Lindseys Worte wie ein Schatten auf seiner Seele. Vielleicht war die Taubheit ja der Grund dafür gewesen, dass Jessie ihm nichts von dem Baby erzählt hatte. Konnte sie ihn für so oberflächlich gehalten haben, dass sie gedacht hatte, er würde nur ein perfektes Kind akzeptieren, ein Kind ohne jegliche Behinderung? Es gab nur einen Weg, diese Möglichkeit auszuschließen.

Jack traf Janis Wackenhut in ihrer Mittagspause in der Krankenhaus-Cafeteria. Sie war die Leiterin der Abteilung Sprachpathologie und Audiologie. Ihren Namen hatte er von einem Freund erfahren, der es sich nicht verkneifen konnte, hinzuzufügen, sie sei eine lebenslustige Brünette und hervorragende Tänzerin. Ständig wurde Jack von gut meinenden Freunden, die es nicht erwarten konnten, ihn endlich wieder unter der Haube zu sehen, mit solcherart Informationen versorgt, aber bei diesem Treffen interessierten ihn ausschließlich fachliche Dinge. Sie nahmen einander gegenüber an einem kleinen runden Tisch in der Ecke Platz. Während Jack seinen Eistee trank, stocherte Ms Wackenhut in einem Stück Quiche herum.

»Wann, sagten Sie, wurde das Kind geboren?«, fragte die Ärztin.

»Vor zehn Jahren.«

Sie nahm einen kräftigen Schluck Eiswasser, da sie sich offenbar an einem heißen Stück Broccoli den Mund verbrannt hatte.

»Also, es sieht so aus: In unserem Krankenhaus untersuchen wir Säuglinge auf Gehörschäden. Aber vor zehn Jahren war das in den meisten Krankenhäusern des Landes noch nicht der Fall. Erst seit zwei, drei Jahren gehören diese Tests zum Katalog der Vorsorgeuntersuchungen. Kürzlich habe ich gelesen, dass solche Tests im Jahre 1999 nur bei zwanzig Prozent der Säuglinge durchgeführt wurden.«

»Demnach ist es also ziemlich unwahrscheinlich, dass meiner Freundin vor zehn Jahren bekannt war, dass ihr Neugeborenes taub war, und sie daraufhin beschloss, es zur Adoption freizugeben.«

»Äußerst unwahrscheinlich. Vor allem, wenn man bedenkt, dass die meisten Frauen die Entscheidung, ihr Kind zur Adoption freizugeben, lange vor der Entbindung treffen. Ihre Freundin hätte also wissen müssen, dass ihr Baby taub sein würde.«

»Ist das denkbar?«, fragte Jack.

»Eigentlich nicht.«

»Und wie sieht es mit pränatalen Untersuchungen aus?«

»Wie alt war Ihre Freundin, als sie das Kind zur Welt gebracht hat?«

»Recht jung. Anfang zwanzig.«

»In dem Alter hat man bei ihr wahrscheinlich während

der Schwangerschaft nur Ultraschalluntersuchungen gemacht, durch die sich Schäden an den Organen und am Knochenbau feststellen lassen. Funktionsstörungen lassen sich mit Ultraschall gar nicht entdecken – wie zum Beispiel geistige Behinderung, Blindheit, Taubheit. Auch keine Chromosomen-Abnormalitäten wie zum Beispiel das Down-Syndrom, das manchmal in Verbindung mit Taubheit auftritt.«

»Und wenn sie sich sehr gründlich hat untersuchen lassen?«

»Mit Fruchtwasser- und Plazentauntersuchungen lassen sich gewisse Chromosomen- und Knochenbaustörungen sowie biochemische Störungen feststellen. Aber Taubheit, Blindheit und selbst Herzdefekte oder geistige Behinderung lassen sich nicht mit Hilfe von Pränataldiagnostik feststellen. Und selbst wenn es Möglichkeiten gäbe, Taubheit zu erkennen, müsste man einen Fötus gezielt daraufhin untersuchen. Es ist unmöglich, jede denkbare Störung aufzuspüren, die der Medizin bekannt ist. Jedenfalls noch nicht – und vor zehn Jahren schon gar nicht.«

Hastig schlang die Ärztin den Rest ihrer Quiche hinunter. »Ich muss wieder an die Arbeit«, sagte sie.

»Ich auch«, erwiderte Jack. Er bedankte sich bei ihr und ging durch das Labyrinth von eiskalten Fluren zum Ausgang, der ins Parkhaus führte. Fünf Minuten lang suchte er vergeblich nach seinem Mustang, bis ihm wieder bewusst wurde, dass sein Wagen ihm für immer abhanden gekommen war und er zurzeit einen popeligen Mietwagen fuhr.

Als er den Motor anließ und die Klimaanlage einschaltete, dachte er aber weder an seinen Wagen noch an seine frühere Freundin noch an Brian. Er dachte an Lindsey und daran, dass die Adoptivmutter eines tauben Kindes mit großer Wahrscheinlichkeit wissen musste, dass Taubheit sich nicht durch Pränataldiagnostik erkennen ließ und dass entsprechende Tests vor zehn Jahren nicht zu den bei Neugeborenen üblichen Vorsorgeuntersuchungen gehört hatten.

Und dennoch hatte sie es fertig gebracht, ihm in die Augen zu sehen und ihm und Jessie vorzuwerfen, sie hätten ihr Baby weggegeben, weil es nicht perfekt war.

Er unterdrückte die Wut auf Lindsey, die in ihm aufstieg. Sein Herz raste. Jessie war schon so lange tot, aber irgendwie hoffte er, dass sie ihn trotzdem hören konnte.

Es tut mir so Leid, Jessie. Es tut mir so Leid, dass ich dir das zugetraut habe.

Um zehn nach drei sah Jack sich umringt von einer Menge Frauen, gegen die er bei einer tätlichen Auseinandersetzung keine Chance gehabt hätte. Zum Glück saßen die meisten von ihnen hinter Gittern.

Jack und Sofia hatten einen Termin mit Lindsey im Gefängnis, um das weitere Vorgehen im Prozess zu besprechen. Nachdem Jack die Sicherheitsschranke passiert hatte, durchquerte er den Besuchsbereich. Es war einer der deprimierendsten Anblicke, die sich ihm je an einem so schönen Samstagnachmittag geboten hatten, einem Tag, der sich anbot, um am Strand oder im Park zu liegen oder im Garten mit Freunden zu grillen. Frauen mit Tränen in den Augen tanzten mit ihren Männern Stehblues zu einer Musik, die nur in ihren Köpfen zu hören war. Kleine Mädchen mit Rattenschwänzchen schmiegten sich an ihre Mütter in Gefängniskleidung. Kleine Jungs kicherten beim Klang der Stimme ihrer jeweiligen Mutter, der ihnen mit jedem Monat, der verging, weniger vertraut war. Die Vorstellung, dass Brian vielleicht demnächst hierher kommen musste, um seine Mutter zu besuchen, machte Jack ganz traurig. Und er bedauerte Lindsey, weil Brian jetzt nicht bei ihr sein konnte, weil seine Großeltern sie längst verurteilt hatten und ihm nicht erlaubten, sie zu besuchen.

Jack betrat einen ruhigeren Bereich, der Anwälten für die Treffen mit ihren Mandanten vorbehalten war. Sofia wartete in Raum B auf ihn, aber ihre Mandantin war noch nicht da.

»Ist Lindsey auf dem Weg hierher?«, fragte Jack.

»Ich habe sie in ihre Zelle zurückgeschickt. Wir hatten soeben ein langes Gespräch.«

»Ohne mich?«

»Ja. Ich muss mit Ihnen reden.«

Mit einer Handbewegung forderte sie ihn auf, Platz zu nehmen, aber Jack blieb stehen. *Ich muss mit Ihnen reden.* Er hatte noch nie erlebt, dass gute Nachrichten folgten, wenn eine Frau ein Gespräch mit diesen Worten eröffnete. »Was ist los?«, fragte Jack. »Warum haben Sie sich ohne mich mit Lindsey getroffen?«

»Sie kommt ja wieder zurück, also beruhigen Sie sich, okay? Wir werden zu dritt unsere ganz normale Sitzung haben. Aber es gab etwas, worüber sie mit einer Frau sprechen musste. Es ist nicht gegen Sie gerichtet. Es gibt manchmal Dinge, die eine Frau einem Mann gegenüber nicht über die Lippen bringt. Selbst wenn der Mann ihr Anwalt ist.«

»Sie werden mir hoffentlich erzählen, um was es geht, oder soll ich raten?«

»Es geht um den kubanischen Soldaten.«

»Was?« Jack war fassungslos. »Hat das etwa *nichts* mit mir zu tun?«

»Doch natürlich, und wir werden weiter darüber sprechen, sobald Lindsey zurückkommt. Es gibt da einen Aspekt in seiner Zeugenaussage, der Lindsey äußerst peinlich ist. Deshalb hat sie zuerst mit mir darüber gesprochen.«

»Ich nehme an, dass es darum geht, was sich zwischen ihr und Lieutenant Johnson im Schlafzimmer abgespielt hat.«

»Da liegen Sie richtig.«

Jack legte seine Aktentasche auf den Tisch und zog sich einen Stuhl heran. »Um die Peinlichkeiten kommen wir nicht herum. Wenn wir den Kubaner in den Zeugenstand rufen, wird er alles auspacken, das Gute *und* das Schlechte.«

»Das weiß Lindsey. Und offen gestanden finde ich das gar nicht so schlecht.«

»Nicht?«

»Nein. Ich habe die Geschworenen sehr aufmerksam beobachtet. Ich sehe doch, wie sie Lindsey ansehen, seit dieser Fruchtbarkeitsdoktor sich über die Killerspermien ausgelassen hat. Es besteht kein Zweifel daran, dass jeder Einzelne dieser Geschworenen Lindsey längst als Ehebrecherin abgestempelt hat.«

»Da stimme ich Ihnen zu«, erwiderte Jack. »Aber wir laufen Gefahr, dass dieser Eindruck sich noch verstärkt, wenn wir den kubanischen Soldaten als Zeugen aufrufen.«

»Das war auch meine Befürchtung vor meinem kurzen Gespräch mit Lindsey.«

»Und jetzt sehen Sie das anders?«

»Ja. Ich denke, der kubanische Soldat ist unsere einzige Möglichkeit zu beweisen, dass Lindsey nicht lügt, wenn sie behauptet, keine Affäre gehabt zu haben.«

»Wie bitte? Er hat gesehen, dass sie Sex mit Lieutenant Johnson hatte. Es ging zu wie in einem Pornofilm, das waren, glaube ich, seine Worte.«

»Die Dinge sind nicht immer, was sie zu sein scheinen.«

»Aha. Verstehe. Wahrscheinlich ging es in Wirklichkeit

um einen neuartigen Erste-Hilfe-Kurs. Becken-zu-Becken-Wiederbelebung.«

»Ich verstehe Ihre Skepsis. Aber Sie haben Lindseys Version der Geschichte noch nicht gehört.«

»Aber Sie?«

»Ja.«

»Und?«

Sofia wurde ernst, so ernst, wie er sie noch nie erlebt hatte. »Sie müssen den Kubaner aufrufen, Jack. Er sollte der Hauptzeuge der Verteidigung sein.«

38

Am Montagmorgen waren rund um das Gericht erhöhte Sicherheitsvorkehrungen getroffen worden. Polizeifahrzeuge bildeten einen Kordon um das Gebäude. Polizisten in Zivil (einige mit Headsets, andere unauffälliger) hatten sich unter die Schaulustigen gemischt. Die Miami Avenue war komplett gesperrt, und Hunderte von Demonstranten versuchten sich zu den Barrikaden vorzuarbeiten, um so nah ans Gerichtsgebäude heranzukommen, wie die Polizei es zuließ. Sie skandierten Parolen auf Englisch und Spanisch, allerdings kein einziges unterstützendes Wort für den Hauptzeugen der Verteidigung.

Im Gerichtsgebäude war die Stimmung weniger aufgeladen, aber genauso gespannt. Alle Besucher einschließlich der Presseleute wurden abgetastet und mit Sonden untersucht. Die Metalldetektoren am Eingang waren so empfindlich eingestellt, dass sie schon fast auf Goldfüllungen reagierten, Spürhunde zogen ihre Herrchen durch die langen Flure und im Abstand von fünfzehn Metern waren bewaffnete Bundespolizisten postiert.

Zwar hatte Jack mit diesem Rummel gerechnet, aber auf merkwürdige Weise war es auch die erste Bestätigung dafür, dass das Unmögliche tatsächlich passieren würde. Jack war das ganze Wochenende von Zweifeln geplagt gewesen, seit er am Samstagnachmittag Oberst Jiménez angerufen hatte.

»Am Montagmorgen ist es so weit«, hatte Jack ihm mitgeteilt.

»Freut mich zu hören«, antwortete der Oberst.

Da Jack die US-Behörden vor dem Prozess darüber in Kenntnis gesetzt hatte, dass die Verteidigung möglicherweise einen kubanischen Soldaten als Zeugen laden werde, war vom Außenministerium ein detailliertes Verfahren ausgearbeitet worden, wie man den Kubaner schnell und reibungslos nach Miami schaffen konnte. Während der normale kubanische Auswanderer vor seiner Ausreise in die USA ungefähr das Fünffache seines Jahresgehalts an seine Regierung zu entrichten hatte, war in diesem besonderen Fall nur Castros Segen notwendig, um den Zeugen über Nacht nach Miami zu bringen. Dennoch hatte Jack seine Zweifel. Würde der Soldat tatsächlich erscheinen? Würde er desertieren, sobald er amerikanischen Boden betrat, seine Zeugenaussage widerrufen und in die Freiheit verschwinden? Diese Sorgen verfolgten ihn bis in den Gerichtssaal.

So oder so, jetzt würde er nicht mehr lange warten müssen.

Jack erhob sich. »Euer Ehren, die Verteidigung ruft den Gefreiten Felipe Castillo in den Zeugenstand.«

Ein schriller Schrei gellte durch den Gerichtssaal und leitete einen wüsten Tumult auf den Rängen ein.

»Ruhe!«, rief der Richter mit einem Hammerschlag.

Der Lärm hielt an. Alle schrien auf Spanisch durcheinander und Jack verstand kein einziges Wort. Aber ihm war klar, dass hier nicht die Verteidigung angefeuert werden sollte.

Mitglieder der Bundespolizei erstickten die Unruhe auf der Stelle. Ein Mann und eine Frau leisteten der Aufforderung, den Saal zu verlassen, friedlich Folge. Drei weitere Männer wurden in Handschellen abgeführt, und ihre Protestrufe waren noch zu hören, als sie längst in den Fluren verschwunden waren. Einige Geschworene beobachteten erschrocken die Festnahmen. Die anderen starrten Jack und seine Mandantin feindselig an, als wollten sie sagen, *wie könnt ihr es nur wagen.*

Immer noch herrschte mehr Unruhe und Fußgescharre als gewöhnlich im Gerichtssaal, das der Richter jedoch mit einem Hammerschlag unterband. »Jetzt reicht's«, rief er mit durchdringender Stimme. »Noch weitere Störungen, und ich werde alle Zuschauer bis auf die Pressevertreter von der Verhandlung ausschließen.«

Damit kehrte Ruhe ein, aber die Spannung blieb.

»Gerichtsdiener«, rief der Richter. »Holen Sie den Zeugen.«

Der Gerichtsdiener ging zu einer Seitentür, öffnete sie und eskortierte einen jungen Latino in den Gerichtssaal. Der Mann trug Zivil, Anzug und Krawatte, als könnte *das* den Aufruhr besänftigen. Lindsey drückte Jacks Hand. Die Zuschauer rutschten auf die Stuhlkante, die Geschworenen nahmen Haltung an. Allen wurde bewusst, dass sie einen historischen Augenblick erlebten oder zumindest etwas, das auf der nächsten Cocktailparty für reichlich Gesprächsstoff sorgen würde.

Der Gefreite Castillo trat in den Zeugenstand, um den Eid abzulegen. Der Gerichtsdiener las die vertrauten Worte auf Englisch vor und der Dolmetscher übersetzte sie ins Spanische.

»*Sí, lo juro.* Ja, ich schwöre«, antwortete er und nahm Platz. Sein Blick wanderte zum Richter, von dort zu den Geschworenen und weiter zum Publikum, bis er an Jack hängen blieb, dem einzigen bekannten Gesicht und der am wenigsten feindlichen Miene.

Jack trat langsam auf ihn zu. Er wollte dem Mann ein beruhigendes Gefühl geben, damit er die Aussagen machte, die seiner Mandantin nützten, aber es würde eine Gratwanderung werden, denn wenn er den Kubaner zu freundlich behandelte, würden die Geschworenen ihn und seine Mandantin als Castro-Fans und Kommunisten abstempeln.

»Guten Morgen, Gefreiter Castillo.«

»Buenos«, erwiderte der Soldat, was mit »Guten Morgen« übersetzt wurde. Der Dolmetscher war eigentlich überflüssig, da fast alle Geschworenen zweisprachig waren. Einige von ihnen hätten eher einen Englisch-Spanisch-Dolmetscher gebrauchen können. Dieser Faktor kam als zusätzliche Schwierigkeit mit ins Spiel: Die Jury würde jede Frage und Antwort nicht nur ein Mal hören, sondern zwei Mal. Jeder Fehler würde sich doppelt rächen.

Jack ging in kurzen Zügen auf Castillos Laufbahn ein, hakte die Fragen so schnell ab, wie es mit einem Dolmetscher möglich war. Die Tatsache, dass Castillo ein feindlicher Soldat war, ließ sich nicht leugnen, aber Jack bemühte sich nach Kräften, die Regimetreue des Mannes herunterzuspielen.

»Der Militärdienst in Kuba ist Pflicht, nicht wahr?«

»Ja, in gewisser Weise.«

»Wann wurden Sie zum Militärdienst eingezogen?«

»Gleich nach dem Ende meiner Schulzeit.«

»Welche Folgen hätte es gehabt, den Militärdienst zu verweigern?«

»Gefängnis.«

Jack hielt sich bewusst nicht lange bei Castillos Aufgaben als Turmwache auf der kubanischen Seite von Guantánamo auf. Mit diesem Zeugen würden die Geschworenen niemals warm werden, gleichgültig, wie lange Jack ihn im Zeugenstand ließ und wie er seine Persönlichkeit herauszustellen versuchte. Am besten, er kam möglichst bald zu den entscheidenden Fragen und schickte den Mann wieder nach Hause.

»Gefreiter Castillo, hatten Sie am siebzehnten Juni, dem Tag von Captain Pintados Tod, Dienst?«

»Ja.«

»Haben Sie irgendetwas Ungewöhnliches am Haus von Captain Pintado festgestellt?«

»Ja.«

»War das etwas, das Sie mit bloßem Auge beobachtet haben oder mit einem Sichtgerät?«

»Natürlich mit einem Sichtgerät. Wir verfügen über hervorragende, leistungsstarke Ferngläser.«

»Würden Sie bitte beschreiben, was Sie gesehen haben?«

Der Zeuge gab die Geschichte genau so wieder, wie er sie Jack in Oberst Jiménez' Büro dargestellt hatte. Er war bei einer Überwachungseinheit, die einen bestimmten Bereich des Militärstützpunktes observierte, einschließlich der Wohnhäuser für Offiziere der U.S. Marine. Am Morgen von Captain Pintados Tod sah er Lindsey Hart gegen fünf Uhr dreißig wie gewöhnlich das Haus auf dem Weg zur Arbeit verlassen. Etwa zwanzig Minuten später, kurz vor sechs, beobachtete er, wie ein Mann das Haus der Pintados ohne anzuklopfen betrat.

»Trug dieser Mann eine Uniform?«, fragte Jack.

»Ja.«

»Von welcher Einheit?«

»Der U. S. Coast Guard.«

»Die Uniform eines einfachen Soldaten oder eines Offiziers?«

»Eines Offiziers, aber nicht mit höherem Dienstgrad.«

»Können Sie den Mann von seinem Äußeren her beschreiben?«

»Ziemlich groß, auf jeden Fall größer als Captain Pintado. Muskulös, breite Schultern. Und er war schwarz.«

»Würden Sie den Mann wiedererkennen?«

»Auf jeden Fall.«

Jack trat an seinen Tisch, wo Sofia ihm ein Foto reichte. Er ließ sich das Foto vom Gerichtsdiener als Beweisstück der Verteidigung kennzeichnen und übergab Kopien davon an den Staatsanwalt und an den Richter. Dann wandte er sich wieder an den Zeugen. »Gefreiter Castillo, ich habe hier ein Gruppenfoto von Offizieren der Küstenwache, die in Guantánamo und auf anderen Stützpunkten stationiert sind. Es wurde gegen Ende des letzten Jahres aufgenommen. Ich möchte Sie bitten, sich das Foto sehr genau anzusehen und mir Folgendes zu sagen: Befindet sich der Mann, den sie am siebzehnten Juni in das Haus von Captain Pintado gehen sahen, auf diesem Foto?«

Torres sprang auf. »Einspruch, Herr Richter. Wir haben bereits vernommen, dass der Mann schwarz ist. Dem Zeugen jetzt ein Foto zu zeigen, auf dem die meisten Offiziere weiß sind, und ihn dann zu bitten, den Schwarzen zu benennen, ist doch wohl ein Witz.«

»Euer Ehren«, entgegnete Jack, »auf diesem Foto sind zweiundfünfzig Schwarze abgebildet. Wenn es dem Zeugen gelingt, den betreffenden Mann unter zweiundfünfzig Gesichtern zu identifizieren, ist das sicherlich aussagekräftiger als die meisten Gegenüberstellungen bei der Polizei.«

»Einspruch abgelehnt. Die Geschworenen sollen selbst entscheiden, welches Gewicht sie einer Identifizierung oder auch Nichtidentifizierung beimessen wollen.«

Der Zeuge wirkte ein wenig verwirrt durch die vielen Übersetzungen, konzentrierte sich jedoch dann auf das Foto. »Bitte sehen Sie es sich genau an«, forderte Jack ihn auf, »und sagen Sie mir, ob Sie den Mann entdecken, der am siebzehnten Juni das Haus von Captain Pintado betreten hat.«

Castillo betrachtete die Reihen der Offiziere nacheinander von links nach rechts und anschließend von oben nach unten, als wollte er die vielen Gesichter aus verschiedenen Blickwinkeln überprüfen. Die Prozedur dauerte erheblich länger, als Jack erwartet hatte.

»Gefreiter Castillo«, sagte der Richter. »Befindet sich der Mann auf dem Foto oder nicht?«

Der Dolmetscher übersetzte die Frage, aber Castillo reagierte nicht. Jack hatte Mühe, sich nicht anmerken zu lassen, dass ihm der Schweiß ausbrach.

»Gefreiter Castillo?«, wiederholte der Richter.

»Erkennen Sie ihn?«, fügte Jack hinzu.

Der Zeuge blickte von dem Foto auf. »Das ist er.«

Jack trat einen Schritt vor, um zu sehen, auf wen Castillo zeigte. »Bitte nehmen Sie zu Protokoll, dass der Zeuge den Mann in der dritten Reihe, fünfte Stelle von links, benannt hat. Lieutenant Damont Johnson.«

Für einen Augenblick schien der Name wie eine Erscheinung im Gerichtssaal zu schweben, während die Pressevertreter ihn gleichzeitig notierten. Jack stieß einen lautlosen Seufzer der Erleichterung aus. Der Zeuge hatte zur Tatzeit jemand anderen am Tatort gesehen. An Lindseys Täterschaft mussten sich also erhebliche Zweifel ergeben.

Falls die Geschworenen dem Zeugen glaubten.

»Haben Sie noch weitere Fragen an den Zeugen, Mr Swyteck?«, fragte der Richter.

Jack war versucht, es bei dieser entscheidenden Aussage zu belassen, aber wenn das Thema Sex erst beim Kreuzverhör zur Sprache käme, würde es sehr viel schwerer zur Entlastung beitragen können. Außerdem kannte er mittlerweile eine andere Version dieser außerehelichen Affäre – diejenige, die Lindsey Sofia anvertraut hatte und die sie vor lauter Peinlichkeit nicht hatte offenbaren können.

»Noch ein paar letzte Fragen«, erwiderte Jack. »Gefreiter Castillo, haben Sie Lieutenant Johnson auch bei anderen Gelegenheiten als an dem Morgen des siebzehnten Juni zufällig am Haus von Captain Pintado beobachtet?«

»Ja.«

»Wie oft?«

»Sehr oft.«

Die nächste Frage blieb Jack fast im Hals stecken. Zwar hatte der Staatsanwalt die Geschworenen längst davon überzeugt, dass Lindsey eine untreue Ehefrau war, aber die eindeutige Aussage eines Augenzeugen musste einfach den gesamten Tenor des Prozesses verändern. Jack blieb keine andere Wahl.

Wenn Sofia Recht hatte, gab es keine andere Möglichkeit zu erklären, was tatsächlich in dem Schlafzimmer vorgefallen war.

»Können Sie mir sagen, mit wem Lieutenant Johnson bei diesen anderen Gelegenheiten zusammen war?«

»Ich habe ihn mit Captain Pintados Frau gesehen.«

Ein Raunen ging durch den Saal, und Jack hatte das Gefühl, als könnte er die Entrüstung der Zuschauer regelrecht in seinem Rücken spüren.

»Wo hielten sie sich auf?«

»Im Schlafzimmer.«

Das Raunen im Saal ging in lautes Geschnatter über. Der Richter schlug mit dem Hammer. »Ruhe!«

Jack brachte es nicht fertig, zu den Geschworenen hinüberzusehen, fühlte aber regelrecht ihre bösen Blicke. »Und was ... taten sie da?«

O Gott, bitte nicht, dachte er. *Er soll jetzt bloß nicht sagen, dass es wie in einem Pornofilm zuging.*

»Sie hatten Sex miteinander.«

Plötzlich herrschte im Gerichtssaal eine Stimmung wie auf einer Cocktailparty, bei der der Gastgeber nackt erschienen war. Alle redeten durcheinander, die einen peinlich berührt und empört, die anderen kichernd und aufgeregt angesichts dieser neuen Facette des Falls.

Wieder rief der Richter die Anwesenden mit einem Hammerschlag zur Ordnung. »Ruhe bitte.«

Als der Trubel sich gelegt hatte, fuhr Jack mit seiner Befragung fort. Er war sich seiner eigenen Strategie nicht sonderlich sicher, aber jetzt führte kein Weg mehr zurück. Sex war mit im Spiel, und Jack musste dieser Tatsache eine Stoßrichtung geben, die der Verteidigung nützte.

»Gefreiter Castillo, können Sie mir sagen, ob Lieutenant Johnson und Lindsey Hart bei diesen Gelegenheiten, als Sie sie beobachtet haben, allein im Schlafzimmer waren?«

»Einspruch«, sagte der Staatsanwalt.

»Mit welcher Begründung?«, fragte der Richter.

Torres überlegte angestrengt, und es war offensichtlich, dass er keine gesetzliche Grundlage dafür heranziehen konnte. Anscheinend gefiel ihm die Geschichte einfach nicht. Schließlich hatte er etwas gefunden. »Herr Richter, ich denke, die Aussage des Zeugen sollte sich darauf beschränken, was er wirklich gesehen hat.«

»Können Sie Ihre Frage anders formulieren, Mr Swyteck?«

»Selbstverständlich. Gefreiter Castillo, haben Sie außer Lieutenant Johnson und Lindsey Hart noch jemanden im Schlafzimmer gesehen?«

»Sie meinen, während …«

»Ja«, erwiderte Jack, dem es schwer fiel, so deutlich zu werden, »während sie Sex miteinander hatten.«

Der Zeuge dachte über die Frage nach. »Nein. Ich kann nicht sagen, dass ich jemand anderen in dem Zimmer gesehen habe«, antwortete er schließlich.

Jack warf Sofia einen Blick zu. Sie ließ sich ihre Enttäuschung nicht anmerken, aber ihre Theorie hatte nicht zum erhofften Ergebnis geführt. Jack trat einige Schritte zurück, um Zeit zu gewinnen und seine Gedanken zu ordnen. Dann versuchte er es noch einmal. »Gefreiter Castillo, wissen Sie, welches Auto Captain Pintado fuhr?«

»Ja, einen roten Chevy Pick-up, ein älteres Modell.«

»Ich möchte, dass Sie jetzt gründlich nachdenken. Haben Sie zufällig manchmal Captain Pintados Pick-up in der Einfahrt stehen sehen, wenn Sie Lieutenant Johnson und die Angeklagte zusammen im Schlafzimmer beobachtet haben?«

»Sie meinen, während …«

»Ja«, sagte Jack, erneut peinlich berührt, weil er so deutlich werden musste, »während sie Sex miteinander hatten.«

Der Zeuge schwieg eine Weile, dann schien es ihm einzufallen. »Ja, der Wagen stand da.«

Volltreffer! »Einmal? Zweimal?«

»Nein. Jedes Mal. Jedes Mal, soweit ich mich erinnere.«

Jack bemühte sich, nicht zu lächeln, doch innerlich strahlte er. »Lassen Sie mich das noch einmal klarstellen. Jedes Mal, wenn Sie beobachtet haben, dass die Angeklagte im Schlafzimmer der Pintados Sex mit Lieutenant Johnson hatte, stand Captain Pintados Wagen in der Einfahrt. Ist das Ihre Aussage?«

»Einspruch«, rief der Staatsanwalt. Allmählich schien er zu begreifen, dass Jack dieser Dreiecksgeschichte einige interessante neue Aspekte hinzuzufügen gedachte.

»Abgelehnt«, sagte der Richter. »Der Zeuge möge antworten.«

»Ja, das ist richtig. Ich habe bisher nie darüber nachgedacht. Aber wenn Sie mich das jetzt so fragen, bin ich mir ganz sicher. Ich habe sie gesehen. Es standen immer zwei Autos da. Captain Pintados Pick-up und Lieutenant Johnsons Wagen.«

»Danke. Keine weiteren Fragen.« Jack kehrte an seinen Platz zurück.

»Mr Torres, wünschen Sie ein Kreuzverhör?«, fragte der Richter.

»Selbstverständlich«, erwiderte Torres, während er auf den Zeugen zutrat. Einige Schritte vor Castillo blieb er wortlos stehen, um dem Zeugen Gelegenheit zu geben, die Präsenz der US-Regierung zu spüren. Dann wandte er Castillo kopfschüttelnd den Rücken zu und machte sich über dessen Antwort auf Jacks letzte Frage lustig. »Sie haben also bisher nie darüber nachgedacht, aber jetzt wo Mr Swyteck die Frage stellt, da sind Sie sich auf einmal ganz sicher. Sie haben zwei Autos gesehen.« Er begann, auf und ab zu schreiten, damit seine Skepsis sich im Gerichtssaal ausbreiten konnte. »Wie praktisch.«

»Einspruch«, sagte Jack. »Wie lautet die Frage?«

»Stattgegeben.«

»Über welche anderen Einzelheiten haben Sie noch nie nachgedacht, bis Mr Swyteck Sie danach gefragt hat? Über Lieutenant Johnsons sehr passendes Erscheinen am Tatort zur Tatzeit vielleicht?«

Der Zeuge wartete auf die Übersetzung und sagte dann: »Ich verstehe die Frage nicht.«

»Macht nichts. Ich bin sicher, die Geschworenen haben verstanden.«

»Einspruch.«

»Stattgegeben. Stellen Sie Ihre Fragen, Mr Torres.«

»Ja, Euer Ehren. Gefreiter Castillo, mir ist aufgefallen, dass Mr Swyteck sich nicht lange mit der Beschreibung Ihres Arbeitsplatzes aufgehalten hat. Sie gehören zu einer Einheit, die für die Überwachung des Militärstützpunktes in Guantánamo zuständig ist, ist das richtig?«

»Grundsätzlich ja.«

»Ihre Arbeit besteht darin, zu verfolgen, was sich auf dem Stützpunkt abspielt?«

»Ja.«

»Und es ist auch Ihre Aufgabe, jeden aufzuspüren, der versucht, den Stützpunkt zu betreten, richtig?«

»Den Stützpunkt zu betreten?«, erwiderte Castillo verwirrt.

»Lassen Sie mich deutlicher werden. Es besteht eine gewisse Entfernung zwischen der Umzäunung der U.S. Naval Base und dem Gebiet, auf dem kubanische Truppen stationiert sind, ist das richtig?«

»Ja, natürlich.«

»Und die kubanische Regierung hat in diesem Bereich viele Hindernisse errichtet, richtig?«

»Ich bin nicht sicher, dass ich Ihre Frage verstehe.«

»Es gibt dort Stacheldrahtzäune, richtig?«

»Ja.«

»Sogar ein Minenfeld, richtig?«

»Ja.«

»Diese Hindernisse wurden installiert, um gewöhnliche Kubaner daran zu hindern, die Basis und damit die Freiheit auf amerikanischem Boden zu erreichen.«

»Ich glaube, ich verstehe nicht.«

»Das glaube ich doch. Trifft es nicht zu, dass ein wichtiger Teil Ihres Dienstes darin besteht, gewöhnliche Kubaner davon abzuhalten, in die Freiheit vorzudringen?«

»Einspruch«, rief Jack.

»Stattgegeben«, sagte der Richter, aber der Schaden war angerichtet. Torres hatte den Geschworenen deutlich gemacht, dass der Zeuge der Feind war – einer von Castros Lakaien, der sich dafür hergab, zu verhindern, dass die im Exil lebenden Familien mit ihren in Kuba zurückgebliebenen Angehörigen vereint werden konnten.

»Ich möchte jetzt auf die sexuellen Praktiken im Haus der Pintados zurückkommen«, sagte Torres. »Anfangs haben Sie behauptet, Sie hätten beobachtet, wie die Angeklagte ihren Ehemann betrogen hat.«

»Einspruch«, sagte Jack. »Ich glaube, wir haben begründete Zweifel an der Version dargelegt, dass die Angeklagte ihren Mann betrogen haben soll, Euer Ehren.«

»Bitte, formulieren Sie Ihre Frage anders«, sagte der Richter.

»Sie haben die Angeklagte beim Sex mit Lieutenant Johnson beobachtet?«

»Ja.«

»Und wie Mr Swytecks Einspruch soeben deutlich gemacht hat, versuchen Sie zu unterstellen, dass es sich bei dieser Sache um eine perverse Dreiergeschichte handelt.«

»Ich versuche nur zu beschreiben, was ich gesehen habe.«

»Aber ich bitte Sie. Sie sind doch heute nur hier, um Schande über die Familie Pintado zu bringen und Fidel Castros Erzfeind im Exil, Alejandro Pintado, zu diskreditieren.«

»Einspruch.«

»Stattgegeben. Mr Torres, bitte stellen Sie Ihre Fragen.«

Der Staatsanwalt trat auf den Zeugen zu und sein Ton wurde zunehmend aggressiv. »Ihnen ist bekannt, dass der Vater des Opfers Alejandro Pintado ist, stimmt's?«

»Ja, das ist mir bekannt.«

»Sie wissen, wer Alejandro Pintado ist, oder?«

»Ich habe den Namen schon mal gehört.«

»Er ist eines der lautstärksten Mitglieder der Anti-Castro-Exilgemeinde, nicht wahr?«

»Wenn Sie das sagen.«

»Nein, es ist nicht das, was ich sage. Es ist das, was *Sie wissen.* Sie wissen ganz genau, wer Alejandro Pintado ist, stimmt's?«

»Ich weiß, dass er sich sehr lautstark gegen unsere Regierung wendet.«

»Ja, das wissen Sie. Und Sie wären heute nicht hier, wenn der Vater des Opfers nicht eine so aktive Rolle in der Opposition gegen Fidel Castro spielte, richtig?«

»Das weiß ich nicht.«

»Gefreiter Castillo, ist es nicht so, dass die Vorschriften den kubanischen Behörden verbieten, Militärmitgliedern Auslandsvisa auszustellen, bevor sie ihren Militärdienst abgeleistet haben?«

Der Zeuge reagierte verblüfft, als ihm die Frage übersetzt wurde, offenbar wunderte es ihn, dass dem Staatsanwalt diese Restriktion bekannt war. »Ja, das ist richtig.«

»Sie befinden sich also nur in diesem Gerichtssaal, weil irgendjemand eine wichtige Ausnahme von den Gesetzen und Vorschriften des kubanischen Staates gemacht hat.«

»Ja.«

»Dann lassen Sie uns doch ehrlich sein. Sie sind heute *nur* hier, weil Fidel Castro das so will.«

Jack überlegte, ob er Einspruch erheben sollte, aber

Torres hatte die Geschworenen längst in der Hand, und kein Einspruch würde zu diesem Zeitpunkt etwas daran ändern.

Der Zeuge zuckte nur die Achseln. »Vermutlich.«

»Danke«, sagte der Staatsanwalt selbstgefällig. »Das wird reichen.«

39

Jack nutzte die Mittagspause, um sich mit Theo zu treffen. Er wäre lieber mit Lindsey und Sofia im Gericht geblieben, aber Theo behauptete, es gäbe etwas absolut Wichtiges zu bereden. Eine Hand voll Demonstranten marschierten vor dem Gerichtsgebäude auf dem Gehweg auf und ab. Jack setzte sich in der Hoffnung, nicht erkannt zu werden, seine dunkelste Sonnenbrille auf – eine Sechs-Dollar-Brille, so billig, dass man sie garantiert *nie* liegen ließ – und eilte zur Straßenecke, wo Theo in seinem Wagen auf ihn wartete.

»Was ist los?«, fragte Theo, als Jack sich auf den Beifahrersitz manövrierte.

Jack konnte nicht hören, was Theo sagte, sondern sah nur seine Lippenbewegung. Die nervtötende, so genannte Musik, die aus der Hi-Fi-Anlage dröhnte, war so laut, dass die Fensterscheiben vibrierten. Es war eine der zahlreichen Musikrichtungen, die Theo liebte und wegen der Jack sich manchmal fragte, wie sie beide überhaupt Freunde sein konnten. Jack schaltete die Anlage aus.

»Wie kannst du dir bloß diesen Scheiß anhören?«, fragte er.

»Ist da was gegen einzuwenden?«

»Nicht, wenn man auf Texte steht, in denen die meisten Wörter sich auf ›fuck‹ reimen.«

»Als bräuchte die Welt noch mehr bescheuerte Herz-und-Schmerz-Songs.«

Jack dachte kurz darüber nach. Vielleicht hatte Theo ja Recht. *Vielleicht.*

»Ich hab dir was zu essen mitgebracht«, verkündete Theo.

»Danke«, erwiderte Jack, während er das Essen auspackte. »Was ist das?«

»Das Felipe-Castillo-Spezial.«

Jack biss ein Stück von dem kubanischen Sandwich ab – Schinken, Schweinefleisch, Käse und Gürkchen auf kubanischem Brot, zusammengepresst mit einem Sandwichtoaster. »Sehr lustig, Theo.«

»Wie ist es denn heute Morgen so gelaufen?«

»Weiß nicht. Vielleicht war es doch ein Fehler, ihn überhaupt in den Zeugenstand zu holen.«

»Wahrscheinlich hast du Recht.«

»Meinst du?«

»Ja klar. Ein großer Fehler. Nur vergleichbar mit Napoleons Marsch auf Waterloo, Hitlers Panzer gegen Russland und Dustin Hoffmans Blick auf Elaines Porträt.«

»Dustin Hoffmans *was*?«

»*Die Reifeprüfung*, du Pfeife. Du weißt doch, als Mrs Robinson ihn nach oben schickt, um sich das Porträt ihrer Tochter –«

»Ich hab den Film gesehen. Willst du etwa einen Film auf eine Stufe mit einer militärischen Entscheidung stellen, die wahrscheinlich den Wendepunkt des Zweiten Weltkriegs bedeutete?«

»Nein. Aber ein kubanischer Soldat in Miami ist auch kein weltbewegendes Ereignis. Komm auf den Teppich.«

»Besteht dein einziger Lebenszweck darin, mich zu verwirren? Macht dir das Spaß?«

Theo hielt an einer Ampel. Sie fuhren um den Block, nur um sich ungestört unterhalten zu können, bevor Jack zum Gericht zurückmusste. Theo warf Jack einen Blick zu. »Ich mache Fortschritte in Bezug auf deinen Mustang.«

Jack riss die Chipstüte auf. »Machst du Witze?«

Theo setzte einen ungerührten Gesichtsausdruck auf. »Ich mache Witze über Sex, über den Tod, über alles. Aber bestimmt nicht über Autos.«

»Also, was hast du rausgefunden?«

»Ich hab den Typen ausfindig gemacht, der es war. Irgend so ein kleiner Fuzzi. Nicht mal Kubaner. Dem ist Castro scheißegal.«

»Und warum hat er dann meinen Wagen angezündet und ›Castro-Lover‹ aufs Pflaster gesprüht?«

»Weil jemand ihn beauftragt hat. Oder besser gesagt, bezahlt.«

»Wer?«

»Weiß ich noch nicht.«

»Konnte er dir das nicht sagen?«

»Wenn er es gewusst hätte, hätte er es ausgespuckt. Es war eine ziemlich gründliche Vernehmung. Der Typ kannte nicht mal den Namen seines Auftraggebers.«

Bei dem Gedanken an die »gründliche Vernehmung« zuckte Jack innerlich zusammen. Er wollte lieber nichts Näheres darüber wissen. Die Ampel sprang auf Grün und Theo bog um die Ecke zum Gerichtsgebäude.

»Und was vermutest du?«, fragte Jack. »Glaubst du, irgendeine Anti-Castro-Gruppe hat ihn über einen Mittelsmann angeheuert? Um mich einzuschüchtern, damit ich den kubanischen Soldaten nicht vor Gericht hole?«

»Ich bin mir gar nicht so sicher, dass es eine Anti-Castro-Gruppe war.«

Jack schluckte den letzten Bissen seines Sandwichs hinunter. »Wer dann? Meinst du, die Anti-Castro-Parole war ein Ablenkungsmanöver? Damit es so aussieht, als wäre es eine Exilgruppe gewesen?«

Theo hielt am Straßenrand. Sie waren einen halben Block vom Gerichtsgebäude entfernt, so nah, wie Autos aufgrund der erhöhten Sicherheitsstufe heranfahren durften. »Möglich.«

»Wer sonst könnte sich dafür interessieren, ob ein kubanischer Soldat in dem Prozess aussagt?«

»Vielleicht ist das nicht die richtige Frage. Vielleicht muss sie lauten: Wer sonst hat ein Interesse daran, den Verteidiger so einzuschüchtern, dass er darauf verzichtet, den wichtigsten Zeugen vorzuladen?«

»Oder genauer ausgedrückt: Wer sonst wäre hochzufrieden, wenn Lindsey Hart für den Mord an Oscar Pintado verurteilt würde?« Nachdenklich knüllte Jack die Sandwichtüte zu einem Ball zusammen. »Hast du schon irgendwelche Spuren?«

»Nur eine, die was taugt. Die Leute, die den kleinen Pyromanen angeheuert haben, haben nicht in bar bezahlt.«

»Erzähl mir nicht, sie hätten ihm einen Scheck gegeben.«

»Nein. Sie haben ihn mit Kokain bezahlt.«

Jack, der gerade die Beifahrertür öffnen wollte, hielt mitten in der Bewegung inne. »Die Drogenmafia?«

»Durchaus denkbar.«

»Das könnte alles ändern.«

»Du sagst es.«

»Bleib dran, Theo.«

»Was hast du jetzt vor?«

Jack blickte durch die Windschutzscheibe, dann sah er Theo an und erwiderte: »Ich glaube, es ist Zeit für eine weitere Vernehmung von Alejandro Pintado.«

Theo nickte zustimmend und klopfte Jack auf die Schulter. Jack stieg aus, schloss die Wagentür und machte sich mit entschlossener Miene vorbei an den mittlerweile ständig anwesenden Anhängern des Pintado-Clans auf den Weg zum Gericht.

40

Als Alejandro Pintado in den Zeugenstand zurückkehrte, legte sich absolute Stille über den Verhandlungssaal. Im Prinzip hätte der Staatsanwalt Einspruch gegen Jacks nochmalige Vorladung des Starzeugen der Regierung einlegen können, aber Torres hielt sich zurück, ja es schien sogar, als sähe er der Zugabe mit freudiger Erregung entgegen. Die Geschworenen betrachteten Pintado mit dem gleichen Mitgefühl und Respekt wie zuvor, ihre Bewunderung schien eher noch gewachsen zu sein. Die Frau in der ersten Reihe hätte ihm vermutlich sogar den Ring geküsst, wenn Pintado ihn ihr hingehalten hätte. Auch Jack begegnete ihm mit einer gewissen Hochachtung.

Manchmal musste selbst eine Demontage höflich betrieben werden.

»Mr Pintado, trifft es zu, dass Ihre Organisation *Brothers for Freedom* ernsthaft erwogen hat, die Rettungsaktionen einzustellen?«

Der Zeuge warf ihm einen verständnislosen Blick zu. »Von welcher Zeit sprechen Sie?«

»Von den letzten beiden Jahren.«

»Wir hatten einige Diskussionen über das Thema«,

erwiderte Pintado. »Nichts Endgültiges. Und gerade in jüngster Zeit steht das Thema nicht mehr zur Debatte. Solange Kubaner auf der Suche nach Freiheit die Florida Straits überqueren, werden unsere Flugzeuge da sein, um sie ausfindig zu machen.«

Jack ließ ihn den Moment auskosten, dann warf er einen Blick in seine Unterlagen. »Sir, würde es Sie überraschen, zu erfahren, dass die Küstenwache von Januar bis Dezember letzten Jahres mehr als tausend kubanische Flüchtlinge auf offener See aufgegriffen hat?«

»Das würde mich nicht im Geringsten überraschen.«

»Wie viele Kubaner haben die *Brothers for Freedom* in dieser Zeit gerettet?«

Pintado wandte verlegen den Blick ab. »Zwei.«

»Im Jahr zuvor griff die Küstenwache neunhundert Kubaner auf. Wie viele haben die *Brothers for Freedom* in diesem Zeitraum gerettet?«

»In dem Jahr? Ich glaube keinen.«

»Wenn wir einmal von dem laufenden Jahr absehen, haben die *Brothers for Freedom* in den vergangenen fünf Jahren insgesamt nur elf Flüchtlinge gerettet. Entspricht das den Tatsachen?«

»Nun, Sie müssen bedenken, dass wir viel mehr Flüchtlinge als nur diese entdeckt hatten. Leider kam uns oft die Küstenwache zuvor und brachte die Flüchtlinge zu Castro zurück, bevor wir ihnen hätten helfen können. Genau daran entzündet sich ja mein Widerstand gegen diese Nasse-Füße/trockene-Füße-Abschiebepolitik.«

»Damit meinen Sie, wenn die Küstenwache kubanische Flüchtlinge auf See aufgreift, werden sie zurück nach Kuba geschickt. Aber wenn –«

»Wenn sie trockenen Boden erreichen, haben sie es in die Freiheit geschafft. Genau darum bemüht sich meine Organisation. Sie sicher und trocken in die Freiheit zu bringen.«

»Und aus diesem Grund haben Sie die U.S. Coast Guard als ›Castros Grenzpatrouille‹ bezeichnet?«

»Ich glaube, ihre Aktionen sprechen für sich selbst.«

»Also gut. Lassen Sie uns jetzt auf meine ursprüngliche Frage zurückkommen. Im Verlauf von fünf Jahren haben die *Brothers for Freedom* elf kubanische Flüchtlinge gerettet, richtig?«

»Das ist richtig.«

»In diesem Jahr liegen die Dinge allerdings anders, nicht wahr? Besonders in den ersten sechs Monaten, oder?«

»Wir hatten mehr Erfolg, ja.«

»Wesentlich mehr Erfolg«, sagte Jack. »Bis zum Juni dieses Jahres, also innerhalb von sechs Monaten, retteten die *Brothers for Freedom* siebenunddreißig Flüchtlinge.«

»Eigentlich sogar achtunddreißig. Eine der Frauen, die wir gerettet haben, war im achten Monat schwanger.«

»Sie müssen sehr stolz darauf sein.«

»Ich bin auf alle unsere Leute stolz. Wir werden einfach besser in unserer Arbeit.«

»Und effizienter«, fügte Jack hinzu. »Die *Brothers for Freedom* haben in diesem Jahr weniger Flugpläne bei der FAA eingereicht als in sämtlichen Jahren zuvor, richtig?«

»Richtig.«

»Sie haben in diesem Jahr weniger Treibstoff eingekauft als in den früheren Jahren?«

»Das ist ebenfalls richtig.«

»Interessanterweise ist laut Schätzungen der Einwanderungsbehörde INS in diesem Jahr die Zahl der kubanischen Flüchtlinge im Vergleich zu den Vorjahren um zwanzig Prozent zurückgegangen.«

»Ich kenne die genauen Zahlen nicht, aber ich habe nichts dagegen einzuwenden.«

»Obwohl Sie also weniger geflogen sind und es zudem weniger Flüchtlinge gab, hat die Zahl der von Ihnen geretteten Flüchtlinge dramatisch zugenommen. Und das lag einfach daran, dass Sie besser geworden sind?«

»Ich denke ja«, erwiderte Pintado.

»Oder lag es daran, dass Sie ganz einfach über bessere Informationen verfügten?«

»Tut mir Leid, ich verstehe nicht recht. Bessere Informationen worüber?«

»Bessere Informationen darüber, wo die Flüchtlinge sich aufhalten würden … und wo die Küstenwache *nicht* sein würde?«

»Einspruch, Euer Ehren«, sagte der Staatsanwalt. »In diesem Prozess wurden keinerlei Beweisstücke vorgelegt, die darauf hinweisen, dass Mr Pintado Informationen von der Küstenwache erhält.«

»Einspruch stattgegeben.«

»Lassen Sie mich das näher begründen«, sagte Jack. Er trat einen Schritt auf den Zeugen zu. »Mr Pintado, Sie haben zuvor ausgesagt, dass der beste Freund Ihres Sohnes auf dem Marinestützpunkt wer war?«

»Lieutenant Damont Johnson.«

»Und zu welcher Einheit gehört Lieutenant Johnson?«

Pintado warf Jack einen wütenden Blick zu, dann erwiderte er ruhig: »Zur Küstenwache.«

Jack schwieg einen Augenblick, unschlüssig, wie weit er diese Frage vertiefen sollte. Geschworene hatten nicht viel dafür übrig, wenn die Familie des Opfers unter Druck gesetzt wurde, aber die Chancen, den Zeugen ein drittes Mal vorladen zu können, waren gleich null. Jack musste es einfach versuchen.

»Eine letzte Frage, Sir. Seit Ihr Sohn im Juni gestorben ist – mit anderen Worten, seit Captain Pintados Freundschaft mit Lieutenant Johnson ein Ende fand –, wie viele kubanische Flüchtlinge wurden seitdem von den *Brothers for Freedom* auf offener See gerettet?«

Pintado schien nicht übel Lust zu haben, Jack auf der Stelle zu erwürgen. »Keiner«, erwiderte er ruhig.

Das war genau die Antwort, die die Verteidigung brauchte, dennoch empfand Jack keine Genugtuung. Pintado tat ihm aufrichtig Leid und er konnte seine Ansichten sogar nachvollziehen, aber irgendjemand war offenbar der Meinung, dass die Sache, der Mr Pintado sich verschrieben hatte, einen Mord wert war, und bei dem Täter konnte es sich sowohl um einen Sympathisanten als auch um einen Gegner handeln. Es lag an Jack, den Geschworenen die Augen zu öffnen, auch wenn er noch nicht bereit war, Theos Drogentheorie zu übernehmen.

Aber der Grundstock war gelegt.

»Danke, Sir«, sagte Jack. »Keine weiteren Fragen.«

41

Am frühen Montagnachmittag wurde die Verhandlung vertagt, damit der Richter sich einem nicht näher bezeichneten Notfall widmen konnte, vielleicht einer wichtigen Anhörung in der Vorverhandlung eines anderen Falls, vielleicht aber auch seiner jugendlichen Tochter, die wieder einmal ihre Schlüssel im Auto hatte stecken lassen. Jack nutzte die Zeit für einen kurzen Besuch im Büro des Staatsanwalts, bevor er zu seinem Wagen ging. Torres opferte zehn Minuten für ein Gespräch unter vier Augen.

»Worauf ist sie aus?«, fragte Torres. Er saß hinter seinem Schreibtisch, auf dem nicht ein Fitzelchen Papier lag. Offenbar hatte er ihn völlig abgeräumt, bevor er dem

Feind Zutritt zu seinem Büro gewährte. Zu seiner Zeit als Staatsanwalt hatte Jack stets dieselbe Vorsichtsmaßnahme getroffen. In diesem Geschäft gab es keinen Strafverteidiger, der nicht in der Lage gewesen wäre, Unterlagen blitzschnell quer zu lesen.

»Wie bitte?«, fragte Jack, der in einem bequemen Sessel Platz genommen hatte.

»Ihre Mandantin. Ich nehme an, das ist der Grund Ihres Kommens. Worauf ist sie aus, auf Totschlag?«

»Ich bin nicht hier, um zu verhandeln.«

»Umso besser. Denn mehr als Totschlag mit lebenslänglich ist nicht drin. Die Todesstrafe lasse ich fallen.«

»Lebenslänglich ist eine ziemlich lange Zeit für eine unschuldige Frau.«

Torres lachte kurz auf.

Jack blickte ihn ernst an. »Sie klagen die Falsche an.«

»Sie verteidigen die Falsche.«

»Wo ist Lieutenant Damont Johnson?«

Torres ließ seinen Bleistift wie einen Miniaturschlagstock durch seine Finger gleiten. »Da kann ich auch nur raten.«

»Eigenartig, wie sein Name immer wieder im Prozess auftaucht. Nie in einem guten Licht. Ich würde ihm gern Gelegenheit geben, sich selbst zu erklären.«

»Keine Chance.«

»Warum verstecken Sie ihn?«

»Warum sind Sie hinter ihm her?«

»Weil ich glaube, dass er den Geschworenen sagen kann, wer Oscar Pintado tatsächlich getötet hat.«

Torres faltete die Hände auf dem Schreibtisch und sah Jack in die Augen. »Ich glaube, die Geschworenen wissen bereits, wer Oscar Pintado getötet hat. Ihr Name ist Lindsey Hart.«

»Ich habe gehört, Johnson ist in Miami.«

»Und?«

»Halten Sie ihn als Zeugen der Anklage bereit oder wollen Sie nur verhindern, dass ich an ihn herankomme?«

»Das geht Sie nichts an.«

»Das geht mich eine Menge an«, entgegnete Jack. »Bisher haben Sie mir Johnson vorenthalten, und es ist Ihnen sogar gelungen, zu verhindern, dass ich mit meinem –« Beinahe wäre ihm »meinem Sohn« herausgerutscht. »Dass ich mit dem Sohn meiner Mandantin spreche«, verbesserte er sich. »Das sind wahrscheinlich die beiden Hauptzeugen in diesem Fall.«

»Es steht Ihnen frei, den Jungen in den Zeugenstand zu rufen. Die Anordnung des Gerichts verbietet lediglich, dass Sie ihn befragen, nicht jedoch, dass Sie ihn als Zeugen aufrufen.«

»Ich glaube, keiner von uns beiden möchte das Kind des Opfers im Zeugenstand sehen.«

»Was sein muss, muss sein.«

»Genau das versuche ich Ihnen klar zu machen: Ich werde den Jungen in Ruhe lassen, wenn Sie mir Johnson geben.«

Torres lächelte. »Sehr einfallsreich, Swyteck. Um den Jungen zu schützen, wollen Sie, dass ich Ihnen Lieutenant Damont Johnson überlasse.«

»Es gibt keinen Grund, Johnson aus der Geschichte herauszuhalten.«

»Damit mögen Sie Recht haben. Aber Sie haben mir auch noch keinen triftigen Grund dafür genannt, ihn hineinzubringen.«

»Reicht Brian Pintado nicht als Grund?«

»Nicht annähernd.«

Jack schnaubte verächtlich und wandte sich ab. »Wie fürsorglich Sie doch sind, Hector.«

»Ja, ja. Schande über mich, dass ich gewinnen will.

Wenn Sie mich jetzt bitte entschuldigen würden, ich muss ein Kreuzverhör vorbereiten. Ich habe allmählich den Verdacht, dass eine schuldige Angeklagte sehr bald zu ihrer eigenen Verteidigung in den Zeugenstand treten wird.«

Jack stand auf und wandte sich zum Gehen. Es fiel ihm schwer, sich zu beherrschen. Er war mit dem festen Vorsatz gekommen, diese Unterredung nicht persönlich werden zu lassen, aber es war das erste Mal, dass er mit dem Staatsanwalt allein war seit ... er wusste nicht, seit wann. Mindestens seit seinem Gespräch mit Kiko in *Mario's Market* über seine Mutter, das ihm die Augen geöffnet hatte.

»Waren Sie schon mal in Bejucal?« Jacks Hand lag auf der Türklinke.

Der Staatsanwalt starrte ihn mit offenem Mund an. Einen Augenblick lang wirkte er, als hätte Jack ihm einen Schlag in die Magengrube versetzt.

»Wie bitte?«, sagte er schließlich.

»Bejucal, Kuba. Waren Sie schon mal dort?«

»Wer will das wissen?«

»Der Sohn von Ana Maria Fuentes.«

Sie fixierten einander. Eigentlich hatte Jack vorgehabt, das Thema Bejucal beiseite zu lassen, bis der Prozess vorüber war, aber irgendetwas in ihm sträubte sich dagegen. Vielleicht lag es daran, dass sie allein waren und bei ihrem Treffen nichts herausgekommen war. Vielleicht lag es auch daran, dass er von Tag zu Tag weniger Achtung für Torres empfand. Es überstieg schlichtweg sein Vorstellungsvermögen, dass dieser Mann ein intimes Verhältnis mit seiner Mutter gehabt haben könnte. Vielleicht war er aber auch einfach nur neugierig auf Torres' Reaktion.

»Tut mir Leid, Jack. Da bin ich nie gewesen.«

Die beiden Männer sahen einander unverwandt an. »Ich dachte, ich frage einfach mal nach.«

»Ich bin froh, dass Sie das getan haben.«

»Ich auch.« Jack öffnete die Tür und schickte sich zum Gehen an.

»Jack?«

Jack drehte sich um.

»Grüßen Sie Ihren alten Herrn von mir.«

Selbst wenn Torres den Swytecks seine schmutzige Romanze nicht unter die Nase rieb, war die Selbstgefälligkeit im Tonfall des Staatsanwalts eigentlich Grund genug für Jack, ihm sein verlogenes Lächeln mit einem gezielten Schlag aus dem Gesicht zu prügeln. Allerdings brachte ihn das Emblem des Justizministeriums an der Wand ganz schnell wieder zur Besinnung, und er kam zu dem Schluss, dass es sich einfach nicht lohnte. Wortlos verließ er das Büro des Bundesanwalts und zog die Tür hinter sich zu.

42

Je weiter Jack in seinem Mietwagen das Stadtzentrum hinter sich ließ, desto mehr gelangte er zu der Überzeugung, dass Torres irgendetwas in Bezug auf seine Mutter zu verbergen hatte. Aber er musste diesen Gedanken wegschieben. Zumindest vorläufig.

Zum Glück sorgte der Wagen mit Automatikgetriebe für vielfältige Ablenkung. Wenn Jack die Kupplung trat, die nicht da war, wenn er vergeblich nach dem Schaltknüppel griff oder wenn er auf das Dröhnen des Motors wartete, das er nie wieder hören würde – all das ließ in ihm den

Wunsch aufkommen, bei Theos »gründlicher Vernehmung« des Penners, der seinen Mustang abgefackelt hatte, dabei zu sein. Als Jack das Geschäftsviertel passiert hatte und die von prachtvollen Apartmenthäusern gesäumte Brickell Avenue hinunterfuhr, schaltete er das Radio ein. Der letzte Mieter des Wagens hatte freundlicherweise einen spanischsprachigen Sender eingestellt. Jacks jüngste »Attacke« vor Gericht gegen Alejandro Pintado hatte eine neue Runde heftiger Debatten in den Talkrunden der Exilkubaner eingeleitet, in deren Zentrum der Name Swyteck stand. Er war heilfroh, dass *Abuela* einen anderen Familiennamen hatte.

»Die Pintados sind die Opfer«, sagte ein Redner. »Und nicht diese *Jinetera*, die ihn geheiratet hat.«

Jinetera. Jack konnte das Wort zuerst nicht übersetzen. Dann dachte er an seine Reise nach Kuba, an das Mädchen, das ihn im Hotel Nacional angerufen und sich ihm angeboten hatte. Er könne alles von ihr haben – wenn er bezahle. *Jinetera.*

Hure.

Die Teilnehmer an Talkrunden neigten, gleichgültig in welcher Sprache, zu extremer Ausdrucksweise. Jack hatte das Gefühl, dass es unter den Geschworenen, wenn erst alles gesagt und getan war, nicht wesentlich anders zugehen würde. Höchste Zeit, den Dingen eine andere Richtung zu geben.

Er sah auf die Uhr. Sechzehn Uhr vierundvierzig. Am nächsten Tag würde Lindseys großer Auftritt stattfinden, und vor ihnen lag noch eine Menge Arbeit, um sie darauf einzustellen. Aber bis zu dem Treffen mit Sofia im Gefängnis, bei dem ihre Mandantin auf diesen wichtigsten Verhandlungstermin gründlich vorbereitet werden sollte, blieb Jack noch etwas Zeit. Zum wiederholten Mal langte er nach dem nicht vorhandenen Schaltknüppel, fluchte darüber, dass sich der Mietwagen nicht runterschalten ließ, und nahm eine S-Kurve, bevor es weiter in Richtung Key Biscayne ging.

Zehn Minuten später hielt er vor dem Haus der Pintados.

Er parkte den Wagen auf dem Grasstreifen neben dem Gehweg, stieg jedoch nicht aus. Im Wendehammer am Ende der Straße kurvte ein Junge mit dem Fahrrad herum. Wieder und wieder beschrieb er Kreise und lachte jedes Mal, wenn er sich auf den Lenker zurückfallen ließ. Er versuchte, nur auf dem Hinterrad zu fahren. Jack musste lächeln. Als Zehnjähriger war er in dieser Kunst ein Meister gewesen.

Der Junge war Brian.

Er spielte genauso, wie Jack es früher getan hatte, und wie alle anderen Kinder auch, selbst wenn das Hinweisschild auf der anderen Straßenseite die Aufschrift trug: ACHTUNG, GEHÖRLOSES KIND. Jack sah den Sinn einer solchen Warnung für motorisierte Verkehrsteilnehmer ein, aber ihn betrübte die Vorstellung, wie Brian sich fühlen musste, wenn er jedes Mal, sobald er mit dem Rad fuhr, mit dem Hund spazieren ging, im Garten spielte oder auch einfach nur aus dem Fenster seines Zimmers schaute, von diesem großen schwarzgelben Schild an sein grausames Schicksal erinnert wurde. Schuldzuweisungen waren immer sinnlos, besonders im Fall eines angeborenen Defekts, aber falls die Erbanlage für Brians Taubheit von ihm stammte, konnte er nur hoffen und beten, dass der Junge auch seine Stärken geerbt hatte.

Ein Wachmann klopfte ans Fenster und setzte seinem Sinnieren ein Ende. Jack fuhr das Fenster auf der Fahrerseite herunter.

»Sie können hier nicht parken«, sagte der Wachmann auf Spanisch.

»Ich bin hier, um mich mit Alejandro Pintado zu treffen.«

»Er hat mir nichts von einem Treffen gesagt.«

»Richten Sie ihm bitte aus, der Anwalt seiner Schwiegertochter möchte ihn sprechen. Inoffiziell.« Er warf einen Blick die Straße hinunter und sah den Jungen. »Sagen Sie ihm, ich möchte alles unternehmen, um seinen Enkel vor dem Zeugenstand zu bewahren.«

Der Wachmann zögerte einen Augenblick. »Warten Sie hier«, knurrte er schließlich. Als der Mann im Haus verschwunden war, wählte Jack Theos Nummer.

»Ich bin's, Jack. Hast du was Neues über unsere Drogensache?« Im selben Augenblick zuckte er zusammen, weil er so dumm gewesen war, ein ungesichertes Handy zu benutzen, aber Theo war ihm einen Schritt voraus.

»Allerdings, Kumpel. Du kriegst dein Aspirin morgen früh.«

»Tut mir Leid, Mann.«

»Schon in Ordnung, du Dumpfbacke.«

»Mal im Ernst, hast du noch irgendwas rausgefunden zu der Geschichte, die wir gestern besprochen haben?«

»Nichts. Warum?«

»Ich werde gleich ein bisschen mit Alejandro Pintado plaudern.«

»Ich wünschte, ich könnte dir helfen.«

»Schon gut, aber ich glaube, wir haben auch so genug.«

»Genug wofür?«

Die Haustür wurde geöffnet und Pintado trat auf die Veranda. »Zum Bluffen«, sagte Jack noch und unterbrach dann die Verbindung.

Jack sah, wie Pintado den Rasen überquerte, zur Einfahrt ging und sich auf die Rückbank seines Mercedes setzte. Der Wachmann kam zu Jack, um ihn zu Pintados Wagen zu bringen.

»Wieso? Glaubt Mr Pintado vielleicht, ich hätte meinen Wagen verwanzt?«

»Nein«, erwiderte der Mann trocken. »Aber er weiß, dass Sie seinen auf keinen Fall verwanzt haben.«

Der Wachmann öffnete die Tür des Mercedes. Nachdem Jack eingestiegen war und auf dem schwarzen Ledersitz Platz genommen hatte, wurde die Tür geschlossen und automatisch verriegelt. Pintado warf ihm einen kühlen Blick zu. Er wirkte nach wie vor distinguiert, auch wenn er seit dem Beginn des Prozesses ein bisschen gealtert zu sein schien.

»Entschuldigen Sie, dass ich Sie nicht in mein Haus gebeten habe«, sagte Pintado. »Aber so, wie Sie mich vor Gericht behandelt haben, würde meine Frau wahrscheinlich die Dobermänner auf Sie hetzen.«

»Ich hatte schon befürchtet, dass Sie mir gegenüber dieselben Gefühle hegen würden.«

»Das tue ich auch. Ich bin nur herausgekommen, weil Sie meinten, es ginge um meinen Enkel. Ihn vor diesem Zirkus zu beschützen ist mir sehr wichtig.«

»Lindsey ebenfalls.«

Pintado warf ihm einen Blick zu, als würde er ihm das nicht abkaufen.

»Ich habe nichts dafür übrig, Kinder in solche Dinge hineinzuziehen, wenn es nicht unbedingt sein muss«, sagte Jack.

»Das freut mich«, erwiderte Pintado.

»Wie geht es dem Jungen?«

Pintado musterte Jack eingehend, als fragte er sich, ob das einen Anwalt wirklich interessierte. »Brian ist hier glücklich. So glücklich, wie ein Kind sein kann, das seinen Vater verloren hat. Seine Großmutter und ich tun für ihn, was wir können. Sobald der Prozess vorbei ist, werden wir ihn für eine oder zwei Wochen nach Dunedin in ein Ferienlager schicken. Es wird ihm gut tun, mit anderen gehörgeschädigten Kindern zusammen zu sein, die bei Eltern leben, die hören können. Bis dahin versuchen wir ihm halbwegs zu erklären, was los ist.«

»Das stelle ich mir schwierig vor.«

Pintado schaute durch das Fenster zu dem Wachmann in der Einfahrt hinüber. »Seit der Prozess begonnen hat, musste ich unseren Personenschutz verdreifachen. Wenn mich irgendwelche Leute durch die ganze Stadt verfolgen, ist das eine Sache, aber wenn sie versuchen, sich an meinen Enkel heranzumachen, dann packt mich die Wut.«

»Ist Brian belästigt worden?«

»Letzte Woche. Ich weiß nicht, ob es ein übereifriger Journalist war oder irgendein Perverser, der Brian zur Schule gefolgt ist. Er hat sich Brians Rucksack geschnappt, als der Junge auf dem Fußballplatz war. Das hat uns zu Tode erschreckt.«

»Bei einem solchen großen Prozess fangen die Leute an durchzudrehen. Es ist gut, dass Sie Vorsichtsmaßnahmen ergreifen, aber vielleicht war es ja auch nur ein Souvenirjäger, der Brians Sachen bei Ebay versteigern will.«

»Welcher Verrückte würde schon den Rucksack eines kleinen Jungen haben wollen?«

»Genauso ein Idiot wie der, der in den Restaurants von South Miami herumhängt, in der Hoffnung, dass er mal mit O.J. Simpson und seiner neuesten Freundin gemeinsam fotografiert wird.«

Pintado schüttelte den Kopf. »Ich habe nichts gegen Sie persönlich«, sagte er gereizt, »aber es hat mir nicht gefallen, wie Sie mich im Zeugenstand in die Mangel genommen haben.«

»Ob Sie es mir glauben oder nicht, wenn ich nicht davon überzeugt wäre, dass Lindsey unschuldig ist, hätte ich es nicht getan.«

»Die Jury besteht vorwiegend aus kuba-amerikanischen Geschworenen. Wenn Sie mich und meine Familie in dieser Form angreifen, haben Sie Lindseys Schicksal doch schon besiegelt.«

»Sie vergessen, dass ich nicht die gesamte Jury überzeugen muss. Es reicht, wenn ein Geschworener Zweifel hat.«

»Glauben Sie mir. Die gesamte Jury würde nichts lieber tun, als Sie und Ihre Mandantin aus der Stadt zu jagen.«

»Und ich würde bereitwillig gehen, wenn ich damit eine unschuldige Frau vor dem Gefängnis bewahren könnte.«

»Was macht Sie so verdammt sicher, dass sie unschuldig ist?«

»Was macht Sie so sicher, dass sie es nicht ist?«

»Sie haben die Beweisaufnahme gehört. Das Geld der Familie. Ihre außereheliche Beziehung mit Lieutenant Johnson. Und Teufel noch mal, ihr Fingerabdruck war auf der Waffe.«

Jack schwieg einen Augenblick, damit seine nächsten Worte ihre Wirkung nicht verfehlten. »Mr Pintado. Ich möchte Ihnen eine Frage stellen. Wollen Sie herausfinden, wer Ihren Sohn getötet hat, oder nicht?«

»Seien Sie nicht so überheblich.«

»Ich bin nicht überheblich, aber ich frage mich eins: Kommt es Ihnen nicht äußerst merkwürdig vor, dass wir überhaupt nichts mehr von Lieutenant Johnson hören?«

Pintado wandte sich ab und schwieg.

»Johnson war Ihre Informationsquelle, nicht wahr?«, fuhr Jack fort. »Er war es, der Ihren Sohn mit den Informationen über die Routen der Küstenwache versorgt hat. Und die *Brothers for Freedom* haben diese Informationen benutzt, um mehr kubanische Flüchtlinge sicher auf amerikanischen Boden zu bringen.«

Pintado sah Jack an. »Ich bin nicht derjenige, der vor Gericht steht.«

»Das sehe ich ganz genauso. Deshalb hätte ich auch weitaus lieber Johnson im Zeugenstand befragt als Sie.«

»Hören Sie, ich habe nicht die geringste Ahnung, worauf Sie hinauswollen. Ich gebe überhaupt nichts zu, ist das klar? Aber selbst wenn es Johnson war, der die Informationen über die Küstenwache geliefert hat, mit deren Hilfe wir kubanische Flüchtlinge an die Küste bringen konnten, das ist doch noch lange kein Grund, meinen Sohn zu töten?«

»Nein, das ist kein Grund. Nicht, solange keine Drogen mit im Spiel sind.«

Pintado warf den Kopf zurück. »Drogen? Wovon zum Teufel reden Sie?«

»Denken Sie mal nach. Es hat Ihrer Organisation enorm geholfen, dass Sie wussten, wann und wo die Boote der Küstenwache in bestimmten Gebieten der Florida Straits patrouillieren. Sie konnten den Bootsflüchtlingen sagen, wann sie losfahren sollten, welche Route sie nehmen sollten, wann sie den Kurs wechseln sollten und wo sie Hilfe suchen sollten, wenn sie in die Nähe der Küste kamen. Wie wertvoll, glauben Sie, könnten diese Informationen für Drogenschmuggler sein?«

»Wollen Sie *mich* beschuldigen –«

»Nein«, erwiderte Jack bestimmt. »Ich beschuldige vorerst niemanden, weil ich noch gar keine Beweise habe. Aber ich möchte Ihnen erzählen, was ich denke. Ich glaube, Damont Johnson hat dieselben Informationen, die er Ihnen geliefert hat, an Drogenhändler verkauft. Ich glaube, Ihr Sohn ist dahintergekommen. Und ich glaube, dass Oscar deshalb getötet wurde.«

Pintados Augen weiteten sich. »Das höre ich jetzt zum ersten Mal.«

»Ich bin auch erst kürzlich darauf gekommen. Und zwar indem ich herausgefunden habe, dass es die Drogenmafia war, die meinen Mustang angezündet hat.«

»Haben Sie diese Information schon an den Staatsanwalt weitergegeben?«

»Es handelt sich nicht um eine Information, sondern um eine Theorie. Seit Beginn des Prozesses hat Torres noch kein Interesse daran gezeigt, der Verteidigung dabei zu helfen, ihre Theorien zu beweisen.«

»Und warum sollte ich daran interessiert sein?«

»Weil für einen Egomanen wie Hector Torres ein Sieg ein Sieg ist. Aber sein Sieg ist Ihre Niederlage. Wenn Lindsey verurteilt wird, wird derjenige, der Ihren Sohn getötet hat, immer noch frei herumlaufen.«

Pintado holte tief Luft. »Das … das sind ja unglaubliche Dinge, mit denen Sie mich da konfrontieren.«

»Ich weiß, dass wir damit sehr spät dran sind. Aber ich wäre nicht zu Ihnen gekommen, wenn ich nicht noch einen Funken Hoffnung hätte, dass Sie nicht um jeden Preis die Möglichkeit ausschließen wollen, dass die Mutter Ihres einzigen Enkels eine unschuldige Frau ist.«

»Was wollen Sie von mir?«

»Lieutenant Damont Johnson.«

»Was ist mit ihm?«

»Ich weiß, dass er in Miami ist. Und ich habe das Gefühl, dass Sie wissen, wo Torres ihn versteckt hält. Helfen Sie mir, ihn vorzuladen. Lassen Sie mich ihn im Zeugenstand befragen, und ich verspreche Ihnen, dass ich Brian nicht als Zeugen aufrufen werde, um zugunsten seiner Mutter auszusagen.«

Pintado sah zum Fenster hinaus, und Jack folgte seinem Blick zu dem Wendeplatz am Ende der Straße, wo Brian mit seinem Fahrrad herumkurvte. »Danke, dass Sie mir Ihre Zeit geopfert haben, Mr Swyteck.«

»Werde ich von Ihnen hören?«

Er sah Jack an und antwortete tonlos: »Ich sagte, danke für Ihre Zeit.«

Pintado betätigte einen Hebel, mit dem die Wagentüren entriegelt wurden, dann wies er mit einem Kopfnicken auf den Türgriff. Jack öffnete die Tür und stieg aus dem Wagen. Mit einem letzten Blick zu Brian schloss er die Tür und ging zurück zu seinem Mietwagen.

43

Es würde ihm immer ein Rätsel bleiben, dachte Jack. Er stand mit tropfnassen Händen am Waschbecken in Sofias Gäste-WC. Seine Exfrau hatte die gleiche seltsame Angewohnheit gehabt, ins Gästeklo Leinenhandtücher mit Spitze zu legen, die zwar vornehm aussahen, aber ungefähr so saugfähig waren wie Teflon. Die Handtücher, die man *eigentlich* benutzen sollte, mussten in irgendeiner geheimen Schublade versteckt sein. Wahrscheinlich wussten nur Eingeweihte, wo diese zu finden waren. Er kapierte es einfach nicht. Es war eins der vielen kleinen Mysterien des Lebens.

Er trocknete sich die Hände an seiner Hose ab.

»Jack, soll ich Ihnen noch Kaffee einschenken?«, fragte Sofia durch die geschlossene Tür.

»Danke, gute Idee.«

Er stützte sich auf das Waschbecken und betrachtete erschöpft sein Spiegelbild. Die Besprechung mit Lindsey im Gefängnis hatte noch mehr Überraschungen zutage gefördert als gewöhnlich. Um alles durchzukauen, hätten sie die ganze Nacht gebraucht, aber der Wachmann hatte ihnen nur fünfzehn Minuten über die normale Besuchszeit hinaus zugestanden. Jack hatte gehofft, sich in der Nacht, bevor er Lindsey in den Zeugenstand rief, richtig ausschlafen zu können. Aber als er und Sofia das Gefängnis verließen, wussten sie, dass noch viel Arbeit vor ihnen lag.

»Ich mach mir einen Espresso«, rief Sofia. Sie stand nicht mehr vor der Tür, sondern musste irgendwo in der Küche sein. »Möchten Sie auch einen oder wollen Sie lieber den Kaffee?«

»Einen doppelten Espresso«, antwortete Jack.

Merkwürdig, welche Vertrautheit zwischen Kollegen entstehen konnte, wenn man achtzehn Stunden am Tag zusammen arbeitete und sich anschließend noch bis in die Nacht hinein für den nächsten Verhandlungstag vorbereiten musste. Sofia unterhielt sich einfach weiter mit ihm, während er auf der Toilette war. Die Vorstellung, dass er auf dem Klo sitzen könnte, schien ihr absolut nichts auszumachen. Nicht einmal seine Exfrau hatte durch die geschlossene Badezimmertür mit ihm geredet, außer jenes eine Mal. *Liebling, beeil dich, ich habe gerade meinen Eisprung!* Wie sich später herausstellte, war seine Entscheidung, sitzen zu bleiben und den Artikel in der *Sports Illustrated* über Dan Marino und seine Rekordsaison zu Ende zu lesen, genau richtig gewesen.

Jack betrachtete immer noch sein Spiegelbild. Er sah erschöpft aus, um nicht zu sagen ausgebrannt. Prozesse waren immer anstrengend, aber wann hatte es ein Anwalt schon mit einem Mordprozess zu tun, bei dem so viel Persönliches auf dem Spiel stand? Brian war sein Sohn, und gleichgültig, wie sehr Jack sich auch bemühte, diese Tatsache zu einer rein biologischen Angelegenheit herunterzuspielen, es gelang ihm nicht, sie beiseite zu schieben. Das Adoptionsrecht mochte ihn zwar als unbedeutend einstufen, aber für *ihn* war die Tatsache von Bedeutung, und solange das so war, spielte es nicht nur eine Rolle, ob Lindsey freigesprochen oder verurteilt wurde, sondern auch, ob sie tatsächlich schuldig oder unschuldig war. Der Prozess würde bald zu Ende sein, und trotz aller Erfolge und Rückschläge, trotz aller Bemühungen wusste er immer noch nicht, wem er glauben sollte.

Die Besprechung heute Abend hatte ihm da auch nicht weitergeholfen.

Er spritzte sich kaltes Wasser ins Gesicht und warf einen letzten Blick in den Spiegel.

Am frühen Abend hatte er noch das Gefühl gehabt, sich auf der Erfolgsschiene zu befinden, aber das schien jetzt Lichtjahre her zu sein. Die Drogenmafia-Theorie hatte in seinem Kopf immer mehr Gestalt angenommen, und er war beinahe gewillt gewesen, sie zu glauben. Es war ihm absolut plausibel erschienen, dass Lindsey die ganze Zeit über Recht gehabt hatte. Ihr Mann war ermordet worden, weil er das Falsche über den Falschen gewusst hatte. Ihre Theorie schien bestens zu seinen jüngsten Überlegungen zu passen, dass Captain Pintado Verbindungen zwischen seinem Informanten bei der Küstenwache und einem Drogenschmuggelring entdeckt hatte.

Und dann hatte Lindsey ihn wieder einmal kalt erwischt.

»Es gibt da etwas, das Sie wissen sollten«, sagte Lindsey. Sie saß in ihrer Gefängniskleidung ihm gegenüber am Tisch. Ihre Stimme war tonlos, ihr Gesichtsausdruck düster.

»Und das wäre?«, fragte Jack.

»Es gibt eine Erklärung dafür, dass mein Fingerabdruck auf Oscars Pistole gefunden wurde.«

»Stimmt. Sie haben ausgesagt, Sie und Oscar hätten beide damit Schießübungen gemacht.«

Sie schüttelte den Kopf. »Das ist nicht der Grund.«

Jack hatte das deutliche Gefühl, dass sie ihm etwas sagen würde, was er schon viel früher hätte erfahren müssen. »Also gut. Sagen Sie mir, wie Ihr Fingerabdruck wirklich dorthin gelangt ist.«

Sie ließ die Schultern hängen und starrte vor sich auf den Tisch. »Wir haben doch darüber gesprochen, dass Oscars Pistole gesichert war, als sie gefunden wurde, was bedeutet, dass sein Tod kein Selbstmord gewesen sein kann.«

»Ja.«

Nach sekundenlangem Schweigen sagte sie schließlich leise: »Ich habe die Pistole gesichert.«

44

Jack beobachtete die Geschworenen, als seine Mandantin am Richter vorbeiging und im Zeugenstand Platz nahm. Zwar hatte er sich schon hin und wieder in Geschworenen getäuscht, aber man musste kein Hellseher sein, um vorauszusagen, dass es Lindsey bei dieser Jury schwer haben würde.

Wie zu erwarten wirkte Lindsey ziemlich nervös, was ihrer Erscheinung jedoch keinen Abbruch tat. Jack und Sofia hatten ihren Auftritt perfekt choreographiert, bis hin zu der winzigen amerikanischen Flagge am Revers ihres marineblauen Kostüms. Sofia hatte ihr auf der Toilette eine gediegene Frisur verpasst, die einer allein erziehenden Mutter geziemte. Sie wollten sie nicht übertrieben matronenhaft erscheinen lassen – es hätte einfach nicht zu ihr gepasst –, aber Jack hatte klare Anweisungen gegeben. Absätze höchstens fünf Zentimeter, kein Dekolleté, kein auffälliger Schmuck, bestenfalls Perlen, nur wenig Make-up. Und sagen Sie die Wahrheit.

Der letzte Punkt war der einzige, der ihm Sorgen bereitete.

»Guten Morgen.« Jack eröffnete Lindseys Befragung. »Würden Sie sich bitte den Geschworenen vorstellen?«

»Ich heiße Lindsey Hart. Ich war zwölf Jahre lang mit Captain Oscar Pintado vom United States Marine Corps verheiratet.«

»Haben Sie Kinder aus Ihrer Ehe mit Captain Pintado?«

»Wir konnten keine eigenen Kinder bekommen, deshalb haben wir einen Jungen adoptiert. Brian ist jetzt zehn Jahre alt.«

»Würden Sie sagen, dass Sie eine glückliche Familie waren?«

Sie zögerte und dachte über die Frage nach. »Früher waren wir das einmal. Ja, wir waren mehrere Jahre lang sehr glücklich.«

»Wann hat sich das geändert?«

»Als Oscar auf den Militärstützpunkt in Guantánamo versetzt wurde. Vor ungefähr vier Jahren.«

»Wieso hatte Guantánamo solch negative Auswirkungen auf Ihre Familie?«

»Ich glaube nicht, dass es speziell an Guantánamo lag. Oscar fing einfach an, sich zu verändern.«

»Inwiefern?«

»Brian und ich schienen ihm immer unwichtiger zu werden.«

»Gab es irgendetwas oder irgendjemanden, der wichtiger wurde?«

»Seine Freunde, würde ich sagen.«

»Irgendein Freund im Besonderen?«

»Lieutenant Damont Johnson. Er ist bei der Küstenwache. Er war Oscars bester Freund.«

»Haben Sie sich mit Lieutenant Damont Johnson gut verstanden?«

Sie wandte sich ab. »Nein, absolut nicht.«

»Ms Hart, Sie haben eine Zeugenaussage gehört, nach der Sie ein Verhältnis mit dem besten Freund Ihres Mannes gehabt haben sollen. Hatten Sie irgendeine Art von Verhältnis mit Lieutenant Johnson?«

»Ja.«

Jack bemühte sich um einen einfühlsamen Tonfall, aber das machte ihm die Frage nicht leichter. »War dieses Verhältnis sexueller Natur?«

»Es war ausschließlich sexueller Natur.«

Diese Antwort löste allgemeines Erstaunen aus, auch beim Richter. »Wie lange bestand dieses Verhältnis?«, fragte Jack.

»Etwa ein halbes Jahr, würde ich sagen.«

»Wie oft hatten Sie in dieser Zeit Sex mit Lieutenant Johnson?«

Lindsey senkte den Blick. »So oft, wie Oscar es wollte.«

Wenn herunterklappende Kinnladen ein Geräusch verursachen könnten, dann wäre in der Zuschauergalerie eine Kakophonie ausgebrochen. Jack ließ die Antwort auf die Geschworenen wirken, bevor er fortfuhr. »Schildern Sie uns bitte das erste Mal, als Sie und Lieutenant Johnson Sex miteinander hatten.«

»Ich habe daran keine Erinnerung.«

»Sie meinen, Sie haben es vergessen?«

»Nicht in dem Sinne, dass ich mich früher daran erinnern konnte und jetzt nicht mehr. Ich habe einfach keinerlei Erinnerung an den Tag, an dem es passiert ist.«

»Waren Sie bei Bewusstsein, als es passiert ist?«

»Nein. Man hatte mich unter Drogen gesetzt.«

»Woher wissen Sie dann, dass es passiert ist?«

»Ich kenne meinen Körper. Ich weiß, wann ich Sex gehabt habe. Und selbst wenn ich Zweifel gehabt hätte, Oscar hat mir die Fotos gezeigt, die er gemacht hat.«

»Fotos von Ihnen und Lieutenant Johnson beim Sex?«

»Ja.«

Wieder legte Jack eine Kunstpause ein. Die Menge schien kollektiv den Atem anzuhalten. »Sie sagen, man hat Sie unter Drogen gesetzt. Woher wissen Sie, dass Sie unter Drogen gesetzt wurden?«

»Eigentlich hatte ich mich wohl gefühlt. Dann brachte Oscar mir ein Glas Wein. Ich trank es zur Hälfte leer und danach habe ich mich gefühlt wie noch nie zuvor. Schwindlig, orientierungslos. Schließlich bin ich ohnmächtig geworden. Als ich wieder zu mir kam, fühlte sich mein Körper so merkwürdig an. Dieses Gefühl kannte ich nur von meiner Blinddarmoperation, als ich aus der Narkose aufwachte. Und dann …«

»Dann was?«

»Dann hat Oscar mir die Fotos gezeigt.«

»Die Fotos vom Sex zwischen Ihnen und seinem Freund.«

Lindsey war den Tränen nahe. Mit bebender Stimme sagte sie: »Ja.«

Jack ließ ihr einen Moment Zeit, ihre Fassung wiederzugewinnen. »Wissen Sie, wer Ihnen die Drogen verabreicht hat?«

»Ich vermute, dass –«

»Einspruch. Die Zeugin spekuliert eindeutig.«

»Stattgegeben.«

»Haben Sie die Drogen selbst zu sich genommen?«, fragte Jack.

»Nein.«

»Also hat ein anderer sie Ihnen gegeben?«

»Eindeutig.«

»Wissen Sie, um welche Art von Drogen es sich gehandelt hat?«

»Nein. Das weiß ich nicht.«

»Ich möchte jetzt auf die Fotos von Ihnen und Lieutenant Johnson zurückkommen. War Johnson dabei, als Ihr Mann Ihnen diese Fotos gezeigt hat?«

»Nein, ich war allein mit Oscar.«

»Wissen Sie, wer die Fotos gemacht hat?«

»Ich weiß nur, dass sie, als Oscar sie mir gezeigt hat, noch auf seiner Digitalkamera waren. Sie waren weder entwickelt noch ausgedruckt. Er hat sie mir auf dem Display der Kamera gezeigt.«

»Was für ein Gefühl hatten Sie, als Sie diese Fotos sahen?«

Ihr Gesicht verdüsterte sich und sie holte ein Taschentuch hervor. »Ich war unter Drogen gesetzt und vom besten Freund meines Mannes vergewaltigt worden. Und mein Mann hatte alles fotografiert. Was glauben Sie wohl, wie ich mich gefühlt habe?«

Jack ließ einen Moment verstreichen. »Es tut mir Leid, dass ich Ihnen diese Fragen stellen muss«, sagte er. »Ich habe noch einige Fragen zu den Fotos. Wissen Sie, was mit den Digitalfotos passiert ist?«

»Nein. Ich habe das ganze Haus nach dieser Kamera abgesucht. Ich wollte die Fotos vernichten. Aber ich habe nichts gefunden.«

»Würden Sie die sexuelle Beziehung zu Ihrem Mann vor diesen Ereignissen als normal beschreiben?«

»Nein«, erwiderte sie mit zitternder Stimme.

»Ich will Sie nicht zu sehr mit Einzelheiten quälen, aber ich muss Ihnen diese Frage stellen: Was war daran nicht normal?«

Lindsey gewann ihre Fassung wieder und holte tief Luft. »Als sich endgültig herausstellte, dass wir keine Kinder bekommen konnten, fühlte Oscar sich in seiner Männlichkeit in Frage gestellt. Es war ein schleichender Prozess, aber er hat sich davon nie wieder erholt. Es war so irrational.« Sie hielt einen Moment inne, als müsste sie erst wieder Kraft sammeln, um fortfahren zu können. »Jedes Mal, wenn wir miteinander intim wurden, spürte ich große Verbitterung bei ihm. Es war wie eine Perversion der Marines-Mentalität, die Überzeugung, dass man, wenn man sich nur richtig ins Zeug legt, schließlich Erfolg haben wird. Aber am Ende blieb ihm nichts anderes übrig, als zu akzeptieren, dass irgendetwas nicht stimmte. Wir würden keine eigenen Kinder haben. Und wie gesagt, diese Erkenntnis war ein schwerer Schlag für ihn. Und mit der Zeit – also über die Jahre – wurde es zunehmend schwieriger für ihn … eine Erektion zu bekommen.«

»Als dieser Vorfall mit Lieutenant Johnson stattfand, hatten Sie zu der Zeit überhaupt noch eine sexuelle Beziehung zu Ihrem Mann?«

»Nein«, erwiderte sie und starrte in ihr Taschentuch. »Es sei denn, sich im Wandschrank zu verstecken und die eigene Frau beim Sex mit einem anderen Mann zu fotografieren, würde man eine ›Beziehung‹ nennen.«

»Was hat Ihr Mann mit den Fotos gemacht?«

»Er hat sie behalten.«

»Wissen Sie warum?«

»Er hat mir gesagt, dass –«

»Einspruch«, warf Torres ein. »Hörensagen.«

»Herr Richter«, entgegnete Jack. »Die Zeugenaussage soll lediglich beweisen, dass die Zeugin sich bedroht gefühlt hat. Sie dient nicht dazu, die Wahrheit der vorgetragenen Sache zu beweisen.«

Der Richter verzog das Gesicht. Es war nicht gerade seine Stärke, zu entscheiden, was als Hörensagen einzustufen war, und Jack hatte ausreichend Argumente vorgebracht, so dass er es nicht wagte, diesen Teil der Zeugenaussage auszuschließen. »Abgelehnt. Die Zeugin soll antworten.«

»Oscar hat mir für den Fall, dass ich mich weigern sollte, auch in Zukunft mit Lieutenant Johnson Sex zu haben, angedroht, er würde sich von mir scheiden lassen und die Fotos dazu benutzen, mir Brian wegzunehmen. Er würde beweisen, dass ich als Mutter nichts tauge, weil ich in meinem eigenen Schlafzimmer mit einem anderen Mann Sex hatte, während mein Kind im Nebenzimmer schlief.«

»Aber war auf den Fotos nicht ersichtlich, dass Sie bewusstlos waren?«

»Das war auf den Fotos schwer zu erkennen. Viele Frauen schließen beim Sex die Augen, zumindest von einem bestimmten Zeitpunkt an.«

»Und wie haben Sie reagiert?«

»Ich habe getan, was er von mir verlangt hat.« Ihre Stimme war kaum zu hören.

»Ms Hart, Sie müssen lauter sprechen«, sagte der Richter.

»Ich habe getan, was er von mir verlangt hat«, wiederholte sie. »Ich hatte weiterhin Sex mit Lieutenant Johnson.«

»Standen Sie bei diesen Gelegenheiten auch unter Drogeneinwirkung?«

»Nein.«

»Warum haben Sie es dann getan?«

»Ich habe keinen anderen Ausweg gesehen. Ich wollte meinen Sohn nicht verlieren.«

»Wollen Sie damit sagen, dass Sie sich für den Rest Ihres Lebens damit abgefunden hatten?«

»Nein. Aber Sie müssen das verstehen. Oscar stammte aus einer sehr einflussreichen Familie. Er war ein geachteter Marine auf der Basis. Mein Wort gegen seins hätte nicht besonders viel gezählt. Ich habe einfach keine andere Möglichkeit gesehen, als mich zu fügen, bis ich eine Lösung finden und vielleicht Hilfe von jemandem bekommen würde, dem ich mich anvertrauen konnte.«

»Das heißt also, dass das, was der kubanische Soldat laut seiner Zeugenaussage gesehen haben will, durchaus stattgefunden haben kann?«

»Wenn er etwas gesehen hat, dann nur, wie ich mich den Drohungen meines Mannes unterworfen habe. Ich habe einfach getan, was er von mir verlangt hat.«

Jack nickte, als wäre er mit der Antwort zufrieden. Aber im Stillen stellte er ihre Aussage, sie hätte lediglich getan, was man von ihr verlangt hatte, neben die Aussage des Soldaten, der behauptet hatte, es sei »zugegangen wie in einem Pornofilm«. Zum Glück waren diese Worte nicht gegenüber den Geschworenen gefallen. »Ms Hart, konnten Sie feststellen, ob diese ›Dreiergeschichte‹ irgendeine Auswirkung auf die Freundschaft zwischen Ihrem Mann und Lieutenant Johnson hatte?«

»Gegen Ende ja.«

»Was geschah gegen Ende?«

»Lieutenant Johnson begann, bei mir zu Hause aufzutauchen, wenn Oscar nicht da war.«

»Hatten Sie Sex mit ihm, wenn Ihr Mann nicht im Haus war?«

»Nein, nie.«

»Haben Sie Ihrem Mann von Lieutenant Johnsons Extra-Besuchen erzählt?«

»Ja.«

»Wie hat er reagiert?«

»Er ist schrecklich wütend geworden. Er hat mir gedroht, er würde uns beide umbringen, falls er mich irgendwann mit Johnson erwischen sollte.«

»Also solange Ihr Mann dabei war und Ihnen zusehen konnte, fand er Sex zwischen Ihnen und Lieutenant Johnson völlig in Ordnung?«

»Ja. Er wollte unbedingt die Kontrolle über alles haben.«

»Haben Sie jemals beobachtet, dass Ihr Mann und Lieutenant Johnson sich wegen dieser Sache heftig gestritten haben?«

»Nur ein Mal, und da waren sie draußen vor dem Haus. Ich weiß nicht, was genau gesprochen wurde.«

»Ist Lieutenant Johnson nach dieser Auseinandersetzung weiterhin unangemeldet bei Ihnen zu Hause aufgetaucht?«

»Nein.«

»Haben Sie Ihrem Mann das gesagt?«

»Nein. Ich habe ihm sogar das Gegenteil erzählt. Ich habe ihm gesagt, Johnson käme immer noch vorbei, weil er Sex wollte, mit mir ganz allein, ohne dass jemand Fotos davon machte.«

»Sie haben ihn belogen?«

»Ja. Ich war total verzweifelt. Ich habe keinen anderen Ausweg gesehen. Ich habe gehofft, ich könnte diesem Albtraum endlich ein Ende bereiten, wenn ich Oscar nur wütend genug auf Johnson machte.«

»Was geschah dann?«

»Ich weiß es nicht.«

»Wie viel Zeit verging danach noch bis zum Tod Ihres Mannes?«

»Einspruch«, sagte Torres. »Die Frage impliziert zu Unrecht, dass es eine Verbindung zwischen diesen beiden Dingen gibt.«

»Was ist denn das für ein Einspruch?«, fragte der Richter verwundert. »Abgelehnt. Die Zeugin soll antworten.«

»Zwei Wochen danach war Oscar tot.«

»Ms Hart«, fuhr Jack fort. »Sie haben nie jemandem gesagt, dass Ihr Mann Sie zu Sex mit Lieutenant Johnson gezwungen hat. Nicht einmal der Polizei.«

»Nein.«

»Warum nicht?«

»Ich habe mich dafür geschämt. Ich konnte mir nicht vorstellen, dass irgendjemand verstehen würde, wie sehr ich mich in der Falle fühlte. Aber vor allem habe ich geschwiegen, weil ich nicht wollte, dass Brian je davon erfährt.«

Jack hörte ihr als Anwalt zu, aber der letzte Satz traf ihn als Vater. Sie hatten Lindseys Aussage im Vorfeld bis ins Detail geprobt, aber in dem voll besetzten Verhandlungssaal mit Hunderten von Augen und Ohren, die jede Einzelheit in sich aufnahmen, war die Situation eine ganz andere. All diese intimen Einzelheiten, die Lindsey aus lauter Scham bisher niemandem gegenüber preisgegeben hatte – nicht einmal ihrem Anwalt gegenüber, bis es fast zu spät gewesen war –, konnten jetzt von jedem geilen Bock, der in der Lage war, eine Zeitung zu lesen, verschlungen werden. Es würde nicht heute passieren, vielleicht auch noch nicht im nächsten Monat oder im nächsten Jahr. Aber irgendwann würde Brian alles erfahren.

»Lassen Sie uns jetzt von dem Morgen sprechen, an dem Ihr Mann gestorben ist. Wie fing dieser Tag für Sie an?«

»Wie jeder andere. Ich schlief in Brians Zimmer, als der Wecker klingelte.«

»Haben Sie normalerweise immer im Zimmer Ihres Sohnes geschlafen?«

»Ja, seit diese Geschichte mit Lieutenant Johnson angefangen hatte.«

»Haben Sie nach Ihrem Mann gesehen?«

»Ich würde nicht sagen, dass ich nach ihm gesehen habe. Er schlief in seinem Bett, als ich durchs Schlafzimmer zum Duschen ins Bad gegangen bin und anschließend meine Sachen geholt habe.«

»Sind Sie sicher, dass er noch lebte?«

»Ja. Er hat geschnarcht.«

»Sie haben also geduscht, sich angezogen, und was dann?«

»Dann habe ich noch eine Banane eingepackt und bin zur Arbeit gegangen.«

»Um welche Zeit?«

»Wie üblich. Um halb sechs. Ich habe im Krankenhaus gearbeitet und war immer froh, wenn ich Frühschicht hatte, weil ich rechtzeitig zu Hause sein konnte, wenn Brian aus der Schule kam.«

»War auf der Arbeit alles normal?«

»Ja. Bis Brian mir eine SMS geschickt hat. Da war es fast sechs.«

»Wie lautete die Nachricht?«

»Sie lautete: ›Mama, komm nach Hause, sofort!‹ Das Wort ›sofort‹ war in Großbuchstaben geschrieben und mit drei Ausrufungszeichen versehen.«

»Was haben Sie dann getan?«

»Ich bin sofort nach Hause gefahren.«

»Haben Sie die Polizei gerufen?«

»Nein. Solche Nachrichten hatte ich schon einige Male erhalten. Meistens war Brian sauer, weil sein Vater ihn bestraft hatte oder ihn vor der Schule Liegestütze machen ließ, irgend so was. Ich wollte nicht die Polizei rufen. Oscar wäre stinksauer auf mich gewesen.«

»Welche Situation fanden Sie vor, als Sie nach Hause kamen?«

»Brian war in seinem Zimmer und weinte. Er kann ein

bisschen sprechen, obwohl er taub ist, aber er war viel zu durcheinander, um auch nur ein einziges Wort herauszubringen. In Zeichensprache sagte er mir, ich soll im Schlafzimmer nachsehen. Das habe ich getan.«

»Was haben Sie gefunden?«

»Oscar. Er lag im Bett, und die Laken und Kissen waren voller Blut. Ich bin zu ihm gerannt und habe mich neben ihn gekniet. Ich habe gesehen, dass ihm jemand in den Kopf geschossen hatte. Es war …« Sie schloss die Augen und öffnete sie wieder. »Es war eine schreckliche Wunde. Er hatte keinen Pulsschlag mehr und hat nicht mehr geatmet. Ich wusste sofort, dass er tot war.«

»Was haben Sie dann getan?«

»Ich habe die Polizei gerufen.«

»Sonst noch etwas?«

»Es war alles wie verschwommen. Aber ich erinnere mich … dass ich seine Waffe auf dem Boden neben dem Bett gesehen habe.«

»Haben Sie sie angefasst?«

»Ja.«

»Warum?«

Sie schaute zu den Geschworenen hinüber. »Ich habe den Sicherungshebel umgelegt.«

Ein Raunen ging durch den Gerichtssaal. Der Staatsanwalt wirkte verwirrt und mehrere Geschworene richteten sich angespannt auf. Die Bedeutung der Frage, ob der Sicherungshebel umgelegt war oder nicht – also Mord oder Selbstmord –, schien jedem klar zu sein.

Jack wartete, bis wieder Ruhe eintrat. »Warum haben Sie den Sicherungshebel umgelegt?«

»Als ich seine Leiche dort liegen sah, war mein erster Gedanke, dass Oscar sich selbst getötet hatte. Als ich zur Arbeit gegangen war, hatte er noch gelebt. Soweit ich wusste, war niemand zu Besuch gekommen. Seine eigene

Pistole lag auf dem Boden neben dem Bett. Und ich war überzeugt davon, dass diese ganze Geschichte mit Lieutenant Johnson ihn verwirrt oder deprimiert hatte.«

»Lassen Sie mich noch einmal fragen: Warum haben Sie den Sicherungshebel umgelegt?«

Sie musste schlucken. »Das wollte ich gerade erklären. Ich habe einen Marine geheiratet. Brians Vater war ein Captain, eine Führungspersönlichkeit. In der Welt der Marines bedeutet Mut alles. Mir war klar, dass Brian wahrscheinlich irgendwann die Wahrheit über seinen Vater herausfinden würde. Aber in diesem Moment zählte nur eins: Ich wollte nicht, dass mein zehnjähriger Sohn zu dem Schluss käme, sein Vater wäre ein Feigling gewesen, der sich selbst getötet hatte.«

»Und deshalb haben Sie den Sicherungshebel an der Pistole umgelegt?«

»Ja. Ich wusste, dass die Polizei dann nicht von Selbstmord ausgehen würde.«

»Aber damit haben Sie sich zu einer Mordverdächtigen gemacht.«

»In dem Moment kam mir überhaupt nicht in den Sinn, dass ich verdächtigt werden könnte. Ich habe an alles Mögliche gedacht, aber nicht daran. Ich war doch auf der Arbeit, als Oscar erschossen wurde.«

»Nicht, wenn man dem Gutachten des Gerichtsmediziners glaubt. Er hat den Todeszeitpunkt auf den Zeitraum festgelegt, bevor Sie zur Arbeit gingen.«

»Dazu kann ich nur sagen, dass sich der Gerichtsmediziner irrt.«

Jack machte wie zufällig ein paar Schritte in Richtung der Geschworenenbank. Lindsey wirkte völlig erschöpft. Jack wusste, dass es an der Zeit war, zum Schluss zu kommen, damit ihr noch ein bisschen Kraft blieb, die Attacken des Staatsanwalts im Kreuzverhör zu überstehen.

»Ms Hart«, fragte er laut und deutlich. »Haben Sie Ihren Mann getötet?«

»Nein.«

Jack warf einen kurzen Blick zu den Geschworenen hinüber, um an ihrer Reaktion abzulesen, ob er vielleicht den einen oder anderen hatte überzeugen können. Aber sie wirkten bestenfalls verwirrt, als wüssten sie nicht, was sie noch glauben sollten. Für einen Strafverteidiger konnte das manchmal schon ausreichen.

»Danke, Ms Hart. Ich habe keine weiteren Fragen, Euer Ehren.«

45

Richter Garcia bestand darauf, dass Lindseys Kreuzverhör noch vor der Mittagspause durchgeführt wurde. Der Staatsanwalt nahm ihre Zeugenaussage auseinander und versuchte, den Geschworenen die enthaltenen Widersprüche möglichst deutlich zu machen. Wie erwartet lief das ganze Kreuzverhör darauf hinaus, Lindsey als Lügnerin darzustellen, die von Anfang an nichts als die Unwahrheit gesagt hatte.

Torres trat auf die Zeugin zu und schleuderte seine Fragen wie Speere. »Sie haben der Polizei nicht gesagt, dass Sie Sex mit Lieutenant Johnson hatten, stimmt's?«

»Nein.«

»Sie haben nicht ausgesagt, dass Ihr Ehemann Sie unter Drogen gesetzt und dann dazu gezwungen hat, mit einem anderen Mann Sex zu haben.«

»Nein.«

»Sie haben kein Frauenhaus aufgesucht.«

»Nein.«

»Sie haben keine Beratungsstelle für vergewaltigte Frauen aufgesucht.«

»Nein.«

»Sie haben der Polizei nicht gesagt, dass Sie diejenige waren, die die Pistole Ihres Mannes gesichert hat.«

»Nein.«

»Im Gegenteil, als Sie von der Polizei direkt gefragt wurden, haben Sie sogar geleugnet, die Waffe überhaupt berührt zu haben.«

»Das stimmt.«

»Als Captain Pintados Vater Sie geradeheraus gefragt hat, haben Sie ebenfalls geleugnet, die Pistole angefasst zu haben.«

»Auch das stimmt.«

»Sie haben die Polizei belogen.«

»Ja.«

»Sie haben den Vater Ihres toten Ehemanns belogen.«

»Das bereue ich.«

»Wahrscheinlich haben Sie auch Ihren Sohn belogen.«

»Einspruch.«

»Abgelehnt.«

Lindsey richtete sich auf, wie um ihre Entschlossenheit zu bekräftigen. »Nein. Brian würde ich niemals belügen.«

»Sie haben Ihren Sohn noch nie belogen?«, fragte der Staatsanwalt ungläubig.

»Nein.«

Torres schnaubte verächtlich. »Ms Hart, erst vor wenigen Minuten, als Sie endlich zugegeben haben, den Sicherungshebel an der Pistole umgelegt zu haben, sagten Sie, Sie hätten es getan, um Ihrem Sohn eine *Lüge* über die

Ursache des Todes seines Vaters aufzutischen. Ist es nicht so, Ma'am?«

Sie erblasste ein wenig, unsicher, wie sie darauf reagieren sollte. »Ich dachte, es wäre das Beste für ihn.«

»Lügen, nichts als Lügen«, donnerte Torres. »Und das halten Sie für das Beste?«

»Einspruch.«

»Abgelehnt.«

Lindsey fasste sich an die Stirn. »Ich weiß nicht mehr, was ich für das Beste halte.«

Der Staatsanwalt trat näher an sie heran. Dann, nachdem er Jack einen durchdringenden Blick zugeworfen hatte, stellte er seine letzte Frage. »Ms Hart. Gibt es *irgendjemanden*, den Sie noch nicht belogen haben?«

Jack war versucht, Einspruch zu erheben, aber manchmal konnte ein Anwalt seinem Mandanten den Geschworenen gegenüber mehr schaden als nützen, wenn er zu sehr bemüht war, diesem zu Hilfe zu eilen. Lindsey zitterte, aber sie musste diese Situation allein bewältigen.

»Ich bin keine Lügnerin«, sagte sie. »Und diese Jury habe ich noch nie belogen.«

Gute Antwort, dachte Jack.

Aber inzwischen war er sich selbst nicht mehr sicher, ob er ihr glauben sollte.

In der kurzen Mittagspause hatte Jack nur Zeit für einen kleinen Imbiss und ein paar Anrufe. Er führte ein einziges Gespräch und das hatte mit Brian zu tun.

Es war kein wichtiger Teil von Lindseys Aussage gewesen, aber ihre Erwähnung der Tatsache, dass Brian ein bisschen sprechen konnte, obwohl er taub war, ging Jack nicht mehr aus dem Kopf. Er dachte an sein Gespräch mit Alejandro Pintado, der ihm erzählt hatte, sie würden Brian in ein Ferienheim für hörgeschädigte Kinder schicken, sobald der Prozess vorbei war. Die beiden Informationen standen zwar nicht im Widerspruch zueinander, aber sie hatten ihn noch einmal über das nachdenken lassen, was Lindsey ihm anfangs über Brians Taubheit gesagt hatte. Er sei taub geboren, was Lindsey zu der Überzeugung gebracht hatte, dass Jack und Jessie darüber informiert gewesen sein mussten und den Jungen deswegen zur Adoption freigegeben hatten. Nach allem, was Jack inzwischen wusste, hatte Jessie nichts davon wissen können, aber was ihn derzeit beschäftigte, hatte nichts damit zu tun, was Jessie gewusst hatte oder nicht.

Er wollte einfach wissen, wie viele Lügen Lindsey ihm schon aufgetischt hatte.

Jack hatte keinen freien Zugang zu Brians Krankenakte, aber er wusste, wie er an die nötigen Informationen herankam, wenn er sie brauchte. In einer stillen Ecke des Anwaltszimmers im Gericht rief er die Auskunft an und wählte anschließend die Nummer des einzigen Ferienheims für hörgeschädigte Kinder, das es in Florida gab.

»Hallo«, sagte Jack, »ich hätte gern ein paar allgemeine Informationen.«

»Was möchten Sie denn gern wissen, Sir«, fragte die Frau am anderen Ende der Leitung.

Jack wollte die Frau nicht direkt belügen, aber sie sollte auch nicht gleich mitbekommen, dass er sich nach einem Kind erkundigte, das bereits angemeldet war. »Eine Freundin von mir hat einen zehnjährigen Jungen, dem ein Aufenthalt in Ihrem Ferienheim meiner Meinung nach gut tun würde«, sagte er.

»Ein Aufenthalt bei uns ist für die meisten Kinder eine außerordentlich positive Erfahrung. An welcher Art von Hörschädigung leidet der Junge?«

Aus seinen Gesprächen mit Lindsey kannte Jack einige Einzelheiten, aber er musste einen Augenblick überlegen, bevor er die Frage beantworten konnte. »Er leidet unter beidseitiger Schallempfindungsschwerhörigkeit.«

»Welcher Grad?«

»Ich kenne mich mit der Terminologie nicht aus, aber ich würde seine Behinderung als hochgradig einstufen.«

»Unter hochgradig verstehen wir alles über einundneunzig Dezibel, was bedeutet, dass er wahrscheinlich ohne Hörgerät nicht einmal laute Geräusche hören kann.«

»Genauso ist es.«

»Ist die Gehörlosigkeit angeboren oder wurde sie durch einen Unfall verursacht?«

»Der Junge wurde taub geboren.«

Die Frau zögerte. »Sind Sie ganz sicher?«

»Äh, ja. Wie gesagt, es handelt sich um Schallempfindungsschwerhörigkeit.«

»Ich möchte nicht besserwisserisch klingen, aber Schallempfindungsschwerhörigkeit unterscheidet sich von Schallleitungsschwerhörigkeit. Bei Ersterem sind die Nerven geschädigt, was in der Regel endgültig und nicht zu beheben ist. Aber die Gehörlosigkeit kann sowohl angeboren sein als auch durch Unfälle verursacht werden.«

»Ich bin mir ziemlich sicher, dass sie angeboren ist.«

»Ich frage nur deshalb so genau nach, weil unser Ferienheim für den Sohn Ihrer Freundin nicht das Richtige wäre, sollte er schon von Geburt an gehörlos sein.«

»Und warum nicht?«

»Wir haben kein Fachpersonal für den Umgang mit Kindern mit prälingualer Taubheit. Die Kinder, die hierher kommen, konnten schon mehr oder weniger sprechen, bevor sie ihr Gehör verloren haben.«

Jack umklammerte sein Handy so fest, dass seine Knöchel weiß wurden. »Wollen Sie damit sagen, dass es in Ihrem Ferienheim keine Kinder mit angeborenem Gehörschaden gibt?«

»Jedenfalls keine, die völlig taub sind. Wie gesagt, für die Betreuung von Kindern mit einer solchen Behinderung haben wir kein Fachpersonal. Für diese Kinder wäre unser Heim nicht der richtige Ort.«

»Verstehe«, sagte Jack.

»Wenn Sie auf unserer Website nachsehen, finden Sie Links zu einigen sehr guten Alternativen.«

»Das mache ich. Vielen Dank für den Hinweis.«

Jack legte auf. Die Heimleiterin hätte sich nicht deutlicher ausdrücken können. Ebenso deutlich hatte Lindsey ihm klar gemacht, dass Brian von Geburt an taub war. Dennoch hatten die Pintados ihren Enkel in einem Ferienheim angemeldet, das für einen Jungen wie Brian nicht geeignet war. Es gab also nur zwei Möglichkeiten. Entweder hatten die Pintados das falsche Heim für Brian ausgesucht, was ziemlich unwahrscheinlich war, oder …

Jack trat ans Fenster und starrte auf den Verkehr, der sich fünf Stockwerke tiefer durch die Straße wälzte. Plötzlich ging ihm das Kreuzverhör des Staatsanwalts wieder durch den Kopf.

Lügen, nichts als Lügen.

Er steckte sein Handy ein und ging zu dem Konferenzsaal, wo Sofia und Lindsey gerade zu Mittag aßen. Da Lindsey ein Untersuchungshäftling war, stand ein Wachmann vor der Tür. Er ließ Jack eintreten.

Wütend starrte er Lindsey an. »Auf welche Weise hat Brian sein Gehör verloren?«

Sie setzte zu einer Antwort an, hielt jedoch inne, als sie Jacks Gesichtsausdruck wahrnahm. »Wer will das wissen?«

»Ist das Ihr Umgang mit der Wahrheit? Ihre Antwort hängt davon ab, wer die Frage stellt?«

»Jack, was ist los?«, wollte Sofia wissen.

Jack ging näher auf die beiden zu, nahm jedoch nicht

Platz. »Ich kann Ihnen sagen, was los ist. Ich habe es satt, von meiner eigenen Mandantin belogen zu werden.«

»Ich habe heute die Wahrheit gesagt«, erklärte Lindsey.

»Ach ja?«, schnaubte Jack. »Oder leben Sie in einem Land, wo die Wettervorhersage immer gleich ist: stark bewölkt, immer wieder Schauer von verdammtem Scheißdreck?«

»Wovon reden Sie überhaupt?«, fragte Lindsey. »Ich gebe zu, dass ich Sie anfangs in die Irre geführt habe, aber das lag nur daran, dass die Wahrheit so schmerzlich ist. Glauben Sie etwa, es ist leicht, in einen überfüllten Gerichtssaal zu gehen und zu verkünden, dass man Sex mit einem Matrosen hatte, während der eigene Ehemann Fotos davon gemacht hat? Können Sie es mir verübeln, dass ich nicht am ersten Tag in Ihre Kanzlei gerannt bin und gesagt habe: ›Hey, Jack, hier ist unsere Verteidigungsstrategie: Ich werde aller Welt erklären, dass ich eine Sexsklavin war‹? Die Medien veröffentlichen die Namen von Vergewaltigungsopfern nicht, um deren Privatsphäre zu schützen, aber eine Frau, die mit einem Perversen verheiratet ist, muss sich gefallen lassen, dass ihr gesamtes Sexualleben in den Schlagzeilen ausgebreitet wird. Finden Sie das vielleicht fair?«

»Weichen Sie nicht vom Thema ab, Lindsey. Ich rede von Dingen, die Sie mir unter dem Schutz der anwaltlichen Schweigepflicht gesagt haben.«

»Ich auch. Ich habe einfach eine Weile gebraucht, um mich an den Gedanken zu gewöhnen, dass ich diese Dinge nicht nur Ihnen, sondern der ganzen Welt offenbaren muss. Aber ich habe es getan. Ich bin Ihnen gegenüber ehrlich gewesen und ich habe keine Falschaussage gemacht. Alles, was ich im Zeugenstand ausgesagt habe, entspricht der Wahrheit.«

»Warum haben Sie mir über die Ursachen für Brians Gehörschaden die Unwahrheit gesagt?«

»Was?«

»Sie haben behauptet, er wäre taub geboren. Aber das war gelogen, stimmt's?«

»Was macht das für einen Unterschied? Er ist taub.«

»Ich begreife nicht, warum Sie mich in einem solchen Punkt belügen.«

»Es … Es ist nicht wichtig.«

»Jede Unwahrheit ist wichtig. Warum haben Sie gelogen?«

»Ich habe meine Gründe, okay?«

»Was zum Teufel sind das für Gründe?«

»Ich …« Sie schürzte die Lippen, als würde sie gleich explodieren. »Ich wollte nicht, dass Sie mich für eine schlechte Mutter halten. Aber jetzt wissen Sie es ja. Brian wurde nicht taub geboren. Sie geben mir die Schuld? Bitte sehr, tun Sie sich keinen Zwang an. Machen Sie es wie Oscar, machen Sie es wie Oscars Eltern, wie Oscars Freunde. Geben Sie Lindsey die Schuld an allem. Alle machen Lindsey für alles verantwortlich. Aber es war nicht meine Schuld, verdammt!«

Die letzten Worte hatte sie so laut gebrüllt, dass Jack nur sprachlos dastehen und zusehen konnte, wie Lindsey den Kopf senkte und anfing zu weinen. Sofia legte ihr eine Hand auf die Schulter, aber die Berührung schien alles nur noch schlimmer zu machen. Lindsey begann hemmungslos zu schluchzen, all die Gefühle, die sie seit Monaten unterdrückt hatte, schienen aus ihr herauszubrechen.

»Ich mache Sie für gar nichts verantwortlich«, sagte Jack. »Ich will nur die Wahrheit wissen.«

Lindsey wischte sich die Augen mit einem Taschentuch ab und atmete tief durch. »Nein, Sie wollen viel mehr als die Wahrheit. Sie wollen alles über mich und Brian erfahren, was es zu wissen gibt. Aber dazu haben Sie kein Recht. Dass Sie diesen Fall übernommen haben, macht Sie noch lange nicht zu Brians Vater.«

Jack hätte über Gene reden können, aber er wusste, was sie meinte. »Niemand hat behauptet, ich wollte zu Ihrer Familie gehören, Lindsey.«

»Tut mir Leid. Das habe ich nicht gemeint. Ich möchte nicht, dass Sie denken, ich wäre Ihnen nicht dankbar für alles, was Sie für mich getan haben.«

Es klopfte an der Tür. Als Jack öffnete, sagte der Wachmann: »In zwei Minuten wird die Verhandlung fortgesetzt.« Jack bedankte sich und wandte sich wieder an seine Mandantin.

Sofia sagte: »Wir sollten zurück in den Gerichtssaal gehen.«

Lindsey und Sofia standen auf, aber Jack rührte sich nicht. Lindsey schaute ihn an: »Sie kommen doch wieder mit, oder?«

Jack rührte sich immer noch nicht.

»Wenn Sie wollen, kann ich von jetzt an übernehmen«, schlug Sofia vor.

»Nein!«, rief Lindsey panisch. »Sie dürfen das Mandat nicht niederlegen. Sie haben versprochen, mich zu vertreten, solange Sie glauben, dass ich unschuldig bin. Eine kleine Notlüge über die Ursache von Brians Taubheit ändert nichts an meiner Unschuld.«

»Es ist mehr als das«, erwiderte Jack.

Sie packte ihn am Arm. »Tun Sie mir das nicht an. Das habe ich nicht – das hat Brian nicht verdient.«

Jack sah sie kühl an, bemühte sich, eine sachliche Entscheidung zu treffen. Schließlich sagte er: »Das ist das allerletzte Mal, dass Sie die Brian-Karte ausspielen. Haben wir uns verstanden?«

»Ja«, flüsterte sie und ließ seinen Arm los.

Jack öffnete die Tür und ging voraus in Richtung Gerichtssaal, darauf bedacht, mehrere Meter Abstand zwischen sich und seiner Mandantin zu wahren.

46

Um sieben Uhr am Abend fuhr Jack in den Alice Wainwright Park südlich der Innenstadt. Er stellte seinen Wagen ab, folgte dem Trimmpfad bis zum felsigen Rand der Biscayne Bay und setzte sich in der Nähe eines Kiosks bei den Mangroven auf eine Holzbank. Er wusste, dass er die richtige Stelle gefunden hatte, denn er befand sich fünfundsiebzig Schritte weit von der Graffiti-übersäten Wand entfernt, auf der in riesigen Buchstaben zu lesen war: MADONNA, YOUR GUARD IS AN ASSHOLE, ein Überbleibsel aus der Zeit vor einigen Jahren, als die Sängerin in einer der exklusiven Villen an der Küste gelebt hatte.

Und dann wartete er, genauso, wie man es ihm aufgetragen hatte.

Um fünf Uhr war der Prozess vertagt worden. Den ganzen Nachmittag über waren Forensiker befragt worden, die Jack als Experten geladen hatte, um die Aussage des Gerichtsmediziners bezüglich des Todeszeitpunkts von Captain Pintado zu erschüttern. Es war alles ganz gut gelaufen, aber Jack versprach sich wesentlich mehr von dem, was der Abend noch bringen würde.

Sein Handy klingelte und er nahm hastig ab. Es war Sofia.

»Haben wir nicht einen Termin?« Sie meinte ihr regelmäßiges abendliches Treffen, bei dem sie alles noch einmal durchgingen, was tagsüber im Gericht vorgefallen war.

»Kann sein, dass ich es heute nicht schaffe«, sagte Jack.

»Ziehen Sie immer noch in Erwägung, das Mandat niederzulegen? Ich würde es Ihnen jedenfalls nicht übel nehmen, wenn Sie es täten.«

»Nein. Ich habe Lindsey versprochen, sie so lange zu vertreten, wie ich davon überzeugt bin, dass sie unschuldig ist. Und Sie mögen mich vielleicht für verrückt halten, aber inzwischen neige ich wieder zu dieser Annahme.«

»Was ist denn passiert?«

»Alejandro Pintado hat mich angerufen. Ich bin in zwanzig Minuten mit ihm verabredet.«

»Und worum geht's?«

»Nachdem Lindsey heute Morgen vor Gericht ausgesagt hat, ist er nach Hause gefahren und hat die persönlichen Hinterlassenschaften seines Sohnes noch mal durchgesehen. Ich nehme an, Lindsey war zu durcheinander, um sich nach Oscars Tod um dessen Sachen zu kümmern, also hat sein Vater den Kram nach Miami verfrachten lassen. Und raten Sie mal, was er gefunden hat?«

»Keine Ahnung.«

»Die Digitalkamera, von der Lindsey gesprochen hat.«

Einen Moment lang herrschte Stille in der Leitung. »Sagen Sie bloß …«

»Ja«, erwiderte Jack. »Es waren immer noch ein paar äußerst interessante Fotos darauf. Ich melde mich bei Ihnen, wenn ich mit Pintado gesprochen habe.«

Jack steckte das Handy wieder in seine Hosentasche. Ein paar Minuten später warf er einen Blick auf seine Uhr. Viertel nach sieben. Pintado hatte ihn angewiesen, spätestens um sieben auf dieser Bank zu sitzen. Noch hatte Pintado sich nicht verspätet, jedenfalls nicht nach den Gepflogenheiten in Miami. Jack sah ein paar Studenten zu, die mit nacktem Oberkörper auf dem Rasen Frisbee spielten. Kaum zu glauben, dass er vor einer halben Ewigkeit dasselbe getan hatte.

»Hallo, Jack.«

Als er sich umdrehte, sah er Alejandro Pintado auf dem anderen Ende der Bank sitzen und erschrak im ersten Moment. »Sind Sie ein Stealth Bomber oder was?«

»Wie bitte?«

»Nichts. Freut mich, dass Sie gekommen sind.«

»Ich konnte das nicht per Telefon regeln.«

Jack sah, dass Pintado eine Mappe mitgebracht hatte. »Ist das für mich?«

»Ja.«

»Fotos?«

»Nein.«

»Nein?«, fragte Jack überrascht.

Pintado legte die Mappe neben sich auf die Bank. »Es wäre in niemandes Interesse, wenn diese Fotos jemals das Tageslicht erblickten.«

»Ich möchte mich nicht mit Ihnen streiten, Mr Pintado, aber diese Fotos sind Beweismittel.«

»Sie beweisen, dass Ihre Mandantin Sex mit dem besten Freund ihres Mannes hatte. Das hat sie bereits zugegeben. Es gibt keinen Grund, der ganzen Welt Fotos davon zu zeigen.«

»Darum geht es nicht. Diese Fotos wurden mit der Kamera Ihres Sohnes aufgenommen. Wahrscheinlich von Ihrem Sohn.«

»Wahrscheinlich«, sagte Pintado und wandte sich ab. »Als ich nach Oscars Tod in Guantánamo war, habe ich in der Offiziersmesse seinen Spind ausgeräumt. Ich schätze, dass Lindsey gar nichts von dessen Existenz wusste. Deswegen wird sie auch keine Fotos gefunden haben. Ich bin selbst erst auf die Idee gekommen, mir die Bilder auf der

Kamera anzusehen, nachdem sie ihre Aussage gemacht hatte.«

Jack ließ ihm einen Augenblick Zeit, wollte ihn nicht in Verlegenheit bringen. »Hören Sie, Mr Pintado. Ich weiß, dass das sehr unangenehm für Sie ist. Ihr Sohn ist tot, und jetzt müssen Sie erfahren, dass er diese Fotos von seiner Frau gemacht hat. Aber hier geht es nicht um irgendeine Ménage-à-trois. Es geht um eine Frau, die von zwei Männern missbraucht wurde. Ich weiß nicht, wie sich die Dinge dann zugespitzt haben. Vielleicht hat es Oscar nicht gefallen, dass Lieutenant Johnson dauernd um sein Haus herumscharwenzelte, wenn er nicht da war, und Lindsey bedrängte. Vielleicht hat Johnson auf irgendeine perverse Weise Gefallen an Lindsey gefunden und hatte es irgendwann satt, dass Oscar jedes Mal, wenn er Sex mit Lindsey hatte, dabei war und fotografierte. Auf jeden Fall ist an irgendeinem Punkt etwas schief gelaufen und Oscar wurde erschossen. Der Vater Ihres Enkels ist tot. Und jetzt steht seine Mutter vor Gericht wegen eines Mordes, den sie nicht begangen hat.«

»Sie glauben also, es war Johnson«, sagte Pintado. Es war eher eine Feststellung als eine Frage.

»Sie nicht?«, fragte Jack.

»Ich weiß nicht. Aber eins weiß ich mit Sicherheit: Ich möchte hören, was der Lieutenant dazu zu sagen hat.«

»Ich auch. Deswegen habe ich Sie neulich gebeten, mir zu sagen, was Sie über seinen Aufenthaltsort wissen. Ich möchte ihn als Zeugen vorladen.«

Eine Möwe landete zu ihren Füßen. Pintado verscheuchte sie. »Sie hatten Recht. Johnson ist in Miami. Torres will ihn, wenn irgend möglich, aus dem Prozess heraushalten. Er sagt, er will ihn in der Nähe haben, für den Fall, dass er ihn als Zeugen braucht. Aber ich glaube, er will verhindern, dass Sie ihn finden.«

»Meiner Meinung nach ist Torres fest davon überzeugt, dass Lindsey die Täterin ist. Er will nicht, dass ich Johnson im Zeugenstand auseinander nehme und dadurch Zweifel in den Köpfen der Geschworenen säe.«

»Anfangs war ich mit Torres' Strategie einverstanden«, sagte Pintado. »Aber ich bin mir nicht sicher, ob ich das immer noch bin.«

Jack warf einen Blick auf die Mappe. »Sie haben etwas für mich?«

»Hier drin steht seine Adresse. Wenn Sie ihm noch heute Abend eine Vorladung schicken, wird Johnson morgen früh vor Gericht erscheinen.«

Als Jack nach der Mappe langte, zog Pintado sie zurück. »Nicht so schnell.«

»Was gibt's denn noch?«

Pintado sah ihn an. »Hat Lindsey Ihnen jemals erzählt, wie Brian sein Gehör verloren hat?«

Jack hielt den Atem an, plötzlich verunsichert durch die Wendung, die ihr Gespräch nahm. »Nein. Sie hat nur gesagt, es sei nicht ihre Schuld gewesen.«

»Es wundert mich nicht, dass sie Ihnen das vorenthalten hat.«

»Dass sie mir was vorenthalten hat?«

»Hier drin finden Sie auch eine Kopie von Brians Krankenakte«, sagte Pintado, während er mit dem Finger auf die Mappe klopfte. »Da steht genau drin, wie Brian sein Gehör verloren hat.«

Das wollte Jack wirklich gern wissen, aber er konnte nicht recht einschätzen, was Pintado bezweckte. »Wie sind Sie an die Akte gekommen?«

»Über meinen Anwalt. Als Großvater hatte ich bisher nicht das Recht, sie einzusehen. Aber jetzt, wo Lindsey im Gefängnis sitzt und meine Frau und ich das vorläufige Sorgerecht für den Jungen haben, musste der Arzt sie uns aushändigen. Ich habe sie erst vor ein paar Tagen bekommen.«

»Was soll ich damit machen?«

»Lesen Sie sie. Wenn Sie das getan haben, werden Sie mir sicherlich Recht geben.«

»Recht geben?«

Pintados Augen verengten sich zu Schlitzen und er wurde sehr ernst. »Egal, wie dieser Prozess ausgeht – selbst wenn sich herausstellt, dass Lindsey Oscar nicht getötet hat –, gehört Brian zu seinen Großeltern.«

»Ich glaube, ich verstehe nicht recht.«

»Lesen Sie die Akte, Jack. Dann werden Sie es schon verstehen.«

Eine ganze Weile sahen sie einander in die Augen. Dann griff Jack nach der Mappe und diesmal zog Pintado sie nicht weg. Jack nahm die Mappe an sich und sagte: »Also gut. Ich werde sie lesen. Mit großem Interesse.«

47

Ein ausgefuchster alter Anwalt aus Nordflorida hatte Jack einmal gesagt: »Einen Alligator zu fangen, ist leicht. Aber wenn man ihn wieder loslässt, kann einen das die Zehen und Finger kosten. Wenn er nicht mit den Zähnen nach einem schnappt, dann erwischt er einen mit dem Schwanz.« Es war eine andere Art zu sagen, man soll sich gut überlegen, was man sich wünscht; man kann einen Zeugen vor Gericht zwingen, aber wenn er den Mund aufmacht, erlebt man womöglich sein blaues Wunder. Während Jack sich auf den Kampf mit Lieutenant Johnson vorbereitete, gingen ihm die Worte des alten Anwalts durch den Kopf, denn er wusste, dass dieser Zeuge zurückschlagen würde, wo er nur konnte.

Im Laufe des Vormittags hatte Jack andere Zeugen befragt, vor allem einen Experten, der bezeugte, dass es für eine physisch oder psychisch misshandelte Frau nichts Ungewöhnliches war, ihr Leiden für sich zu behalten und selbst den Behörden gegenüber zu verschweigen. Erst am späten Vormittag wurde Johnson die Vorladung zugestellt und er erschien schließlich als letzter Zeuge des Tages im Gerichtssaal.

»Die Verteidigung ruft Lieutenant Damont Johnson in den Zeugenstand«, verkündete Jack.

Es war, als würde der kollektive Puls des Publikums zu rasen beginnen, die Anspannung war regelrecht spürbar. Zuschauer rutschten auf ihren Sitzen herum, Geschworene richteten sich auf und die Pressevertreter griffen nach Stift und Papier. Der Gerichtszeichner arbeitete wie besessen an dem Porträt von Johnson, als wüsste er, dass es sich um Schlagzeilenmaterial handelte. Einen Augenblick lang hatte Jack den Eindruck, dass es gar keine Rolle spielte, was Johnson sagen würde, dass es schon ausreichte, Johnson in den Gerichtssaal zu bringen, um den Staatsanwalt sprachlos zu machen. Allerdings hatte Torres sich schon sehr bald wieder in der Gewalt.

»Lieutenant, wer hat Lindsey Hart unter Drogen gesetzt, bevor Sie zum ersten Mal Sex mit ihr hatten, Sie oder Captain Pintado?«

Johnson zuckte zusammen, hatte sich jedoch sofort wieder unter Kontrolle. In seiner weißen Offiziersuniform, die Mütze auf dem Schoß, war er eine eindrucksvolle Erscheinung. Angesichts der Fragen, die ihm entgegengeschleudert wurden, war es nicht leicht für ihn, seine

Würde zu bewahren, aber er gab sich alle Mühe. »Verzeihen Sie, aber keiner von uns hat sie unter Drogen gesetzt.«

»Wollen Sie damit sagen, dass es sich um einvernehmlichen Sex handelte?«

»Ich will damit sagen, dass es ihre Idee war.«

Der Staatsanwalt lächelte, und zu behaupten, Jack sei auf der falschen Fährte, wäre das größte Understatement des ganzen Prozesses gewesen. Jack rechnete nicht damit, dass Johnson zugeben würde, Lindsey zum Sex gezwungen zu haben. Er würde bestimmt nicht im Zeugenstand zusammenbrechen und unter Tränen gestehen, dass er Oscar Pintado umgebracht hatte. Derartige Dramen spielten sich jede Woche im Fernsehen ab, aber selten in einem echten Gerichtssaal. Jack musste zusehen, dass er die sicheren Punkte bei der Vernehmung einfuhr, und darauf hoffen, dass sich im Kreuzverhör durch Torres Möglichkeiten eröffneten, die er bei einer erneuten Vernehmung ausnutzen konnte. Das war jedenfalls sein Plan.

»Vielleicht finden wir ja etwas, worin wir einer Meinung sind, Lieutenant, was meinen Sie?«

»Sicher.«

»Sie hatten Sex mit Lindsey Hart, ist das richtig?«

»Ja.«

»Oscar Pintado hat gesehen, wie Sie Sex mit seiner Frau hatten, richtig?«

»Richtig.«

»Und er hat Sie sogar dabei fotografiert?«

Johnson rutschte auf seinem Stuhl herum, als wäre ihm die Frage unangenehm. »Ja, das hat er.«

»Sind wir uns darin einig, dass das etwas ist, was die meisten Ehemänner nicht tun würden?«

»Die, die ich kenne, würden es jedenfalls nicht tun.«

»Nicht einmal für ihren besten Freund?«

»Nein.«

»Sie waren Oscar Pintados bester Freund, ist das richtig?«

»Sein bester Freund auf dem Militärstützpunkt. Ich würde nicht sagen, dass ich sein bester Freund auf der Welt war.«

»Einverstanden. Gehe ich recht in der Annahme, dass Ihr sexuelles Verhältnis mit Oscar Pintados Frau nicht vom ersten Tag an Teil Ihrer Freundschaft war?«

»Davon können Sie ausgehen.«

»Das ergab sich erst, nachdem Sie beide schon eine ganze Weile befreundet waren, ist das richtig?«

»Ja.«

Jack überlegte, wie er weiter vorgehen sollte. Er konnte Johnson fragen, wie die Geschichte mit dem Sex angefangen hatte, wer auf die Idee gekommen war und so weiter. Aber diese Strategie würde wahrscheinlich nur dazu führen, dass der Lieutenant log oder ihm Antworten gab, die ihm nicht in den Kram passten. Er entschied sich für einen sichereren Weg.

»Oscar Pintado stammte aus einer sehr wohlhabenden Familie, nicht wahr?«

»Soweit ich weiß, ja.«

»Er war nicht der Typ, der sich durch Geldangebote von einem Freund hätte ködern lassen, stimmt's?«

»Worauf wollen Sie hinaus?«, fragte Johnson mit argwöhnisch zusammengekniffenen Augen.

»Sie haben ihm kein Geld gegeben, damit er Ihnen gestattete, mit seiner Frau Sex zu haben, nicht wahr?«

»Selbstverständlich nicht. Wie gesagt, es war Lindseys Idee.«

Jack trat näher an den Zeugen heran, wobei er sich kaum Mühe gab, seine Skepsis zu verbergen. »Lindseys Idee, ja? Gestatten Sie mir eine Frage, Lieutenant. Wie viele Männer befinden sich normalerweise auf dem Militärstützpunkt in Guantánamo?«

»Ich weiß nicht. Sicherlich mehrere tausend.«

»Die meisten davon im Alter zwischen zwanzig und dreißig?«

»Die meisten, ja.«

»Die meisten topfit? Körperlich, meine ich?«

»Sicher.«

»Und die meisten leben auf dem Stützpunkt nicht mit einer Ehefrau oder Freundin zusammen, richtig?«

»Die wenigsten.«

»Sie wollen uns also Folgendes erzählen«, sagte Jack, ging auf den Zeugen zu und legte ihm eine Hand auf die Schulter. »Während sie auf einer karibischen Insel inmitten von tausenden gestählten Männern im besten Alter lebte – von denen die meisten schon ziemlich lange kein intimes Verhältnis mit einer Frau mehr gehabt hatten –, wollte meine extrem attraktive Mandantin plötzlich ausgerechnet mit Ihnen Sex haben und dabei auch noch von ihrem Mann fotografiert werden. Ist es das, was Sie uns glauben machen wollen?«

Aus dem Publikum war leises Kichern zu hören. Der Zeuge biss sich auf die Unterlippe, ein sicheres Anzeichen dafür, dass Jack ihm stark zusetzte.

»Ist es das, was Sie uns glauben machen wollen?«, wiederholte Jack.

»Hören Sie, ich weiß nur, dass Oscar mir gesagt hat, sie wollte –«

»Einspruch!«, donnerte Torres. »Was Oscar ihm gesagt hat, ist Hörensagen, Euer Ehren.«

»Stattgegeben.«

»Aber, Herr Richter –«

»Einspruch stattgegeben, Mr Swyteck«, sagte der Richter. »Fahren Sie fort.«

Jack hätte sich über Ausnahmen von der Verfahrensregel streiten können, aber offenbar hatte der Richter genug von Sex gehört und war nicht in der Stimmung zu diskutieren. Aber Jack hatte sein Ziel erreicht. Es war Zeit, zum Schluss zu kommen.

»Lieutenant, nur noch ein paar kurze Fragen. Sie sind Offizier bei der US-Küstenwache.«

»Richtig.«

»Wenn Sie die Patrouillenrouten der Küstenwachenschiffe für morgen wissen wollten, würden Sie wissen, wie Sie sich diese Informationen beschaffen könnten, nicht wahr?«

»Diese Informationen werden mir nicht mitgeteilt.«

»Danach habe ich Sie nicht gefragt. Ich sagte, Sie würden wissen, wie Sie sich die Informationen beschaffen könnten, oder etwa nicht?«

»Dass ich weiß, wie ich sie mir beschaffen könnte, bedeutet noch lange nicht –«

»Bitte, Lieutenant, beantworten Sie einfach meine Frage. Sie könnten sich die Informationen beschaffen, richtig?«

Johnson schwieg einen Augenblick, als überlegte er, wie er leugnen könnte, dass Jack Recht hatte. Schließlich sagte er: »Ja, ich könnte sie mir beschaffen.«

»Danke. Keine weiteren Fragen.«

Jack kehrte auf seinen Platz zurück. Er erwartete kein Lächeln von seiner Mandantin, aber sie wirkte regelrecht aschfahl. Das war verständlich. Sie hatten mit dem Feuer gespielt. Aber sie hatten einen Vorsprung gewonnen.

Gott sei Dank.

Torres trat auf den Zeugen zu. »Freut mich, Sie heute hier zu sehen, Lieutenant«, sagte er mit einem sarkastischen Unterton.

»Ich freue mich auch, Sie zu sehen.«

Alle scheinbare Vertraulichkeit wich aus Torres' Gesicht. Seine Stimme nahm einen scharfen Ton an, wie bei einer Mischung aus Polizeiverhör und militärischem Drill. »Lieutenant, ich möchte mit Ihnen über den Morgen des siebzehnten Juni sprechen, des Tages, an dem Captain Pintado starb.«

»Einverstanden.«

»Ein Zeuge hat im Verlauf des Prozesses ausgesagt, dass Sie kurz vor sechs Uhr zu Captain Pintados Haus gegangen sind. Geben Sie zu oder leugnen Sie, dass Sie um die Uhrzeit dort gewesen sind?«

»Ich war dort.«

»Es wurde ebenfalls ausgesagt, dass Sie ohne anzuklopfen ins Haus gegangen sind. Geben Sie das zu oder leugnen Sie es?«

»Ich gebe es zu.«

»Weiterhin wurde ausgesagt, dass Sie wenige Minuten später aus dem Haus gerannt sind. Geben Sie das zu oder leugnen Sie es?«

»Auch das gebe ich zu.«

Verwirrt beobachtete Jack das Geschehen. Der Zeuge gab bereitwillig Dinge zu, von denen Jack geglaubt hatte, er würde sie auf jeden Fall abstreiten. Irgendetwas stimmte nicht.

Torres sagte: »Lieutenant, würden Sie den Geschworenen bitte erklären, *warum* Sie an jenem Morgen zu Captain Pintados Haus gegangen sind?«

»Lindsey hat mich angerufen und gebeten zu kommen.«

»Hat sie Ihnen gesagt, warum sie Sie bat zu kommen?«

»Sie sagte, Oscar wäre unterwegs. Sie sagte, er wäre mit Brian zum Angeln gegangen und wir könnten ganz allein sein.«

»Was haben Sie daraus geschlossen?«

Johnson zuckte die Achseln, als wäre das selbstverständlich. »Dass wir Sex haben konnten, ohne dass Oscar dabei war.«

»Und waren Sie damit einverstanden?«

»Ja, das war ich.«

»Hat sie sonst noch etwas gesagt?«

»Sie sagte: ›Ich warte auf dich. Ich lasse die Haustür unverschlossen. Komm gleich rauf ins Schlafzimmer. Ich habe eine Überraschung für dich.‹«

»Was haben Sie daraufhin getan?«

»Na, was glauben Sie wohl? Ich habe mich ins Auto gesetzt und bin hingefahren.«

»Was ist passiert, als Sie eintrafen?«

»Ich habe genau das getan, was sie mir gesagt hatte. Die Tür war unverschlossen, ich bin reingegangen und sofort rauf ins Schlafzimmer. Da habe ich Oscars Leiche gefunden. Er lag blutüberströmt im Bett.«

Torres war vollkommen in seinem Element, so berauscht von seiner Rolle, dass er seine Fragen gar nicht schnell genug stellen konnte. »Was taten Sie?«

»Ich bin durchs ganze Haus gerannt, um nachzusehen, ob es noch mehr Leichen gab. Da habe ich Brian in seinem Zimmer gefunden.«

»Haben Sie etwas zu ihm gesagt?«

»Ja. Er ist taub, wissen Sie, aber er kann ein bisschen von den Lippen ablesen. Ich sagte: ›Brian, was ist mit deinem Vater passiert?‹«

»Hat der Junge Ihnen geantwortet?«

Johnson sagte: »Brian fing an zu weinen. Dann hat er mich angesehen und –«

»Einspruch. Hörensagen«, rief Jack. Sein Magen krampfte sich zusammen, als er das sagte. Er wollte die Antwort hören, vielleicht mehr als jeder andere im Saal, aber die Strategie des Staatsanwalts war allzu klar. Er versuchte, die Geschworenen davon zu überzeugen, dass

Lindsey Johnson in die Falle gelockt hatte, um ihm den Mord anzuhängen, den sie selbst begangen hatte.

Torres sagte: »Euer Ehren, es geht um die aufgeregte Äußerung eines Zehnjährigen, dessen Vater gerade in seinem eigenen Haus erschossen wurde.«

Der Richter überlegte, dann entschied er: »Ich lasse die Frage zu. Der Zeuge soll die Frage beantworten.«

Als der Lieutenant sich dichter zum Mikrofon vorbeugte, spürte Jack, wie sich Lindseys Fingernägel in seinen Arm bohrten. Es war, als wüssten sie beide ganz genau, was Johnson sagen würde, dass herauskommen würde, wer Oscar Pintado ermordet hatte, und dass Lindseys Schicksal besiegelt sein würde.

Johnson öffnete den Mund und die Worte flossen heraus wie Lava. »Brian hat mich angesehen und gesagt: ›Ich habe ihn erschossen. Ich habe meinen Dad erschossen.‹«

Lindsey sprang auf. »Das ist eine Lüge!«

Ein Raunen ging durch den Gerichtssaal. »Ruhe!«, brüllte der Richter und schlug mit seinem Hammer.

»Das ist eine infame Lüge!«, sagte Lindsey unter Tränen.

»Mr Swyteck, halten Sie Ihre Mandantin unter Kontrolle, sonst lasse ich sie aus dem Gerichtssaal entfernen.«

»Das ist eine Lüge, Jack«, sagte Lindsey mit zitternder Stimme. »Eine infame Lüge!«

Jack drückte sie sanft auf ihren Stuhl zurück. Sie zitterte am ganzen Körper, und Jack musste all seine Kraft zusammennehmen, um die Fassung zu wahren. Auch Sofia beherrschte sich, aber die Überraschung stand ihr ins Gesicht geschrieben. Auch wenn die Situation schwierig war, so hatte Jack doch den Eindruck, dass die Verteidigung nicht halb so verblüfft war wie der Staatsanwalt.

Torres starrte den Zeugen angriffslustig an. »Verzeihen

Sie, Lieutenant«, sagte er. »Vielleicht habe ich Sie nicht richtig verstanden. Wollten Sie sagen, dass der Junge meinte, seine Mutter hätte seinen Vater erschossen?«

»Nein. Sie haben mich richtig verstanden. Brian hat gesagt, *er* hätte seinen Vater erschossen.«

Lindsey vergrub ihr Gesicht in den Händen. Jack schaute erst sie, dann Johnson an, immer noch ungläubig.

Der Staatsanwalt gab sich alle Mühe, sich empört zu geben, und schritt wütend im Gerichtssaal auf und ab. Er schickte sich an, etwas zu tun, was jeder Anwalt um jeden Preis zu vermeiden versucht: die Glaubwürdigkeit seines eigenen Zeugen anzuzweifeln.

»Lieutenant Johnson«, donnerte er. »Sie und ich haben über diesen Fall zahlreiche Gespräche geführt, ist das richtig?«

»Ja, Sir.«

»Wir haben sogar Verhörsituationen durchgespielt, bei denen ich Ihnen Fragen gestellt habe, die Sie mir beantwortet haben, ist das richtig?«

»Das ist richtig, Sir.«

»Bei keiner dieser Gelegenheiten haben Sie etwas davon erwähnt, dass Brian Ihnen gesagt hat, er hätte seinen Vater erschossen. Ist das richtig, Lieutenant?«

»Ja, das ist richtig. Aber das lag daran –«

»Das genügt«, unterbrach ihn Torres.

Johnson schaute den Richter flehend an, eine Mischung aus Zorn und Panik lag in seinen Augen. »Euer Ehren, ich muss das erklären.«

»Es wurde keine Frage gestellt«, sagte Torres.

Der Richter kratzte sich das Kinn, auch er wirkte erschüttert. »Jeder Zeuge hat das Recht, seine Antwort zu erklären. Lieutenant Johnson hat gesagt, er habe nie mit Ihnen darüber gesprochen. Hören wir uns an, warum er das nicht getan hat.«

Torres kehrte auf seinen Platz zurück, offensichtlich nervös.

Johnson sah Lindsey an und sagte: »Ich habe nie etwas über Brian gesagt, weil ich es Lindsey versprochen habe. Nachdem Brian mir gesagt hatte, er hätte seinen Vater erschossen, bin ich aus dem Haus gerannt und habe Lindsey gesucht, um mit ihr zu reden. Ich habe ihr vorgeworfen, mich ins Haus gerufen zu haben, um mir einen Mord anzuhängen, den ich nicht begangen hatte. Sie sagte, es täte ihr Leid, sie hätte es nur getan, um Brian zu schützen. Und dann hat sie zu mir gesagt – sie hat mich regelrecht angefleht: ›Bitte, was auch immer ich tue, sag niemandem, dass Brian seinen Vater erschossen hat.‹«

Im Gerichtssaal herrschte Totenstille.

Der Richter lehnte sich in seinem Sessel zurück, den Blick an die Decke gerichtet. »Haben Sie noch Fragen, Mr Torres?«

Der Staatsanwalt erhob sich. Er wirkte wie ein angeschlagener Preisboxer. »Nein, Euer Ehren. Keine weiteren Fragen.«

»Mr Swyteck? Gegenfragen?«

Jack hätte noch weiterbohren können, aber das war das Schöne an einem begründeten Zweifel. Weiterzubohren war nicht notwendig. »Nein, Euer Ehren.«

»Der Zeuge ist entlassen.«

Alle Anwesenden starrten Lieutenant Johnson an, als er aus dem Zeugenstand trat. Ohne mit irgendjemandem Blickkontakt aufzunehmen, die Augen in Soldatenmanier geradeaus, verließ er den Gerichtssaal.

Der Richter brach das Schweigen. »Rufen Sie Ihren nächsten Zeugen auf, Mr Swyteck.«

Die Worte gingen an ihm vorbei, so sehr war Jack immer noch damit beschäftigt, zu verdauen, was sich soeben ereignet hatte. Es wirkte alles logisch, aber die emotionale

Wirkung, die Johnsons Aussage auf den Richter, die Zuschauer und die Geschworenen gehabt hatte, war nichts gegen das Licht, das Jack plötzlich aufging. Mit einem Mal erklärte sich vieles ganz von selbst. Dass Lindsey sich standhaft geweigert hatte, Jack mit Brian reden zu lassen. Dass die Großeltern einen Gerichtsbeschluss erwirkt hatten, um Jack von Brian fern zu halten. Von Anfang an war es nur darum gegangen, zu verhindern, dass irgendjemand mit Brian in Kontakt kam.

Und jetzt begriff Jack, warum.

»Mr Swyteck, Ihr nächster Zeuge bitte.«

Jetzt, wo Jack wusste, wen Lindsey zu schützen versuchte, kamen ihm ihre Lügen gar nicht mehr so abwegig vor. Jack tätschelte ihre Hand, als er aufstand. »Euer Ehren«, sagte er mit lauter, fester Stimme. »Die Verteidigung hat ihre Beweisführung abgeschlossen.«

48

Jack konnte sich nicht erinnern, jemals einen guten Tag erlebt zu haben, an dem er sich so schlecht gefühlt hatte.

Noch bevor der Prozess überhaupt angefangen hatte, war Jack sich darüber im Klaren gewesen, dass der ganze Prozess eine andere Wendung nehmen könnte, wenn es ihm gelänge, Damont Johnson in den Zeugenstand zu rufen. Aber als er dem Lieutenant seine erste Frage gestellt hatte, war seine einzige Hoffnung gewesen, die Geschworenen davon zu überzeugen, dass in einem ohnehin verdrehten Arrangement irgendwas schief gelaufen und

Lindseys Mann am Ende von seinem besten Freund getötet worden war. Niemals hätte Jack damit gerechnet, dass Johnson ihm zum Sieg verhelfen würde, indem er mit dem Finger auf Lindseys Sohn zeigte.

Natürlich war er niedergeschmettert. So sehr er sich einreden mochte, dass er den Fall aus Mitgefühl für Lindsey und ihren Sohn übernommen hatte, dass er nichts weiter gewollt hatte, als eine unschuldige Mutter vor dem Gefängnis zu bewahren, musste er sich doch eingestehen, dass seine Beweggründe tiefer lagen. Es ging um ihn selbst und seinen leiblichen Sohn. Jack wusste selbst nicht genau, was er sich von der ganzen Sache versprochen hatte, selbst wenn alles gut gelaufen wäre. Auf jeden Fall hatte er gehofft, Brian kennen zu lernen, vielleicht eine Beziehung zu ihm aufzubauen. Es machte ihm Sorgen, dass Brian ohne Vater aufwachsen würde. Es schmerzte ihn, dass Brian womöglich auch noch seine Mutter verlor. Und der Gedanke, dass Brian vielleicht weiter bei seinen Großeltern aufwuchs, in einem vornehmen, stinkreichen Umfeld, wo Kinder auf ihrer Geburtstagsparty in Tränen ausbrachen, weil Mami versprochen hatte, dass der Cirque du Soleil kommen würde, und dann nichts Besseres zu bieten hatte als einen Auftritt der durchreisenden Truppe des Broadway-Musicals *Der König der Löwen.*

Aber allein die Tatsache, dass er nie auf die Idee gekommen war, Brian zu verdächtigen, beunruhigte Jack zutiefst. Er hatte die Grenze zwischen persönlichem Engagement und professionellem Urteilsvermögen überschritten. Er hatte sich von seinen Gefühlen blenden lassen, und das bewies ihm, dass er den Fall von vorneherein nie hätte übernehmen dürfen.

Und jetzt wusste er auch ganz genau, warum Lindsey ihn angeheuert hatte.

Er riss eine Bierdose auf, während er mit der anderen

Hand die Fernbedienung nahm und den Fernseher einschaltete, um sich anzusehen, was in den Lokalnachrichten über den denkwürdigen Tag im Gericht berichtet wurde.

»Eine schockierende Wendung«, sagte ein Nachrichtensprecher.

»Ein schwerer Schlag für die Staatsanwaltschaft«, sagte der nächste.

Jack zappte von Sender zu Sender, bis er plötzlich innehielt. Er hatte schon zweimal weitergeschaltet, bis das Bild etwas in ihm auslöste. Hastig schaltete er zurück, bis er den Sender fand, auf dem er meinte gesehen zu haben, wie Hector Torres etwas sagte.

Er war es tatsächlich. Zwar handelte es sich um eine Aufzeichnung, aber die Bilder waren erst wenige Minuten alt. Der Staatsanwalt verließ gerade das Gerichtsgebäude und schob sich durch die Menge der wartenden Reporter, deren Fragen er geschickt auswich. Lässig und ohne ein einziges Mal stehen zu bleiben, parierte er Fragen wie »Was wird die Staatsanwaltschaft jetzt unternehmen?« mit bewährten Plattitüden wie »Wir werden unsere Strategie weiterverfolgen, bis die Gerechtigkeit gesiegt hat«. Doch eine Frage ließ ihn wie angewurzelt stehen bleiben.

»Mr Torres, was sagen Sie zu den Vorwürfen der Verteidigung, Sie hätten die ganze Zeit gewusst, dass Lindsey Hart unschuldig ist?«

Er warf dem Journalisten einen eisigen Blick zu, hatte sich jedoch sofort wieder im Griff für die Kamera. Niemals verlor Torres in der Öffentlichkeit die Fassung, eine Fähigkeit, die ein Grundpfeiler seiner Karriere war. »Erstens ist Lindsey Hart nicht unschuldig. Das werden wir morgen mit der Vernehmung eines Gegenzeugen beweisen. Zweitens habe ich in meinem ganzen Leben noch nie Informationen zurückgehalten, die die Unschuld eines Angeklagten hätten beweisen können. Wenn ich also über derartige Beweise verfügte, hätte Jack Swyteck davon gewusst.«

Der Journalist ließ sich nicht beirren und drängte sich noch etwas näher an Torres heran. »Aus welchem Grund erhebt die Verteidigung dann Ihrer Meinung nach solche Beschuldigungen?«

Was für Beschuldigungen?, dachte Jack. Er hatte mit niemandem gesprochen.

Torres schien sich seine Antwort sorgfältig zurechtzulegen. »Ich maße mir nicht an, mich für Jack Swytecks Integrität zu verbürgen, aber ich bin seit dreißig Jahren mit seinem Vater befreundet. Ich gehe davon aus, dass etwas von der Klasse des alten Herrn auf den Sohn abgefärbt hat, und wenn dem so ist, dann würde Jack niemals solche unausgegorenen Anschuldigungen vorbringen. Solange ich sie also nicht aus dem Munde des Betreffenden höre, betrachte ich diese angeblichen Vorwürfe als Gerüchte, die keinen Kommentar wert sind.«

Damit endete die Aufzeichnung und die Nachrichtensprecherin erschien wieder auf dem Bildschirm. Jack schaltete zu einem anderen Sender um, dann zu einem weiteren, aber in allen Nachrichten wurde inzwischen über andere Tagesereignisse berichtet. Er hätte Torres anrufen und ihm sagen können, dass diese Beschuldigungen seitens »der Verteidigung« nicht von ihm kamen, aber er zog es vor, es bei dem zu belassen, als was Torres es bezeichnet hatte: Gerüchte.

Nachdem er gerade auf ESPN umgeschaltet hatte, klingelte das Telefon. Es war Sofia. Sie hatte ebenfalls die Nachrichten gesehen und von den angeblichen Beschuldigungen seitens der Verteidigung gehört.

»Haben Sie eine Pressekonferenz abgehalten und vergessen, mich darüber zu informieren?«, fragte sie.

»Nein. Sie?«

»Sie müssten mich mittlerweile gut genug kennen, um zu wissen, dass ich das nicht tun würde.«

Das tat er. Seit er als Anwalt tätig war, hatte Jack es sich zur Gewohnheit gemacht, jeden Aspekt einer Verhandlung zu choreografieren, angefangen damit, wie häufig der Angeklagte die Geschworenen anschaute, bis hin zu jedem Wort, das ein Mitglied der Verteidigung gegenüber der Presse äußerte. Sofia würde ihm nie derart in den Rücken fallen.

»Ich nehme an, dass der Journalist Torres mit diesen Gerüchten nur ködern wollte«, sagte Jack.

»Wahrscheinlich«, meinte Sofia. »Aber ich bin allmählich der Meinung, dass irgendjemand Torres mal in seine Schranken weisen müsste.«

»Da kann ich Ihnen nur zustimmen.«

»Glauben Sie, Torres hat die ganze Zeit gewusst, dass der Junge es getan hat?«, fragte Sofia.

»Nein. Ich schätze, er wusste, dass Johnson den Jungen beschuldigen würde, wenn man ihn unter Druck setzte. Deswegen hat er ihn auch vor uns versteckt. Aber er glaubt immer noch nicht, dass Brian es war. Davon bin ich fest überzeugt.«

»Wollen wir uns heute Abend noch zusammensetzen und überlegen, was wir machen, wenn Torres einen Gegenzeugen aufruft?«

»Nur, wenn Sie Lindsey überreden könnten, an dem Gespräch teilzunehmen.«

»Tut mir leid. Sie will heute Abend allein sein.«

»Ich kann's ihr nicht verübeln. Alles, woran sie seit zwei Monaten gearbeitet hat, jede Lüge, die sie konstruiert hat, ist heute über ihr zusammengebrochen. Oder vielleicht sollte ich lieber sagen, über Brian.«

Einen Augenblick lang herrschte Stille in der Leitung,

als wüsste Sofia nicht, was sie dazu sagen sollte. Schließlich fragte sie: »Alles in Ordnung, Jack?«

Jack starrte auf den Fernsehbildschirm. Basketball auf ESPN. Wenn er sich überlegte, dass er noch vor wenigen Tagen insgeheim davon geträumt hatte, hin und wieder mit Brian in die Sporthalle zu gehen und ein paar Körbe mit ihm zu werfen ... Es hätte Spaß machen können, mit jemandem zu spielen, der nicht wie ein Wilder auf einen losging, sobald man sich dem Korb näherte, so wie er es von Theo gewohnt war. *Es hatte nicht sollen sein.*

»Sicher«, sagte er. »Alles klar.«

»Rufen Sie mich an, falls Sie etwas brauchen. Oder wenn Ihnen einfach nach Reden ist.«

»Danke. Wir sehen uns morgen früh.«

Sie verabschiedete sich und Jack legte auf. Er holte tief Luft, aber bevor er dazu kam, wieder auszuatmen, klingelte das Telefon erneut. Er nahm ab und sagte: »Ja, Sofia?«

»Sind Sie wirklich sicher, dass alles in Ordnung ist?«

»Höre ich mich so an, als wäre das nicht der Fall?«

»Sie klingen ein bisschen wie jemand, der sich sehr große Mühe gibt, so zu tun, als wäre alles gut, oder wie jemand, dem es im Moment noch ganz gut geht, aber nur so lange, bis er sich hinsetzt und sich noch einmal durch den Kopf gehen lässt, was wirklich passiert ist.«

Jack betrachtete ungläubig das Telefon. Als er das letzte Mal so ein Gespräch geführt hatte, war er noch verheiratet. »Es geht mir gut.«

»Gut genug, um etwas zu unternehmen?«

»Um was zu unternehmen?«

»Waren Sie schon mal im Casa Tua am Strand? Da gibt es in der Bar im ersten Stock großartige Tapas. Ich werde kein Wort über den Fall sagen, wenn Ihnen das lieber ist. Es tut mir alles so Leid für Sie. Was Sie heute durchgemacht haben, war einfach schrecklich. Wenn Sie ganz allein zu Hause rumsitzen, wird es Sie nur noch mehr deprimieren.«

»Danke, vielleicht ein andermal.«

»Okay. Rufen Sie mich an, falls Sie es sich anders überlegen.«

»Mach ich. Gute Nacht.«

Er legte auf und schloss die Augen, als das weiche Ledersofa ihn beinahe verschlang. Kaum hatte er angefangen sich zu entspannen, klingelte das Telefon. Er meldete sich leicht gereizt.

»Sofia, ich schwöre Ihnen beim Grab meiner Mutter, dass es mir gut geht.«

Stille. Dann: »Spreche ich mit Jack Swyteck?«

Jack richtete sich auf. »Ja, Verzeihung. Ich dachte, Sie wären jemand anders. Mit wem spreche ich?«

»Mein Name ist Maritza Rodriguez. Ehemalige Maritza Torres.«

»Dann sind Sie Hectors –«

»Ich bin Hectors Exfrau.«

Jack hatte sagen wollen, Hectors Tochter, um ihr zu schmeicheln, obwohl die Stimme ziemlich alt klang. »Was kann ich für Sie tun?«

»Ich würde mich gern mit Ihnen treffen«, erwiderte sie.

»Worum geht es denn?«

»Ich verfolge diesen Prozess seit dem ersten Tag. Ich muss gestehen, dass ich mich von Anfang an gefragt habe, ob Hector die richtige Person anklagt. Und als ich dann gesehen habe, wie er Ihre Mandantin behandelt, gab es für mich keinen Zweifel mehr. Die arme Frau. Aber das ist typisch Hector. Er behandelt das Opfer immer wie einen Verbrecher, vor allem, wenn es um eine misshandelte Frau geht.«

»Gibt es etwas, das Sie mir den Fall betreffend sagen wollen?«

»So könnte man es ausdrücken. Ich habe eben die Abendnachrichten gesehen. Als ich hörte, wie mein Exmann seine alte Freundschaft mit Ihrem Vater erwähnte, habe ich es nicht mehr ausgehalten. Ich muss mich zu Wort melden.«

»Worüber denn genau?«

»Über …« Sie zögerte, als fragte sie sich, wie Jack reagieren würde. »Es geht um Ihre Mutter.«

Jack erstarrte. Er hatte den Kopf voll, und morgen würde er sich mit dem zufrieden geben müssen, was Torres ihm bei seiner Zeugenvernehmung hinzuwerfen geruhte. Aber er besaß genug Erfahrung, um zu wissen, dass jemand, der an einem Abend bereit war zu reden, womöglich am nächsten Morgen kein Wort mehr über die Lippen brachte.

»Ich würde mich sehr gern mit Ihnen unterhalten, Mrs Rodriguez. Sagen Sie mir, wo ich Sie treffen kann.«

49

Jack traf sich mit Maritza Rodriguez in ihrem Haus in Pinecrest.

Südflorida hatte den »McMansion«-Stil nicht erfunden – millionenteure Villen in einheitlichem Kitschdesign, so dass sie aussahen wie Reihenhäuser für die Steinreichen –, aber das Konzept passte gut hierher. Ganze Viertel waren mit Bulldozern platt gemacht worden, und wo sich früher kleine Häuschen aus den fünfziger Jahren aneinander gereiht hatten, waren Tausend-Quadradmeter-Villen im mediterranen Stil entstanden, mit sechs Meter hohen Decken, verglasten Wänden und vierstelligen Stromrechnungen.

Jack saß auf dem Ledersofa im Wohnzimmer. Der riesige Raum war als das Herz des Hauses konzipiert, aber wie in den meisten dieser neuen Villen, in denen Jack bisher gewesen war, herrschte eine sterile Atmosphäre – Marmorboden, cremefarbene Wände und Stuck an der Decke, die so weit oben war, dass man ein Teleskop brauchte, um die Einzelheiten zu erkennen. Hinter Mrs Rodriguez stand ein glänzender schwarzer Flügel, ebenfalls ein typisches McMansion-Accessoir, als könnte ein Musikinstrument, auf dem niemand im Haus zu spielen im Stande war, den Mangel an Wärme ausgleichen.

»Mein Exmann hatte ein Faible für Ihre Mutter«, sagte Mrs Rodriguez und schaute Jack über den Rand ihrer Kaffeetasse hinweg an.

Jack bemühte sich, nicht zu zeigen, wie schockiert er war. »Das muss lange her sein«, sagte er. »Meine Mutter ist bei meiner Geburt gestorben.«

»Es war vor sehr vielen Jahren, bevor Hector und ich uns kennen lernten, noch bevor er in dieses Land kam.«

»Seltsam, dass Sie das erwähnen«, sagte Jack. »Erst kürzlich hat mir ein Freund gesagt, Hector würde dem Jungen, in den meine Mutter damals in Bejucal verliebt war, verdammt ähnlich sehen. Der Mann meint, er könnte schwören, dass es Hector Torres war.«

»Wahrscheinlich hat er Recht.«

»Das Problem ist nur, dass der junge Mann nicht Hector Torres, sondern Jorge Bustón hieß. Es sei denn, Hector hat seinen Namen geändert.«

»Nicht dass ich wüsste«, entgegnete Mrs Rodriguez. »Aber es kam natürlich häufig vor, dass sich die Leute einen anderen Namen zulegten, vor allem diejenigen, die nach ihrer Ankunft hier lautstark gegen Castros Regime agitierten. Wer Verwandte in Kuba zurückgelassen hatte, konnte seine Lieben auf diese Weise vor Repressalien schützen. Aber Hector hat mir gegenüber nie erwähnt, dass er seinen Namen geändert hat.«

»Soweit Sie wissen, hat Ihr Exmann also immer Hector Torres geheißen?«

»Ja. Aber wo Sie das Thema schon mal ansprechen ... Wenn jemand einen anderen Namen annimmt, ist es durchaus nachvollziehbar, dass er nicht darüber spricht. Ich nehme an, das hängt davon ab, aus welchem Grund die Namensänderung vorgenommen wurde.«

»Vermutlich«, sagte Jack nachdenklich. Er hätte noch weiterbohren können, wollte jedoch nicht zu weit vom eigentlichen Thema abweichen. »Wenn Sie sagen, Ihr Exmann hatte ein Faible für meine Mutter – was genau meinen Sie damit?«

Sie seufzte, als wüsste sie nicht recht, wie sie sich ausdrücken sollte. »Lassen Sie mich ganz vorne anfangen. Hector und ich haben uns 1967 hier in Miami kennen gelernt. Geheiratet haben wir 1968.«

»Da war meine Mutter schon tot.«

»Richtig. Sie waren noch ein Baby, als Hector sich mit Ihrem Vater angefreudet hat.«

»Warum hätte er sich mit meinem Vater anfreunden sollen, wenn er ein Faible für meine Mutter hatte?«

»Das wollte ich auch wissen.«

»Haben Sie ihn gefragt?«

»Ja. Er hat es mir verraten, aber eigentlich war es offensichtlich. Er liebte sie noch immer.«

Jack schüttelte verwirrt den Kopf. »Moment mal. Er hat sich mit meinem Vater angefreundet, weil er meine Mutter immer noch liebte?«

»Ich kann Ihnen mit Sicherheit sagen, dass Hector,

nachdem er in die USA gekommen war, selbst nachdem er mich bereits kennen gelernt hatte, wild entschlossen war, Ihre Mutter zu finden. Als er erfuhr, dass sie tot war, war er am Boden zerstört. Ehrlich gesagt, glaube ich, dass er sich nur aus einem einzigen Grund mit Ihrem Vater angefreundet hat. Es war die einzige Möglichkeit herauszufinden, was mit der Frau geschehen war, die er wirklich geliebt hatte.«

»Aber mein Vater und er sind Freunde, seit ich denken kann.«

»Ich sage nur, dass Ihre Mutter der Grund war, warum die beiden sich angefreundet haben. Ich habe nicht gesagt, dass sie der Grund war, warum sie über all die Jahre Freunde geblieben sind. Ich bin mir ziemlich sicher, dass Ihr Vater bis heute nichts von dieser Beziehung weiß.«

»Und was hat Sie dazu gebracht, mich ausgerechnet jetzt anzurufen?«

»Wie gesagt, es hat mich geärgert, wie dieser Heuchler von meinem Exmann sich im Fernsehen auf die Freundschaft mit Ihrem Vater berief. Vor allem, nachdem er Ihre Mandantin im Zeugenstand fertig gemacht hatte. Nach dem, wie er mich in unserer Ehe behandelt hatte und wie er auch mit Ihrer Mutter umgesprungen sein muss.«

»Wie meinen Sie das, wie er mit meiner Mutter umgesprungen ist?«

»Hector war –« Sie unterbrach sich und setzte noch einmal an. »Ich war nur vier Jahre mit Hector verheiratet, aber ich kenne ihn sehr gut. Glauben Sie mir, er hat sein Leben lang nie eine gesunde Beziehung mit einer Frau gehabt. Dazu ist er nicht fähig.«

»Wissen Sie irgendetwas Genaues über meine Mutter?«

»Nur, was ich gesehen habe.«

Jack blinzelte, das Ganze wurde für ihn immer verworrener. »Moment mal. Sie und Hector haben geheiratet, nachdem meine Mutter tot war. Was können Sie also gesehen haben?«

»Ich habe einen Mann gesehen, der sich nach einer Frau verzehrte, ohne die er nicht leben konnte.«

»Viele Menschen halten die Erinnerung an einen Verstorbenen in Ehren.«

»Ich würde es Besessenheit nennen.«

»Er würde es wahrscheinlich als Sentimentalität bezeichnen.«

»Das hatte nichts mit Sentimentalität zu tun. Der Mann hat mir eine Heidenangst eingejagt. Deswegen habe ich mich von ihm scheiden lassen. Einmal bin ich ihm gefolgt«, sagte sie mit gepresster Stimme.

»Wie bitte?«

»Er verließ das Haus jeden Samstag, ohne mir zu sagen, wohin er ging. Also bin ich ihm eines Tages gefolgt.«

»Und wo ist er hingegangen?«

»Zum Friedhof. Zum Flagler Memorial Park.«

»Da ist meine Mutter begraben. Hat er ihr Grab besucht?«

»Ja. Jeden Samstag.«

»Auch noch, als er schon mit Ihnen verheiratet war?«

»Genau.«

»Und deswegen haben Sie sich von ihm scheiden lassen?«

»Es waren nicht nur die Besuche auf dem Friedhof, die mir Angst gemacht haben.«

»Sondern?«

»Es war – es war einfach seltsam.«

»Ich würde es gern erfahren.«

»Wie gesagt, ich bin ihm zum Friedhof gefolgt. Ich habe mich hinter einem Mausoleum versteckt, damit er mich nicht sehen konnte. Er hat sich umgeblickt, um sich zu vergewissern, dass ihn niemand beobachtete, und dann …«

Jack bekam Herzklopfen. »Und dann was?«

»Dann hat er sich auf das Grab gelegt«, sagte sie mit zitternder Stimme.

Jack lief es eiskalt über den Rücken.

»Und dann ...« Sie brachte es nicht fertig, weiterzuerzählen, und Jack wollte es auch nicht hören. Verlegen starrte sie in ihre Kaffeetasse. Jack betrachtete ihr Gesicht, doch plötzlich verschwamm es vor seinen Augen.

»Also haben Sie sich von ihm scheiden lassen«, sagte er ungehalten. »Und er und mein Vater sind über all die Jahre Freunde geblieben. Er hat meinem Vater die Hand geschüttelt, ihn angelächelt, ist auf seine Geburtstagspartys gegangen und hat ihn als politisches Kapital benutzt.«

»Das wusste ich nicht, bis ich ihn heute Abend in den Nachrichten gesehen habe. Aber als ich hörte, dass – na ja, da musste ich Sie einfach anrufen. Es muss schrecklich für Sie sein, das über Ihre eigene Mutter zu hören.«

»Sie brauchen sich nicht zu entschuldigen. Sie haben das Richtige getan.«

Eine Weile saßen sie schweigend da, als wüssten sie beide nicht, wie sie das Gespräch fortführen sollten. Als Maritza ihren Kaffee umrührte, zitterte der Löffel in ihrer Hand. Dass sie ihr hässliches Geheimnis preisgegeben hatte, schien ihr ausgesprochen peinlich zu sein.

Jack warf einen Blick auf seine Uhr und erhob sich. »Morgen geht der Prozess weiter. Ich mache mich besser auf den Heimweg.«

Erleichtert stand sie auf, führte ihn ins Foyer und öffnete die Tür.

»Nochmals vielen Dank«, sagte Jack.

Als sie ihm zum Abschied die Hand reichte, wirkte sie plötzlich besorgt. »Bitte sagen Sie Hector nicht, dass ich Ihnen das alles erzählt habe. Mir geht es inzwischen gut.

Ich habe wieder geheiratet und führe ein glückliches Leben.«

Jack schaute ihr in die Augen, und was er sah, war mehr als Sorge. Es war pure Angst – eine alte Angst, die nach all den Jahren plötzlich wieder ihre Fratze zeigte. Einen Moment lang war es, als würde er in die Augen seiner eigenen Mutter blicken, und er fragte sich, ob es dieselbe Angst gewesen war, die sie dazu gebracht hatte, Bejucal zu verlassen und in die USA zu flüchten. Und dann wurde ihm plötzlich alles klar: *Abuela* hatte ihrer Tochter vielleicht ein Ticket nach Miami gekauft, aber Ana Maria war nicht in das Pedro-Pan-Flugzeug gestiegen, weil ihre Mutter das von ihr verlangt hatte. Sie hatte Kuba nicht aus Scham verlassen. Sie war tatsächlich in die Freiheit geflohen, in die Art Freiheit, die nur Torres' Exfrau verstehen konnte.

»Ich werde kein Wort davon erwähnen«, versprach er ihr. Dann ging er die Stufen hinunter in die Stille der Nacht. Als die Tür hinter ihm ins Schloss fiel, drehte er sich noch einmal um, nahm einen letzten Eindruck in sich auf, von der zu schweren Tür zu dem zu großen Haus – und von der nervösen Frau darin, deren Angst nur zu verständlich war.

50

Wer auch immer einem einreden will, es gäbe stets nur eine Chance, hat noch nie etwas von der Vernehmung eines Gegenzeugen gehört.

Jack nahm seinen Platz im Gerichtssaal in dem Bewusstsein ein, dass ein Strafprozesstag kaum jemals damit endete, dass die Verteidigung sagte: »Die Verteidigung hat ihre Beweisführung abgeschlossen.« Die Staatsanwaltschaft hatte das Recht, zum Schluss Gegenzeugen aufzurufen, um den Vortrag der Verteidigung zu widerlegen, und Lieutenant Johnson hatte Torres keine andere Wahl gelassen. Jack war sich sicher, dass der Staatsanwalt mindestens einen Zeugen präsentieren würde, und er brauchte Lindsey nicht zu sagen, wer dieser Zeuge sein würde.

»Euer Ehren«, sagte Torres mit lauter Stimme, »die Vereinigten Staaten von Amerika rufen Brian Pintado in den Zeugenstand.«

Die großen Flügeltüren am hinteren Ende des Gerichtssaals öffneten sich und der Richter, die Geschworenen und mehrere hundert Zuschauer starrten den zehnjährigen Jungen mit großen Augen an.

»Der Zeuge möge vortreten«, sagte der Richter.

Begleitet vom Gerichtsdiener ging Brian langsam durch den Mittelgang nach vorne. Ängstlich blickte er nach rechts und links, wie auf der Suche nach einem freundlichen Gesicht. Er schien nervös zu sein, was bei einem Kind nur natürlich war. Aber aus der Entfernung wirkte er – wenn Jack die Augen zusammenkniff und den Größenunterschied zu dem Gerichtsdiener außer Acht ließ – erstaunlich reif. Brian war kein kleiner Junge, sondern ein junger Mann, elegant in seinem dunkelblauen Anzug und der weinroten Krawatte. Dennoch war Jacks Wahrnehmung getrübt von vagen und verwirrenden Erinnerungen an das Kind auf den Fotos, die Lindsey ihm gezeigt hatte, den ersten Bildern von seinem leiblichen Sohn, die er je gesehen hatte. Er dachte an den Abend vor dem Haus der Pintados, als er Brian zum ersten Mal leibhaftig begegnet war. Was er gesehen hatte, war ein Junge, der sorglos auf seinem Fahrrad im Wendekreis am Ende der Straße herumgekurvt war, und dieses Bild hätte Jack am liebsten für immer in seinem Herzen bewahrt. Aber jetzt befanden sie sich in einem Gerichtssaal und nicht auf einem Spielplatz, und Jack kam sich vor wie ein Vater, dem, als er seinen halbwüchsigen Sohn genauer ansieht, plötzlich bewusst wird, dass er vor lauter Arbeit alles verpasst hat – die ersten Schritte, die ersten Worte, Fußballspiele, die Schulabschlussfeier … Brian wuchs ohne ihn auf, so wie es vorgesehen war bei einem zur Adoption freigegebenen Kind. Aber Jack konnte sich des Gefühls nicht erwehren, dass irgendjemand dabei zu kurz kam – wenn nicht er, dann Lindsey, wenn nicht Lindsey, dann Brian. Kinder wurden viel zu schnell erwachsen, auch ohne dass sie miterleben mussten, wie einer ihrer Eltern getötet wurde, und dass Brian jetzt als Zeuge vor Gericht aussagen musste, würde ihm sicherlich auch noch den letzten Rest kindlicher Unschuld rauben.

Nach dem erwartungsvollen Lächeln zu urteilen, das Hector Torres' Lippen umspielte, schien das den Staatsanwalt einen Dreck zu interessieren.

»Bitte heben Sie die rechte Hand«, sagte der Gerichtsdiener.

Brian tat wie ihm geheißen, obwohl ihn die Prozedur ein wenig zu verwirren schien. Der Gerichtsdiener las den Eid laut vor, den eine junge Frau für Brian in Zeichensprache übersetzte. Interessiert beobachtete Jack die Gesten der jungen Frau, den ganzen Quatsch über »die Wahrheit, die ganze Wahrheit und nichts als die Wahrheit«. Welche Bedeutung konnte das für einen zehnjährigen Jungen haben, sei es in Zeichensprache oder als gesprochenes Wort? Wahrscheinlich wäre es sinnvoller gewesen, ihn zu bitten, ein großes Indianerehrenwort zu geben.

»Ich schwöre«, sagte Brian.

Es war das erste Mal, dass Jack seine Stimme hörte.

Seine Aussprache war verständlich, aber irgendwie unnatürlich.

»Bitte, setz dich«, sagte der Richter.

Im Gerichtssaal herrschte absolute Stille, als der Staatsanwalt vortrat. Brian schaute weder Torres noch die Geschworenen noch den Richter direkt an. Anfangs fand Jack es seltsam, dass der Junge nicht einmal versuchte, mit seiner Mutter Blickkontakt aufzunehmen, doch dann wurde ihm klar, dass Brian sich auf die junge Frau konzentrierte, die ihm alles Gesagte in Zeichensprache übersetzte. Ein Gerichtsprozess war schon einschüchternd genug für ein Kind, das normal hören konnte. Auf einen Jungen, der taub war, musste das Szenario noch wesentlich bedrohlicher wirken. Insofern war es verständlich, dass Brian seine Mutter nicht anschaute.

Wirklich merkwürdig war jedoch, dass Lindsey ihren Sohn nicht ansah.

»Junger Mann«, sagte der Richter, »ich weiß, dass das alles hier neu für dich ist. Wenn es zu ermüdend oder verwirrend für dich wird, oder wenn du eine Verschnaufpause brauchst, lass es mich wissen. Verstanden?«

Brian wartete die Übersetzung ab, dann sagte er: »Ja, Sir.«

Der Richter schaute den Staatsanwalt an. »Mr Torres, stellen Sie Ihre Fragen.«

»Danke, Euer Ehren.« Torres knöpfte sein Jackett auf und vergrub eine Hand in der Hosentasche. Er gab sich große Mühe, keinen gefährlichen Eindruck zu machen, ganz im Gegensatz zu der Art und Weise, wie er sich normalerweise einem Zeugen näherte. »Guten Morgen, Brian.«

»Guten Morgen.« Diesmal hatte er keine Übersetzung gebraucht. Er hatte von Torres' Lippen gelesen.

»Zunächst möchte ich dir sagen, wie Leid es mir tut,

dass du deinen Vater verloren hast. Ich weiß, dass das alles sehr schmerzlich für dich ist, und ich werde versuchen, mich möglichst kurz zu fassen.«

Die junge Frau übersetzte und Brian bedankte sich. Torres trat noch einen Schritt näher an Brian heran, inzwischen mit beiden Händen in den Hosentaschen. Er sprach sehr leise, mit leichtem Bedauern in der Stimme, sein Ton war eher väterlich als staatsanwaltlich. »Brian, ist die Frau, die da drüben sitzt, deine Mutter?«

Wieder herrschte Stille. Langsam richtete Brian seinen Blick auf den Platz der Verteidigung, dann schließlich schaute er Lindsey an. Jack konnte keinen Zorn in seinen Augen entdecken, keine Ablehnung, sondern eher ein Flehen, als bäte er seine Mutter um Vergebung.

Lindsey schaute ihn immer noch nicht an.

Brian sagte: »Ja, das ist meine Mutter.«

»Gut«, fuhr Torres fort. »Du weißt, dass du hier im Gerichtssaal die Wahrheit sagen musst. Es spielt keine Rolle, wer zuhört.«

Torres' Anspielung darauf, dass seine Mandantin ihren Sohn zum Lügen anstiften könnte, gefiel Jack nicht, aber er erhob keinen Einspruch. Es hatte keinen Zweck, auf einem Jungen herumzuhacken, der lediglich zur Kenntnis nahm, dass er nicht lügen durfte.

Brian sagte: »Ja, ich werde die Wahrheit sagen.«

Torres nahm sich Zeit, als wäre bedrohliches Schweigen die angemessene Einleitung zu seiner nächsten Frage. Schließlich sagte er mit feierlichem Ernst: »Brian, hast du deinen Vater erschossen?«

Brian schaute seine Mutter an, und zum ersten Mal, seit der Junge den Gerichtssaal betreten hatte, nahm Jacks Mandantin direkten Blickkontakt mit ihrem Sohn auf. Es passierte fast unmerklich, und Jack war sich nicht einmal ganz sicher, ob er es tatsächlich gesehen oder sich nur eingebildet hatte. Aber er hätte schwören können, dass Lindsey den Kopf geschüttelt hatte.

Der Junge schaute den Staatsanwalt an, dann sagte er zu den Geschworenen: »Nein, ich habe meinen Vater nicht getötet.«

»Danke. Keine weiteren Fragen.«

Torres drehte sich um und kehrte an seinen Platz zurück. Brian schien aufstehen und gehen zu wollen, aber Jack war bereits aufgesprungen, was bedeutete, dass die Qualen des Jungen noch nicht vorüber waren.

»Kreuzverhör, Mr Swyteck?«, fragte der Richter.

»Ja, Euer Ehren.«

Mit schleppenden Schritten, als wären seine Beine aus Blei, trat Jack auf den Zeugen zu. Brian schaute ihn mit vor Schreck geweiteten Augen an, und es drehte Jack den Magen um, dass sie sich auf diese Weise kennen lernen mussten, dass er sich seinem leiblichen Sohn auf diese Weise vorstellen musste, als der große, böse Verteidiger, der einen zehnjährigen Jungen im Zeugenstand in die Mangel nahm. Jack fragte sich, wer Brians Kleidung ausgesucht hatte, wer ihm die Haare gekämmt hatte, wer ihm gesagt hatte, er solle sich keine Sorgen machen, es würde alles schnell vorbei sein. Am liebsten hätte er die Spannung aufgehoben und sich Brian als Freund präsentiert, auf den er vertrauen konnte. Am liebsten würde er all die schrecklichen Dinge, die sich in dem kleinen Haus in Guantánamo ereignet hatten, kraft seines Willens ungeschehen machen. Am liebsten hätte er seine Krawatte gelockert, dem Jungen die Hand entgegengestreckt und ihn gefragt, ob er mit ihm Armdrücken oder Schere-Stein-Papier spielen wollte.

Er hätte lieber alles andere getan als das, was er tun musste.

Jack trat noch einen Schritt weiter vor, entschlossen, seine Angst zu überwinden und sich der Wirklichkeit zu stellen. Dieser Junge war ein Zeuge. Und zwar nicht irgendein Zeuge, sondern der Hauptzeuge der Anklage. Er war nur aus einem einzigen Grund im Gerichtssaal: um dem Staatsanwalt zu helfen, seine Mutter ins Gefängnis zu bringen. Es war Jacks Aufgabe, Brians Mutter vor dem Gefängnis zu bewahren, Lindsey daran zu hindern, sich für ihren Sohn zu opfern.

»Guten Morgen, Brian«, sagte Jack.

Brian schwieg. Offenbar wollte er mit Jacks Nettigkeiten nichts zu tun haben, und der Argwohn, der ihm ins Gesicht geschrieben stand, trug noch zu der Spannung bei, die im Gerichtssaal herrschte. Garantiert gab es niemanden im Raum, der Jack um seine Rolle beneidete, um die des Anwalts, der gezwungen war, den kleinen Sohn seiner Mandantin als Mörder hinzustellen. Doch niemand außer Lindsey und Sofia wusste wirklich, wie tief Jacks Konflikt ging. Niemand außer ihnen wusste, dass Jack seinem eigenen Sohn gegenüberstand.

»Brian, wie lange bist du schon taub?«

»Schon sehr lange.«

Jack nickte. Es war eine wahrheitsgemäße, aber ausweichende Antwort. In der Krankenakte, die Brians Großvater Jack zur Verfügung gestellt hatte, waren die Einzelheiten, die zur Taubheit des Jungen geführt hatten, detailliert beschrieben und die ließen seine Behinderung in einem ganz neuen Licht erscheinen. Da Jack die Klage gegen Lindsey mit anderen Augen betrachtete, seit er die Ursache für Brians Taubheit kannte, beschloss er, sein Kreuzverhör an diesem Punkt zu beginnen.

»Wie ist es zu deiner Taubheit gekommen?«, fragte Jack.

Der Junge zog die Schultern ein, als schämte er sich, die Frage zu beantworten.

Jack sagte: »Du brauchst nur die Wahrheit zu sagen.

Das ist das Einzige, was wir hören möchten. Sag uns einfach die Wahrheit.«

»Es war ein Unfall«, antwortete Brian.

»Ein Unfall«, wiederholte Jack. »Wie genau ist es passiert?«

»Ich hab es selbst getan.«

»Du hast dich selbst taub gemacht?«

Der Junge nickte.

»Und wie hast du das gemacht?«

Brian wandte sich ab. »Mit Kopfhörern.«

»Du hast sehr laut Musik gehört, nicht wahr, Brian?«

»Ja.«

»Mehrere Monate lang hast du dir wieder und wieder Kopfhörer aufgesetzt und die Lautstärke immer höher gedreht. Ist das richtig?«

Er nickte erneut.

»Jedes Mal, wenn du das gemacht hast, hast du dein Gehör geschädigt. Und mit fünf Jahren warst du schließlich vollkommen taub.«

Brian antwortete nicht, aber mit einem Blick zu den Geschworenen insistierte Jack: »Ist das richtig, Brian?«

»Ja.«

Jack trat näher auf ihn zu. Er war sich ziemlich sicher, dass er die Antwort kannte, aber er musste die Frage dennoch stellen. Es war an der Zeit, seine Theorie zu überprüfen, und es tat ihm in der Seele weh, dass es auf Brians Kosten sein musste. »Warum hast du dir das angetan, Brian?«

Der Junge schüttelte den Kopf.

»Brian, haben deine Eltern sich häufig gestritten?«

Brian wartete die Übersetzung ab, dann antwortete er: »Ja, die ganze Zeit.«

»Hat dein Vater deine Mutter jemals geschlagen?«

Wieder zögerte der Junge. Hilflos sah er sich im Gerichtssaal um, als könnte ihm jemand beistehen. Endlich sagte er: »Ja.«

»Hat sie geweint?«

Er nickte.

»Hat sie geschrien?«

»Ja.«

»Wie hast du dich gefühlt, als du gehört hast, wie deine Mutter geweint und geschrien hat?«

»Nicht gut.«

»Schlecht?«

»Schrecklich.«

»So schrecklich, dass du es nicht mehr hören wolltest?«, fragte Jack.

»Ja.«

»So schrecklich, dass du dich taub gemacht hast?«

Der Staatsanwalt sprang auf. »Herr Richter, es hat mir zutiefst widerstrebt, den Sohn der Angeklagten in den Zeugenstand zu rufen, aber zumindest habe ich mich kurz gefasst. Was der Verteidiger hier tut, geht weit über direkte Befragung hinaus.«

»Einspruch abgelehnt. Aber gehen Sie behutsam vor, Mr Swyteck.«

Gehen Sie behutsam vor, dachte Jack. *Wenn der Richter wüsste …* »Ja, Euer Ehren.« Jack trat vor den Zeugen und sagte: »Brian, bist du jemals wütend auf deinen Vater gewesen?«

»Manchmal.«

»Haben deine Eltern sich an dem Abend, als dein Vater gestorben ist, gestritten?«

»Ja.«

»Hat deine Mutter geschrien?«

»Ich konnte es nicht hören.«

»Aber du hast es gesehen, nicht wahr?«

»Ja.«

»Konntest du es in deinem Kopf hören?«

Das Gesicht des Jungen nahm einen gequälten Ausdruck an. »Ja.«

»Du hast also, obwohl du taub bist, die Schreie deiner Mutter immer noch gehört? In deinem Kopf?«

Er nickte.

»Hat dein Vater deine Mutter an dem Abend geschlagen?«

»Ich weiß es nicht mehr.«

Jack spürte, dass er log. Andererseits waren an Lindseys Körper keine Hämatome festgestellt worden, als die Polizei ins Haus gekommen war und Oscars Leiche gefunden hatte. »Hat dein Vater deiner Mutter an jenem Abend irgendetwas zuleide getan? Irgendetwas, das dich wütend gemacht hat?«

Brian begann zu zittern. »Er hat sie gezwungen, Dinge zu tun. So wie er es immer gemacht hat.«

»Was für Dinge?«

»Mit Lieutenant Johnson.«

Jack holte tief Luft. Er musste diesen Weg bis zum bitteren Ende gehen, aber er war sich nicht sicher, ob er es durchhalten würde. »Brian«, sagte er mit gepresster Stimme. »Hast du gesehen, was dein Vater und Lieutenant Johnson mit deiner Mutter gemacht haben?«

»Ich weiß, was sie gemacht haben.«

»Woher weißt du das?«

»Weil sie meine Mutter mit ins Schlafzimmer genommen haben. Und sie haben die Tür abgeschlossen.«

»Hast du gesehen, wie sie ins Schlafzimmer gegangen sind?«

»Ja.«

»Wie oft hast du das beobachtet?«

Der Junge zuckte die Achseln.

»Mehr als einmal?«

»Ja.«
»Mehr als fünfmal?«
»Ja.«
»Mehr als zehnmal?«
»Ja.«
»Das ist über lange Zeit sehr oft passiert, stimmt's, Brian?«

Brian nickte.

Jack bemühte sich, einen guten Anwalt abzugeben und sich strikt an das Kreuzverhör zu halten. Aber es war nur menschlich, dass er sich mit einem Jungen identifizierte, der im Grunde seine Mutter verloren hatte. Jack hatte dieselbe Wut darüber empfunden, dass ihm seine Mutter genommen worden war. Oft genug hatte er sich gewünscht, es hätte jemanden gegeben, den er dafür hätte verantwortlich machen können, gegen den er seine Wut hätte richten können. Insofern hatte Brian wenigstens einen Vorteil. Er wusste genau, wer für sein Elend verantwortlich war.

Der Richter sagte: »Mr Swyteck, haben Sie noch weitere Fragen?«

Jack riss sich zusammen, konzentrierte sich wieder auf seine Aufgabe. Brian hatte bereits abgestritten, seinen Vater erschossen zu haben, in dem Punkt gab es also nichts zu gewinnen. Aber Jack war schließlich ein guter Anwalt, und er wusste, wo er ansetzen musste. »Brian«, fragte er sehr ernst. »Hast du dir jemals gewünscht, dein Vater wäre tot?«

Brian starrte erst Jack an, dann die Frau, die ihm die Frage in Zeichensprache übersetzte. Der Junge war erst zehn Jahre alt, aber offenbar war er in der Lage zu erkennen, wenn ihm eine Falle gestellt wurde. Jack sah, wie er sich wand, wie er über die Frage nachgrübelte, die ihn in zwei Teile zu zerreißen schien, einen, der antworten wollte, und einen, der sich dagegen sträubte.

Innerlich hatte Jack das Gefühl zu sterben, aber ihm blieb keine Wahl. »Brian, bitte antworte mir. Hast du dir jemals gewünscht, dein Vater wäre tot?«

Tränen liefen dem Jungen über die Wangen. Er nickte und sagte: »Ja, oft.«

Jack war wie versteinert. Ein anderer Anwalt hätte vielleicht die logische nächste Frage gestellt, aber Jack brachte es einfach nicht fertig. Er hatte Brian genug zugemutet und er würde es dabei belassen. »Danke. Keine weiteren Fragen, Euer Ehren.«

Jack kehrte auf seinen Platz zurück. Lindsey hatte Tränen in den Augen, und sie packte ihn an der Schulter, als er sich neben sie setzte. Er wagte nicht, sie anzusehen, weil er fürchtete, dass sie sich schluchzend an seinen Nadelstreifenanzug klammern würde. Er warf Sofia einen Blick zu, die vollkommen ratlos dreinblickte. In einem anderen Prozess, bei einem anderen Zeugen, hätte sie sich vielleicht zu ihm hinübergebeugt und geflüstert: Gut gemacht! Aber nicht in diesem Fall. Nicht bei diesem Zeugen.

Jack schloss die Augen und öffnete sie wieder. Der Gedanke kam ihm nicht oft, jedenfalls nicht mehr, seit er aufgehört hatte, Todeskandidaten zu verteidigen. Die Worte lagen ihm auf der Zunge, wollten herausgeschrien werden. Bittere Worte, die zu unterdrücken so schwer war, als müsste er eine Hand voll Nägel schlucken.

Gott, wie ich diesen verdammten Job hasse!

51

Kurz vor Mittag zogen sich die Geschworenen zur Beratung zurück.

Jack hatte also etwas Zeit, aber er wusste nicht, wie viel. Im Allgemeinen sagte man, dass eine kurze Beratungszeit ein schlechtes Zeichen für die Verteidigung war. Doch das bedeutete eigentlich nichts, außer dass der Staatsanwalt seine Zuversicht dadurch demonstrierte, dass er im Gericht blieb, und der Verteidiger dadurch, dass er das Gerichtsgebäude verließ und sich um seine Arbeit kümmerte. Also machte Jack sich auf den Weg.

Er tat sein Bestes, um einen möglichst optimistischen Eindruck zu machen.

Jack hatte im Schlussplädoyer des Staatsanwalts keinen einzigen Fehler entdecken können, nicht bei der Vernehmung des letzten Zeugen und auch nicht bei seinen letzten Worten an die Geschworenen. In Gedanken ging er die knappe Rede immer wieder durch, jedes Mal in der Hoffnung, einen Fehler in der Logik des Staatsanwalts zu finden, irgendwelche Widersprüchlichkeiten, irgendeine Spur von begründetem Zweifel, an die ein mutiger Geschworener sich klammern und die anderen überzeugen konnte, Lindsey freizusprechen. Aber Torres' Worte trafen ihn jedes Mal wieder ins Mark.

Es geschah nicht alle Tage, dass ein Staatsanwalt ihn beschuldigte, seinen eigenen Sohn fälschlicherweise als Mörder hinzustellen.

»Geben wir doch einfach dem Kind die Schuld«, intonierte Hector Torres wie ein Mantra für die gespannt zuhörenden Geschworenen. Im Gerichtssaal herrschte

Grabesstille, als wüssten die Zuschauer, dass dies der letzte Versuch des Staatsanwalts war, das Pendel wieder zu seinen Gunsten ausschlagen zu lassen. »Wundert es Sie, meine Damen und Herren, dass die Verteidigung sich auf so eine billige Strategie verlegt? Das sollte es nicht. Diese Leute schrecken vor nichts zurück, um Schande über die Familie Pintado zu bringen.

Mr Swyteck hat sich alle Mühe gegeben, um dieses Kind als Mörder hinzustellen, aber ich möchte Sie daran erinnern, dass allein ich Brian Pintado gefragt habe, ob er seinen Vater erschossen hat. Und dass Brian die Frage unter Eid verneint hat. Ich könnte noch viel mehr dazu sagen, aber ich möchte Ihnen lediglich dreierlei zu bedenken geben.

Erstens« – zur Demonstration hob er die Hand und reckte den Zeigefinger in die Luft – »ist unbestritten, dass Lindsey Harts Fingerabdrücke auf der Mordwaffe gefunden wurden.

Zweitens: Es ist unbestritten, dass Lindsey Hart Sex mit einem Mann hatte, der nicht ihr Ehemann ist.

Drittens – erinnern Sie sich an die Aussage des Sachverständigen Dr. Vandermeer? Das war der Fachmann für Unfruchtbarkeitsprobleme, der Ihnen erklärt hat, dass Oscar Pintado über eine große Anzahl von ›Killerspermien‹ verfügte, was bedeutet, dass er sehr eifersüchtig war. Ich finde das sehr interessant und das sollte auch Ihnen zu denken geben. Wenn Sie sich zur Beratung zurückziehen, dann stellen Sie sich folgende Frage: Wenn Oscar Pintado seine Frau zum Sex mit einem anderen Mann *gezwungen* hat – wenn diese Ménage à trois so ausgesehen hat, wie Lindsey Hart es behauptet – warum war Oscar dann so eifersüchtig? Wenn er es genossen hat, seiner Frau beim Sex mit einem anderen Mann zuzusehen, warum setzte es ihm dann derart zu, dass es sogar wissenschaftlich messbare Auswirkungen auf seinen Körper hatte? *Warum?* Ich werde Ihnen sagen, warum.«

Der Staatsanwalt ließ einen Augenblick verstreichen, während er die Angeklagte mit zusammengekniffenen Augen ansah. »Weil Lindsey Hart eine Lügnerin und Mörderin ist.« Dann wandte er sich wieder den Geschworenen zu und sagte: »Und Sie sollten sie genau so behandeln.«

Eine Hupe riss Jack aus seinen Gedanken. Langsam kam der Verkehr wieder in Bewegung. Jack fuhr ein, zwei Meter weit, dann trat er auf die Bremse und blieb auf einer Straße stehen, auf der die Geschwindigkeit auf achtzig Stundenkilometer begrenzt war. Vor ihm sah er eine lange Schlange von roten Lichtern blinken. Auf drei verschiedenen Sendern, die Jack im Radio fand, sang Enrique Iglesias sich die Kehle aus dem Leib. Aus dem Cabrio, das neben ihm im Stau steckte, dröhnte Salsa-Musik. Nach vier Uhr nachmittags von Downtown Miami in Richtung Süden zu fahren war, als hinge man am Ende der längsten Salsa-Polonaise der Welt fest.

Er bog von der US 1 ab, nahm einen Schleichweg, der hinter dem Gelände eines Autohändlers vorbeiführte, und landete neben Mario's, dem kleinen kubanischen Supermarkt, wo *Abuela* so gern einkaufte – was ihn auf eine Idee brachte.

Er parkte und nahm seine Brieftasche heraus. Hinter dem Führerschein steckte die Visitenkarte, die Kiko ihm gegeben hatte, als er vor kurzem mit *Abuela* im Supermarkt gewesen war, was ihm jedoch inzwischen eine Ewigkeit her zu sein schien. Er nahm die Visitenkarte aus der Brieftasche und las den Namen und die Telefonnummer, die Kiko auf der Rückseite notiert hatte.

El Pidio – der Mann, der Kiko erzählt hatte, dass Hector

Torres aussah wie Jorge Bustón, der junge Mann, mit dem Jacks Mutter in Kuba liiert gewesen war.

Jack war der Sache nie nachgegangen. Er war viel zu sehr mit Lindseys Prozess beschäftigt gewesen, um sich um andere Dinge zu kümmern. Oder vielleicht ging es ihm auch wie *Abuela*, vielleicht war er sich gar nicht so sicher, dass er die Wahrheit erfahren wollte. Aber so wie der Prozess ausging – oder wie er auszugehen schien –, hatte er das Gefühl, ein bisschen mehr Wahrheit in seinem Leben zu brauchen. Auf jeden Fall hatte das Gespräch mit Torres' Exfrau seine Neugier bezüglich seiner Mutter erneut geweckt. Dass sie das Wort »besessen« benutzt hatte, um Torres' Verhältnis zu seiner Mutter zu beschreiben, ging ihm einfach nicht mehr aus dem Kopf. Je länger er darüber nachdachte, desto seltsamer erschien es ihm, dass sein Halbbruder – »Ramón«, wie auf dem Grabstein in Kuba stand – am Tag seiner Geburt gestorben war. Jacks Instinkt sagte ihm, dass da irgendetwas nicht stimmte.

Er klappte sein Handy auf und wählte die Nummer.

Ein alter Mann meldete sich auf Spanisch. Jack antwortete ebenfalls auf Spanisch, das sich allerdings eher wie aus dem Munde von John Wayne anhörte.

»*Señor* El Pidio?«

»Nein, nicht ›*Señor*‹ El Pidio«, erwiderte der Alte mürrisch. »Einfach El Pidio.«

»Hier spricht Jack Swyteck. Ich wollte –«

»Ah, Swyteck. Ich weiß, wer Sie sind. Kiko hat mir gesagt, dass Sie wahrscheinlich anrufen würden.«

»Ich glaube, Sie haben meine Mutter in Bejucal gekannt.«

»Ja, ich war ihr Arzt. Ich habe sie entbunden.«

Ihr *Arzt?* Plötzlich hatte er den Kopf voller Fragen, aber er konzentrierte sich auf das, was ihm im Augenblick das Wichtigste war, wonach zu fragen er kaum über sich brachte. »Dann wissen Sie also … Wie ist mein Bruder gestorben?«

Einen Moment lang herrschte Stille in der Leitung. Schließlich hörte Jack den Alten einen tiefen Seufzer ausstoßen, bevor er sagte: »Das ist eine sehr komplizierte Geschichte, junger Mann.«

52

Es dämmerte bereits, als Jack seinen Vater auf dem Biltmore-Golfplatz antraf. Harry stand auf einem grasbewachsenen Hügel, mit Knickerbockern, Argyle-Socken und einer klassischen Tweedmütze, einer Aufmachung, die niemand zu tragen wagte, der nicht in der niedrigsten Handicapklasse war. Von einer Bank aus sah Jack zu, wie Harry hochkonzentriert einen Ball nach dem anderen schlug. Die hunderte von kleinen weißen Bällen, die auf dem grünen Gras herumlagen, sahen aus wie Manna, das vom Himmel gefallen war.

»Dad?«

Harry holte gerade zum nächsten Schlag aus. »Ja?«, fragte er leicht ungehalten.

»Meinst du, dass es Dinge gibt, die ein Mann nicht über seine Frau wissen sollte?«

Harry sah ihn verblüfft an. »Wenn ein Mann seiner Frau eine Frage stellt, sollte er eine ehrliche Antwort bekommen.«

»Und was ist, wenn er nicht fragt? Sollte jemand ihn aufklären?«

»Du meinst, sollte seine Frau es ihm von sich aus sagen?«

»Nein. Nehmen wir mal an, sie kann es nicht sagen. Sollte jemand anders es ihm erzählen? Jemand, der die Wahrheit kennt?«

Eine Mischung aus Verwirrung und Argwohn spiegelte sich in Harrys Gesicht. »Worauf willst du hinaus, Jack?«

Plötzlich fehlten Jack die Worte. Was sollte er seinem Vater sagen? Dass Ana Maria einen Sohn geboren hatte, der in Kuba gestorben war? Dass sie nicht gestorben wäre, wenn er, Jack, nicht geboren worden wäre? Dass sie die Gefahren gekannt hätte, wäre ihr obsessiver Exfreund nicht gewesen – Harrys alter Freund Hector Torres? Sechsunddreißig Jahre alte Erinnerungen waren alles, was Harry Swyteck von seiner ersten Frau geblieben waren. Jack fragte sich, ob er das Recht hatte, diese Erinnerungen zu zerstören, wusste nicht, wie er mit der Situation umgehen sollte.

»Ich habe über Lindsey Hart nachgedacht«, sagte er. »Über all die schrecklichen Dinge, die vor Gericht ans Tageslicht gekommen sind. So wie Oscar sie behandelt hat. Falls sie freigesprochen werden und wieder heiraten sollte, hätte ihr neuer Ehemann dann das Recht, das alles zu erfahren?«

»Ich nehme an, wenn er das alles wüsste, dann könnte er ihre Ängste, ihre Stimmungen besser verstehen. Wenn es die neue Ehe stärken würde, dann sollte er es erfahren, ja.«

»Aber sollte er es erfahren, nur damit er es weiß?«

»Wozu? Das ist etwa so, als würde man seiner Frau auf dem Totenbett in die Augen sehen und ihr nach fünfzig Jahren Ehe gestehen, dass man vor neunundvierzig Jahren eine andere Frau geküsst hat. Das bringt überhaupt nichts. Es sei denn, man will ihr unbedingt das Herz brechen.«

»Genau«, sagte Jack, vielleicht ein bisschen allzu enthusiastisch. »Wenn du also der neue Ehemann wärst, würdest du das alles nicht wissen wollen.«

Harry legte seinen Golfschläger weg. Inzwischen wirkte er eher misstrauisch als verwirrt. »Kann es sein, dass du versuchst, mir irgendwas zu sagen?«

Jack suchte nach einem Zeichen in den Augen seines Vaters – nach dem Bedürfnis, die Wahrheit zu erfahren. Er konnte nichts dergleichen entdecken. Aber mit einem Mal kam ihm eine Erkenntnis, nämlich dass irgendwann im Leben ein Zeitpunkt kommt, an dem die Eltern nicht mehr für das Wohl ihres Kindes sorgen müssen, sondern umgekehrt.

»Nein, nein, nichts«, sagte Jack. »Wie gesagt, ich muss einfach dauernd über Brian Pintado und seine Mutter nachdenken.«

»Bist du sicher, dass das alles ist?«

Er antwortete nicht gleich, bemühte sich aber, so überzeugt wie möglich zu klingen. »Ja. Ich meine, die ganze Sache ist ein derartiges Chaos, und es wird nur noch komplizierter werden, wenn Brian älter wird. Was wird er in einigen Jahren über seine Mutter denken?«

Harry musterte seinen Sohn, als spürte er, dass dieser ganz geschickt das Thema gewechselt hatte. Aber er ließ es auf sich beruhen. »Ich nehme an, das hängt davon ab, welches Urteil die Jury sprechen wird.«

»Ich hoffe, dass sie freigesprochen wird.«

»Und dann? Wird Brian dann vom Jugendgericht für den Mord an seinem Vater zur Rechenschaft gezogen?«

Jack schwieg. Darüber hatte er noch gar nicht nachgedacht. »Schwer zu sagen. Schließlich hat Brian vor Gericht nicht zugegeben, dass er seinen Vater getötet hat.«

»Aber so gut wie. Du hast ihn dazu gebracht, zuzugeben, dass er sich gewünscht hat, sein Vater wäre tot.«

Sie sahen einander an. Die Zeit der Entfremdung zwischen Vater und Sohn war vorüber, aber die lange zurückliegenden Dinge ließen sich nie völlig ausblenden. Keiner von beiden sagte ein Wort, aber Jack war sich sicher, dass sie dasselbe dachten: Wie oft hatte Jack als Junge seinem Vater wütend entgegengeschleudert: »Ich wünschte, du wärst tot«?

»Kinder haben solche Gedanken und meinen sie nicht ernst«, sagte Jack.

»Ja«, meinte Harry. »Das stimmt.«

Wieder schwiegen sie. Dann trat Harry näher an Jack heran und legte ihm eine Hand auf die Schulter. »Ich bin stolz auf das, was du im Gerichtssaal geleistet hast. Du hast einen schwierigen Fall übernommen und du hast dich verdammt gut geschlagen. Egal, wie die Sache ausgeht, du hast dir nichts vorzuwerfen.«

»Danke.« Jack lächelte schwach, während sein Vater seinen Schläger nahm und sich einen Ball zurechtlegte. Jack wollte sich schon auf den Weg machen, aber es gab noch etwas, das er einfach loswerden musste. »Dad?«

»Hmm«, sagte Harry. Er nahm seine Position ein, den Kopf nach unten.

»Hector Torres ist nicht dein Freund.«

Ohne den Blick zu heben, schlug Harry den Ball. »Glaubst du etwa, das wüsste ich nicht?«

»Du weißt es?«

»Ich weiß es seit dreißig Jahren, Jack. Ich konnte zwar nie genau sagen, was es war, aber ich erkenne einen Heuchler, wenn ich ihn sehe.«

Er wusste es. Aber er *verstand* es nicht.

Harry fragte: »Wie kommst du darauf? Hat Torres dich reingelegt oder irgendwas in der Art?«

»So könnte man es sagen.«

»Also, halt dich nicht zurück, bloß weil du meinst,

Hector wäre mein alter Kumpel. Nimm ihn aufs Korn und gib ihm, was er verdient hat.« Mit aller Kraft schlug Harry seinen Ball ab.

»Danke, Dad. Das werde ich tun.«

53

Jack saß allein am Tresen in Joe Allen's Diner und aß ein Steak mit Pommes frites, als sein Handy klingelte. Es war Sofia.

»Jack, die Geschworenen sind zurück.«

Er warf einen Blick auf seine Uhr: wenige Minuten nach sieben. Die Geschworenen hatten sich fast fünf Stunden lang beraten. Schwer zu sagen, ob das ein gutes oder ein schlechtes Zeichen war. »Okay. Wir treffen uns im Gericht.«

Er fuhr auf direktem Weg in die Innenstadt, eine Viertelstunde später war er im Gerichtssaal. Der Staatsanwalt stand vor dem Richter. Sofia stand neben ihm. Einige Pressevertreter saßen in den Besucherrängen, die Hartgesottenen, die beschlossen hatten, im Gerichtsgebäude zu warten, bis die Jury das Urteil verkündete. Als Jack den Gerichtssaal betrat, erhob der Richter sich gerade von seinem Platz und verschwand in seinem Zimmer. Jack eilte den Mittelgang hinunter, während Sofia ihm entgegenkam.

»Falscher Alarm«, sagte sie. »Noch kein Urteilsspruch. Die Geschworenen hatten nur eine Frage an den Richter.«

»Und welche?«

»Es ging um die Aussage des kubanischen Soldaten. Sie wollten wissen, um welche Uhrzeit er Lieutenant Johnson hat ins Haus der Pintados gehen sehen.«

»Der Richter müsste ihnen sagen, dass sie sich auf ihr eigenes Erinnerungsvermögen verlassen sollen.«

»Genau das wird er tun. Er hat uns nur zusammengerufen, um uns darüber zu informieren, dass diese Frage gestellt wurde. Ich denke, es ist ein gutes Zeichen, dass sie Fragen stellen.«

Jack machte eine abwehrende Handbewegung. Wie oft hatte er sich in den Jahren, seit er als Verteidiger arbeitete, gefragt, ob es ein gutes oder schlechtes Zeichen war, wenn ein Geschworener eine Frage stellte, lächelte, nickte oder sich am Hintern kratzte. »Sicher, es ist bestimmt ein gutes Zeichen«, sagte er.

»Lindsey hält sich tapfer«, sagte Sofia. »Unter den gegebenen Umständen.«

»Das freut mich«, erwiderte Jack. Zwar sorgte er sich mehr um Brian, aber darüber würde er sich später Gedanken machen. Als er seinen Blick durch den Gerichtssaal schweifen ließ, sah er, dass Hector Torres gerade dabei war, seine Sachen zusammenzupacken. Er entschuldigte sich bei Sofia und ging zu dem Staatsanwalt hinüber.

»Hector, haben Sie einen Augenblick Zeit?«

»Selbstverständlich.«

»Lassen Sie uns irgendwo hingehen, wo wir ungestört reden können, einverstanden?«

Torres folgte Jack zu einem Besprechungszimmer für Anwälte auf der anderen Seite des Korridors. Jack schloss die Tür, aber keiner der beiden setzte sich. Sie standen einander an dem großen Konferenztisch gegenüber. »Wird Ihre Mandantin sich schuldig bekennen?«, fragte Torres.

»Kommt drauf an, was Sie zu bieten haben.«

»Dasselbe wie bisher. Lebenslänglich, keine Todesstrafe.«

»Dann werden wir uns nicht einig.«

»Wie Sie wollen. Kurze und knappe Besprechung. So ist es mir am liebsten.« Torres wandte sich zum Gehen.

»Nur noch eins«, sagte Jack.

Torres drehte sich um. »Ja?«

Jacks Mund öffnete sich, aber es dauerte einen Augenblick, bis er die Worte herausbrachte. »Ich habe mich mit einem Mann namens El Pidio unterhalten.«

»El Pidio?«, wiederholte Torres. Offenbar sagte ihm der Name nichts.

»Es ist ein Spitzname. Vielleicht kennen Sie ihn besser unter dem Namen Dr. Blanco.«

Torres' Gesicht wurde ausdruckslos. »Warum sollte ich diesen Namen kennen?«, fragte er mit gepresster Stimme, aber wenig überzeugend.

»Weil es sich um den Arzt handelt, der Ihren Sohn in Kuba entbunden hat. Das erste Kind meiner Mutter.«

Torres wandte sich ab, wich dann einen Schritt zurück. Ein schwaches Lächeln umspielte seine Lippen, als wäre er stolz darauf, das Geheimnis so lange gewahrt zu haben. »Haben Sie schon mit Ihrem Vater darüber gesprochen?«

»Nein.«

»Mit sonst irgendjemandem?«

»Ich glaube, dass es an mir ist, Fragen zu stellen.«

Der Staatsanwalt legte seine Aktentasche auf den Tisch, dann breitete er die Arme aus, als wäre er ein offenes Buch. »Was möchten Sie wissen?«

»Eigentlich habe ich gar nicht mehr allzu viele Fragen. Dr. Blanco hat sich sehr ausführlich geäußert.«

Obwohl Torres sich äußerlich kühl und gelassen gab, sah Jack, dass er nervös wurde. »Was hat er Ihnen gesagt?«, wollte Torres wissen.

»Dass meine Mutter bei meiner Geburt gestorben ist, hat mich mein Leben lang verfolgt. Sie können sich also vorstellen, wie neugierig es mich gemacht hat, als ich erfuhr, dass ihr erstes Kind am Tag seiner Geburt gestorben ist. Das schien mir ein seltsamer Zufall zu sein. Eigentlich allzu seltsam.«

»Darüber weiß ich nichts.«

»Nachdem ich mit Dr. Blanco gesprochen habe, glaube ich, dass Sie doch etwas darüber wissen. Sehen Sie, meine Mutter ist an Präeklampsie gestorben. Dabei handelt es sich um eine Erkrankung, die sowohl für die Mutter als auch für das Kind tödlich sein kann. Wenn das Kind ausgetragen wird – wie ich –, dann ist die Gefahr für die Mutter größer. Wenn das Kind zu früh geboren wird – wie mein Halbbruder –, ist die Gefahr für das Baby größer.«

»Glückwunsch. Sie haben soeben ein Rätsel gelöst, das für niemanden eine Bedeutung hat. Außer für Sie selbst.«

»Und für Sie«, sagte Jack.

»Das hat mit mir nichts zu tun. Ihre Mutter war bereits tot, als ich nach Miami kam.«

»Genau darum geht es ja. Sie hätte nicht sterben müssen. Dr. Blanco war der Meinung, dass meine Mutter nach dem Tod ihres ersten Babys besser keine Kinder mehr bekäme. Dass jede weitere Schwangerschaft für sie lebensgefährlich sein würde.«

»Dann hätte sie auf den Rat ihres Arztes hören sollen.«

Jack sah Torres durchdringend an. »Der Arzt hat ihr diesen Rat nie gegeben.«

»Das ist doch das Problem des Arztes.«

»Nein, es ist Ihr Problem. Er sagte, Sie hätten ihn daran gehindert, sie aufzuklären.«

»Das ist doch lächerlich.«

»Sie war ein Teenager. Unverheiratet und schwanger.

Sie haben Dr. Blanco erklärt, Sie wären der Vater des Kindes, Sie hätten vor, Ana Maria zu heiraten und sie zu einer ehrbaren Frau zu machen. Aber nur, wenn sie Ihnen Kinder schenken würde, vor allem einen Sohn.«

»Daran kann ich mich nicht erinnern.«

»Nun, vielleicht erinnern Sie sich ja dann an Folgendes. Er sagte, Sie hätten ihm ein Messer an die Kehle gedrückt und gedroht, sie ihm von einem Ohr bis zum anderen aufzuschlitzen, falls er es wagte, meiner Mutter davon abzuraten, weitere Kinder zu bekommen.«

Torres schüttelte den Kopf, aber sein Gesichtsausdruck änderte sich. Es war, als hätte er eingesehen, dass es keinen Zweck hatte, weiter zu leugnen – zumindest solange sie unter vier Augen redeten. »Ich war damals neunzehn Jahre alt«, sagte er, als wäre das eine Entschuldigung.

»Meine Mutter war dreiundzwanzig, als sie starb.«

Torres sagte nichts, zeigte keine Gefühlsregung.

»Ich hatte immer angenommen, meine Mutter wäre nach Amerika gekommen, weil sie in Freiheit leben wollte«, sagte Jack. »Aber sie ist hergekommen, um sich vor Ihnen in Sicherheit zu bringen, stimmt's?«

»Ich habe Ihre Mutter geliebt.«

»Nein. Sie wollten sie nur unter Kontrolle haben.«

»Ich habe Ihre Mutter geliebt und ich wollte mit ihr eine Familie gründen. Ist das etwa ein Verbrechen?«

»Sie sind ihr nach Miami gefolgt.«

»Ich bin aus ganz eigenen Gründen hergekommen.«

»Sie haben sich mit meinem Vater angefreundet, um mehr über sie herauszufinden.«

»Na und? Was ist schon dabei? Ich habe sie halt immer noch geliebt.«

»Geliebt? Sie waren besessen!«

»Das ist doch absurd.«

»Sie haben ihr Grab besucht.«

»Irgendjemand musste das ja schließlich tun. Ihr Vater hat es jedenfalls nicht getan.«

»Es geht nicht um meinen Vater.«

»Ich habe Blumen auf ihr Grab gestellt. Und?«

»Von wegen Blumen. Ich *weiß*, was Sie dort getrieben haben.«

Torres erstarrte. Offenbar hatte er Jacks letzte Bemerkung richtig verstanden, offenbar war ihm klar, dass Jack mit seiner Exfrau gesprochen hatte. »Ich muss mir diesen Blödsinn nicht anhören.«

Jack packte ihn am Kragen und drückte ihn gegen die Wand.

»Was haben Sie vor? Wollen Sie mich etwa zusammenschlagen?«

Jack packte noch fester zu. Am liebsten hätte er ihn tatsächlich zusammengeschlagen. Am liebsten hätte er ihn mit einem Fußtritt zurück nach Kuba befördert.

Er drückte Torres mit solcher Kraft gegen die Wand, dass er kaum noch Luft bekam. »Was hätte es denn genützt?«, keuchte der Staatsanwalt. »Was hätte es gebracht, wenn ich zugelassen hätte, dass dieser Arzt Ihrer Mutter sagte, sie dürfe keine Kinder mehr bekommen? Was wäre dann mit *Ihnen*, Jack? Sie wären nie geboren worden. Sie haben nichts gegen mich in der Hand. Sie sollten mir dankbar sein.«

Daran war etwas Wahres, aber es war keine Wahrheit, die Jack dazu bewegen konnte, Torres zu verzeihen. Jack war sich nicht sicher, was er empfand. Es war eine Mischung aus unterschiedlichen Gefühlen. Die Traurigkeit darüber, dass er seine Mutter nie gekannt hatte. Die Frustration darüber, dass er über die Jahre mühsam von seinem Vater und seiner Großmutter einzelne Schnipsel an Informationen hatte sammeln müssen. Die Verzweiflung darüber, dass er eigentlich überhaupt nichts über seine Mutter wusste. Aber vor allem empfand er Wut – Wut darüber, dass er und seine Mutter mit oder ohne Hector Torres nie eine Chance gehabt hatten, eine glückliche Zeit miteinander zu erleben. Jedenfalls nicht in den sechziger Jahren. Einer von ihnen war dazu verdammt gewesen, im Grab zu enden, Jack oder seine Mutter, seine Mutter oder Ramón. Es gab immer noch niemanden, den er für all das verantwortlich machen konnte, keinen wirklich Schuldigen. Nur diese jämmerliche Gestalt vor ihm.

Jack hob die Faust, bereit, Torres in sein hässliches Gesicht zu schlagen. Torres wand sich unter seinem Griff, aber dann klopfte es an der Tür und Jack erstarrte.

Die Tür öffnete sich, Sofia trat ein und schaute Jack mit geweiteten Augen an. »Was ist denn hier los?«

Jack ließ Torres los. Der Staatsanwalt richtete seinen zerknitterten Kragen und sagte: »Nur eine kleine Meinungsverschiedenheit, das ist alles.«

Sofia blickte verwirrt von einem zum anderen, sagte jedoch nichts dazu. »Die Geschworenen sind zurück. Diesmal ist es ernst. Sie sind zu einem Urteil gekommen.«

Es dauerte ein paar Sekunden, bis die beiden Männer die Nachricht begriffen, bis ihnen wieder klar wurde, aus welchem Grund sie eigentlich im Gericht waren.

Torres schnappte sich seine Aktentasche und ging zur Tür. Dann drehte er sich noch einmal um und sah Jack an. »Nur um unser Gespräch zu Ende zu bringen, Herr Verteidiger. Und ich schätze, mein Rat gilt ebenso für den Urteilsspruch wie für alles andere, worüber wir uns unterhalten haben.« Sein Blick verfinsterte sich, sein Gesicht nahm einen ernsten, beinahe drohenden Ausdruck an. »Leben Sie damit, Mr Swyteck. Es wird Ihnen nichts anderes übrig bleiben.«

Jack hatte schon lange nicht mehr einen solchen Hass auf irgendjemanden empfunden. Der Staatsanwalt drehte sich um und war im nächsten Augenblick verschwunden, aber Jack konnte fast die Hitze spüren, die von seiner eigenen Haut ausging.

Sofia schien es zu widerstreben, etwas zu sagen, aber schließlich musste sie es tun. »Jack, wir sollten gehen. Lindsey wartet.«

Jack atmete tief durch und riss sich zusammen. *Lindsey*. Was für ein seltsames Gefühl, diesen Namen zu hören. Wie seltsam, zu wissen, dass ihr Schicksal endlich entschieden war.

Schweigend gingen sie nebeneinander durch den langen Korridor.

54

Der Gerichtssaal war brechend voll. Irgendjemand hatte die Medien darüber informiert, dass ein Urteilsspruch bevorstand, wahrscheinlich jemand mit den Initialen H. T., dachte Jack.

Hector Torres saß an dem Tisch, der der Geschworenenbank am nächsten war, und trommelte erwartungsvoll mit den Fingern. Lindsey hockte lethargisch und schweigsam zwischen ihren beiden Verteidigern. Auf den Zuschauerrängen drängten sich so viele Menschen wie noch an keinem der vorhergegangenen Prozesstage. Ein paar Journalisten hatten Jack und Sofia bereits auf dem Weg in den Gerichtssaal mit Fragen bedrängt. Sie hatten wissen wollen, wie es ihrer Mandantin ging. Mit welchem Urteilsspruch sie rechneten. Als ob das alles eine Rolle spielte.

Noch war der Vorhang nicht gefallen. Die Vorstellung war zwar beendet, doch gab es noch ein Wort, oder hoffentlich zwei, von einem Blatt Papier abzulesen. Das Urteil war gefällt. Es ging um Lindseys Leben. Und Brians Leben würde sich von jetzt an ändern, zum Guten oder zum Schlechten, egal, wie der Urteilsspruch ausfiel.

Jack wünschte nur, er könnte mit größerer Sicherheit sagen, was besser oder schlechter für den Jungen war.

»Bitte erheben Sie sich!«, rief der Gerichtsdiener.

Alle sprangen auf, das allgemeine Gemurmel verstummte. Im nächsten Moment öffnete sich eine Seitentür, durch die Richter Garcia den Gerichtssaal betrat. Er ließ sich in seinen Sessel sinken und wies den Gerichtsdiener an, die Geschworenen hereinzubitten. Sieben Männer und fünf Frauen kamen nacheinander herein und nahmen ihre Plätze ein.

»Bitte, setzen Sie sich«, sagte der Richter, an die Zuschauer gewandt.

Jack warf einen Blick über die Schulter, während er der Aufforderung nachkam. In der ersten Reihe der Zuschauerränge, direkt hinter dem Staatsanwalt, saßen Alejandro Pintado und seine Frau. Sie hielten einander so fest im Arm, dass sie fast wie eine Person wirkten. Jack fiel der Kontrast zwischen den Pintados und seiner Mandantin auf: Die Eltern des Opfers wirkten gequält und bekümmert, während Lindseys Gesicht völlig ausdruckslos war. Vom Schlafmangel und dem ständigen Stress war Lindsey sowohl körperlich als auch emotional völlig am Ende. Ab einem bestimmten Punkt reagierte der Körper nur noch mechanisch und die Gefühlsstarre setzte ein, die letzte Verteidigung, auf die Menschen sich zurückzogen, die keine Kraft mehr zum Kämpfen hatten.

Der Richter sagte: »Frau Vorsitzende, hat die Jury ein Urteil gesprochen?«

Eine Frau mittleren Alters, die in der ersten Reihe saß, erhob sich. »Ja, Euer Ehren.«

Tausend Gedanken rasten Jack durch den Kopf. Die Geschworenen hatten eine Sprecherin gewählt. War das ein gutes oder ein schlechtes Zeichen? Ließ es darauf schließen, dass die Geschworenen in einem Prozess, bei dem es um die Todesstrafe ging, die Angeklagte nicht schuldig sprechen würden? Dass sie Mitgefühl hatten mit einer misshandelten Frau? Oder dass sie voller Abscheu waren für eine schlechte Mutter, die auch noch ihren Mann betrogen hatte? Es hatte keinen Zweck, zu spekulieren. Man konnte nur auf das Beste hoffen und sich für das Schlimmste wappnen.

Jack nahm Lindseys Hand, doch sie zog sie zurück, als zöge sie es vor, das allein durchzustehen.

Das Blatt Papier mit dem Urteilsspruch schien beinahe durch den Raum zu schweben, als es von der Vorsitzenden an den Gerichtsdiener und von diesem weiter an den Richter gereicht wurde. Richter Garcia rückte seine Lesebrille zurecht, senkte den Blick und las das Urteil. In hunderten von Prozessen hatte Jack nicht ein einziges Mal am Gesichtsausdruck des Richters ablesen können, wie das Urteil ausgefallen war. Richter Garcia reagierte absolut stoisch. Er gab dem Gerichtsdiener das Blatt zurück und sagte: »Die Angeklagte möge sich erheben.«

Lindsey stand langsam und zittrig auf. Jack und Sofia erhoben sich ebenfalls.

»Frau Vorsitzende, bitte lesen Sie den Urteilsspruch vor.«

Die Luft im Gerichtssaal schien plötzlich zu dick zum Atmen. Jack warf einen letzten Blick auf die Pintados in der ersten Reihe. Mrs Pintado lehnte sich mit geschlossenen Augen an ihren Mann, unfähig, das Geschehen mit anzusehen. Mr Pintado war kurzatmig vor Aufregung.

Vor allem fiel Jack auf, dass der Enkel der Pintados nicht anwesend war.

Gut so, dachte er. *Egal, wie es ausgeht, es ist besser so.*

Die Vorsitzende nahm das Blatt mit dem Urteilsspruch aus der Hand des Gerichtsdieners entgegen und faltete es mit zitternden Händen auseinander. »Im Fall Nummer 02-0937, Vereinigte Staaten von Amerika gegen Lindsey Hart, sind wir, die Geschworenen, zu folgendem Urteil gekommen: Im Anklagepunkt 1, Verstoß gegen Kapitel achtzehn Strafgesetzbuch der USA, Anklage wegen Mordes, befinden wir die Angeklagte für …«

Jack bekam einen Kloß in den Hals, als sie einen Augenblick innehielt.

»Schuldig.«

Lindsey rang nach Luft und sank auf ihren Stuhl. Jack setzte sich neben sie und versuchte, sie aufrecht zu halten, obwohl auch er das Gefühl hatte, als wäre ihm der Boden unter den Füßen weggezogen worden. Im Gerichtssaal wurden Stimmen laut, einige drückten Überraschung, andere Zustimmung, einige sogar ehrliche Bestürzung aus. Jack warf einen kurzen Blick zu den Geschworenen hinüber, aber keiner von ihnen schaute in seine Richtung. Hinter dem Staatsanwalt flossen Tränen. Oscar Pintados Mutter hatte einen schrillen Schrei ausgestoßen, der weder Freude noch Verzweiflung ausdrückte. Es war einfach ein Gefühlsausbruch, mit dem sie der Welt zu sagen schien, dass Gerechtigkeit gefunden worden war.

»Das kann nicht sein«, keuchte Lindsey.

»Ruhe!«, rief der Richter und schlug mit dem Hammer. »Meine Damen und Herren Geschworenen, ich danke Ihnen für Ihre Dienste. Sie sind hiermit entlassen. Meine Herren Anwälte, bitte nehmen Sie Kontakt zu meinem Büro auf, um einen Termin für das Strafurteilsverfahren auszumachen. Die Sitzung ist beendet.«

Dann, mit einem weiteren Hammerschlag, war es vorbei.

Wie benommen warf Jack einen Blick hinter sich auf die Menge. Die Leute drängten zum Ausgang, Journalisten hasteten los, um eine gute Stelle vor dem Gerichtsgebäude zu ergattern, von der aus sie ihre Live-Berichte für die Abendnachrichten herausgeben konnten, aber er nahm das alles nur verschwommen wahr. Schließlich schaute er Lindsey an. In ihren Augen lagen Schrecken und Fassungslosigkeit.

»Das kann nicht wahr sein«, murmelte sie immer wieder vor sich hin.

Aber es war Wirklichkeit. Und für Jack war es einer jener schmerzenden Augenblicke im Leben, in denen er nicht völlig davon überzeugt war, dass etwas nicht geschehen dürfte, bis er tatsächlich spürte, dass es geschah. Aber tief im Innern fragte er sich, ob er genauso empfunden hätte, wenn der Urteilsspruch »nicht schuldig« gelautet hätte.

Jack spürte, wie ihn jemand am Ärmel zog. Lindsey klammerte sich an ihm fest. Die Polizisten standen neben ihr und wollten sie zurück ins Gefängnis bringen. Es waren dieselben Männer, die sie während der vergangenen zwei Wochen jeden Tag nach Ende des Prozesses abgeführt hatten. Aber diesmal hatte ihre Gegenwart eine ganz andere Bedeutung, nachdem das Urteil auf deprimierende Weise deutlich gemacht hatte, dass sie für immer hinter Gitter bleiben würde.

»Jack, Sie müssen etwas tun!«, flehte sie.

Jack hätte sie gern beruhigt, aber alles, was er zustande brachte, waren ein paar halbherzig geäußerte Worte der Ermutigung. »Es ist noch nicht aller Tage Abend«, sagte er. Aber es klang nur hohl.

Als sie ihn ansah, wusste Jack nicht, ob sie kurz davor stand, in Tränen auszubrechen oder ihm den Kopf abzureißen. Sie schaute ihn unverwandt an, das Kinn nach hinten gereckt, während die Polizisten sie durch den Seitenausgang abführten.

Jack holte tief Luft, ihm dröhnte der Schädel. Hinter ihm schrien die Journalisten ihre Fragen durcheinander. Es war ein höllischer Lärm.

Hector Torres kam auf ihn zu, reichte ihm jedoch nicht die Hand. Sein Gesicht war ernst, aber in seinen Augen sah Jack das Lächeln des Siegers. »Tja«, sagte der Staatsanwalt. »Ich schätze, es ist Zeit für die Gratulationen. Zumindest für mich. Wir sehen uns, Jack.«

»Verpiss dich, du Arschloch«, zischte Sofia.

Mit einer beschwichtigenden Handbewegung brachte Jack sie zum Schweigen, als der Staatsanwalt sich einer Gruppe Journalisten zuwandte. Jack kehrte den Pressevertretern den Rücken zu und sammelte seine Papiere ein.

»Dieser Mann ist so ein Idiot«, raunte Sofia.

»Keine Sorge. Der kriegt sein Fett schon noch ab.«

»Was meinen Sie denn damit?«

»Warten Sie's ab.«

Jack hatte eine Stellungnahme für die Presse vorbereitet, aber er würde sie nicht abgeben. Er verspürte kein Bedürfnis, irgendetwas zu erklären, und war zufrieden damit, den Staatsanwalt seinen Augenblick des Ruhms auskosten zu lassen. Er nahm seine Aktentasche und machte sich, gefolgt von Sofia, auf den Weg in Richtung Ausgang. Ein paar Journalisten waren ihnen auf den Fersen, aber Jacks eisiges Schweigen führte schon bald dazu, dass sie das Interesse verloren, zumal der Staatsanwalt sich bereitwillig ihren Fragen stellte. Eine Traube von Reportern umringte Torres, der ununterbrochen Erklärungen von sich gab. Während Jack das Geschehen interessiert beobachtete, fragte er sich, ob er je in seinem Leben einen aufgeblaseneren Wichtigtuer erlebt hatte. Schließlich, nachdem Torres sich beinahe zwei Minuten darüber ausgelassen hatte, wie sehr er von Anfang an von seinem Sieg überzeugt gewesen war, wurde der Staatsanwalt von einer älteren Journalistin unterbrochen, die ihre Frage nicht länger zurückhalten konnte.

»Mr Torres, stimmt es, dass Sie früher Jorge Bustón hießen?«

Der Staatsanwalt erstarrte. »Wie bitte?«

Ein anderer Reporter meldete sich zu Wort. »Jorge Bustón. Derselbe Jorge Bustón, der Anfang der sechziger Jahre in Havanna als Blockwart für das *Comité para la Defensa de la Revolución* gearbeitet hat?«

»Ich ... Ich ...«, stotterte Torres, während er mit Fragen bombardiert wurde.

»Sir«, wollte ein anderer Journalist wissen, »stimmt es, dass Sie von der Kommunistischen Partei eine Auszeichnung dafür erhalten haben, dass Sie so genannte Feinde der Revolution in Ihrem Viertel verpfiffen haben?«

Torres starrte die Pressevertreter mit offenem Mund an, die sich erbarmungslos auf ihn stürzten.

»Mr Torres – oder sollte ich lieber sagen Mr Bustón –, sitzen nicht einige von den Dissidenten, die Sie verpfiffen haben, immer noch im Gefängnis?«

»Aus welchem Grund sind Sie 1964 bei Castro in Ungnade gefallen?«

»Haben Sie deswegen Ihren Namen geändert und sich hier in Miami so lautstark gegen Castro eingesetzt? Weil man Sie aus der Partei geworfen hat?«

Der Staatsanwalt war sprachlos, aus seinem Gesicht war alle Farbe gewichen. Er wirkte vollkommen verwirrt, bis er schließlich einen Blick auf die andere Seite des Korridors warf und seinen Gegner in der Menge entdeckte. Jack sagte kein Wort, er zuckte mit keiner Wimper. Nur ein kaum wahrnehmbares Lächeln umspielte seine Lippen, ein Lächeln, das bestätigte, dass der alte Dr. Blanco tatsächlich sehr gesprächig gewesen war und dass auch Jack ein paar Anrufe bei den Medien getätigt hatte, bevor das Urteil verkündet wurde. Jack hätte es dem Staatsanwalt am liebsten ins Gesicht gesagt, aber das brauchte er nicht. Er war sich sicher, dass Torres inzwischen ganz genau begriffen hatte, was sich hier abspielte, dass er hören konnte, wie Jack ihm seine schnöde Bemerkung zurückgab, auch wenn keine Worte ausgesprochen wurden.

Leb damit, Jorge. Es wird dir nichts anderes übrig bleiben.

Jack drehte sich um und ging in Richtung Aufzug, darauf hoffend, dass irgendwo eine ewig junge Ana Maria lächelte.

55

Jack schlief bis um halb zehn am nächsten Morgen.

Am Abend zuvor war Theo mit einem umfangreichen Sortiment an Weizenbier aufgekreuzt, von denen er eines in sein Angebot im Sparky's aufnehmen wollte, und er war der Meinung, dass ein verlorener Prozess der perfekte Anlass war, um alle vierzehn Sorten bei Jack zu probieren. Im Moment war Jack überhaupt nicht zum Lachen, aber gegen zwei Uhr früh hatte es ihn köstlich amüsiert, als Theo sich in Truman Capote verwandelt und die gedrechselte Prosa auf den Etiketten der verschiedenen deutschen Biersorten laut vorgelesen hatte.

»Ayinger Bräu-Weiße«, sagte Theo, trank einen kleinen Schluck und schmatzte genießerisch. »Fruchtig-herb.«

Langsam hob Jack den Kopf. *Das Beste an Weizenbier war, dass man davon keinen Kater bekam.* Noch so eine von Theos berühmten Lügen. Es schien eine Ewigkeit zu dauern, bis es ihm endlich gelang, sich auf die Bettkante zu setzen. Dann ließ eine Trompete sein Trommelfell platzen, aber es war nur das Telefon. Er griff danach, bevor es noch einmal klingeln konnte. Es war Theo, kumpelhaft wie immer, ohne die geringsten Anzeichen von Nachwirkungen einer durchzechten Nacht. Der Mann war der Teufel persönlich.

»Hallo, Jack, hast du heute Morgen schon einen Blick in die Zeitung geworfen?«

»Nein.«

»Hör zu, ich les dir was vor.«

Jack stöhnte. Das war auch so einer von Theos Ticks. Vielleicht lag es daran, dass man ihm als Kind nie vorgelesen hatte, oder vielleicht war er auch ein verhinderter Nachrichtensprecher, auf jeden Fall liebte Theo es, vorzulesen, und zwar mit Gefühl – und laut. Viel lauter, als Jack in seinem verkaterten Zustand ertragen konnte. Er hielt das Telefon auf halber Armeslänge von seinem Ohr entfernt und lauschte.

Theo räusperte sich, ratterte leise die einleitenden Sätze herunter und setzte dann zu seinem Vortrag an. »Berichten zufolge hat Ms Harts Verurteilung ihren angeblichen Liebhaber, U. S. Coast Guard Lieutenant Damont Johnson, in Angst und Schrecken versetzt. Laut Information aus sicherer Quelle fürchtet der Lieutenant, dass Ms Hart jetzt, nachdem sie wegen Mordes verurteilt wurde, ihr Schweigen brechen und die Wahrheit über den Tod ihres Mannes ans Licht bringen und Johnson belasten könnte. Aus derselben Quelle wurde bestätigt, dass Lieutenant Johnson bestrebt ist, Ms Hart zuvorzukommen. In einem Telefongespräch am gestrigen späten Abend wollte

Staatsanwalt Hector Torres jedoch weder bestätigen noch dementieren, dass er mit Lieutenant Johnson in Verhandlungen steht, und er lehnte jeden Kommentar zu der Frage ab, ob die Staatsanwaltschaft bereit ist, sich auf einen Deal im Austausch für eine umfassende Aussage des Lieutenants einzulassen.«

Jack dröhnte der Schädel, aber das lag nicht am Weizenbier. »Steht da, wer die Quelle ist?«

»Nein. Irgendein anonymer Informant. Soll ich Johnson mal auf den Zahn fühlen?«

»Nein, halt dich da raus.«

»Ich kapier das sowieso nicht«, sagte Theo. »Lindsey ist doch schon verurteilt. Wieso sollte der Staatsanwalt sich mit Johnson auf einen Deal einlassen?«

»Das Strafurteilsverfahren steht noch aus. Torres will die Todesstrafe, und ich versuche, Lindsey davor zu bewahren.«

»Johnson lässt sich also wieder was Neues einfallen und wird aussagen, dass der Junge es doch nicht war?«

»Keine Ahnung. Das ist doch bloß ein Zeitungsartikel, noch dazu mit Informationen aus einer anonymen Quelle. Wer weiß, was sich da in Wirklichkeit abspielt? Kann sein, dass es stimmt, kann aber auch sein, dass jemand aus irgendeinem Grund einem übereifrigen Journalisten zu seinem eigenen Vorteil eine fette Lüge aufgetischt hat.«

»Die Quelle könnte auch eine Frau sein.«

»Klar. Auch möglich.«

»Was hast du jetzt vor?«

Jack massierte sich die pochenden Schläfen. »Ich werde mich an meine einzige Quelle wenden. Ich werde mit Lindsey reden.«

Lindseys Gesicht war so bleich wie die Gefängniswände. Sie sah genauso aus, wie Jack sich fühlte, und sie hatte nicht die Nacht durchgezecht. Sie hatte die Ellbogen auf den Tisch gestützt und den Kopf in die Hände gelegt. Vor ihr lag der Zeitungsartikel. Sie waren allein in dem fensterlosen Raum, der für Gespräche zwischen Anwälten und ihren Mandanten reserviert war.

»Wer ist die Quelle, die in diesem Artikel erwähnt wird?«, fragte Lindsey.

»Das weiß ich nicht«, sagte Jack.

»Was glauben Sie denn, wer es ist?«

»Keine Ahnung. Auf dem Weg hierher habe ich einen kubanischen Radiosender gehört. Die meinen, es ist Castro.«

»Sehr witzig.«

»Das war kein Witz.«

Sie stand auf und begann, in dem kleinen Raum auf und ab zu gehen. »Glauben Sie, dass da was dran ist? Glauben Sie, Johnson verhandelt mit dem Staatsanwalt?«

»Ich habe von unterwegs aus bei Hector angerufen. Er hat sich geweigert, mit mir zu reden.«

»Dann muss es stimmen«, sagte sie hastig. »Die beiden verhandeln miteinander.«

»Da wäre ich mir nicht so sicher.«

»Sie kennen Damont nicht. Der ist ein Überlebenskünstler.«

»Überlebenskünstler oder nicht, er müsste sich schon sehr anstrengen, um das Vertrauen des Staatsanwalts zurückzugewinnen.«

»Torres ist ein Schleimbeutel. Den interessiert es nicht, wie unzuverlässig Johnson ist, solange er ihm nützlich sein kann.«

»Ich weiß nicht«, sagte Jack. »Wenn Johnson dem Staatsanwalt irgendwie von Nutzen sein soll, dann muss er klipp und klar aussagen, dass Sie Ihren Mann erschossen haben. Das Problem ist, dass er bereits unter Eid ausgesagt hat, dass er an dem Morgen in Ihrem Haus gewesen ist und dass Ihr Sohn die Tat gestanden hat. Diese beiden Aussagen lassen sich schwerlich in Einklang bringen.«

Sie blieb stehen und sah Jack in die Augen. »Die lassen sich bestens miteinander in Einklang bringen.«

Jack wunderte sich über ihren zornigen Blick. »Wie meinen Sie das?«

»Brian hat die Tat gestanden, weil ...«

»Weil was?«

»Weil er glaubte, ich hätte es getan. Er wollte mich schützen.«

Jacks Puls begann zu rasen. »Und?«

Sie holte tief Luft und wandte sich ab.

Jack sagte: »Haben Sie es getan, Lindsey?«

Sie antwortete immer noch nicht und sah ihn auch nicht an.

»Diesmal will ich die Wahrheit hören, verdammt«, sagte Jack gereizt. »Keine Lügen mehr. Wenn Sie mir jetzt die Wahrheit sagen, kann ich vielleicht mit Torres etwas aushandeln. Wenn Sie weiterhin lügen, garantiere ich Ihnen, dass Sie durch eine tödliche Spritze sterben werden.«

Sie fuhr herum und schaute ihn an, ihre Augen waren mit Tränen gefüllt. »Brian hat Oscar nicht getötet. Aber ich habe es auch nicht getan.«

»Was ist dann passiert?«

Sie riss sich zusammen. »Das meiste, was Sie über Oscar gehört haben, entspricht der Wahrheit. Er war ein schrecklicher Mann, sowohl im Umgang mit mir als auch im Umgang mit Brian. Wir haben uns viel gestritten und Brian hatte am meisten darunter zu leiden. Die Geschichte mit den Kopfhörern und Brians Gehörschaden – das ist alles wahr.«

»Und da hört die Wahrheit auf? Alles andere, was Sie den Geschworenen erzählt haben, war gelogen?«

»Nein. Ganz und gar nicht. Der Sex. Oscar und Johnson und ich. Auch darüber habe ich die Wahrheit gesagt. Er hat mich unter irgendwelche Drogen gesetzt. So hat es alles angefangen.«

»Sie haben nicht freiwillig mitgemacht?«

»Nein. Überhaupt nicht.« Sie schluckte. »Anfangs jedenfalls nicht.«

Jack hätte sich am liebsten geschüttelt, weil er glaubte, er müsse sich verhört haben. »Wie meinen Sie das: ›Anfangs nicht‹?«

Plötzlich war sie auf der Hut. »Was glauben Sie denn wohl, Jack? Was ich gemeint habe, ist: Anfangs gefiel es mir nicht, aber mit der Zeit hat sich das geändert.«

»Was wollen Sie mir also sagen? Sie wurden missbraucht und verfielen in irgendeine Selbstverachtungsneurose –«

»Ich versuche nicht, mich mit irgendwelchen albernen Stockholm-Syndrom-Floskeln rauszureden, Jack. Diese Dreiergeschichte ist mir immer zuwider gewesen, aber was sich änderte, waren meine Gefühle für Damont.«

»Es gefiel Ihnen, mit ihm Sex zu haben?«

»Es war mehr als das. Ich mochte *ihn.*«

»Und wie hat Oscar das gefallen?«

»Fragen Sie den Fruchtbarkeitsspezialisten, den Experten der Staatsanwaltschaft. Der hat den Geschworenen doch von Oscars Killerspermien erzählt, von seiner Eifersucht. Was der Arzt nicht weiß, ist, dass Oscar nicht auf normale Weise eifersüchtig war. Es gefiel ihm bloß nicht, dass Damont und ich anfingen, es nach unseren eigenen Spielregeln zu tun.«

»Oscar hatte die Sache nicht mehr unter Kontrolle, ist es das?«

Sie schüttelte den Kopf und lachte freudlos in sich hinein. »Oscar war nur dann zufrieden, wenn er alles und jeden unter Kontrolle hatte. Er ist total darauf abgefahren,

Damont und mir beim Sex zuzusehen. Bei seinem Vater hat er sich beliebt gemacht, indem er sämtliche Informationen über die Aktivitäten der Küstenwache aus Damont rausquetschte und sie an die *Brothers for Freedom* weitergab. Und ich war das pornografische Äquivalent, mit dem er Damont für seine Informationen bezahlte.«

»Und dann lief alles schief«, sagte Jack.

»Ja. Aber es war Damont, der sich eine Lösung für das Problem ausgedacht hatte, nicht ich.«

»Sie beide hatten einen Plan?«

Sie nickte langsam. »Ich bin an dem Morgen zur Arbeit gegangen und habe Damont angerufen, genauso, wie er es der Jury geschildert hat. Aber ich habe nicht versucht, ihn ins Haus zu locken und ihm einen Mord anzuhängen, der bereits geschehen war. Es gehörte einfach alles zu seinem Plan. ›Du kannst jetzt rübergehen, Damont‹, hab ich gesagt. ›Die Tür ist offen. Brian wird noch mindestens eine Dreiviertelstunde schlafen. Oscar liegt im Bett und schläft. Tu, was du tun musst.‹«

Einen Augenblick lang war Jack sprachlos. »Und daraufhin ist Johnson rübergegangen?«

»Ja. Genau wie der kubanische Soldat es geschildert hat.«

»Und dann?«

»Er ist direkt ins Schlafzimmer gegangen. Er hat Oscars Pistole an der Stelle gefunden, die ich ihm beschrieben hatte. Und dann …«

»Dann hat er ihn erschossen?«

Sie schien mit sich zu ringen. »Ja. Er hat ihn erschossen.«

Jack schwieg eine Weile. Er wusste selbst nicht genau, warum, aber es erschien ihm als angemessene Reaktion auf die Schilderung eines gewaltsamen Todes. »Moment mal«, sagte er schließlich. »Irgendwann hat er doch mit Brian gesprochen, oder?«

»Ja. Von da an ist alles schief gelaufen. Sehen Sie, Damont und ich hatten nicht damit gerechnet, dass Brian den Schuss hören würde. Aber irgendwas hat ihn geweckt. Vielleicht die Erschütterung des Holzbodens durch Damons Schritte, oder vielleicht das Licht, das Damont eingeschaltet hatte. Wie auch immer – Brian hat gespürt, dass etwas nicht stimmte.«

»Aber wenn Brian aufgestanden ist und gesehen hat, wie Johnson über Oscars Leiche gebeugt stand, dann muss er doch wissen, dass Johnson seinen Vater erschossen hat, oder?«

»Nur dass er Damont nicht gesehen hat. Damont hat gehört, wie Brian seine Zimmertür geöffnet hat, und sich schnell im Wandschrank versteckt. Alles, was Brian gesehen hat, als er ins Schlafzimmer kam, war Oscars blutüberströmte Leiche im Ehebett.«

»Und da hat Brian Sie auf der Arbeit angerufen?«

»Ja. Dann ist er wieder in sein Zimmer gegangen und hat sich nicht mehr rausgetraut, bis ich kam.«

»Und was hat Johnson gemacht?«

»Als er hörte, wie Brian seine Zimmertür schloss, ist er aus dem Schrank gekommen und aus dem Haus gerannt. Aber in dem Augenblick ist ihm die zündende Idee gekommen. Er hat ein paar Minuten abgewartet, ist zurück ins Haus und in Brians Zimmer gegangen. Er hat ganz aufgeregt getan und Brian erzählt, ich hätte ihn angerufen und gebeten, sofort zu kommen, weil Oscar etwas zugestoßen sei. Der arme Brian, er ist völlig ausgeflippt. Er wusste nicht, was er tun sollte. Er war ganz durcheinander und dachte, *ich* hätte Oscar erschossen. Er wusste ja, wie heftig Oscar und ich uns gestritten hatten und wie oft Oscar mich misshandelt hatte. Er wusste, wenn ich es getan hatte, dann hatte Oscar es verdient.«

»Also hat Brian zu Johnson gesagt –«

»Genau«, sagte Lindsey. »Brian hat behauptet, er hätte es getan. Ich nehme an, er hat sich gesagt, dass niemand einen Zehnjährigen ins Gefängnis stecken würde.« Sie lehnte sich erschöpft gegen die Wand und schloss die Augen. »Das ist die Wahrheit, Jack. So hat es sich abgespielt. Damont und ich wussten nicht, wer von uns beiden letztlich wegen Mordes angeklagt werden würde. Aber wir haben uns versprochen, uns auf keinen Fall gegenseitig zu beschuldigen. Falls es hart auf hart kommen sollte …«

»Würden Sie die Tat Brian in die Schuhe schieben.«

Sie umschlang sich mit den Armen, als hätte Jack ihr einen Schlag unter die Gürtellinie verpasst, indem er es laut ausgesprochen hatte.

»Sie und Johnson haben also im Gerichtssaal eine veritable Show abgezogen«, sagte Jack. »Wie er Brian beschuldigt hat und wie Sie scheinbar zusammengebrochen sind und erklärt haben, das wäre eine Lüge. Nicht schlecht, Lindsey. Umso glaubwürdiger, wenn die Mutter ihren Sohn verteidigt.«

»Ich bin nicht stolz darauf«, sagte sie.

Jack starrte ins Leere. Er hätte ihr alles aufzählen können, auf das sie keinen Grund hatte, stolz zu sein. Aber es war nicht seine Aufgabe, ihr eine Predigt zu halten. Seine Aufgabe bestand darin, sie vor der Todesstrafe zu bewahren. »Wie ist es dazu gekommen?«, fragte er. »Wann und warum hat Johnson beschlossen, Oscar aus dem Weg zu räumen?«

Sie schien erleichtert über die Frage, froh, aus dem quälenden Nachdenken über sich selbst herausgeholt zu werden. Sie rang sich ein Lächeln ab. »Ab hier wird die Geschichte ziemlich Miami-typisch.«

56

Vom Gefängnis aus fuhr Jack auf direktem Weg zu Theo. Als er bei ihm ankam, wollte sein Freund sich gerade auf den Weg ins Sparky's machen. Theo setzte sich auf einen Hocker am Küchentresen und hörte geschlagene zehn Minuten zu – ein Rekord –, während Jack sein Gespräch mit Lindsey wiedergab. Da Theo als Ermittler für ihn tätig war, brauchte Jack keine Rücksicht auf das Anwaltsgeheimnis zu nehmen. Und was noch wichtiger war, endlich erhielt Theo die Bestätigung seiner Theorie, wer Jacks Mustang abgefackelt hatte.

»Johnson hatte eindeutig mit Drogendealern zu tun«, sagte Jack.

»Wusste ich's doch!«, rief Theo aus und schlug mit der flachen Hand auf den Tresen.

»Er hat Oscar Informationen über die Aktivitäten der Küstenwache geliefert, die dieser an seinen Alten weitergeleitet hat.«

»Sag bloß, Alejandro Pintado ist ein Drogendealer.«

»Nein, nein. Da sind zwei ganz verschiedene Sachen nebeneinander abgelaufen. Pintado hat Johnsons Informationen ausschließlich dazu benutzt, der Küstenwache ein Schnippchen zu schlagen und kubanische Flüchtlinge sicher an die Küste zu bringen. Aber Johnson hat sich irgendwann gesagt, dass die Drogenmafia ihn für dieselben Informationen reich belohnen würde. Also hat er sie ihnen verkauft.«

Theo nickte. Er hatte begriffen, worauf Jack hinauswollte. »Und das hat Oscar rausgefunden.«

»Genau.«

»Deswegen musste Oscar verschwinden.«

»Du hast es erfasst«, sagte Jack. »Wenn ich mir vorstelle, dass ich drauf und dran war, vor Gericht die Drogenkarte auszuspielen. Das hätte ich wahrscheinlich sogar getan, hätte ich nicht gefürchtet, dass die Geschworenen mich lynchen würden, wenn ich die Pintados als Kokainhändler bezeichnet hätte. Jetzt stellt sich raus, dass Oscar umgebracht wurde, weil er im Gegenteil verhindern wollte, dass Johnson seine Informationen an die Drogenbosse verkauft. Da soll ein Mensch noch mitkommen.«

»Im Nachhinein ist man immer schlauer, Jacko. Am Ende ist alles sonnenklar.« Theo steckte sich noch einen Minidonut in den Mund, den zehnten, seit Jack angefangen hatte zu erzählen. Alles war mit Puderzucker besprenkelt. Bei all dem Gerede von Drogen hätte man meinen können, sie stünden am Tresen in einer Kokainhöhle in South Beach.

»Eins will mir immer noch nicht in den Kopf«, meinte Theo mit vollem Mund. »Wieso haben diese Drogentypen deinen Wagen abgefackelt?«

»Na ja, wir wussten ja von Anfang an, dass es jemand gewesen sein musste, der nicht wollte, dass Lindsey freigesprochen wird.«

»Und warum sollte die Drogenmafia sich dafür interessieren?«

»Ich kann mir nur denken, dass sie wesentlich lieber Lindsey als Johnson in der Todeszelle sehen wollten. Sie mussten Johnson vor dem Gefängnis bewahren, damit er ihnen weiterhin die Geheimnisse der Küstenwache verraten konnte.«

»Tja, das wird's sein.«

»Da hat Captain Pintado einfach Pech gehabt.«

»Soll das ein Witz sein?«, fragte Theo. »Der hat noch Glück gehabt.«

»Wie meinst du das?«

»Erinnerst du dich an den Artikel, der heute Morgen in der Zeitung stand? Da stand, Lieutenant Johnson verhandelt mit der Staatsanwaltschaft und bietet sich als Kronzeuge an. Was glaubst du wohl, was diese Drogenbosse tun werden, wenn die das lesen? Glaubst du, die warten in aller Ruhe ab, bis dieser Idiot anfängt, Namen zu nennen?«

Jack musste sich ein Grinsen verkneifen. Daran hatte er noch gar nicht gedacht, aber in diesen Dingen lag Theo meistens richtig. »Ich glaube, im Moment möchte ich nicht in Damont Johnsons Schuhen stecken.«

»Scheiße«, sagte Theo. »Im Moment möchtest du nicht mal wissen, wer Damont Johnson ist.«

Eine sanfte Welle nach der anderen brach sich etwa sieben Meter vor der Küste. Smaragdgrünes Wasser schob sich den Hallandale Beach hinauf, verwirbelte sich in weißen Schaumbläschen bis dort, wo der feuchte Sand in den trockenen überging, und zog sich wieder zurück in den Atlantik. Es war sechs Uhr früh und Marvin Schwartz war bereits auf, gekleidet in sein übliches Sonntagsoutfit: Sandalen mit Gummisohlen, weiße Baumwollhose, bis zu den Knien hochgekrempelt, langärmeliges Hemd, breitkrempiger Strohhut. Der frühe Sonntagmorgen war gewöhnlich die ertragreichste Zeit für ihn, denn die vielen Leute, die die Samstagnacht durchfeierten, ließen jedes Mal alles Mögliche am Strand zurück, von Kleingeld bis hin zu Rolexuhren. Eigentlich waren es keine *echten* Rolexuhren, aber die Jungs am Golden Beach konnten sowieso kein Original von einer Kopie unterscheiden.

Das Piepen seines Metalldetektors übertönte das Kreischen der Möwen. Marvin merkte sich die Stelle, dann kniete er sich hin und begann, mit einem Schöpflöffel, den er sich 1986 im Pumpernickel's Deli aus einer Salatschüssel geborgt hatte, im Sand zu graben.

Die Enttäuschung stand ihm ins Gesicht geschrieben. Ein Kronkorken. Der neunte an diesem Morgen. Kein guter Tag bisher.

»Marvin, hast du endlich ein Paar Diamantohrringe für mich gefunden?«, rief seine Frau, die sich vor ihrer Hütte in einem Liegestuhl sonnte. Aus der Entfernung sah sie aus wie ein riesiger Strandball, anderthalb Meter hoch und genauso breit.

»Nein, Liebling«, murmelte er vor sich hin.

»Seit zehn Jahren suchst du jetzt schon danach. Immer noch kein Glück?«

»Nein, Liebling.«

Diamantohrringe, dachte er und schnaubte verächtlich. *Wenn sie Diamantohrringe will, hätte sie auf ihre Mutter hören und Dr. Geldbeutel heiraten sollen.*

Als er über einen riesigen Tanghaufen stieg, begann der Metalldetektor plötzlich wie verrückt zu piepen. Marvin bewegte das Gerät nach links und das Geräusch verstummte. Er bewegte das Gerät nach rechts und prompt ging das Gepiepe wieder los. Er lächelte und vor Aufregung bekam er Herzklopfen. Vorsichtig stocherte er in dem Tanghaufen herum. Überall Muscheln und tote Krebse. Ein Stück Treibholz. Aber irgendwo musste sich etwas aus Metall befinden. Marvin schob noch etwas von dem Tang beiseite, dann hielt er inne. Etwas Goldenes glitzerte in der Morgensonne und Marvin lief ein Schauer über den Rücken.

Ein Ring!

Er kniete sich hin, um ihn genauer zu betrachten. Anfangs hatte er den Eindruck, dass es sich um einen Super-Bowl-Ring handelte, so groß und protzig, wie er war. Als er sich noch tiefer hinunterbeugte, fiel ihm die Gravur an der Seite auf. Die Insignien »U.S.« sagten ihm, dass es etwas mit dem Militär zu tun haben musste.

Ein Ring von der Küstenwache.

Marvin griff nach dem Ring, hob ihn auf, ließ ihn augenblicklich wieder fallen und wich entsetzt zurück. Der Ring war immer noch an einem Finger. Und der Finger hing an einer schwarzen Hand.

Die Hand war am Handgelenk abgehackt worden.

»Sheila!« Marvin ließ seinen Metalldetektor fallen, sprang auf und rannte so schnell seine knochigen Beine ihn trugen zur Hütte zurück, während er immer wieder aus Leibeskräften schrie: »SHEILA!!!«

Epilog

Der Gerichtspathologe des Miami-Dade County beschrieb es als »Unbekanntes Material, dreieckig und knorpelig, 2,5 cm x 2,3 cm x 2,7 cm groß, eingebettet in der Handfläche der linken Hand eines männlichen Afroamerikaners«. Ein Meeresbiologe bestätigte, dass es sich um einen Haifischzahn handelte. Fingerabdrücke und eine DNA-Analyse ergaben, dass es die linke Hand von Lieutenant Damont Johnson war. Weitere Körperteile wurden nicht gefunden, daher war man für den Rest der Geschichte auf Vermutungen angewiesen. Aber die Möglichkeiten waren begrenzt: Entweder hatte Johnson beschlossen, mit einem Schwarm Hammerhaie um die Wette zu schwimmen, oder jemand hatte ihn als Haifischköder benutzt.

Lindsey erzählte dem Staatsanwalt alles, was sie über Johnsons Verbindungen zur Drogenmafia wusste. Jack sorgte dafür, dass sie nur die Namen der Schuldigen nannte und nicht die *Brothers for Freedom* oder die Familie Pintado. Da sie selbst nichts mit den Drogenhändlern zu tun hatte, konnte sie dem Staatsanwalt nichts sagen, was der Polizei geholfen hätte, Johnsons Mörder zu finden. Dennoch reichte ihre Aussage aus, um Torres dazu zu bringen, dass er davon absah, die Todesstrafe für sie zu fordern. Richter Garcia folgte der Empfehlung der Staatsanwaltschaft und verurteilte Lindsey zu einer lebenslangen Haftstrafe. Lindsey hielt »Lebenslänglich« für eine unfaire Strafe, da sie nicht selbst geschossen hatte, aber sie würde Gelegenheit bekommen, den kleinen Unterschied zwischen Mord und Anstiftung zum Mord zu erklären, wenn in sechzehn Jahren darüber verhandelt werden würde, ob der Rest ihrer Strafe zur Bewährung ausgesetzt werden konnte.

Jack beschloss, erst dann Kontakt zu Brian und den Pintados aufzunehmen, wenn ihm die Zeit reif schien. Am ersten Samstagmorgen nach Lindseys Verurteilung war es so weit. Er fuhr zusammen mit Theo zum Coral Reef Park, wo Brian in einer Schulmannschaft Fußball spielte.

»Bist du dir sicher, dass du das tun willst?«, fragte Theo, als sie den Parkplatz überquerten.

»Absolut.«

Sie folgten dem mit Rindenmulch bedeckten Weg, der an mehreren Spielfeldern vorbeiführte. Jack ließ seinen Blick über die Sportplätze schweifen, wo gleichzeitig die unterschiedlichsten Spiele stattfanden. Es war wie ein Spaziergang durch das Sportleben eines Kindes, angefangen bei Vier- bis Sechsjährigen, von denen die eine Hälfte mit einem Ball herumtollte, während die andere Blumen pflückte, bis zu Halbwüchsigen, die bereits spielten wie zukünftige Olympiateilnehmer. Am südlichen Spielfeld blieben Jack und Theo stehen.

Als Jack Alejandro Pintado auf einem Klappstuhl am Spielfeldrand entdeckte, wusste er, dass sie am richtigen Ort waren. Sie suchten sich einen Platz, von dem aus sie das Spiel gut verfolgen konnten, blaue Trikots gegen gelbe.

»Das da drüben ist Brian, stimmt's?«, sagte Theo. »Der Torwart der blauen Mannschaft?«

Jack schaute in Richtung Tor und lächelte. »Ja, das ist er.« Eine Weile schaute Jack dem Jungen zu, bis er von einer Stimme aus seinen Gedanken gerissen wurde. Er drehte sich um und sah mit Erstaunen, dass Alejandro zu ihnen herübergekommen war.

»Sind Sie ein großer Fußballfan, Jack?«, fragte Alejandro. »Oder haben Sie auch einen Jungen, der hier mitspielt?«

Jack fragte sich, ob Pintado ahnte, welche Ironie in seiner Frage lag. »Eigentlich bin ich hergekommen, um Sie zu sprechen.«

»Mitten im Fußballspiel meines Enkels?«

»Ich wollte Sie an einem Ort treffen, wo ich Gelegenheit haben würde, Brian bei etwas anderem zuzusehen als bei einer Zeugenaussage vor Gericht. Ich hoffe, das macht Ihnen nichts aus.«

»Kommt drauf an, was Sie von mir wollen.«

Der Schiedsrichter pfiff. Ein Junge in einem blauen Trikot lag am Boden. Ein paar Eltern, die am anderen Rand des Spielfeldes standen, regten sich fürchterlich auf, aber die Kinder spielten einfach weiter. Theo schlenderte davon, damit Jack ungestört mit Pintado reden konnte.

»Es geht um verschiedene Dinge«, sagte Jack. »Das Erste ist etwas, über das ich mir schon seit einer Weile den Kopf zerbreche. Erinnern Sie sich an den Artikel in der *Tribune*, der gleich nach dem Ende des Prozesses erschienen ist? Der, in dem von einer anonymen Quelle die Rede war?«

Alejandro verfolgte das Spiel und würdigte Jack keines Blickes. Aber Jack spürte, dass er zuhörte. »Ich fand den Artikel einfach genial«, fuhr er fort. »Er hat dazu geführt, dass Lindsey mit dem Staatsanwalt gesprochen hat, weil sie glaubte, dass Johnson drauf und dran war, sich der Staatsanwaltschaft als Kronzeuge zur Verfügung zu stellen. Gleichzeitig hat er Johnson zur Zielscheibe für die Drogenbosse gemacht, die fürchteten, er könnte sie verpfeifen. Im Nachhinein habe ich den leisen Verdacht, dass nichts von dem, was in dem Artikel stand, der Wahrheit entsprach. Johnson hatte nicht die geringste Absicht, sich an den Staatsanwalt zu wenden. Irgendjemand hat da einen raffinierten Plan ausgeheckt, und er hat die ganze Sache ins Rollen gebracht, weil wahrscheinlich irgendein Reporter ihm noch einen Gefallen schuldig und bereit war, eine ›anonyme Quelle‹ zu zitieren.«

Alejandro zündete sich wortlos eine Zigarre an.

»Glauben Sie, dass ich mit meinen Vermutungen richtig liege?«, fragte Jack. »Oder ist das alles völlig aus der Luft gegriffen?«

Sie sahen zu, wie die Kinder in einer Ecke um den Ball kämpften, den Brian schließlich aus der Luft fischte. »Der Junge ist gut, was?«, bemerkte Pintado.

»Ja, allerdings.«

»Taub zu sein ist meistens ein Nachteil. Aber hier draußen, bei all dem Lärm und Geschrei, hilft es Brian, sich auf den Ball zu konzentrieren. In gewisser Weise macht es ihn zu einem besseren Torwart, glaube ich.«

»Möglich«, sagte Jack.

Schließlich schaute Pintado Jack an und sagte: »Es ist wie alles andere im Leben. Man muss sich immer auf den Ball konzentrieren. Man macht sich seine Stärken bewusst und setzt sie ein. Egal, was das für Stärken sind. Wissen Sie, was ich meine, Jack?«

Jack überlegte, aber nicht lange. Er wollte nicht einmal darüber nachdenken, was er tun würde, wenn sein eigener Sohn ermordet würde, selbst wenn sein Sohn ein schlechter Ehemann und ein noch schlechterer Vater gewesen wäre. »Ja«, sagte er. »Ich glaube, ich weiß, was Sie meinen.«

Sie wandten sich wieder dem Fußballspiel zu. Dann sagte Pintado: »Sie sagten, Sie hätten mehrere Dinge auf dem Herzen. Worüber wollten Sie noch mit mir reden?«

»Über Brian«, antwortete Jack.

Pintados Gesichtsausdruck wurde noch ernster. »Was ist mit ihm?«

»Ich wollte Sie nur wissen lassen, dass ich der Meinung bin, dass er dort gelandet ist, wo er hingehört. Er hat schlimme Dinge erlebt, aber das ist Vergangenheit. Ich glaube, er hat ein schönes Leben vor sich. Und darüber bin ich glücklich.«

Pintado sah Jack seltsam an, als fragte er sich, was ihn das eigentlich anging. »Nett, dass Sie das sagen.«

»Viel Glück.«

»Danke, Ihnen auch.«

Sie schüttelten sich die Hände, dann ließ Jack Alejandro allein am Rand des Spielfelds zurück.

Er fand Theo am Rand eines anderen Spielfelds, wo er einer Gruppe von Vierjährigen beim Dribbeln zusah, während er mit einer attraktiven Mutter flirtete. Als er Jack kommen sah, steckte er sich etwas in die Brusttasche, wahrscheinlich ihre Telefonnummer, verabschiedete sich und lief auf Jack zu.

»Was hast du ihm gesagt?«, fragte Theo, als sie zurück zum Parkplatz gingen.

»Was soll ich ihm gesagt haben?«

»Dass Brian nicht dein Sohn ist?«

»Das brauchte ich gar nicht. Niemand hat ihm je gesagt, Brian sei mein Sohn. Ich nicht, und Lindsey auch nicht.«

Theo klopfte Jack freundschaftlich auf die Schulter. »Hey, Mann, tut mir Leid, dass es so gelaufen ist.«

»Kein Problem. Ich kann damit leben.«

Jack war froh gewesen, die Wahrheit zu erfahren, auch wenn er mit Theos Methoden nicht einverstanden war. Als Jack die Pintados aufgesucht hatte, hatte Alejandro ihm erzählt, wie besorgt er und seine Frau gewesen waren, weil irgendjemand Brians Rucksack geklaut hatte. Dieser Jemand entpuppte sich als Theo. Ohne Jacks Wissen hatte Theo den Rucksack des Jungen während des Fußballtrainings an sich gebracht und darin einen Torwart-Mundschutz gefunden, an dem sich ausreichend Speichelreste fanden, um eine DNA-Analyse durchzuführen. Es hatte mehrere Wochen gedauert, bis die Laborergebnisse kamen, und erst dann hatte Theo Jack von seiner eigenmächtigen Aktion berichtet.

»Eins möchte ich wirklich gern wissen«, sagte Jack. »Um den DNA-Vergleich zu machen, brauchte das Labor auch eine Probe von mir. Was hast du denen gegeben? Oder sollte ich lieber fragen: Was hast du von mir genommen?«

»Na ja, äh …«

»Hä?«

»Also, die Probe von dir hatte ich zuerst. Hab sie mir von einer Ärztin besorgen lassen.«

»Von einer Ärztin?« Jack blieb wie angewurzelt stehen. Auf ihrem Weg von Afrika nach Los Angeles war die Hello-Goodbye-Ärztin nur eine einzige Nacht in der Stadt gewesen und schon war sie mitten im Geschehen.

»Verdammt, Theo. Wieso musstest du auch noch Rene in die Sache reinziehen?«

»Wozu sind wir denn Freunde?«

Jack überlegte, als wäre es höchste Zeit, dass jemand diese Frage beantwortete. »Darüber muss ich noch ein bisschen nachdenken.«

Eine Weile gingen sie schweigend nebeneinander her, dann schien Theo Jacks Gedanken zu erraten. »Du wusstest es eigentlich schon, bevor ich es dir gesagt hab, stimmt's, Jack? Du wusstest, dass Brian nicht dein Sohn ist.«

»So würde ich das nicht unbedingt sagen. Lindsey hatte mich ziemlich überzeugt.«

»Ich persönlich habe nie eine Ähnlichkeit zwischen dir und Brian entdecken können. Du wolltest es einfach glauben, deswegen hast du die Ähnlichkeit gesehen, als sie dir die Fotos gezeigt hat.«

»Vielleicht. Aber ich hatte auch meine Zweifel. Wahrscheinlich habe ihr ihr deswegen nie erzählt, dass Jessie dem Jungen, den sie zur Adoption freigegeben hat, eine nette Erbschaft hinterlassen hat.«

»Eine nette Erbschaft?«, kreischte Theo. »Wenn ich mich recht erinnere, hat sie ihm alles hinterlassen, was sie besaß, einschließlich ihrer Lebensversicherung. Das ist weit mehr als nett.«

Sie traten aus dem schattigen Weg hinaus auf den sonnigen Parkplatz. Jack sah sich nach seinem Wagen um. Irgendwie rechnete er immer noch damit, seinen alten Mustang zu sehen.

»Und was hast du jetzt vor, Jacko?«, fragte Theo. »Auch wenn Brian nicht dein Sohn ist, ist er immer noch Jessies Sohn. Was bedeutet, dass er Anspruch auf die Erbschaft hat.«

»Ich weiß.«

»Wann wirst du also Alejandro von dem warmen Regen berichten?«

»Das überlasse ich Jessies Nachlassverwalterin. Am Montag rufe ich die Anwältin an und sage ihr, dass wir Jessies Erben endlich gefunden haben.«

Jack öffnete die Fahrertür und stieg in seinen Wagen. Theo stieg auf der Beifahrerseite ein und sie schlugen gleichzeitig die Türen zu.

»Glaubst du, Jessie hat gewusst, dass das Kind nicht von dir ist?«

Jack dachte über die Frage nach. »Nein. Ich glaube, dass sie sich eingeredet hat, das Kind sei von mir. Aus welchem Grund auch immer.«

Theo klappte die Sonnenblende herunter und betrachtete sich im Spiegel. Es schien ihn zu faszinieren, dass Jacks Auto einen beleuchteten Schminkspiegel besaß, der tatsächlich funktionierte. »Wir könnten Gott fragen, was er meint.«

»Wie bitte?«

»Es ist ein Sonderangebot und es gilt nur für begrenzte Zeit. Der Letzte, der eine solche Chance bekam, hat es total vermasselt. Gott hat beschlossen, dir eine Frage zu gewähren. Was fragst du ihn?«

»Wovon redest du überhaupt?«

»Vielleicht möchtest du ihm eine Frage stellen wie: ›Wusste Jessie, als sie die Geburtsurkunde ausgefüllt hat, dass du nicht der Vater ihres Kindes bist, oder wusste sie es nicht?‹«

»Das Spiel gefällt mir nicht.«

»Dann denk dir eine andere Frage aus. Los, komm schon. Wie lautet deine Frage?«

»Also gut. Wie wär's mit: Warum musste meine Mutter sterben?«

Theo verzog das Gesicht, als hätte er gerade in eine Zitrone gebissen. »Scheiße, Mann. Manchmal bist du ein richtiger Spielverderber, weißt du das, Swyteck?«

»Du hast doch damit angefangen.«

»Ja, aber … *Verdammt.* Wenn es mehr solche Leute wie dich auf der Welt gäbe, müsste der liebe Gott sich bald Prozac verschreiben lassen.«

»Also gut, du Klugscheißer. Was würdest du ihn denn fragen?«

»Was nimmst du?«

»Hä?«

»Was nimmst du! Wie in: Welchen Drink nimmst du?, du Depp. Das würde ich ihn fragen.«

»Gott gewährt dir eine Frage, und dir fällt nichst Besseres ein als ihn zu fragen, was er trinken will?«

»Fangen so nicht alle wichtigen Gespräche an?«

Kopfschüttelnd fuhr Jack aus der Parklücke.

Theo schaute ihn an. »Also, Jack: Was nimmst du?«

Jack trat auf die Bremse. »Es ist elf Uhr morgens.«

»Wohl wahr. Es ist schon ziemlich spät. Aber wenn wir mit Tequila zum Mittagessen anfangen, könnten wir bis zum Abendessen so weit sein, dass wir mit Gott reden. Mit ein bisschen Glück kriegst du die Antwort auf deine Frage, noch bevor die Sonne aufgeht.«

Jack sah seinen Freund grinsend an. »Du bist total bescheuert, Theo.«

Theo betrachtete sich erneut in dem beleuchteten Spiegel, und lächelte sich selbst an, als Jack in die Straße einbog. »Das kann man wohl sagen!«

Danksagungen

Im August 2004 konnten wir den zehnten Jahrestag der Veröffentlichung meines ersten Romans, *The Pardon (Im Namen des Gesetzes)*, begehen. Ich gehöre noch zur alten Schule, und ich glaube, dass Beziehungen wichtig sind. Und jetzt, neun Romane danach, schätze ich mich glücklich, sagen zu können, dass alle vom selben Verlag (HarperCollins) herausgegeben wurden, von denselben Agenten (Richard Pine und, jetzt im Gedenken, Artie Pine) vorgestellt und von Lektoren bearbeitet wurden, die mir ans Herz gewachsen sind und die ich respektiere (die letzten sieben Romane von Carolyn Marino, die auch dieses Waisenkind adoptiert hat).

Was noch wichtiger ist, das Jahr 2004 stellt auch den zehnten Jahrestag meiner Ehe mit einer Frau dar, die bereit war, sich auf einen Anwalt einzulassen, der gern Schriftsteller sein wollte. Da ich wahrscheinlich nie den Mut gefunden hätte, meinen festen Job aufzugeben, kann ich nur von Glück reden, dass die Liebe meines Lebens englische Literatur studiert hatte und ganz einfach meinte: »Nur zu, Liebling.« Also habe ich mich in die neue Aufgabe gestürzt. Genau wie du, Tiffany. Ich wäre geneigt zu sagen, »Ende gut, alles gut«, aber das mit uns wird wohl nie enden.

Ich bin ebenfalls vielen anderen dankbar, die auf meine Hilferufe reagiert haben, als ich an den Recherchen für *Preis der Lüge* saß, unter anderem der American Speech-

Language Hearing Association, der Cuban-American National Federation, Carlos Sires (für seine Interviews und Übersetzungen), Steve Sawatzky (Mustang-Experte), Tito im Galiano's Market (kubanische Lebensmittel), Dr. Gloria M. Grippando und Eleanor Rayner (für ihre Anmerkungen zum Manuskript) und schließlich Michelle Starke, M.D. (Geburtshelferin). Andere möchten lieber ungenannt bleiben, aber ihnen fühle ich mich ebenso zu Dank verpflichtet.

In Unterstützung einer guten Sache habe ich eine Person in *Preis der Lüge* nach Janis Wackenhut benannt, der Gewinnerin einer Spendenauktion für Gold-Diggers, Inc., einer nicht gewinnorientierten Theatergruppe, die mehr als eine Million Dollar an Spenden eingespielt hat – zugunsten der Leukemia and Lymphoma Society of America, Inc., Southern Florida Chapter und des Food for Life Network. Ich halte es für eine schöne Sache, wenn die Kunst mithelfen kann, den Hunger zu besiegen und Krankheiten zu bekämpfen.